校注古典叢書 新装版

宇治拾遺物語 上

長野嘗一 校注

明治書院

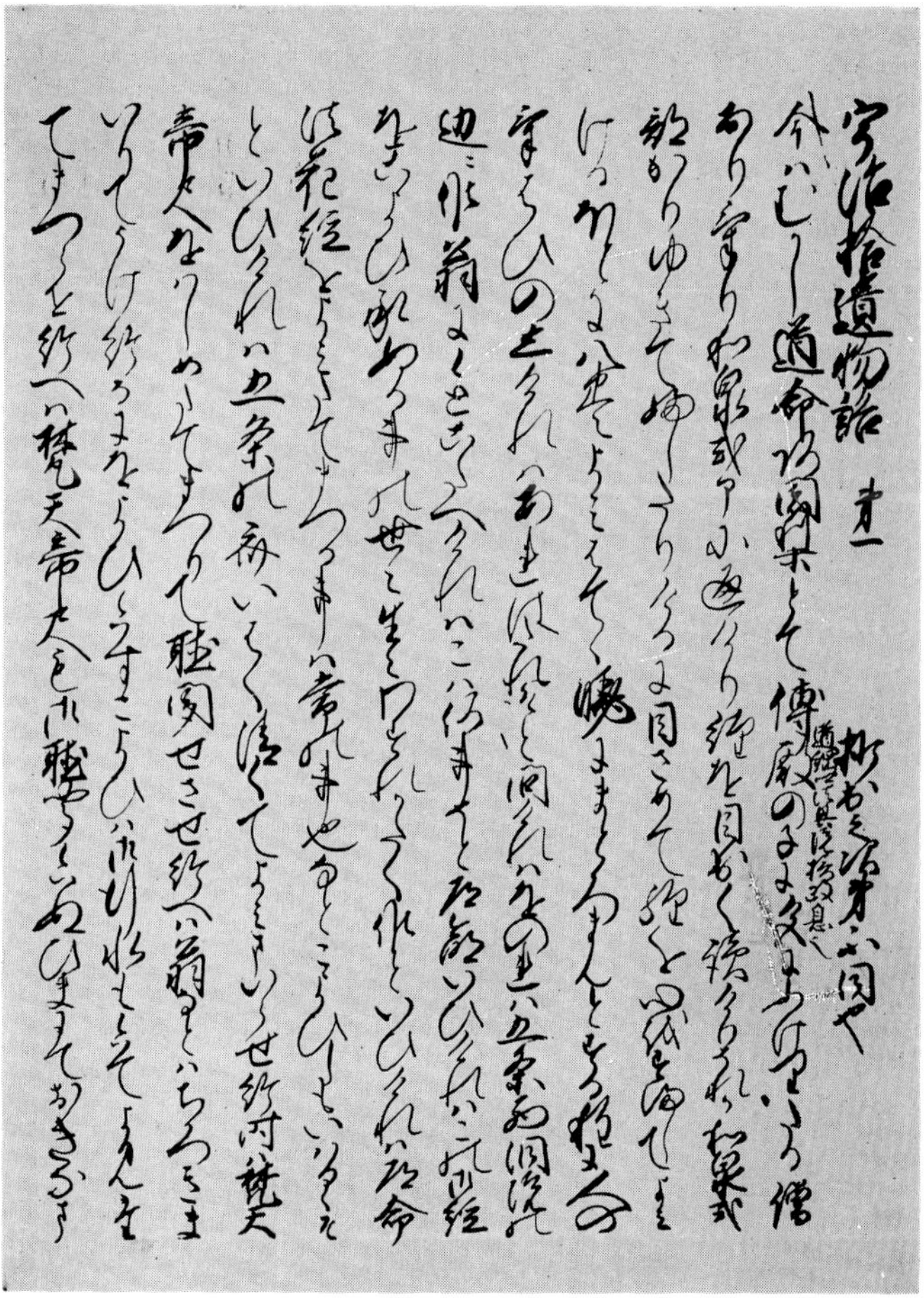

宇治拾遺物語本文巻頭（宮内庁書陵部蔵）

目次

凡例

一 本文は、宮内庁書陵部蔵宇治拾遺物語上下二巻本を底本とし、校訂にあたっては次の基準に従った。

1 仮名遣いは、特殊なものを除き、原則として歴史的仮名遣いに統一した。

2 なるべく底本の姿を示すことに努めたが、本文を読みやすくするために、適宜、仮名に漢字をあて（この場合、できるだけ底本に従って読みを示す）、濁点・句読点などを付けた。

3 明らかに誤謬・脱落・衍字と認められる本文については、他の古本系諸本（陽明文庫本・龍門文庫本・名古屋大学本・京都大学本・桃園文庫本）により訂正し、「諸本により改め補う」などと注記したが、他本の誤謬・脱落・衍字等については、特に必要と認めたものを除き、頭注には掲げなかった。

4 あて字は、正しい漢字または仮名に改めた。

5 活用語を漢字だけで記して、活用語尾を送っていない場合には、活用語尾を補った。

6 適宜、段落を分け、会話には「　」を付け、会話中に引用された第三者の言葉や心中の語（短文を除く）には『　』を付けた。

7 「ゝ」「〳〵」などの反復記号は、本文中においては避けて、同文・同文字を繰り返した。

8 使用者の便を考え、読み誤りやすい漢字には、適宜「振り仮名」を付けた。

9 「本文」は石井次彦が担当した。

二 本書は底本に従って上・下二巻本に分けて通し番号を施し、各話ごとに「目録」の説話題を付記した。

三 頭注については次の基準に従った。

1 余白の許す限り詳密を旨としたが、辞書を引けば簡単に判明する言葉は簡略にし、問題のあるものを詳細に記した。

2 注の根拠となった出典については、国語辞書の類はいちいち明記せず、特殊なもののみを（ ）して掲げた。それも左記の如く略号を用いた。

（例）分脈——尊卑分脈　補任——公卿補任　紹運録——本朝皇胤紹運録

古今——古今和歌集　今昔——今昔物語集　和名——和名類聚抄

3 先学による注釈はむろん参照したが、それも左記略号によった。

（例）新釈——参考宇治拾遺物語新釈（中島悦次）　全書——日本古典全書宇治拾遺物語（野村八良）

大系——日本古典文学大系宇治拾遺物語（渡辺綱也・西尾光一）

全集——日本古典文学全集宇治拾遺物語（小林智昭）

4 「注」「解説」は長野甞一が担当した。

世に、宇治大納言[1]物語《の》といふものあり。

この大納言は、[2]隆国《たかくに》といふ人なり。[3]西宮殿《にしのみやどの》高明也の孫《むまご》、[4]俊賢《としかた》大納言の第二の男《をのこ》なり。年高《としたか》うなりては、暑《あつ》さをわびて、暇《いとま》を申して、五《さ》月《つき》より八《は》月《づき》までは、[5]平等院一切経蔵《びやうどうゐんいつさいきやうざう》の南の山際《やまぎは》に、[6]南泉房《なんせんばう》といふ所に、籠《こも》り居《ゐ》られけり。さて、宇治大納言とは聞えけり。

もとどりを結《[7]ゆ》ひわげて、[8]〔をかしげなる姿にて〕、莚《むしろ》を板に敷《し》きて、〔すずみ居侍りて〕、大きなる打輪《うちわ》を〔持《も》てあふがせなどして、往《ゆ》き来《き》の者〕、上中下をいはず、〔呼び集め〕、昔物語をせさせて、われは内に添《そ》ひ臥《ふ》して、語るに従ひて、大きなる[9]双紙《さうし》に書かれけり。[10]天竺《ぢく》の事もあり、大唐の事もあり、日本の事もあり。それが内に、貴《たふと》き事もあり、をかしき事もあり、恐ろしき事もあり、あはれなる事もあり、きたなき事もあり。少々は[11]空《そら》物語もあり、[12]利《り》口《こう》なる事もあり、さまざまなり。

世の人、これを興《けう》じ見る。十四帖なり。その正本《しやうほん》は伝はりて、[13]侍《じ》

1 宇治大納言隆国の作と伝えられる散佚説話集。「中外抄」「愚管抄」「宝物集」「雑談集」「八雲御抄」「著聞集」序等にもその名が見える。

2 寛弘元年―承暦元年（一〇〇四―一〇七七）。醍醐源氏、俊賢の子、顕基の弟。他に「安養集」十巻の著がある。

3 延喜一四年―天祿三年（九一四―九七二）。醍醐帝の皇子。正二位、左大臣。藤原氏との政争に敗れて太宰権帥に左遷。西宮に居邸があったので西宮左大臣と称す。「西宮記」の著あり。

4 天徳四年―万寿四年（九六〇―一〇二七）。高明の三男。正二位、権大納言。四納言の一人。

5 京都府宇治市にある天台宗寺門派の大寺。初め源融の別館。藤原道長が買い取って頼通に伝え、彼は永承七年、修理して寺となした。その仏殿が鳳凰堂。頼通は晩年、ここで勤行と趣味の生活を送った。

6 南の泉に沿うて建てられた宿房か。その名は「帥記」承暦五年三月二日の条に見える。

7 (イ)結ひ曲(わ)げて、(ロ)結ひ分けて、両様の解があるが、(イ)であろう。もとどりを二つに分けるというのはおかしい。

従俊貞《じゅうとしさだ》[14]といひし人のもとにぞありける。いかになりにけるにか。後《のち》に、さかしき人々書き入れたる間《あひだ》、物語多くなれり。大納言より後の事書き入れたる本もあるにこそ。

さるほどに、今の世に、又物語書き入れたる出《い》で来《きた》れり。大納言の物語に漏《も》れたるを拾ひ集め、又その後の事など、書き集めたるなるべし。名を宇治《うぢ》拾遺物語《しふゐのものがたり》といふ。

宇治に残れるを拾ふと付けたるにや。又、侍従を拾遺と言へば、[15]侍従大納言はべるをまなびて

といふ事しりがたし　にやおぼつかなし。

8 「　」の中の文句、古本系諸本欠。桃本及び板本により補う。以下同じ。
9 草紙、草子、冊子。綴じた本の総称。
10 インドの古称。
11 虚構による物語。
12 口の上手なこと、物言いの巧みなこと。即興の言のおもしろさで人を笑わせること。
13 中務省の官。天皇の側近にあって、遺(お)ちたるを拾い、欠けたるを補う役。それで唐名を拾遺補闕という。
14 隆国の四男俊明の曾孫「俊定」か。父は参議俊雅。右少弁、侍従。
15 以下、古本系諸本底本に同じ。「板本」のみ「宇治拾遺物語といへるにや。差別しりがたし。おぼつかなし」。

宇治拾遺物語　第一

抄出之次第不同也

一　道命阿闍梨《だうみやうあざり》於《イテ》二和泉《いづみ》式部之許《もとニ》一読経《シ》五条《ノ》道祖神《さへのかみ》聴聞《ちやうもん》ノ事

今はむかし、[1]道命阿闍梨とて、[2]傅殿《ふのとの》の子に、色にふけりたる僧ありけり。[3]和泉式部に通ひけり。経をめでたく読《よ》みけり。

それが和泉式部がりゆきて、臥したりけるに、目覚《さ》めて、経を心をすまして読みけるほどに、[4]八巻《まき》読みはてて、暁《あかつき》にまどろまんとするほどに、人のけはひのしければ、「あれはたれぞ」と問ひければ、「おのれは五条《の》西《の》洞院の辺《ほとり》に候《さぶら》ふ翁に候《さぶらふ》」と応《こた》へければ、「こは何事ぞ」と道命言ひければ、「この御経をこよひ承《うけたま》はりぬる事の、世世《せぜ》生《しやう》生《じやう》、忘れがたく候」と言ひければ、道命、「法華経を読み奉《たてまつ》る事は常の事なり。など、こよひしも言はるるぞ」と言ひければ、五条の[5]斎《さい》いはく、「清くて読み参らせ給ふ時は、[6]梵天《ぼんてん》・[7]帝釈《たいしやく》をはじめ奉り

◆第一話――「古事談」三・「東斎随筆」好色類・「今昔」一二、三六話・「雑談集」七参照。

1　天延二年―寛仁四年(九七四―一〇二〇)。大納言道綱の子、母は中宮少進近広の女。慈恵僧正の弟子。阿闍梨、天王寺別当、歌人。

2　藤原道綱。傅とは東宮傅の略で皇太子の輔導役。道綱はこの役を勤め、傅大納言といわれた。天暦九年―寛仁四年(九五五―一〇二〇)。関白兼家の二男、母は陸奥守藤原倫寧女。正二位、大納言、右大将、東宮傅。

3　越前守大江雅致(まさむね)女。母は越中守平保衡女。上東門院に仕え和泉守橘道貞の妻となったので和泉式部と呼ばれる。情熱的な美人で歌人。為尊・敦道の両親王と恋愛、最後は藤原保昌に嫁す。「和泉式部日記」「和泉式部集」の作あり。

4　法華経は八巻二八品(ぼん)。

5　塞(さえ)の神。道祖神。「さへ」を訛って「さい」と言い、それに「斎」の字を宛てたもの。

6　大梵天王の略。仏教では色界初禅天の中に三天あり、その一つが大梵天。その主が大梵天王。

7　帝釈天。忉利天(とうりてん)の喜見城の主、つまり天帝のこと。

て、聴聞せさせ給へば、翁などは、近づき参りて、承るに及び候はず。こよひは、御行水《みぎやうずゐ》も候はで、読み奉らせ給へば、梵天・帝釈も御聴聞《ごちやうもん》候はぬひまにて、翁参り寄りて、承《うけたまは》り候ひぬる事の忘れがたく候ふなり」とのたまひけり。

されば、[8]はかなく、さは読み奉るとも、清くて読み奉るべき事なり。「念仏、[9]讃経、[10]四威儀《しゐぎ》を破る事なかれ」と、[11]恵心《ゑしん》の御房《ごばう》も戒しめ給ふにこそ。

二　丹波国《たんばのくに》篠村《しのむら》ニ平茸《ひらたけ》生フル事

これもいまはむかし、丹波国篠村《たんばのくにしのむら》[1]といふ所に、年比《としごろ》、[2]平茸《ひらたけ》やるかたもなく多かりけり。

里村の者、これを取りて、人にも心ざし、又われも食ひなどして、年来《ごろ》過ぐるほどに、その里にとりて、[3]むねとある者の夢に、[4]か

8　そのようにちょっと読経される時も。「さは、はかなく読み奉るとも」の意。
9　底本「読歟」と傍書。これが正しかろう。
10　行・住・坐・臥の四種をさす。この四種の動作についての戒律。
11　源信。天慶五年―寛仁元年(九四二―一〇一七)。大和国葛木(かつらぎ)郡の人。父は卜部(うらべ)正親、母は清原氏。天台宗恵心院流の祖。「往生要集」三巻等、著述が多い。

◆第二話
1　京都府亀岡市。「吾妻鏡」に篠村庄が見え、元弘三年(一三三三)、足利高氏がここで勤王の軍をあげたので有名。
2　一名肉茸。担子菌類。傘は半月形で一側に短柄あり、傘の上皮をはいで食用にする。初夏から初冬にかけて生ずる。
3　主だった者。頭だつ者。
4　「押つつかみ」の促音無表記か。頭髪が手でつかめるほどに少し伸びた。

しら、をつかみなる法師どもの、二三十人ばかり出《い》で来て、「申すべき事候」と言ひければ、「いかなる人ぞ」と問ふに、「この法師ばらは、この年比候ひて、宮仕《みやづかへ》よくして候ひつるが、この里の縁尽きて、今はよそへまかり候ひなんずる事の、[5]かつはあはれにも候。又、事の由《よし》を申さではと思ひて、この由を申すなり」と言ふと見て、[6]うち驚きて、「こは何事ぞ」と、妻《め》や子やなどに語るほどに、又、その里の人の夢にも、[7]この定《ぢやう》に見えたりとて、あまた同様に語れば、[8]心もえで年も暮れぬ。

さて、次の年の九十月《ながつきかんなづき》にもなりぬるに、[9]さきざき出《い》で来るほどなれば、山に入りて茸を求むるに、すべて、[10]蔬《くさびら》、おほかた見えず。いかなる事にかと、里国の者、思ひて過ぐるほどに、[11]故仲胤僧都《こちういんそうづ》とて、説法ならびなき人いましけり。この事を聞きて、「こはいかに、[12]不浄説法する法師、平茸に生《む》まるといふ事のあるものを」とのたまひてけり。

5 底本「まかりなんずる事の」。諸本により補う。
6 目がさめて。
7 このとおり。これと同様。
8 わけがわからなくて。
9 例年、平茸が生えるころになったので。
10 野菜または菌のこと。「菌クサビラ」（名義抄僧上）。
11 実頼公流、権中納言藤原季仲（すえなか）の八男。母は賀茂神主成助女。父は長治二年（一一〇五）日吉（ひえ）社の訴えにより解官、周防国に配流。翌年常陸国に移配。仲胤は叡山の少僧都、能説で有名。「著聞集」一八に俳諧歌を詠める話が見え、本書でも第八〇・一八二の説話にも登場。
12 邪命（じゃみょう）説法ともいい、名聞利養のために説法すること。「観無量寿経」に「不浄説法、無レ有二慚愧一」と見え、元照の同経疏巻下に「不浄と云ふは仏法に仮託して利養を希求するなり」とある。

されば、いかにもいかにも、平茸[12]は食はざらんに事かくまじきものなりとぞ。

三 鬼に癭《こぶ》被ルレ取ラ事

これも今はむかし、右の顔に大きなる癭《こぶ》ある翁ありけり。[1]大かうじのほどなり。[2]人にまじるに及ばねば、薪《たきぎ》を取りて世を過ぐるほどに、山へ行きぬ。

雨風はしたなくて、[3]帰るに及ばで、山の中に、心にもあらずとまりぬ。又、木こりもなかりけり。おそろしさ、すべき方なし。木の[4]うつほのありけるに、這《は》ひ入りて、目もあはず、かがまりて居たるほどに、はるかより人の音《こゑ》多くして、[5]とどめき来る音《をと》す。いかにも山の中に、ただひとり居たるに、人のけはひのしければ、少し[6]いき出《い》づる心地《ここち》して、見出《い》だしければ、大かた、やうやうさまざまなる

13 平茸は食わなくてもすむものだ。食わない方がよい。

◆**第三話**

1 大柑子。「かうじ」は「かむじ」「かんじ」の音便、蜜柑類の総名。和銅三年（七一〇）、入唐僧道顕が初めて柑子の木を奈良京に植えたとの記録あり（僧綱補任上）。

2 人と交際ができないので（異形を恥じて）。

3 底本「ことよはりて」。諸本により改め補う。

4 空洞。

5 地響き立ててやって来る音がする。諸注みな「がやがや騒ぎ立てながらやって来る音」と解しているが、それは上文「人の音」で、「とどめき来る音」は脚音をさし、区別している。

6 生き返る心地。「生き出づる」で「息出づる」ではない。

7 赤鬼は青い褌をつけ。皮膚の色とは違う褌をつけているに注意。
8 褌・犢鼻褌・浴衣。「またふたぎ」の「ま」が略されたもの。ふんどし。
9 (イ)貂（てん）の目、(ロ)天の目（星）、(ハ)太陽の三説あれど、ここは(ハ)か。
10 円く車座にすわった。
11 上座、上席。
12 左右さし向かいに二列に居並んだ鬼。「うらうへ」は「裏表」で、上下・左右・前後等、反対のものが対置されている場合にいう。
13 古語で「遊ぶ」というは、音楽や舞踊の遊びをさす。
14 薄板のへぎで作った角盆。
15 「くどき」は「口説き」で、くり返しくどくどしく言うこと。「くせせる」は、(イ)癖為る（全書）、(ロ)一本「くせさる」とあるを採って「解し得ない」の意（新釈）、(ハ)小鳥などの低音に囀るのをいう方言「くぜる」と関係あるか（大系）など諸説あれど判然せず。「弄ぶ」「いじる」という意の「せせる」「せせらかす」（「今昔」二九、二七話）と語源的に関係あるか。ここでは訳のわからぬことをがやがや言うことをさすらしい。

物ども、赤き[7]色には青き物を着、黒き色には赤き物をたふさぎ[8]にかき、大かた、目一つある物あり。口なき物など、大かた、いかにも言ふべきにあらぬ物ども、百人ばかりひしめき集まりて、火をてん[9]の目のごとくにともして、わが居たるうつほ木の前に、居まはり[10]ぬ。大かた、いとどものおぼえず。

むねとあると見ゆる鬼、横座《よこざ》[11]に居たり。うらうへ[12]に二ならびに居なみたる鬼、数を知らず。その姿、おのおの言ひつくしがたし。酒参らせ、あそぶ[13]ありさま、この世の人のする定《ぢやう》なり。たびたびかはらけ始まりて、むねとの鬼、ことの外《ほか》に酔《ゑ》ひたるさまなり。

末《すゑ》より、若き鬼一人立ちて、折敷《をしき》[14]をかざして、なにといふにか、くどき、くせせる[15]事を言ひて、横座の鬼の前にねり出《い》でて、くどくめり。横座の鬼、盃を左の手に持ちて、笑《ゑ》[16]みこだれたるさま、ただ、この世の人のごとし。舞ひて入りぬ。次第《しだい》に下より舞ふ。悪《あ》しく、よく舞ふもあり。あさましと見るほどに、この横座に居たる鬼の言ふやう、「こよひの御遊びこそ、いつにもすぐれたれ。ただし、さもめづらしからん[17]奏《かな》でを見ばや」など言ふに、この翁、[18]物の付きたりけるにや、又、しかるべく神仏の思はせ給ひけるにや、『あはれ、走り出《い》でて舞はばや』と思ふを、一度は思ひ返しつ。それに、なにとなく、鬼どもがうちあげたる拍子の、よげに聞えければ、[19]『さもあれ、ただ走り出《い》でて舞ひてん。[20]死なばさてありなん』と思ひとりて、木のうつほより、[21]烏帽子《ゑぼし》は鼻にたれかけたる翁の、腰に[22]よきといふ、木伐《き》る物さして、横座の鬼の居たる前に躍《をど》り出《い》でたり。この鬼ども、躍りあがりて、「こはなにぞ」と騒ぎあへり。翁、伸びあがり、かがまりて、舞ふべきかぎり、[23]すぢりもぢり、[24]えい声を出《い》だして、[25]一庭《ひとには》を走りまはり舞ふ。横座の鬼よりはじめて、集まり居たる鬼ども、[26]あさみ興ず。

横座の鬼のいはく、「多くの年比《ごろ》、この遊びをしつれども、いまだ、かかるものにこそあはざりつれ。今より、この翁、かやうの御遊び

16 笑い崩れている様。「こだる」は「傾く」の意。笑い興じて体勢が前後左右に傾く様。
17 舞。
18 つき物でもしたのか。
19 ええい、ままよ。
20 死ぬなら死ぬでよい。
21 元服した男子の冠り物。もとは礼冠の下にかぶる頭巾であったが、延喜以後、貴人は朝服に冠、平服に烏帽子を用いた。庶民は常用（昔の男子は無帽でいることはない）。初めは絹などで製したが、鳥羽帝以後は紙に漆を塗り固めて用いた。ここは柔らかいものであろう。
22 小形の斧。木を縦に切るに用いる。
23 身体をねじりくねらせて。
24 えい、えいという掛け声。
25 庭中。庭いっぱい。
26 驚嘆しておもしろがる。

27 お言いつけを待つまでもありません。「沙汰」は「命令」。
28 舞い納めの手振り。
29 質草。
30 (イ)「筋なきこと」、(ロ)「術なきこと」両様の解があるが、(イ)であろう。前文に「故なく召されん」とあるから、不当なこと、理由のないことの意と解すべきであろう。

にかならず参れ」と言ふ。翁申すやう、「[27]沙汰《さた》に及び候はず、参り候ふべし。このたびは、俄《には》かにて、[28]納《をさ》めの手も忘れ候ひにたり。かやうに御覧にかなひ候はば、しづかに仕《つか》うまつり候はん」と言ふ。横座の鬼「いみじく申したり。かならず参るべきなり」と言ふ。奥の座の三番に居たる鬼、「この翁はかくは申し候へども、参らぬ事も候はんずらんとおぼえ候ふに、[29]質《しち》をや取らるべく候ふらん」と言ふ。横座の鬼「しかるべし、しかるべし」と言ひて、「なにをか取るべき」と、おのおの言ひ沙汰するに、横座の鬼の言ふやう、「かの翁が頬《つら》にある癭《こぶ》をや取るべき。癭は、福の物なれば、それをぞ惜しみ思ふらん」と言ふに、翁が言ふやう、「ただ目鼻をば召すとも、この癭はゆるし給ひ候はん。年比持ちて候ふ物を、故なく召されん、[30]すぢなき事に候ひなん」と言へば、横座の鬼「かう惜しみ申すものなり。ただそれを取るべし」と言へば、鬼、寄りて「さは取るぞ」とて、ねぢて引くに、大かた痛き事なし。さて、「かならずこのたびの御遊びに参るべし」とて、暁《あかつき》に、鳥など鳴きぬれば、鬼ども帰りぬ。

翁、顔をさぐるに、年来《としごろ》ありし癭、跡《あと》かたなく、[31]かいのごひたるやうに、つやつやなかりければ、木伐《こ》らん事も忘れて、家に帰りぬ。妻《め》のうば「こはいかなりつる事ぞ」と問へば、しかじかと語る。「[32]あさましき事かな」と言ふ。

隣にある翁、左の顔に大きなる癭ありけるが、この翁、癭の失《う》せたるを見て、「こはいかにして、癭は失せ給ひたるぞ。いづこなる[33]医師《くすし》の取り申したるぞ。われに伝《つた》へ給へ。この癭取らん」と言ひければ、「これは医師《くすし》の取りたるにもあらず。しかじかの事ありて、鬼の取りたるなり」と言ひければ、「われ、[34]その定《ぢやう》にして取らん」とて、事の次第《しだい》をこまかに問ひければ、教へつ。

この翁、言ふままにして、その木のうつほに入りて待ちければ、まことに、聞くやうにして、鬼ども出《い》で来たり。居まはりて、酒呑《の》

31 ふき取ったように。

32 あきれたこと、驚いたこと。

33 「くすりし」の略。

34 そのとおりにして。それと同様にして。

み遊びて、「[35]いづら、翁は参りたるか」と言ひければ、この翁、恐ろしと思ひながら、[36]ゆるぎ出でたれば、鬼ども、「ここに翁参りて候」と申せば、横座の鬼「こち参れ。とく舞へ」と言へば、さきの翁よりは、[37]天骨《てんこつ》もなく、[38]おろおろかなでたりければ、横座の鬼「このたびはわろく舞ひたり。かへすがへすわろし。その取りたりし質の癭、返し賜《た》べ」と言ひければ、末つかたより鬼出で来て、「質の癭、返し賜《た》ぶぞ」とて、いま片方《かたかた》の顔に投げつけたりければ、[39]うらうへに癭つきたる翁にこそなりたりけれ。

ものうらやみはすまじき事なりたり[40]とか。

四　伴《ばんの》大納言ノ事

これも今は昔、[1]伴《ばんの》大納言善男《よしを》は、佐渡国郡司《さどのくにのぐんじ》[2]が従者《ずさ》なり。

かの国にて、善男、夢に見るやう、[3]西《さい》大寺と[4]東大寺とをまたげて

35 どこだ、どこにいるか。

36 身体をゆすりながら出たので。(イ)恐怖のためとも、(ロ)みえのためともとれるが、(ロ)であろう。

37 天来の才能。生まれつきの才能。

38 「おろおろ」は物事の十分でない意にいう語。未熟に、まずく舞うたので。

39 左右に。

40 陽本「とぞ」。

◆第四話——「古事談」二・「江談抄」三参照。

1 弘仁二年—貞観一〇年(八一一—八六八)。大伴氏、参議国道の五男。正三位、大納言。貞観八年、応天門焼打ちの罪を問われて伊豆に配流。そこ

立ちたりと見て、妻《め》の女に、この由《よし》を語る。妻のいはく、「[5]そこの股こそ、さかれんずらめ」と合《あ》[6]はするに、善男、驚きて、由なき事を語りてけるかなと恐れ思ひて、主《しう》の郡司が家へ行き向かふところに、郡司、[7]きはめたる相人《さうにん》なりけるが、日来《ひごろ》はさもせぬに、ことの外《ほか》に饗応して、[8]わらうだ取り、出《い》で対《むか》ひて[9]召しのぼせければ、善男、あやしみをなして、『われをすかしのぼせて、妻の言ひつるやうに、股などさかんずるやらん』と恐れ思ふほどに、郡司がいはく、「汝《なんぢ》、やむごとなき[10]高相の夢見てけり。それに、由なき人に語りてけり。かならず[11]大位にはいたるとも、[12]事出《い》できて、罪をかぶらんぞ」といふ。

しかるあひだ、善男、縁につきて、京上《きやうのぼり》して大納言にいたる。されども、[13]猶《なほ》罪をかぶる。郡司がことばにたがはず。

で没。彼が佐渡国郡司の従者であったとの話は、「江談抄」三・「古事談」二にも見えるが、父が佐渡へ流されたことに発する浮説であろう。
2 ここは郡の長官大領のこと。
3 奈良市西大寺町にある戒律宗の総本山。南都七大寺の一。
4 奈良市雑司町にある華厳宗の総本山。南都七大寺の一。
5 あなた。二人称代名詞。
6 夢合わせ。
7 大変すぐれた人相見。
8 わらふだ。円座。ここの文章、諸注「わらうだ取り出で、対ひて」と読んでいるが、本文のように区切って読むべきであろう。郡司が自ら円座を手に持ち、出て来て対面したのであろう。
9 板敷の上へ召し上せたので。平常は庭上におかれる。
10 高貴の位に昇る相。
11 高位。
12 事件。悪い事件が起きて。
13 陽本も同じ。古・板「犯罪」。

五　随求《ずゐぐ》陀羅尼《だらに》籠《こムル》額《ひたひニ》法師ノ事

これもいまはむかし、人のもとに、ゆゆしくことごとしく、負[1]斧、ほら貝[2]腰につけ、錫杖《しやくぢやう》[3]つきなどしたる山伏《やまぶし》[4]の、ことごとしげなる入り来て、侍《さぶらひ》[5]の立蔀《たてじとみ》[6]の内の小庭に立ちけるを、侍「あれは、いかなる御房ぞ」と問ひければ、「これは、日比《ひごろ》、白山[7]に侍《さぶら》ひつるが、御嶽《みたけ》[8]へ参りて、いま、二千日候はんと、仕まつり候ひつるが、斎料《ときれう》[9]つきて侍り。まかりあづからん[10]と申しあげ給へ」といひて立てり。

見れば、額《ひたひ》まゆの間のほどに、髪際《かうぎは》[11]によりて、二寸ばかり疵《きず》あり。いまだなまいえにて赤みたり。侍問ひて言ふやう、「その額の疵は、いかなる事ぞ」と問ふ。山伏、いと貴《たふ》と貴とし、声をなして言ふやう、「これは、随求陀羅尼《ずゐぐだらに》[12]を籠《こ》めたるぞ」と答ふ。侍の者

◆第五話

1 「をのおひ」と訓むべきであろう。「おひをの」ではあるまい。

2 法螺貝。軍陣に用い、仏具としても山伏が用いた。

3 サクジョウとも。上部は金属、中部は木、下部は牙や角で作り、上部に鐶をつけ、突き歩けば音を発する。

4 山野に伏して仏道を修行し歩く修験者。大和の金峰山(きんぷせん)・葛城山、加賀の白山、紀伊の熊野三山などはその道場。

5 侍たちの詰所。侍部屋。

6 蔀を衝立のように作り、塀のように庭先などに立てたもの。

7 加賀国能美郡の白山。その頂上御嶽に白山神社あり。

8 大和国吉野郡吉野山の金峰山。一名カネノミタケ。役(えんの)行者がこの山で千日の精進をし、蔵王権現を感得せしめたことから、修験者がここへ参詣するには必ず千日の精進を要し、これを御嶽精進といった。

9 仏事の食事、僧の食事を斎(とき)といい、その用にあてる金を斎料という。

10 御寄進いただきたい。

ども、「ゆゆしき事にこそ侍れ。足手の指など切りたるは、あまた見ゆれども、額破《わ》りて、陀羅尼籠《こ》めたるこそ、見るともおぼえね」と言ひ合ひたるほどに、十七八ばかりなる小侍の、ふと走り出《い》でて、うち見て、「あな、かたはらいたの法師や。なむでう随求陀羅尼を籠めんずるぞ。あれは、七条町に、江冠者《がうくわざ》[13]が家の、おほひんがし[14]にある鋳物師《いもじ》[15]が妻《め》を、みそかみそかに入り臥し入り臥しせしほどに、去年《こぞ》の夏、入り臥したりけるに、男《をとこ》[16]の鋳物師、帰りあひたりければ、取る物も取りあへず、逃げて西へ走りしが、冠者が家の前ほどにて追ひつめられて、さひ[17]杖《づゑ》して額をうち破《わ》られたりしぞかし。冠者も見しは[18]」と言ふを、あさましと人ども聞きて、山伏が顔を見れば、少しも事と思ひたる気色《けしき》もせず、少しまのし[19]したるやうにて、「その次《つい》でに籠めたるぞ」とつれなう言ひたる時に、集まれる人ども、一度に、はと笑ひたるまぎれに、逃げて去《い》にけり。

11 「かみぎは」の音便。髪の生え際。
12 「随求陀羅尼経」にある大随求菩薩のダラニ。この菩薩は一切衆生の希望を円満する菩薩で、ダラニとは真言密語、呪文。
13 大江氏で元服した青少年。小侍自身をさす。
14 真東。
15 「いものし」の略。鋳物職人。
16 夫。
17 鍬に似て除草に使う農具。鋳（和名）。
18 見たことだよ。「は」は詠嘆の終助詞。
19 諸辞書「眼伸（まのし）し」の意で、眼を伸ばして見張ることとするが、いかが。目を伸ばせば目が細くなるので、身に後暗いことなどあるとき、やや目を細めてごま化そうとする様をいうのではあるまいか。

六　中納言師時《もろとき》法師ノ玉茎《たまくき》検知ノ事

これもいまはむかし、中納言師時[1]といふ人おはしけり。

その御もとに、ことの外《ほか》に、色黒き墨染めの衣《ころも》のみじかきに、[2]不動袈裟といふ袈裟かけて、木練子《もくれんじ》[3]の念珠《ねんず》[4]の大きなるくり[5]下げたる聖法師《ひじりほふし》[6]、入り来て立てり。

中納言「あれは、何する僧ぞ」と尋ねらるるに、ことの外に、声をあはれげになして、「仮《かり》の世、はかなく候ふを、しのびがたくて、無始《むし》[7]よりこのかた、生死《しやうじ》[8]に流《る》転《てん》するは、せんずる所、煩悩《ぼんなう》[9]にひかへられて、いまにかくて憂《う》き世を出《い》でやらぬにこそ。これを無益《むやく》なりと思ひとりて、煩悩を切り捨てて、ひとへにこのたび、生死のさかひを出でなむと思ひとりたる聖人《しやうにん》に候」といふ。中納言「さて煩悩を切り捨つとは、いかに」と問ひ給へば、「[10]くは、これを御覧ぜよ」

◆第六話

1　承暦元年—保延二年（一〇七七—一一三六）。村上源氏、左大臣源俊房の二男、母は参議基平女。正三位、権中納言、大皇太后宮権大夫。詩・和歌に長じ、「金葉」以下作者。「長秋記」の著あり（分脈・補任・今鏡七・長秋記）。

2　結（ゆい）袈裟とも。山伏の着用する袈裟の一種。衣帯で固定するのでこの名がある。

3　モクゲンジ、センダンノボダイジュとも。むくろじ科の落葉高木。高さ一〇メートル、中国原産。球形の種子を数珠玉に、花は眼薬や黄色染料にする。

4　数珠。称名、念仏などの時、爪ぐってその遍数を数える。

5　指に巻き下げて持った。

6　庶民の間を往来、その化導を専らとする修行僧。空也・増賀・一遍などがその代表者。高野聖・熊野聖など多く、庶民に接触するので説話集の常連。

7　始原のないこと。遠い太初からの意。

8　迷える衆生が業因によって六道に輪廻転生すること。

9　有情の心身を悩乱し、悟りに入る

と言ひて、衣の前を[11]かき上げて見すれば、まことに、[12]まめやかのはなくて、ひげばかりあり。

「こは、不思議の事かな」と見給ふほどに、下《しも》に下《さが》りたる[13]袋の、ことの外《ほか》におぼえて、「人やある」と呼び給へば、侍二三人出《い》で来たり。中納言「その法師[14]引きはれ」とのたまへば、聖、[15]まのしをして、阿彌陀仏《あみだぶつ》申して、「とくとく、いかにもし給へ」と言ひて、あはれげなる顔気色《げしき》をして、足をうちひろげて、[16]おろねぶりたるを、中納言「足を引きひろげよ」とのたまへば、二三人寄りて、引きひろげつ。

さて、小侍の十二三ばかりなるがあるを召し出でて、「あの法師の股の上を、手をひろげて、上《あ》げ下《おろ》しさすれ」とのたまへば、そのままに、ふくらかなる手して、上《あ》げ下《おろ》しさする。とばかりあるほどに、この聖、まのしをして、「今はさて[17]おはせ」と言ひけるを、中納言「[18]よげになりにたり。ただすれ、それそれ」とありければ、

を妨げる一切の妄念。貪・瞋（じん）・癡（ち）・慢・疑・悪見の六種を根本煩悩というが、ここは主として色欲。

10 さあ、これ。相手の注意をうながす語。

11 「かきあけて」との解もあるが、ここは「かき上げて」と解しておく。

12 底本「まめやかにはなくて」。諸本により改む。ほん物の義。玉茎をさす。

13 陰嚢。「和名抄」三「布久利」。

14 ひっぱれ。法師を寝かせ、手足をひっぱり、押さえつけよの意か。

15 前話に同じく目を細めての意であろう。

16 「おろ」（をろ）は、いささか、少しの意の接頭語。目を細めて眠った振りをしたのであろう。

17 そのままにしておいて下さい。やめて下さい。

18 気持よさそうに。

聖「[19]さま悪《あ》しく候。今はさて」と言ふを、[20]あやにくにさすり臥せけるほどに、毛の中より、[21]松茸のおほきやかなる物の、ふらふらと出で来て、腹にすはすはとうちつけたり。中納言をはじめて、[22]そこら集《つど》ひたる者ども、諸声《もろごゑ》に笑ふ。聖も手を打ちて、臥しまろび笑ひけり。

[23]はやう、まめやか物を、下の袋へひねり入れて、[24]続飯《そくひ》にて、毛を取り付けて、さりげなくして、人をはかりて、物を乞《こ》はんとしたりけるなり。

[25]狂惑《きやうわく》の法師にてありける。

七　龍門聖《りようもんのひじり》鹿《しし》ニ欲《スル》レ替《かはラント》事

大和国《やまとのくに》に、[1]龍門《りようもん》といふ所に、聖《ひじり》ありけり。住みける所を名にて、龍門《りようもん》の聖とぞ言ひける。

19 不体裁です。
20 意地悪く。
21 男根を松茸にたとえるのは説話集や笑話の常套手段。
22 たくさん。大ぜい。
23 早う。実は。今まで気づかなかったり、説明しなかったことを、いま初めて気づいて説明する時に用いる。「今昔」に頻出。
24 「そくいひ」のつまったもの。飯粒を押し練って作った糊。
25 気違いじみた。「狂惑のやつ也」（袋草子二）、「狂惑のことにこそあらめ」（発心集八）などの用例あり。

◆第七話――「古事談」三・「昔物語治聞集」五参照。
1 奈良県吉野郡吉野町。東吉野村高見の西に接し、吉野町上市（かみいち）に至る間。北に龍門山を負い、南は吉野川に臨む。山口の上方に龍門寺跡があり、義淵の興立、久米仙人ここに籠居していたという。

その聖の親しく知りたりける男の、明け暮れ、[2]鹿《しし》を殺しけるに、[3]照射《ともし》といふ事をしける比《ころ》、いみじう暗かりける夜、照射に出《い》でにけり。

鹿を求めありくほどに、[4]目を合はせたりければ、鹿ありけりとて、[5]おしまはしおしまはしするに、たしかに目を合はせたり。[6]矢比《やごろ》にまはし寄りて、[7]火串《ほぐし》に引きかけて、矢を[8]はげて射んとて、弓ふりたて見るに、この鹿の目の間《あひ》の、例の鹿の目のあはひよりも近くて、目の色もかはりたりければ、あやしと思ひて、弓を引きさして、よく見けるに、なほあやしかりければ、矢をはづして、火を取りて見るに、鹿の目にはあらぬなりけりと見て、[9]おきばおきよと思ひて、近くまはし寄せて見れば、身は[10]一定《いちぢやう》の革にてあり。なほ鹿なりとて、又射んとするに、なほ目のあらざりければ、ただうちにうち寄せて見るに、法師の頭《かしら》に見なしつ。「こはいかに」と言ひて、[11]おり走りて、火うち吹きて、[12]しひをりとて見れば、この聖の目、うちた

2 鹿にはこの外、カ・カセキ・カノシシ・シカ等の訓がある。
3 夏の夜、猟師が木陰にかがり火をたき、または火串（ほぐし）に小松明（たいまつ）をともし、近寄る鹿を射殺す猟法（歌袋、四）。
4 視線が合ったので。
5 馬に乗って押し廻すと。諸注みな「松明を振り廻す」意に解するは疑問。下文「近くまはし寄せて」「おり走りて」「ただうちにうち寄せて」等、みな馬に乗っていたと解しなければ理解できない。暗夜の山中で照射に馬を押し廻す例としては「今昔」二七、三四話がある。
6 矢を射るに都合のよい間隔。
7 松明をはさむ木。
8 つがえて。
9 起きるなら起きよと決意して。
10 確かに（鹿の）革だ。「一張の革」と解する説もある。「張」は絃楽器や幕を数える時にも用いるが、獣皮を数える時は、一頭の獣から取れるものを一張とする（延喜式）。
11 馬から下り走って。
12 不詳。「鹿居りとて」「推折り取りて」、又「大系」注は「しひ」は「しび」で芯（しん）のこと、松明を明るくするために芯を摘んだのかと解

たきて、鹿の皮を引きかづきて、添《そ》ひ臥《ふ》し給へり。

「こはいかに、かくてはおはしますぞ」と言へば、ほろほろと泣きて、「[13]わぬしが制する事を聞かず、いたく、この鹿を殺す。われ、鹿に替《かは》りて殺されなば、さりとも、少しはとどまりなむと思へば、かくて射られんとして居《を》るなり。[14]口惜しう射ざりつ」とのたまふに、この男、臥しまろび泣きて、「かくまでおぼしける事を、[15]あながちにし侍《はべ》りける事」とて、そこにて、[16]刀を抜きて、弓うち切り、[17]胡《やな》簶《ぐひ》みな折りくだきて、[18]髻《もとどり》切りて、やがて、聖に具《ぐ》して法師になりて、聖のおはしける限《かぎ》り、聖につかはれて、聖失《う》せ給ひければ、替《かは》りて、又そこにぞ行ひて居《ゐ》たりけるとなん。

八　易《えき》ノ占《うらな》ヒシテ金《こがね》取《と》リ出《いだ》ス事

旅人の、宿《やど》求めけるに、大きやかなる家の、[1]あばれたるがありけ

しているが、疑問。

13 底本「はぬし」。諸本により改む。お前が私の制止するのを聞き入れず。

14 射なかったのは残念だ。

15 強情を張って殺生を続けましたこと。体言止めにしたのは余情を持たせた言い方。

16 小刀。刀という時は普通小刀。「太刀刀」とよく続けて用いる。

17 矢を入れて背に負う具。平(ひら)胡籙・壺胡籙の別あり。

18 毛髪を束ねて結んだ所。

◆**第八話**——「昔物語治聞集」五参照。

1 荒廃した。

るに、寄りて「ここに宿し給ひてんや」と言へば、女声にて、「よき事。宿《やど》り給へ」と言へば、みなおり[2]居《(を)》にけり。屋大きなれども、人ありげもなし。ただ女一人ぞあるけはひしける。

かくて、夜明けにければ、物食ひ[3]したためて、出《い》でて行《ゆ》くを、この家にある女、出で来て、「[4]え出《い》でおはせじ。とどまり給へ」と言ふ。「こは、いかに」と問へば、「おのれは、[5]金《こがね》千両負《お》ひ給へり。[6]そのわきまへしてこそ出《い》で給はめ」と言へば、この旅人の従者《ずんざ》ども、笑ひて、「[7]あらじや、讒《ざん》なんめり」と言へば、この旅人「しばし」と言ひて、又おり居て、[8]皮子《こ》乞ひ寄せて、幕引きめぐらして、しばしばかりありて、この女を呼びければ、出で来にけり。

旅人問ふやうは、「この親は、もし易の占《うらな》ひといふ事やせられし」と問へば、「[9]いさ、さ侍《はべ》りけん。そのし給ふやうなる事はし給ひき」と言へば、「さるなり」と言ひて、「さても何事にて、千両金負ひたる、そのわきまへせよとは言ふぞ」と問へば、「おのれが親の失《う》せ

2 馬から下りて座った。「大日本国語辞典」は「下居」の字を宛て、「下におりて居る、下にさがりて居る」の意となし、「大系」注もこれを採っているが、いかが。「その沢のほとりの木のかげに下りゐて、乾飯食ひけり」（伊勢、九段）、「関山にみなおりゐて、ここかしこの杉の下に車どもかきおろし」（源氏、関屋）などの例により、馬から下りて座った、の意なること明白。

3 食事をすっかり済ませて。連語として下に「したたむ」がつく場合は上の動作の準備から跡始末までをすっかり完了したことを示す。「大日本国語辞典」は、(イ)処置する。(ロ)用意する。支度する。(ハ)食う。食事する。の三意をあげ、ここの文句を(ロ)の例文に引き、「大系」注は(ハ)の意に解するが、みな疑問。

4 出て行かれることはできますまい。このままお出しすることはなりません。

5 私に金千両の借金があります。

6 その弁済をして。

7 「新釈」「全書」は「あら、しや、さんなめり」と訓んでいるが、本文のごとく訓む「大系」を採る。そんなことはありますまいよ。不当な言

侍りし折りに、[10]世中《よのなか》にあるべきほどの物など、えさせ置きて、申ししやう、『いまなむ、十年ありて、その月に、ここに旅人来て宿らんとす。その人は、わが金を千両負ひたる人なり。それに、その金を乞《こ》ひて、堪《た》へがたからん折りは、売りて過《す》ぎよ』と申ししかば、今までは、親の得させて侍りし物を、少しづつも売り使ひて、今年となりては、売るべき物も侍らぬままに、いつしか、わが親の言ひし月日の、疾《と》く来《こ》かしと待ち侍りつるに、今日《けふ》にあたりて、おはして宿り給へれば、金負ひ給へる人なりと思ひて申すなり」と言へば、「金の事はまことなり。さる事あるらん」とて、女をかたすみに引きて行きて、人にも知らせで、柱をたたかすれば、[11]うつほなる声のする所を、「[12]くは、これが中に、のたまふ金はあるぞ。開《あ》けて、少しづつ取り出でて、使ひ給へ」と教へて、出でて去《い》にけり。

この女の親の、易の占ひの上手にて、この女のありさまを[13]勘《かんが》へけるに、『いま十年ありて、貧しくならんとす。その月日、易の占ひす

いがかりでしょう。

8 革籠。皮革で張り包んだかご。後には紙や竹で張り編んだものにもいう。物を入れるに用いるが、特に旅行の時に食料や衣料を入れて持ち歩く。行李。

9 さあ、どうでしょうか。（はっきりは知りませんが）そんなことをしたのでしょう。「いさ」は下に「知らず」の意を含む。

10 生活できるだけの物をくれておいて。

11 中が空洞になっていることを示す音。ボンボンと、張りのある音がしたのであろう。

12 さあ。では。相手の注意をうながす語。

13 よく占って考えると。ここは易の判断をしてみると、の意。

る男来て、『宿らんずる』と勘《かんが》へて、『かかる金ありと告げては、まだ[14]しきに取り出でて、使ひ失ひては、貧しくならんほどに、使ふ物なくてまどひなむ』[15]と思ひて、しか言ひ教へて、死にける後にも、この家をも売り失はずして、今日を待ちつけて、この人を、かく責めければ、これも易の占ひする者にて、心を見て[16]、占ひ出だして、教へ出でて去《い》にけるなりけり。

易の占ひは、行末《ゆくすゑ》を、掌《たなごころ》の中のやうにさして、知る事にてありけるなり。

九　宇治殿倒レサセ給ヒテ実相房《じつさうばう》僧正験者《げんざ》ニ被《る》ルレ召サ事

これもいまはむかし、[1]高陽院《かやのゐん》造らるる間、[2]宇治殿、御騎馬《おんのりうま》にて、わたらせ給ふ間、倒れさせ給ひて、[3]心地違《たが》はせ給ふ。[4]心誉《しんよ》僧正に祈られんとて、召しに遣《つか》はすほどに、いまだ参らざるさきに、女房の

14 まだその時機ではないうちに。早くから。

15 途方に暮れるだろう。困窮するであろう。

16 事情を察して。

◆第九話——「古事談」三・「富家語談」一三六話参照。

1 中御門の南、堀川の東、方二町にわたる大邸宅。その西南隅一町を賀陽（かやの）院という。同訓なので混同されることが多い。高陽院は頼通の所造。貞応二年（一二二三）の焼亡後、廃絶。

2 藤原頼通。正暦三年―延久六年（九九二―一〇七四）。道長の長男。従一位、摂政・関白・太政大臣・准三后。氏長者。法名蓮花覚、又寂覚。宇治殿と称せられたのは、永承七年（一〇五二）宇治の別荘を改めて寺となし平等院と号してからであろう。

局《つぼね》なる小女に、物つきて、申していはく、「別《べち》の事にあらず。きと[5]、目見入れ[6]奉《たてまつ》るによりて、かくおはしますなり。僧正参られざるさきに、護法[7]さきだちて参りて、追ひはらひ候へば、逃《に》げをはりぬ」とこそ申しけれ。すなはち、よくならせ給ひにけり。

心誉《しんよ》僧正、いみじかりけるとか。

一〇　秦兼久《はたのかねひさ》向《カヒテ》ニ通俊《みちとし》卿《の》許《ノもとニ》悪口ノ事

これも今は昔、治部卿《ぢぶきやう》[1]通俊卿《みちとしのきやう》[2]、後拾遺を撰《えら》ばれける時、秦兼久《はたのかねひさ》[3]、行き向かひて、おのづから、歌などや入ると思ひて、伺ひけるに、治部卿、出《い》で合ひて、物語して、「いかなる歌か詠《よ》みたる」と言はれければ、「はかばかしき歌候はず。後三条院[4]、隠れさせ給ひてのち、円宗寺[5]に参りて候ひしに、花の匂ひ[6]は、昔にもかはらず侍りしかば、仕《つか》う奉《まつ》りて候《さぶら》ひしなり」とて、

3 気分が悪くなられた。
4 天慶四年—長元二年(九四一—一〇二九)。実相房。藤原氏。左馬頭重輔の男。園城寺、実相院の住持、治安四年法成寺執務。長元二年園城寺長吏(分脈・諸門跡譜下・僧官補任・大鏡裏書・類聚雑例)。
5 「きっと」に同じ。(イ)ちょっと(ロ)しっかと、の両義があるが、ここはどちらともとれる。
6 視線を合わせる。
7 仏法守護のために使役せられる鬼神で童子の姿をしている。

◆第一〇話——「袋草紙」二・「今物語」参照。
1 治部省の長官藤原通俊。永承二年(「分脈」は長久四年)—承徳三年(一〇四七—一〇九九)。太宰大弐経平の二男、母は高階成順女。従二位、権中納言、治部卿。「後拾遺集」を撰進、「続新撰和歌集」を作る。
2 白河帝の勅命により、応徳三年(一〇八六)通俊が撰進。若干の訂正を経て翌寛治元年完成。二〇巻、女流歌人の歌が多い。撰集方針に対し、経信・頼綱・兼方などから強い非難があり、特に経信は「難後拾遺」を書いて批判した。

「去年《こぞ》見しに色も変らず咲きにけり[7]花こそものは思はざりけれ

とこそ仕《つかまつ》りて候ひしか」と言ひければ、通俊卿《の》、「[8]よろしく詠《よ》みたり。ただし、けれ・けり・けるなどいふ事は、いとしもなき言葉《ことば》なり。それはさることにて、[9]花こそといふ文字こそ、女《め》の童《わらは》などの名にしつべけれ」とて、いとも誉《ほ》められざりければ、言葉少なにて立ちて、侍どもありける所に寄りて、「この殿は、大かた、歌のありさま知り給はぬにこそ。かかる人の撰集承《うけたまは》りておはするは、あさましき事かな。[10]四条大納言の歌に、

[11]春来てぞ人も問ひける山里は花こそ宿の主人《あるじ》なりけれ

と詠み給へるは、めでたき歌とて、世の人口《ひとぐち》に告《の》りて申すめるは、その歌に、『人も問ひける』とあり、又、『宿の主人なりけれ』とあめるは。『花こそ』と言ひたるは、それには同じさまなるに、いかなれば、四条大納言のはめでたくて、兼久がはわろかるべきぞ。かかる人の撰集承りて撰び給ふ、あさましき事なり」と言ひて、出でにけり。

3 「金葉」九・「袋草紙」二等によれば、「秦兼方（かねのり）」の誤りらしい。兼方は左近府生武方の子。六位、右近将曹（一説左近将監）。兼久は兼方の子。寛治八年（一〇九四）四月十四日、前関白師実・新関白師通の賀茂詣でに府生として舞人をつとむ（「中右記」同日）。両人とも官位は通俊に比べはるかに低い。それが和歌については絶大の自信を持っていたわけだ。

4 第七一代天皇。長元七年—延久五年（一〇三四—一〇七三）。後朱雀帝の第二皇子、母は禎子。治暦四年、三五歳で践祚、延久四年譲位。

5 京都市右京区谷口円宗寺町にあった後三条帝の御願寺。四円寺の一。

6 桜花の艶麗な美しさ。

7 花は悲しみを知らぬ。「けれ」は詠嘆。この歌「金葉」巻九雑上（五五九）に「右近将曹秦兼方」作として出ている。

8 まあまあの出来。

9 人名に添える接尾語の「こそ」は、初めその人を呼んで注意せしめるためであったが、転じて愛称となった。「花こそ」は「花さん、花ちゃん」に当たる。係助詞の「こそ」が愛称の「こそ」に似通ってよくない

侍、通俊の許《もと》へ行きて、「兼久こそ、かうかう申して出《い》でぬれ」と語りければ、治部卿、うちうなづきて、「さりけりさりけり[12]。ものな言ひそ」とぞ言はれける。

一一　源《げん》大《だい》納《な》言《ごん》雅俊《まさとし》一生不犯《ふぼん》ノ金《かね》打タセタル事

これも今は昔、京極の源大納言雅俊《まさとし》[1]といふ人おはしけり。仏事をせられけるに、仏前にて、僧に鐘《かね》を打たせて、一生不犯《ふぼん》[2]なるを選びて、講[3]を行はれけるに、ある僧の、礼盤《らいばん》[4]に上《のぼ》りて、少し顔《かほ》気色違《けしきたが》ひたるやうになりて、撞木《しゆもく》[5]を取りて、振りまはして、打ちもやらで、しばしばかりありければ、大納言、いかにと思はれけるほどに、やや久しくものも言はでありければ、人ども、おぼつかなく思ひけるほどに、この僧、わななきたる声にて、「かはつるみ[6]は、いかが候《さぶら》ふべき」と言ひたるに、諸人、おとがひ[7]を放《はな》ちて笑ひたる

というのである。

10 藤原公任。康保三年―長久二年（九六六―一〇四一）。関白頼忠の一男、母は中務卿代明親王女。正二位、権大納言、按察使。四納言の一、歌人歌学者として第一人者。「和漢朗詠集」「北山抄」等の著書あり。

11 この歌「拾遺集」巻一六、雑春（一〇一五）に見ゆ。

12 そうだ、そうだ。何も言うな。自分に何も言うなの意。

◆第一一話

1 源雅俊。治暦二年―保安三年（一〇六六―一一二二）。村上源氏、右大臣顕房の二男（「分脈」は三男）、母は美濃守藤原良任女。正二位、権大納言。京極大納言と号す。

2 仏の邪淫戒を守り、一生女に接しないこと。

3 神仏の信者の集まって催す法会。講会。

4 導師が仏を礼拝し誦経する時に上る台座。

5 鉦を打ち鳴らす丁字形の棒。

6 (イ)手淫、(ロ)男色、二様の解があるが、ここは、(イ)。

7 下あご。「おとがひを放ちて笑ふ」とは、口を大きく開けて笑うこと。

8 (イ)ちょっと、(ロ)たしかに、両様の義があるが、ここは(ロ)か。まじめくさってそう言ったところにおかしみがある。
9 「昨夜も」とあるから、ほとんど毎夜していたことがわかる。

◆第一二話
1 延暦寺。比叡山は京都の東北（鬼門）にそびえ、海抜八五〇メートル。延暦寺は天台宗の大本山、山門と号す。延暦七年（七八八）、桓武帝の勅願により最澄の創建。住職を座主という。東塔（根本中堂あり）・西塔・横川（よかわ）の三塔に分かれ、堂塔伽藍三千余坊に及んだこともある。
2 寺で召し使う少年だが、男色の対象とされたものが多い。
3 「掻餅」の音便。(イ)掻い練りの餅、(ロ)粥餅、両説あれど、(イ)か。今のぼたもち、おはぎの類。
4 心頼みに期待して。
5 作り終えるのを待って。
6 寝た振りをして。
7 眠っているのを起こしてくれるだろう。
8 もしもし。丁寧に呼び掛ける言葉。

に、一人の侍ありて、「かはつるみは、いくつばかりにて候ひしぞ」と問ひたるに、この僧、首をひねりて、「[8]きと、[9]夜部《よべ》もして候ひき」と言ふに、大かた、どよみあへり。

そのまぎれに、はやう逃げにけりとぞ。

三 児《ちご》カイ餅《もちひ》スルニ空寝《そらね》シタル事

これも今は昔、[1]比叡《ひえ》の山に[2]児《ちご》ありけり。僧たち、宵《よひ》のつれづれに、「いざ、[3]掻餅《かいもちひ》せん」と言ひけるを、この児、[4]心よせに聞きけり。『さりとて、[5]為出《し》だ《い》さんを待ちて、寝ざらんもわろかりなん』と思ひて、片方《かたかた》に寄りて、[6]寝たる由《よし》にて、出《い》でくるを待ちけるに、すでに、為出《しい》だしたるさまにて、ひしめき合ひたり。

この児、定《さだ》めて、[7]おどろかさんずらんと待ち居たるに、僧の、「[8]もの申し候はん。おどろかせ給へ」と言ふを、うれしとは思へども、『ただ一度に応《いら》へんも、待ちけるかともぞ思ふ』とて、『いま一《ひと》声《こゑ》呼ばれて応《いら》へん』と念じて[9]、寝たるほどに、「や、な起こし奉りそ。幼き人は、寝入り給ひにけり」といふ声のしければ、あな、わびしと思ひて、『いま一度起こせかし』と思ひ寝に聞けば[10]、ひしひし[11]と、ただ食ひに食ふ音のしければ、ずちなくて[12]、無期《むご》[13]の後《のち》に、「えい」と応へたりければ、僧たち、笑ふ事限りなし。

一三　田舎児《ゐなかのちご》桜ノ散ルヲ見テ泣ク事

これも今はむかし、田舎《ゐなか》の児《ちご》の、比叡《ひえ》の山へ登りたりけるが、桜のめでたく咲きたりけるに、風のはげしく吹きけるを見て、この児、さめざめと泣きけるを見て、僧の、やはら寄りて、「など、かうは泣かせ給ふぞ。この花の散るを惜《を》しうおぼえさせ給ふか。桜は、はかなきものにて、かくほどなく移ろひ[1]候ふなり。されども、

9　我慢して。
10　思いながら寝ていて聞けば。
11　むしゃむしゃと。
12　「術無くて」。どうしようもなくて。
13　長く時間がたってから。拍子抜けのしたじぶんに。

◆第一三話

1　「うつる」の延言。色が変わる、色が褪せるの意だが、ここは散るの意。
2　(イ)それだけのことです、(ロ)そうと決まったものです、両様の解あり。諸注みな(イ)を採り、栄枯を軽く受け流して児を慰めた意としているが、(ロ)を採れば、桜はそういう宿命なのだと諭して、運命的な諦観で児を慰めたことになる。

[2]さのみぞ候ふ」と慰めければ、「桜の散らんは、[3]あながちにいかがせん。苦しからず。わが父《てて》の作りたる麦の花散りて、[4]実のいらざらん思ふがわびしき」と言ひて、さくり上げて、よよと泣きければ、[5]うたてしやな。

一四　小藤太聟《むこ》ニオドサレタル事

これも今は昔、[1]源大納言《げんだいなごん》定房《さだふさ》といひける人の許《もと》に、[2]小藤太といふ侍ありけり。[3]やがて、女房にあひ具《ぐ》してぞありける。女《むすめ》も女房にて仕《つか》はれけり。

この小藤太は、[4]殿の沙汰《さた》をしければ、[5]三とほり四とほりに居ひろげてぞありける。

この女の女房に、[6]なまりやうけしの通ひけるありけり。宵《よひ》に忍びて局《つぼね》へ入りにけり。暁より雨降りて、え帰らで、局に忍びて臥《ふ》した

3 無理にどうしてみようもないことです。

4 実が入らないのではないかと思うと、それがせつない。

5 興ざめたことだ。作者の主観を一言で表白した例は珍しい。

◆第一四話

1 大治五年—文治四年（一一三〇—一一八八）。村上源氏、中納言雅兼の子、右大臣雅定の養子。母は能俊女。正二位、大納言。「千載」作者。

2 伝不詳。

3 そのまま。大納言家の侍として仕えながら、同家に仕える女房と夫婦になっていた。

4 主家の家務を取りしきっていたので。

5 （主家の）部屋をいくつも独占して、の意か。

6 生良家子。「なま」は下につく語がその属性を十分に所有していない意を表す接頭辞。良家子は重代その職にある良家の子弟（字類抄・職原抄）。結局、生粋の良家の子というほどではないが、まあまあ良家の子といってもよいほどのもの。

りけり。

この女の女房は[7]うへへのぼりにけり。この聟の君、屏風を立てまはして寝たりける。春雨、いつとなく降りて、帰るべきやうもなくて臥したりけるに、この舅《しうと》の小藤太、『この聟の君、つれづれにておはすらん』とて、肴《さかな》、[8]折《を》敷《しき》に据《す》ゑて持ちて、いま片手に、[9]提《ひさげ》に酒を入れて、縁《えん》より入らんは人見つべしと思ひて、奥の方より、さりげなくて持《も》て行くに、この聟の君は、[10]衣《きぬ》を引きかづきて、のけざまに臥したりけり。『この女房の、疾《と》く下《お》りよかし』と、つれづれに思ひて臥したりけるほどに、奥の方より、遣戸《やりど》をあけければ、『うたがひなく、この女房の、うへより下《お》るるぞ』と思ひて、衣をば顔にかづきながら、[11]あの物をかき出《い》だして、腹を反《そ》らして、[12]けしけしと[13]おどしければ、小藤太、おびえて、[14]なけされかへりけるほどに、肴もうち散らし、酒もさながらうちこぼして、[15]大鬚《おほひげ》をささげて、のけざまに臥して倒れたり。

7　主人のいる室。
8　第三話の注参照。
9　柄がなくて注ぎ口と鉉（つる）のある器。液体を入れるに用いる。
10　夜着をひっかぶって。
11　男根、玉茎。
12　勃起を形容した擬態語。他にほとんど用例を見ない。
13　流布本「おこしければ」とあるが、採らぬ。「おどし」（驚かせた、威嚇した）というのは、聟の意志ではなく、第三者（作者）の目からみて「おどし」と誇張したもの。したがって下文「小藤太、おびえて」がうまくつづく。
14　のけぞり返った、の意か。
15　手を口辺のひげにやって驚愕の貌。

頭《かしら》を荒《あら》う打ちて、[16]まくれ入りて臥せりけりとか。

一五　大童子《だいどうじ》鮭《さけ》ヌスミタル事

これも今は昔、越後国《ゑちごのくに》より、鮭《さけ》を馬に負《お》ほせて、[1]二十駄《だ》ばかり、[2]粟田口《あはたぐち》より京へ追ひ入れけり。それに、粟田口の鍛冶《かぢ》が居たるほどに、頂《いただき》禿《は》げたる[3]大童子《だいどうじ》の、[4]まみしぐれて、ものむつかしう、[5]うららかにも見えぬが、この鮭の馬の中に走り入りにけり。道はせばくて、馬、なにかとひしめきける間《あひだ》、この大童子、走り添《そ》ひて、鮭を二つ引き抜きて、ふところへ引き入れてけり。

さて、さりげなくて走り先立《さきだ》ちけるを、この鮭に具《ぐ》したる男《をのこ》見てけり。走り先立ちて、童《わらは》の[6]たてくびを取りて、引きとどめて言ふやう、「[7]わ先生《せんじゃう》は、いかでこの鮭を盗《ぬす》むぞ」と言ひければ、大童子

16 「まくれ」は「目(ま)暗れ」で、目がくらむ、目まいがすること。

◆第一五話

1 一駄は馬一頭に負わせる荷の斤量。

2 京都市東山区粟田口町。三条通の東端で、東海道への要衝。後鳥羽帝は刀剣を好み、ために天下の良工が京都に集まったが、特に藤原吉光は粟田口に住して子孫粟田口鍛冶と称した。また帝は一年各月に鍛冶番を割り当てたが、この中に国安・国友・久国など粟田口に在住の刀工が入り、著名な刀工が鎌倉時代に輩出した。

3 普通は僧家で召し使う童子で、上童子の下、中童子の上にあるものをいうが、ここは単に年たけた童子の義。鍛冶の徒弟であろう。

4 泣きそうな目つきをした、というのが通説だが、ここではおかしい。目つきのパッチリしない、狡猾そうな目つきをさす。

5 さっぱりとしない、狡猾でうさん臭そうな様子の。

6 うなじ、えりくび。

7 そこもと、お前。「わ」は名詞・

「さる事なし。なにを証拠《しようこ》にて、かうはのたまふぞ。わ主《ぬし》が取りて、[8]この童に負《お》ほするなり」と言ふ。

かく、ひしめくほどに、のぼりくだる者、市《いち》をなして、行きもやらで見合ひたり。さるほどに、この鮭の[9]綱丁《かうちやう》「まさしく、わ先生、取りてふところに引き入れつ」と言ふ。大童子は又、「わ主こそ、わ盗みつれ」と言ふ時に、この鮭に付きたる男、「せんずるところ、われも人も、ふところを見ん」と言ふ。大童子「[10]さまでやはあるべき」など言ふほどに、この男、袴《はかま》を脱《ぬ》ぎて、ふところをひろげて、「くは、見給へ」と言ひて、[11]ひしひしとす。

さて、この男、大童子につかみ付きて、「わ先生、はや物脱《ぬ》ぎ給へ」と言へば、童「[12]さま悪《あ》しとよ。さまであるべき事か」と言ふを、この男、ただ脱がせに脱がせて、前を引きあけたるに、腰に、鮭を二つ、腹に添へてさしたり。男「[13]くはくは」と言ひて、引き出だしたりける時に、この大童子、うち見て、「あはれ、もつたいな

代名詞に冠し、相手を親しみ、又はやや軽侮して呼ぶ接頭語。「先生」は官名としては帯刀（たちはき）の長をさすが、ここは二人称代名詞。

8 私に罪を転嫁するのだ。

9 古代、庸調などの官物を京へ運ぶ人夫の長。宰領。運搬物の種類と量によって、重きは史生（しじょう）以上の者、軽きは郡司やその子弟、富裕な百姓などが当たった。官物を損失した場合は弁償させられたが、後代には官物を横領し、京都に居宅を買って定住する者が頻出し、国用欠乏の一因となった（「延喜式」二三・「類聚三代格」一二）

10 そうまでしなくてもよかろう。

11 激しく迫る。

12 みっともないよ。

13 これ、これ。

き主《ぬし》かな。[14]こがやうに、はだかになして漁《あさ》らんには、いかなる女《によう》御《ご》、后《きさき》なりとも、腰に、[15]鮭の一二尺なきやうはありなんや」と言ひたりければ、そこら立ちどまりて見ける者ども、一度に「はつ」と笑ひけるとか。

一六　尼地蔵《あまちざう》奉《たてまつル》レ見事

今は昔、[1]丹後国《たんごのくに》に老尼ありけり。

[2]地蔵菩薩《ちざうぼさつ》は、暁《あかつき》ごとに歩《あり》き給ふといふ事を、ほのかに聞きて、暁ごとに、地蔵見奉らんとて、[3]ひと世界を、まどひ歩《あり》くに、[4]博打《ばくち》の、打ちほうけて居たるが見て、「尼公《あまぎみ》は、寒きに、なにわざし給ふぞ」と言へば、「地蔵菩薩の、暁に歩《あり》き給ふなるに、あひ参らせんとて、かく歩《あり》くなり」と言へば、「地蔵の歩《あり》かせ給ふ道は、われこそ知りたれ。[5]いざ給へ、あはせ参らせん」と言へば、「あはれ、

14 このように。「が」という助詞は、相手を軽蔑した時に用いる。

15 「鮭」と「裂け」（女陰）、「尺」と「隻」とを、それぞれ掛けたもの。「隻」は魚・鳥・舟・矢などを数えるに用いる語。「尺」は呉音シャク、漢音セキ。「一二尺」は誇張した言い方。

◈第一六話――「今昔」一七、一話・「地蔵菩薩霊験記」上・「昔物語治聞集」六参照。

1 京都府の北部。

2 釈迦牟尼の付嘱により、弥勒の成道に至るまで、無仏の世界に住し、六道の衆生を教化する菩薩。これを讃嘆し、その像を絵や彫刻にして拝礼すれば、その人は忉利天に生まれると言われ、人々は争って地蔵の像を図絵彫刻して信仰した。地蔵が暁に歩くことは「延命地蔵経」に見える。

3 そこら中。「ひと」は下に続くものの全部を表す接頭辞。「世界」とは元来「世」と「界」の意で、世は過去・現在・未来の時間的区分、界は

うれしき事かな。地蔵の歩《あり》かせ給はん所へ、われを率《ゐ》[6]ておはせよ」と言へば、「われに物を得させ給へ。やがて率《ゐ》て奉らん」と言ひければ、「この着たる衣《きぬ》奉らん」と言へば、「さは、いざ給へ」とて隣なる所へ率《ゐ》て行く。

尼悦《よろこ》びて、急ぎ行くに、そこの子に、地蔵といふ童ありけるを、それが親を知りたりけるによりて、「地蔵は」と問ひければ、親「遊びに往《い》ぬ。いま来なん」と言へば、「くは、ここなり。地蔵のおはします所は」と言へば、尼、うれしくて、紬《つむぎ》[7]の衣を脱ぎて取らすれば、博打《ばくち》は、急ぎて取りて去《い》ぬ。

尼は、地蔵見参らせんとて居たれば、親どもは、心得ず、『などこの童を見んと思ふらん』と思ふほどに、十ばかりなる童の来たるを、「くは、地蔵よ」と言へば、尼、見るままに是非《ぜひ》も知らず、臥しまろびて、拝《をが》み入りて、土にうつ臥したり。

童、ずはえ[8]を持ちて遊びけるままに、来たりけるが、そのずはえ

東西・南北・四維・上下の空間的区分をさす仏語。転じて国土・四海・世の中・世間・土地・地方・区域の意にも用いられる。ここは土地・地方・区域などの意。

4 賭博に夢中になってばかりのようになっていた男。賭博は政府の度々の禁令にもかかわらず、中古末から中世にかけて流行。世情不安で、正当な労働に正当な報酬が期せられなくなった時に、それは常に流行する。

5 さあ、いらっしゃい。人を誘う時に発する語。

6 連れて行って下され。

7 つむぎ糸で織った絹布。つむぎ糸は屑まゆを練り、又は真綿からつむいだ糸。

8 木の棒。「楉・楚 スハヘ、荆 スハエ」(名義抄)。

して、手すさみのやうに、額《ひたひ》をかけば、額より顔のうへまで裂《さ》けぬ。裂けたる中より、えもいはずめでたき地蔵の御顔見え給ふ。尼、拝《をが》み入りて、うち見上げたれば、かくて立ち給へれば、涙を流して拝み入り参らせて、やがて[9]極楽へ参りにけり。

されば、心にだにも深く念じつれば、仏も見え給ふなりけりと信ずべし。

一七　修行者《しゆぎやうしや》逢《あ》フ二百鬼夜行《ひやくきやぎやう》ニ一事

今は昔、修行者のありけるが、[1]津《つ》の国まで行きたりけるに、日暮れて、[2]りうせん寺とて、大きなる寺の、古《ふ》りたるが、人もなきありけり。

これは、人宿《やど》らぬ所といへども、そのあたりに、又宿るべき所なかりければ、いかがせんと思ひて、[3]笈《おひ》うちおろして、内に入りて居

9 そのまま、極楽へ往生した。

◆第一七話——「昔物語治聞集」一参照。

1 摂津国。今の大阪府北西部から兵庫県南東部。

2 摂津国にこうした寺は見当たらぬ。「新釈」「全書」は河内国南河内郡の龍泉寺の誤りかとなす。龍泉寺は牛頭（ごず）山医王院（真言宗）と号し、本尊は薬師如来。寺伝によれば蘇我馬子の創建、空海の再建。

3 修験者や行脚僧が旅中背負って歩く道具。箱形で四脚あり、中に仏具・衣服・書籍・食器などを入れる。

たり。
[4]不動の呪《じゅ》を唱《とな》へ居たるに、夜中ばかりにやなりぬらんと思ふほどに、人々の声あまたして、来る音すなり。見れば、手ごとに火をともして、人、[5]百人ばかり、この堂の内に来集《つど》ひたり。
近くて見れば、目一つ付きたりなど、さまざまなり。人にもあらず、あさましきものどもなりけり。あるひは角生《お》ひたり。頭《かしら》も、えもいはず恐ろしげなるものどもなり。恐ろしと思へども、すべきやうもなくて居たれば、おのおのみな居《ゐ》[6]ぬ。ひとりぞ、[7]また所もなくて、え居ずして、火をうち振りて、われをつらつらと見て、言ふやう、「わが居るべき座に、新しき不動尊こそ居給ひたれ。今夜ばかりは外におはせ」とて、片手して、われを引きさげて、堂の軒《のき》の下に据《す》ゑつ。

さるほどに、「暁《あかつき》になりぬ」とて、この人々、ののしりて帰りぬ。『まことにあさましく恐ろしかりける所かな。疾《と》く夜の明けよ

4 不動明王を祈念する陀羅尼（呪文）。不動明王は五大明王の一。大日如来の童僕給仕となり、魔軍を破摧し、真言の行者を守る。童形で顔色猛悪、右に降魔の剣、左に羂索を持ち、火炎を背にしている。陀羅尼は仏菩薩の説いた呪文で、梵文のまま読誦する。

5 百鬼夜行。種々の妖怪が列をなして夜行する。この日時出歩けば命がないとされ、その害を避けるには尊勝陀羅尼を誦したり、その護符を肌身につけたりした。

6 座った。

7 外に座るべき場所がなくて。

かし。去《い》なん』と思ふに、からうじて夜明けたり。

うち見まはしたれば、ありし寺もなし。はるばるとある野の、来《こ》し方も見えず。人の踏《ふ》み分《わ》けたる道も見えず。行くべき方もなければ、あさましと思ひて居たるほどに、まれまれ[8]馬に乗《の》りたる人どもの、人あまた具《ぐ》して出《い》で来たり。

いとうれしくて、「ここはいづくとか申し候」と問へば、「など、かくは問ひ給ふぞ。肥前国《ひぜんのくに》[9]ぞかし」と言へば、あさましきわざかなと思ひて、事のやう、くはしく言へば、この馬なる人も、「いと希有《けう》の事かな。肥前《の》国にとりても、これは奥の郡《こほり》[10]なり。これは御《み》[11]館《たち》へ参るなり」と言へば、修行者、悦びて、「道も知り候はぬに、さらば、道までも参らん」と言ひて行きければ、これより京へ行くべき道など教へければ、舟尋《たづ》ねて、京へのぼりにけり。

さて、人どもに、「かかるあさましき事こそありしか。津の国の、りうせん寺といふ寺に宿りたりしを、鬼どもの来て、『所せば

8 極めてまれなるにいう語だが、ここは、たまたま、偶然などの意。
9 今の佐賀・長崎の両県。
10 はっきりはわからぬが、或いは東松浦郡などの山中か。
11 国庁。ここに国守の居館もあった。なお、肥前の国府は「和名抄」に「小城《乎城》国府」とあるが、府址を見ず、今の佐賀郡春日村大字久池井の地かという（「地名辞書」所引「国郡沿革考」）。

第一七話

し』とて、『あたらしき不動尊、しばし雨だり[12]におはしませ』と言ひて、かきいだきて、雨だりに、つい[13]据《す》ゆと思ひしに、肥前国《の》の、奥の郡にこそ居たりしか。かかるあさましき事にこそあひたりしか」とぞ、京に来て語りけるとぞ。

一八　利仁《としひと》署預《いも》粥《がゆ》ノ事

今は昔、利仁[1]の将軍の、若かりける時、その時の一《いち》[2]の人の御許[3]に、恪勤《かくごん》[4]して候ひける[5]に、正月に、大饗《だいきやう》[6]せられけるに、そのかみは大饗はてて、とりばみ[7]といふ者を、払《はら》ひて入れずして、大饗のおろし米とて、給仕したる恪勤の者ども食ひけるなり。

そのところに、年比《としごろ》になりて、きうしたる[8]者の中には、所得《ところえ》[9]たる五位ありけり。そのおろし米の座にて、芋粥《いもがゆ》[10]すすりて、舌《した》打ちをして、「あはれ、いかで芋粥に飽《あ》かん」と言ひければ、利仁、これを[11]

12　雨だれの落ちる所。軒下。「垂る」は下二段・四段の両方に活用。ここは四段。

13　「つき据ゆ」の音便。ちょっと置いた、そっと置いたの意。荒々しく据えたのではない。それでは上文「雨だりにおはしませ」という敬語と矛盾する。ちょっと置かれたと思ったのが、はるか肥前国であったところに驚異があるのだ。

◆第一八話――「今昔」二六、一七話参照。

1　藤原利仁。魚名流、常陸介時長の子、母は越前人秦豊国女。従四位下、鎮守府将軍、諸国の守を歴任(分脈)。当時有名な猛将で、下野国賊、蔵宗蔵安を討伐(鞍馬寺縁起)、新羅征討の将軍に任ぜられたが、新羅の調伏により殺害された話(「今昔」一四、四五話)がある。

2　摂政関白の異称。「一の所」。

3　底本「御とも」。龍・桃・名本により改む。

4　親王・摂関・大臣等に仕えること、又その侍。

5　底本「候ひにるに」。龍・桃本により改む。

6　むかし例年又は臨時に行われる大

聞きて、「[12]大夫殿《たいふどの》、いまだ芋粥に飽かせ給はずや」と問ふ。五位「いまだ飽き侍らず」と言へば、「飽かせ奉《たてまつ》りてんかし」と言へば、「畏《かしこ》く侍らん」とてやみぬ。

さて、四五日ばかりありて、[13]曹司住《ざうしず》みにてありけるところへ、利仁来て言ふやう、「[14]いざさせ給へ、湯浴《ゆあ》みに、大夫殿」と言へば、「いと畏《かしこ》き事かな。今宵《こよひ》、身のかゆく侍りつるに。乗物こそは侍らね」と言へば、「ここに、[15]あやしの馬具して侍り」と言へば、「あな、うれしうれし」と言ひて、[16]薄綿《うすわた》の衣《きぬ》二つばかりに、[17]青鈍《あをにび》の[18]指貫《さしぬき》の裾《すそ》破れたるに、同じ色の[19]狩衣《かりぎぬ》の、[20]肩少し落ちたるに、[21]下の袴《はかま》も着ず。鼻高《はなだか》なるものの、先は赤みて、穴のあたり濡《ぬ》ればみたるは、[22]すすばなをのごはぬなめりと見ゆ。狩衣のうしろは、帯《おび》に引きゆがめられたるままに、引きも繕《つくろ》はぬは、いみじう見苦し。をかしけれども、先に立てて、[23]われも人も馬に乗りて、[24]河原ざまにうち出でぬ。

五位の供《とも》には、あやしの童だになし。利仁が供《とも》には、[25]調度懸《てうどかけ》、[26]舎人《とね》

饗宴。「二宮の大饗」と「大臣の大饗」とあり、ここは後者。さらに「大臣の大饗」も毎年正月に行われるものと、任大臣の時に行われるもの（臨時）とあり、ここは前者。

7 「取り食み」。饗宴の残肴を投げ与えて乞食たちが取り食うこと、又その乞食たち。

8 古本系諸本みな底本に同じ。「きうしゝたる」の「ゝ」が落ちたるか、又は「給仕たる」という語ありしか、不明。「今昔」は「その殿に年ごろになりて所得たる五位の侍」。

9 五位の位を得て所得意然たる男。

10 やまのいもの薄片を甘ずらみせんでまぜて煮た粥。

11 底本「を」なし。諸本により補う。

12 五位に叙せられた者を大夫という。タイフと澄んでよむ。

13 非番で自分の部屋へ下っている所へ。

14 さあ、おいでなさい。

15 粗末な馬。

16 当時の綿は真綿で貴重。

17 青みがかった薄墨色。

18 衣冠・直衣・狩衣などの袴。

19 最初は公家が狩猟の時の衣服。後には公家や武家の常服。

人《り》、[27]雑色《ざふしき》ひとりぞありける。

河原うち過ぎて、[28]粟田口《あはたぐち》にかかるに、「いづくへぞ」と問へば、ただ、「ここぞここぞ」とて、[29]山科《やましな》も過ぎぬ。「こはいかに。ここぞここぞとて、山科も過ぐしつるは」と言へば、「あしこあしこ」とて、[30]関山《せきやま》も過ぎぬ。「ここぞここぞ」とて、[31]三井寺に、知りたる僧の許《もと》に行きたれば、ここに湯沸《わ》かすかと思ふだにも、ものぐるほしう遠かりけりと思ふに、ここにも湯ありげもなし。「いづら、湯は」と言へば、「まことは、[32]敦賀《つるが》へ率《ゐ》て奉るなり」と言へば、「ものぐるほしうおはしける。京にて、さとのたまはましかば、下人《げにん》なども、具《ぐ》すべかりけるを」と言へば、利仁、あざ笑ひて、「利仁、ひとり侍らば、千人とおぼせ」と言ふ。

かくて、物など食ひて、急ぎ出でぬ。そこにてぞ、利仁、[33]胡籙《やなぐひ》取りて負《お》ひける。

かくて行くほどに、[34]みつの浜に、狐の、一《ひと》つ走り出《い》でたるを見

20 底本「肩」脱。諸本により補う。肩の部分が古く萎えているため張りを失っている様。うらぶれの風態。
21 指貫の下に着用する袴。老人は白、青壮年は紅色を用いた。
22 鼻汁。
23 「われ」は利仁、「人」は五位をさす。利仁の視点から描写。
24 賀茂河原の方。
25 武具をかついで主人の供をする者。
26 乗馬の口取り男。
27 雑用にあたる下男、小者。
28 第一五話の注参照。
29 京都市東山区山科。
30 逢坂山。山城・近江の国境で、関があったのでこの名がある。
31 園城寺。大津市にある天台宗寺門派の総本山。大友の与多王の創建。
32 福井県敦賀市。
33 矢を入れて背に負う武具。
34 大津市下坂本辺の琵琶湖畔。

て、「よき使[35]出《い》で来たり」とて、利仁、狐をおしかくれば、狐、身を投げて逃ぐれども、追ひ責められて、え逃げず。落[36]ちかかりて、狐の尻足《しりあし》を取りて引き上げつ。

乗りたる馬は、[37]いと賢《かしこ》しとも見えざりつれども、いみじき逸物《いちもつ》にてありければ、[38]いくばくも延《のば》さずして、捕へたるところに、この五位走らせて行き着きたれば、狐を引き上げて、言ふやうは、「[39]わ狐、今宵《こよひ》のうちに、利仁が家の、敦賀《つるが》にまかりて言はんやうは、『俄《にはか》に、客人《まらうど》具し奉りて下るなり。明日《あす》の[40]巳時《みのとき》に、[41]高嶋辺《のあたり》に、男《をのこ》ども迎へに、馬に鞍置きて、二疋《ひき》具して、[42]まうで来《こ》』と言へ。もし言はぬものならば、[43]わ狐、ただ試《こころ》みよ。狐は[44]変化《へんげ》あるものなれば、今《け》日《ふ》のうちに行き着きて言へ」とて放《はな》てば、「[45]荒涼《くわうりやう》の使かな」と言ふ。「よし御覧ぜよ。まからでは世にあらじ」と言ふに、はやく狐、[46]見返り見返りして、前《さき》に走り行く。「よくまかるめり」と言ふに合はせて、走り先立ちて失《う》せぬ。

35 陽本のみ「たより」。「字類抄」には「使（便）タヨリ」とあるから、こうも訓める。但し「今昔」は「使」。
36 馬の腹に落ちかかるように身を屈めて。
37 （利仁の乗馬は）よく調教された名馬とも見えなかったが、素質のよい駿馬であったので。「今昔」では「乗りたる馬いと賢しと見えねども、いみじき逸物にてありければ、いくばくも延ばさず、五位、狐を捕へたる所に馳せ着きたれば」とあって、明らかに五位の乗馬だが、本文では利仁の乗馬ととるべきであろう。
38 馬の脚をいくほども延ばさぬうちに。
39 「わ」は親しんで呼びかける語。
40 午前十時。
41 滋賀県高島郡高島町。「和名抄」七に高島郷を記す。琵琶湖西岸の要地。
42 やって来い。
43 この下脱文あるか。後文によれば「からきめ見せむずるぞ」とあるべし。
44 神通力。
45 大様な、当てにならぬ。「今昔」は「広量」。「荒涼」には、すさまじい、荒れはてた等の外に、軽率な、当てにならぬの意あり。

かくて、その夜は道に留《とど》まりて、つとめて、疾《と》く出でて行くほどに、まことに、巳《の》時ばかりに、三十騎ばかり[47]凝《こ》りて来るものあり。何にかあらんと見るに、「男《をのこ》ども、まうで来たり」と言へば、「[48]不《ふ》定《ぢやう》の事かな」と言ふほどに、ただ近《ちか》に近くなりて、はらはらと下《お》るるほどに、「これ見よ。まことにおはしたるは」と言へば、利仁、[49]うちほほ笑みて、「何事ぞ」と問ふ。[50]おとなしき郎等、進み来て、「希有《けう》の事の候ひつるなり」と言ふ。まづ、「馬は有りや」と言へば、「二疋候《さぶらふ》」と言ふ。

食ひ物などして来ければ、そのほどに下《お》り居て、食ふついでに、おとなしき郎等の言ふやう、「[51]夜部《よべ》、希有の事の候ひしなり。[52]戌時《いぬのとき》ばかりに、[53]台盤所《だいばんどころ》の、[54]胸をきりにきりて病《や》ませ給ひしかば、いかなる事にかとて、俄に、[55]僧召さんなど、[56]騒《さわ》がせ給ひしほどに、[57]てづから仰せ候ふやう、『何か騒がせ給ふ。をのれは狐なり。別《べち》の事なし。この五日、みつの浜にて、殿《との》の下らせ給ひつるに逢ひ奉りたりつる

46　底本「見返〳〵」。本文のごとくに訓むべきであろう。
47　一団となって。「今昔」「凝りて」。異文の多い個処だが、本文が正しい。
48　当てにならぬこと（五位の言葉）。諸注「意外なこと」となすは誤り。
49　底本「うちほをえみて」。龍・桃本により改む。
50　「大人しき郎等」で、年かさの頭だった家来。
51　昨夜。
52　午後八時。
53　元来は台盤を置く所の意であるが転じて貴人の夫人をさす。奥方。
54　しきりに胸痛を訴えられますので。
55　加持祈禱の僧。
56　主格は主人有仁。
57　奥方みずから。奥方に狐が乗り移ったもの。

に、逃げつれど、え逃げで、捕へられ奉りたりつるに、「今日《けふ》のうちに、わが家に行き着きて、客人《まらうど》具し奉りてなん下る。明日、巳時《みのとき》に、馬二つに鞍置きて、具して、男《をのこ》ども、高嶋の津に参り合へと言へ。もし、今日のうちに行き着きて言はずば、[58]辛《から》きめ見せんずるぞ」と仰せられつるなり。男ども、疾《と》く疾く出で立ちて参れ。遅く参らば、われは[59]勘当《かんだう》かうぶりなん』と、怖《お》ぢ騒がせ給ひつれば、男どもに、[60]召し仰せ候ひつれば、[61]例ざまにならせ給ひにき。そののち、[62]鳥とともに参り候ひつるなり」と言へば、利仁、うち笑《ゑ》みて、[63]五位に見合はすれば、五位、あさましと思ひたり。

物など食ひはてて、急ぎ立ちて、暗々《くらぐら》に行き着きぬ。「[64]これ見よ。まことなりけり」と[65]あさみ合ひたり。

五位は、馬より下りて、家のさまを見るに、[66]賑《にぎは》はしくめでたき事、物にも似ず。もと着たる衣《きぬ》二つが上に、利仁が[67]宿衣《とのゐもの》を着せたれども、[68]身の中《うち》し透《す》きたるべければ、いみじう寒げに思ひたるに、[69]長《なが》

58 痛い目に合わせてやるぞ。この文句が前文では欠脱していた。
59 (殿の) おしかりをこうむるであろう。
60 主格は有仁。
61 (狐が落ちて) いつもの常態に。
62 鶏鳴とともに。朝早くから。
63 (それみたことかと言わぬばかりに) 五位の方へ視線を投げてよこすと。
64 有仁家の人々の声。
65 驚き合っている。狐の告げが本当であったことに驚く。
66 使用人も多く、裕福そうなこと。
67 夜着、寝衣。
68 「今昔」「身の内し透きたりければ」。「新釈」「全書」ともに空腹の意とするが従えない。厚い下着をあまり着ていないので、身内がすいて寒いのであろう。空腹は五位に限らない。
69 長方形のいろり。

炭櫃《すびつ》に火を多うおこしたり。

畳あつらかに敷きて、くだ物食ひ物、しまうけて[70]、楽しく覚ゆるに、「道のほど、寒くおはしつらん」とて、練色《ねりいろ》[71]の衣の、綿あつらかなる、三つ引き重ねてもて来て、うちおほひたるに、楽し[72]とはおろかなり。

物食ひなどして、事しづまりたるに、舅《しうと》の[73]有仁《ありひと》、出で来て言ふやう、「こは、いかで、かくはわたらせ給へるぞ。これに合はせて、御使のさま、ものぐるほしうて、うへ[74]、俄《にはか》に病ませ奉り給ふ。希有《けう》の事なり」と言へば、利仁、うち笑みて、「物[75]の心見んと思ひてしたりつる事を、まことにまうで来て、告げて侍るにこそあんなれ」と言へば、舅も笑ひて、「希有の事なり」と言ふ。「具《ぐ》し奉らせ給ひつらん人は、このおはします殿の御事か」と言へば、「さに侍り。芋粥にいまだ飽かずと仰せらるれば、飽かせ奉らんとて、率《ゐ》て奉りたる」と言へば、「やすき[76]ものにも、え飽かせ給はざりけるかな」

70 調理し準備して。

71 淡黄色の着物。底本「練色の衣」。諸本により「の」を補う。

72 楽しいどころではない。

73 伝不明。土地の土豪であろう。

74 北の方、奥方。自分の娘であるが、利仁に敬意を表してかくいう。

75 獣の心をためしてみようとて。

76 それは又簡易なものに御不自由なされたものよのう。

とて、たはぶるれば、五位「[77]東山に、湯沸《わ》かしたりとて、人をはかり出でて、かくのたまふなり」など、言ひたはぶれて、夜少し更《ふ》けぬれば、舅も入りぬ。

寝所《ねどころ》とおぼしき所に、五位入りて寝んとするに、綿四五寸ばかりある[78]直垂《ひたたれ》あり。わが、もとの薄綿《うすわた》は、[79]むつかしう、何のあるにか、かゆき所も出で来る衣《きぬ》なれば、脱ぎ置きて、練色《ねりいろ》の衣三つが上に、この直垂引き着て臥したる心、[80]いまだ習はぬに、気も上げつべし。汗水にて臥したるに、又かたはらに人のはたらけば、「誰《た》そ」と問へば、「[81]『御足給へ』と候へば、参りつるなり」と言ふ。けはひにくからねば、[82]かき臥せて、[83]風の空《す》く所に臥せたり。

かかるほどに、もの高く言ふ声す。何事ぞと聞けば、男《をのこ》の叫びて言ふやう、「この辺の下人《げにん》うけたまはれ。明日の[84]卯時《うのとき》に、切口三寸、長さ五尺の芋、おのおの一筋《すぢ》づつ持《も》て参れ」と言ふなりけり。『あさましう[85]おほのかにも言ふものかな』と聞きて、寝入りぬ。

77 「今昔」には、「いざさせ給へ、大夫殿。東山の辺に湯涌かして候ふ所に」と五位をさそい出したことになっており、前後完全に照応する。「宇治拾遺」の本文は不十分。

78 諸本「宿衣歟」と傍書。ここは寝具の直垂衾のこと。常服の直垂とは別物。「兵範記」保元三、一一、五に「今夜執レ聟、(中略)男女相伴被レ入二帳中一、下官覆レ衾直垂」とあるにて明白。

79 古本系諸本「むかしう」とあり、「本ノママ」と傍書。「今昔」により訂補。

80 (こんな暖かさは) まだ経験がないので、上気してしまいそうだ。

81 「今昔」は「御足参れ」。客人の御足をもんでさしあげよ。按摩だけではなく、枕席の伽をすることを命ぜられたもの。

82 「今昔」は「かき寄せて」。抱いて寝ること。

83 風の入ってくる所。

84 午前六時。

85 大よう、大らか。

暁方《あかつきがた》に聞けば、庭に莚《むしろ》敷く音のするを、何わざするにかあらんと聞くに、[86]こやたうばんより始めて、起き立ちて居たるほどに、蔀《しとみ》あげたるに、見れば、長莚《ながむしろ》をぞ四五枚敷きたる。[87]何《なに》の料《れう》にかあらんと見るほどに、下衆男《げすをのこ》の、木のやうなる物を、肩にうちかけて来て、一筋置きて去《い》ぬ。

その後《のち》、うち続き持《も》て来つつ置くを見れば、まことに、口三寸ばかりの芋の、五六尺ばかりなるを、一筋づつ持て来て置くとすれど、[88]巳《の》時まで置きければ、居たる屋と等しく置きなしつ。夜部《よべ》叫びしは、[89]はやうその辺にある下人の限りに、もの言ひ聞かすとて、[90]人呼びの岡とてある[91]塚の上にて言ふなりけり。[92]ただ、その声の及ぶ限りのめぐりの下人の限りの持て来るにだに、さばかり多かり。まして、立ち退《の》きたる従者《ずさ》どもの、多さを思ひやるべし。

あさましと見たるほどに、[93]五石なはの釜を五六《いつつむつ》、舁《か》き持て来て、庭に杭《くひ》ども打ちて、据《す》ゑわたしたり。何の料ぞと見るほどに、[94]しほ

86　底本「こやたうぃん」。「ハ」と「い」は誤写されやすく、桃本「こやたうハん」として「本ノマヽ」と傍書。諸注「小屋当番」、「大系」注は「後夜当番」と解す。「和名抄」「字類抄」に「助鋪」をコヤ、ヒタキヤと訓み、「如二衛士屋一也」と注す。夜警の者の詰所を「こや」と言えること明らか。武士社会では夜警が重視され、「吾妻鏡」文治四、十、二十条に「景能此間於二鶴岡馬場辺一構二小屋一。是為レ警二固宮寺一也」とある。又「当番」の語は「延喜式」「中右記」「山槐記」「盛衰記」等に見える。「今昔」にはこの語に当たるものがないが、武士の進出した「宇治拾遺」時代には、このように使用されたものであろう。結局、「小屋当番」で、夜警の侍をさすと思われる。

87　何の材料。

88　午前十時。

89　「はやう」は、或る事実に後に気づいた時にいう語。

90　里人に命令を示達するための岡。武士団形成の当時、かかる方法で主命が伝えられ、敏速な行動に出たことが判明する。

91　「今昔」は「墓(つか)」。墓は土を盛って小高くしてあるので、それを

きぬのあをといふ物着て、[95]帯《おび》して、若やかに、きたなげなき女どもの、白く、新しき桶に水を入れて、この釜どもに、さくさくと入る。なにぞ、湯沸かすかと見れば、この水と見るは、[96]みせんなりけり。若き男どもの、袂《たもと》より手出《いだ》したる、薄らかなる刀の、長やかなる持《も》たるが、十余人ばかり出で来て、この芋をむきつつ、[97]透き切《ぎ》りに切れば、はやく芋粥煮《に》るなりけりと見るに、食ふべき心地もせず、かへりては疎《うと》ましくなりにたり。

さらさらと[98]かへらかして、「芋粥出でまうで来にたり」と言ふ。「参らせよ」とて、先づ、大きなるかはらけ具して、かねの[99]提《ひさげ》の、一斗ばかり入りぬべきに、三つ四つに入れて、「[100]且」とて持て来たるに、飽きて、一盛《ひともり》をだに、え食はず、「飽きにたり」と言へば、いみじう笑ひて、集まりて居て、「客人《まらうど》殿の御徳に、芋粥食ひつ」と言ひ合へり。

かやうにするほどに、向かひの長屋の軒《のき》に、狐の、さしのぞきて

利用したものか。

92 「けり」底本脱。諸本により補う。

93 五石入りの釜。「今昔」「五斛納(こくなは)」。「なは」は「納ナフ、ノフ」(名義抄)の訛り。

94 「国史大系本」傍注に「縮衣」の字を宛て、「大言海」は絹の一種としてここの本文を例示しているが、かかる労働女が絹の衣服を着ているはずがない。「今昔」に「白き布の襖」とあるのが正しかろう。襖(あを)は庶民の着る布製のあわせ。

95 当時、貴族の女性は室内では帯をしないが、下衆女で労働するものは中帯をした。

96 味煎。甘ずらを煎じた汁。砂糖のない時代の甘味料。

97 薄くそぎ切ること。

98 煮返して。

99 「今昔」は「銀の提」。「提」は注ぎ口とつるがあり、液体を入れて盃などに注ぐに用いる。

100 「且」の字、「名義抄」には「マヅ、アクバカリ」の訓があり、ここもマヅと訓むか、又はカツと訓み、さあ、どうぞ、の意か。「今昔」にはこれに該当する語がない。誤写あるか。

居たるを、利仁見つけて、「かれ、御覧ぜよ。候ひし狐の、見参《げざん》するを」とて、「かれに物食はせよ」と言ひければ、食はするに、うち食ひてけり。

かくて、よろづの事、楽しと言へばおろかなり。一月ばかりありて上りけるに、[101]褻《け》納《をさめ》の装束どもあまた領《くだり》[102]、又ただの八丈[103]・綿・衣《きぬ》など[104]皮子どもに入れて取らせ、初めの夜の直垂《ひたたれ》、はた、さらなり。馬に鞍置きながら取らせてこそ送りけれ。

[105]きう者なれども、所につけて、年比《としごろ》になりて、ゆるされたる者は、さる者の、おのづから有るなりけり。

一九　清徳聖《せいとくのひじり》奇《き》特《どく》ノ事

今は昔、[1]清徳聖《せいとくのひじり》といふ聖のありけるが、母の死にたりければ、棺《ひつぎ》にうち入れて、ただひとり、[2]愛宕《あたご》の山に持《も》て行きて、大きなる石

101 平常服と晴れ着の服。
102 「領」は着物を勘定する時に用いる接尾辞。
103 八丈絹。長さ八丈あったので名づけたという。
104 皮籠。行李。
105 諸説あって難解な語。(イ)給者、給仕の者、恪勤の侍で身分の低い者か（新釈）、(ロ)窮者（字類抄）で貧窮者（全書）、(ハ)給者ととるが、給仕者ではなく、領地を賜わった者（有仁・利仁ら）（大系）など、諸説あり。しかし、この説話の主人公を利仁ととり、その威勢の誇示が一編のテーマとなす「大系」の説には従えない。「今昔」では本話を「宿報」の部に入れており、五位の幸運を一つ所に実直に勤めた余徳としているから、五位が主人公であり、その宿報の強調が主題であること明白。一見無関係と見える二つの事実を因果の糸で結び、偶然を必然化するのが宿報であるからだ。結局(ロ)を採り、一つ所に長年勤続して、人からも立てられるようになった者（五位）は、かかる偶然の幸運にありつくものだ、と解したい。それでこそ、冒頭における五位の説明とも照応する。

を四《よ》つの隅《すみ》に置きて、その上にこの棺をうち置きて、[3]千手陀羅尼《せんじゆだらに》を片時休む時もなく、うち寝《ぬ》る事もせず、物も食はず、湯水も飲まで、声絶《こわだ》えもせず、誦《ず》し奉りて、この棺を回《めぐ》る事、三年《みとせ》になりぬ。

その年の春、夢ともなく、現《うつつ》ともなく、ほのかに母の声にて、「この陀羅尼を、かく夜昼誦《よるひるず》し給へば、われは、はやく男子《なんし》となりて、[4]天に生まれにしかども、おなじくは、仏になりて告げ申さんとて、今までは告げ申さざりつるぞ。今は仏になりて告げ申すなり」と言ふと聞ゆる時、『さ思ひつる事なり。今は、はやうなり給ひぬらん』とて、[5]取り出でて、そこにて焼きて、骨取り集めて埋《うづ》みて、上に石の[6]卒都婆《そとば》など立てて、[7]例のやうにして、京へ出づる道に、西京《にしのきやう》に、[8]なぎ、いと多く生《お》ひたる所あり。

この聖、[9]困《こう》じて、物いと欲しかりければ、道すがら、折りて食ふほどに、主《ぬし》の男出で来て見れば、いと貴《たふと》げなる聖の、かく[10]すずろに折り食へば、あさましと思ひて、「いかに、かくは召すぞ」と言

◆第一九話

1 伝不詳。

2 一名白雲山。京都市右京区上嵯峨の北部にある山。海抜九二〇メートル。山頂に愛宕神社あり、白雲寺の跡と称せらる。中世の修験道では、ここに天狗が住むといわれた。

3 大悲呪とも、大悲心陀羅尼ともいい、千手観音の三昧を示した陀羅尼（呪文）のこと。

4 天上界。天趣ともいう。六界（六道）の一で、人間界の上、天王・天衆の住む最上の世界。ここへ生まれ替わるのは最高の幸福と、仏教ではいわれている。

5 母の死骸を。

6 率塔婆。略して塔婆、塔とも。インドではもと仏・阿羅漢・帝（たい）王などの墓標であったが、後には聖地の標示、又は伽藍建築の荘厳（かざり）として建設された。五重・三重などの高塔を塔と称し、追善供養のために用いる小形の板塔婆を率塔婆、又は塔婆と称するに至った。

7 埋送の儀礼をつくして。

8 水葱（和名抄）、水蔥（本草和名・名義抄）などの字を宛てる。食用に供する水菜の一種。

9 疲労して。

ふ。聖、「困《こう》じて、苦しきままに食ふなり」と言ふ時に、「さらば、参りぬべくは[11]、今少しも、召さまほしからんほど召せ」と言へば、三十筋ばかり、むずむずと折り食ふ。このなぎは、三町ばかりぞ植ゑたりけるに、かく食へば、いとあさましく、食はんやうも見まほしくて、「召しつべくは、いくらも召せ」と言へば、「あな貴《たふ》と[12]」とて、うちゐざりうちゐざり[13]折りつつ、三町をさながら[14]食ひつ。主の男、あさましう[15]物食ひつべき聖かなと思ひて、「しばし居させ給へ。物して[16]召させん」とて、白米一石取り出でて、飯《いひ》にして食はせたれば、「年比《としごろ》、物も食はで困じたるに」とて、みな食ひて出で去《い》ぬ。

この男、いとあさましと思ひて、これを人に語りけるを聞きつつ、坊城の右の大殿《おほいどの》[17]に、人の語り参らせければ、『いかでか、さはあらん。心得ぬ事かな。呼びて、物食はせてみん』とおぼして、「結《けち》縁《えん》[18]のために物参らせてみん」とて、呼ばせ給ひければ、いみじげな

10 むやみに。
11 召し上がれるものなら。
12 ああ、とうといこと（寄進に感謝）。
13 膝行することをいうが、ここでは腰を屈めて水葱を折り取りつつ、の意。
14 すっかり、全部。
15 あきれた大食の聖よ。
16 食物を作ってさしあげましょう。
17 右大臣藤原師輔。延喜八年—天徳四年（九〇八—九六〇）。忠平の二男、母は右大臣源能有女昭子。正二位、右大臣、右大将。藤氏中興の英傑といわれる。長女安子は村上后、伊尹・兼通・兼家・為光・公季の五男は太政大臣、前の三子は摂関。「新撰年中行事」「除目抄」の撰あり、日録に「九暦」、又「遺誡」一編を子孫に残す（分脈・補任・大鏡四）。
18 仏道に縁を結ぶこと。

る聖、歩み参る。その尻に、餓鬼[19]・畜生[20]・虎・狼・犬・烏、よろづの鳥獣ども、千万と歩み続きて来けるを、異人《ことひと》の目に大方[21]え見ず。ただ聖ひとりとのみ見けるに、この大臣《おとど》見つけ給ひて、『さればこそ、いみじき聖にこそありけれ。めでたし』と覚えて、白米十石を、おものにして[22]、新しき莚《むしろ》薦《こも》に[23]折敷《をしき》・桶・櫃《ひつ》などに入れて、い[24]くいくと置きて食はせさせ給ひければ、尻に立ちたるものどもに食はすれば、集まりて、手をささげて、みな食ひつ。聖はつゆ食はで、悦びて出《い》でぬ。

『さればこそ、ただ人《びと》にはあらざりけり。仏などの変じて、歩《あり》き給ふにや』とおぼしけり。異人の目には、ただ聖ひとりして食ふとのみ見えければ、いといとあさましき事に思ひけり。

さて、出でて行くほどに、四条の北なる小路に、ゑど[25]をまる。この尻に具したるもの、しちらしたれば、ただ墨のやうに黒きゑどを、ひまもなく、はるばるとしちらしたれば、下衆《げす》なども、きたな

19 三悪道の一、餓鬼道に堕ちた亡者。身体はやせ、腹のみ大きく、咽喉は細いため、飲食ままならず、常に飢渇に苦しむ。
20 同じく三悪道の一、畜生道に堕ちたもの。
21 全く、全然。
22 御飯。
23 薄い片木で作った角盆。
24 いくつもいくつも、あれこれと。
25 「穢土」(新釈)か。糞便。第二六話にも見ゆ。大小便をすることを「まる」という。

がりて、その小路を、糞《くそ》の小路と付けたりけるを、[26]御門《みかど》、聞かせ給ひて、「その四条の南をば、何と言ふ」と問はせ給ひければ、「[27]綾小路《あやのこうぢ》となん申す」と申しければ、「さらば、これをば[28]錦小路《にしきのこうぢ》と言へかし。あまりきたなき名かな」と仰せられけるよりしてぞ、錦《の》小路とは言ひける。

二〇　静観《じやうくわん》僧正祈ルレ雨ヲ法験《ほふけん》ノ事

今は昔、[1]延喜の御時、旱魃《かんばつ》したりけり。六十人の貴僧を召して、[2]大般若経《だいはんにやきやう》読ましめ給ひけるに、僧ども、黒煙《くろけぶり》をたてて、験《しるし》現はさんと祈りけれども、いたくのみ晴れまさりて、日強く照りければ、御門《みかど》をはじめて、大臣・公卿・百姓・人民、この一事より外の歎きなかりけり。[3]蔵人頭《くらうどのとう》を召し寄せて、[4]静観僧正に仰せ下さるるやう、「ことさ

26 これが師輔の右大臣時代の話だとすれば村上帝。
27 四条大路の南にある小路。幅四丈。
28 四条大路の北にある小路。幅四丈。但し、「大系」注にいうごとく、改名されたのは後冷泉帝の天喜二年（一〇五四）で（「前田家本二中歴」「大内裏図考証」一）、帝の宣旨によったものだが、もとの名は「具足小路」（二中歴）、「屎小路」（大内裏図考証・拾芥抄）の両説あり。語呂の類似からかかる地名説話が生ぜしものか。

◆第二〇話——「打聞集」四話・「昔物語治聞集」六参照。
1 醍醐帝の年号（九〇一—九二三）。但し、ここは醍醐帝の御代の意。
2 「大般若波羅密多経」の略。六〇〇巻。唐の玄奘訳。
3 蔵人の首席。蔵人所の長官は別当で左大臣の兼職、これに次ぐ首席の蔵人が頭。
4 増命。承和一〇年—延長五年（八四三—九二七）。静観は諡号。左大史桑内（一説桑原）安峯の男。延最の弟子。延喜六年、第十代天台座主、治山一六年（扶桑略記・天台座主記・諸門跡譜上・明匠略伝日本下・僧官補任）。

ら、おぼしめさるるやうあり。かくのごとく、方々に御祈《おんいの》りども、させる験なし。座を立ちて、別に壁の許に立ちて祈れ。おぼしめすやうあれば、とりわき、仰せ付くるなり」と仰せ下されければ、静観僧正、その時は律師《りつし》[5]にて、上に僧都、僧正、上﨟《じやうらふ》[6]どもおはしけれども、面目限りなくて、南殿《なでん》[7]の御階《みはし》より下りて、屏《へい》の許に北向きに立ちて、香炉《かうろ》[8]取りくびりて[9]、額に香炉をあてて、祈請《きせい》し給ふ事、見る人さへ苦しく思ひけり。

熱日[10]の、しばしもえさし出でぬに、涙を流し、黒煙を立てて、祈請し給ひければ、香炉の煙、空へ上りて、扇ばかりの黒雲になる。上達部《かんだちめ》は南殿に並《なら》び居《ゐ》、殿上人《てんじやうびと》は弓場殿《ゆばどの》[11]に立ちて見るに、上達部の御前《ごぜん》[12]は美福門《びふくもん》[13]より臨《のぞ》く。かくのごとく見るほどに、その雲、むらなく大空に引きふたぎて、龍神[14]震動し、電光、大千界[15]に満ち、車軸[16]のごとくなる雨降りて、天下、たちまちにうるほひ、五穀豊饒《ほうぜう》[17]にして、万木、果をむすぶ。見聞の人、帰服せずといふ事なし。

5 僧官の一、僧正、僧都の下。正・権あり、五位に準ずる。
6 﨟とは僧が安居（ご）（陰暦四月一五日より九〇日間、籠居して修行すること）の功を積んだ年を数えるに用いる語。転じて年功を積むことにもいう。ここは安居の年数を多く積んだ上席の僧。
7 内裏の正殿である紫宸殿。
8 香をたく器。
9 にぎりしめて。
10 灼熱の日で、しばらくでも戸外に出ていることはできないのに。
11 校書殿東廂の北端にあり、東は紫宸殿、北は清涼殿に面する。この東に弓場があった。
12 前駆のもの。
13 大内裏の南三門の一、真中の朱雀門の東にあり、二条大路に面する。しかしここから紫宸殿前の雨乞いは見えぬはず。「打聞集」四では「諸衛ハ春花門ヨリノゾク」とある。春花門は内裏の外廓に南面する東端の門で、これが正しかろう。
14 龍神八部、天龍八部衆とも。雨を司る。
15 底本「大界」。諸本により補訂。三千大千世界のこと。
16 雨滴の大きいことのたとえ。

第二〇話

さて、御門、大臣・公卿等、随喜《ずゐき》して、僧都になし給へり。不思議の事なれば、末の世の物語に、かく記《しる》せるなり。

二一　同《おなじき》僧正大嶽《おほたけ》ノ岩祈リ失フ事

今は昔、静観僧正[1]は、西塔《さいたう》[2]の千手院[3]といふ所に住み給へり。その所は、南向きにて、大嶽《おほたけ》[4]を守る所にてありけり。大嶽の乾《いぬゐ》[5]の方の添ひ[6]に、大きなる巌《いはほ》あり。その岩のありさま、龍の口をあきたるに似たりけり。その岩の筋《すぢ》に向かひて住みける僧ども、命もろくして、多く死にけり。しばらくは、いかにして死ぬるやらんと、心も得ざりけるほどに、「この岩の有る故ぞ」と言ひ[7]立ちにけり。この岩を、毒龍の巌とぞ名付けたりける。これにより、西塔のありさま、ただ荒れに荒れのみまさりけり。この千手院にも、人多く死にければ、住みわづらひけり。

17 米・麦・黍・粟・豆の五種。異説もある。

◆第二一話——「扶桑略記」寛平三年夏月・「日本往生極楽記」「元亨釈書」一〇、増命の項・「昔物語治聞集」六参照。

1 前話の注参照。

2 東塔・横川と並び比叡山延暦寺三塔の一。宝幢院あり。全山の僧数三千人のうち、東塔に一八一三人、西塔に七一七人、横川四七〇人（二中歴）。物を出す時、取る時はこの比率によった。

3 「叡岳要記」下に「今之千手堂是也。今在二園城寺一。葺檜皮五間。本願伝教大師。安二置千手観音聖観音一躰一」とある。但し静観は「天台座主記」「僧綱補任抄出」上には千光院にいた由記されているが、「諸門跡譜」上「僧官補任」には本文のごとく千手院にいた由記されている。

4 比叡山中の最高峰。海抜八四八メートル。西に四明の峯あり。「守る」は「見守る」意。

5 北西方。

6 急斜面。がけ。岨（そひ）の義。

7 うわさし始めた。

この巌を見るに、まことに、龍の、大口をあきたるに似たり。『人の言ふ事は、げにもさありけり』と、僧正思ひ給ひて、この岩の方に向かひて、七日七夜《なぬかななや》、加持し給[8]ひければ、七日といふ夜半《よなか》ばかりに、空曇り、震動する事おびただし。大嶽に黒雲かかりて見えず。しばらくありて、空晴れぬ。夜明けて、大嶽を見れば、毒龍の巌、くだけて散り失せにけり。それより後《のち》、西塔に人住みけれども、たたりなかりけり。

西塔の僧どもは、件《くだん》の座主[9]《ざす》をぞ、今にいたるまで、貴《たふと》み拝《をが》みけるとぞ、語り伝へたる。不思議の事なり。

三 金峯山《きんぷせん》薄打《はくうち》ノ事

今は昔、七条に薄打[1]《はくうち》あり。御嶽[2]《み》詣《たけまうで》しけり。参りて、かなくづれ[3]を ゆいて見れば、まことの金《こがね》のやうにてありけり。うれしく思ひて、

8 底本「給」字欠。諸本により補う。

9 比叡山延暦寺の貫主。その任命は勅命による。なお、延暦寺のみ座主といい、三井寺では長吏、東寺は長者、興福寺・東大寺・天王寺は別当、平等院では執印という(僧官補任)。

◆第二二話——「昔物語治聞集」五参照。

1 箔打ち。金銀銅錫などを薄く打ち延べて箔を作る職人。「七十一番歌合」の絵では僧体。

2 奈良県吉野郡の金峰山に参詣すること。第五話の注参照。

3 金崩れ。山崩れのあとに金鉱が見つかったので出た地名であろう。「大系」注が「東大寺縁起」に見える下野国の例をあげているのは適切である。「地名辞書」には出ていないが、

件《くだん》の金を取りて、袖に包みて家に帰りぬ。
[4]おろして見ければ、きらきらとして、まことの金なりければ、『不思議の事なり。この金取るは、神鳴り、地震《ちふる》ひ、雨降りなどして、少しも、[5]え取らざんなるに、これはさる事もなし。この後も、この金を取りて、世中《よのなか》を過ぐべし』とうれしくて、秤《はかり》をかけて見れば、十八[6]両ぞ有りける。これを薄に打つに、七八千枚に打ちつ。これを[7]まろげて、みな買はん人もがなと思ひて、しばらく持ちたるほどに、「[8]検非違使《けびゐし》なる人の、[9]東寺の仏造らんとて、薄を多く買はんと言ふ」と告ぐる者ありけり。悦びて、懐《ふところ》にさし入れて行きぬ。
「薄や召す」と言ひければ、「いくらばかり持ちたるぞ」と問ひければ、「七八千枚ばかり候」と言ひければ、「持《も》て参りたるか」と言へば、「候《さぶらふ》」とて、懐より、紙に包みたるを取り出《いだ》したり。見れば、破《や》れず広く、色いみじかりければ、ひろげて数へんとて見れば、小さき文字にて、「金御嶽《かねのみたけ》、金御嶽」と、ことごとく書かれた

4 鉱石をすりおろし粉末にすること。「大根おろし」と同じで、鉱石の含有分を検査したり、細工するため、粉末にすること。

5 取ることができないのに。

6 両とは秤目の名。銖（しゆ）の二四倍、斤（こん）の一六分の一（令義解）。

7 まるめて。一まとめにして。

8 京中の非違の検察を司った職。令外の官で淳和帝の天長年間設置。犯人の追捕・断罪を行う。その役所を検非違使庁という。

9 京都市下京区九条にある真言宗東寺派の総本山。一名教王護国寺、又後世、八幡山、左寺ともいう。延暦一五年（七九六）桓武帝の創建、延暦寺と並び平安京鎮護の二大寺。

り。心も得で、「この書付《かきつけ》は、何の料《れう》[10]の書付ぞ」と問へば、薄打「書付も候はず。何の料の書付かは候はん」と言へば、「現にあり。これを見よ」とて見するに、薄打見れば、まことに有り。あさましき事かなと思ひて、口もえあかず[11]。検非違使、「これは、ただ事にあらず。やうあるべし[12]」とて、友を呼び具《ぐ》して、金をば看督長《かどのをさ》[13]に持たせて、薄打具して、大理《だいり》[14]の許へ参りぬ。件《くだん》の事どもを語り奉れば、別当、驚きて、「はやく河原にいて行きて問へ[15]」と言はれければ、検非違使ども、河原に行きて、よせばし[16]掘《ほ》り立てて、身をはたらかさぬやうに[17]張り付けて、七十度《たび》のかうじ[18]をへければ[19]、背中は、紅の練単衣《ねりひとへ》[20]を水に濡《ぬ》らして着せたるやうに、みさみさ[21]となりてありけるを、重《かさ》ねて獄《ひとや》に入れたりければ、わづかに十日ばかりありて、死にけり。薄をば、金峯山に返して、もとの所に置きけると、語り伝へたり。

それよりして、人怖《お》ぢて、いよいよ件《くだん》の金取らんと思ふ人なし。

10 何のため。

11 口もきけない。あきれて返事もできぬ様。

12 わけがあろう。

13 検非違使の下、放免の上にいて、罪人を追捕し、獄を管理した。

14 検非違使庁の長官である別当の唐名。中納言又は参議である衛門・兵衛の督が兼任した。別当に補せられるには、譜第・器量・才幹・有識・近習・容儀・富有の七徳あるを必要とした(職原抄、下)。

15 賀茂河原へ連行して勘問せよ。同河原は拷問や処刑の場所。「いて」は「出で」ではなく、「率て」であろう。「ゐて」を「いて」と書くは、この時代の古写本に多い。

16 寄柱。馬をつなぎ置く柱。これに容疑者をしばりつけて拷問したのである。

17 身動きできぬように。

18 「拷じ」「拷事」と見る説もあるが、「勘事」の音便であろう。拷問。

19 「を経ければ」「終へければ」の両説あるが後者か。

20 練絹の単衣の着物。この比喩極めてリアル。

21 グシャグシャになって。流血を形容した擬態語。

あな恐ろし。

三三　用経《もちつね》荒《あら》巻《まき》ノ事

今はむかし、左京[1]の大夫《かみ》なりける古上達部《ふるかんだちめ》[2]ありけり。年老いて、いみじう古めかしかりけり。下辺《しもわたり》[3]なる家に、歩《あり》[4]きもせで籠《こも》り居たりけり。

その司《つかさ》の属《さくわん》[5]にて、紀用経《きのもちつね》[6]といふ者ありけり。長岡[7]になん住みける。司の属なれば、この大夫《かみ》のもとにも、来てなんをとづりける[8]。

この用経、大殿《おほいどの》[9]に参りて、贄殿《にへどの》[10]に居たるほどに、淡路守《あはぢのかみ》[11]頼親《よりちか》が、鯛《たひ》の荒巻[12]を、多く奉りたりけるを、贄殿に持《も》て参りたり。贄殿のあ[13]づかり、よしずみに[14]、二巻《まき》用経請《こ》ひ取りて、間木《まぎ》[15]に捧《ささ》げて置くとて、よしずみに言ふやう、「これ、人して取りに奉らん折りに、おこせ給へ」と言ひ置く。心の内に思ひけるやう、『これ、わが司の大《か》

◆第二三話――「今昔」二八、三〇話参照。

1 左京職（しき）の長官。京職は京の戸口・名籍・市店・度量・道橋など市民の庶政を掌る役所。大夫は五位相当官（令義解）。

2 古い公卿の意だが、左京大夫は五位相当官で公卿ではない。「今昔」に「旧（ふる）君達」とあるが正しかろう。

3 下京辺。

4 外出もしないで。派手な交際もしないで。

5 京職の主典は大属一人（従八位）、少属二人（職員令）。

6 伝不詳。「今昔」は「紀茂経」。

7 京都府長岡京市。長岡京の故地。

8 「今昔」「棍（をこづ）りける」が正しい。追従した。

9 「今昔」では「宇治殿」とあって藤原頼通。下文の「淡路守頼親」の年代から考えても頼通であろう。

10 魚鳥などをおさめ置き、又は調理する所。元来は大嘗祭に作った屋をさしたが、後には宮中や摂関家にも置かれた。

11 源頼親。満仲の子、母は藤原致忠女。正五位下、左衛門尉。大和・周防・淡路・信濃等の守。永承五年

夫《み》に奉りて、[16]をとづり奉らん』と思ひて、これを間木《まぎ》にささげて、左京の大夫の許に行きて見れば、[17]かんの君、[18]出居《いでゐ》に客人《まらうど》二三人ばかり来て、[19]あるじせんとて、[20]地火炉《ぢくわろ》に火おこしなどして、わがもとにて、物食はんとするに、はかばかしき魚もなし。鯉、鳥など[21]用ありげなり。

それに、用経が申すやう、「用経がもとにこそ、[22]津の国なる下人の、鯛の荒巻、三つ持《も》てまうで来たりつるを、一巻《ひとまき》食《た》べ試み侍りつるが、えもいはずめでたく候ひつれば、いま二巻《ふたまき》は、[23]汚《けが》さで置きて候。急ぎてまうでつるに、下人の候はで、持て参り候はざりつるなり。只今取りに遣はさんはいかに」と、声高く、[24]したり顔に、袖をつくろひて、口脇かいのごひなどして、[25]ゐあがりのぞきて申せば、大夫《かみ》「さるべき物のなきに、いとよき事かな。疾《と》く取りに遣《や》れ」とのたまふ。客人《まらうど》ども「食ふべき物の候はざめるに、九月《ながつき》ばかりの事なれば、この頃、鳥の味《あぢはひ》いとわろし。鯉はまだ出《い》で来《こ》ず。よき

（一〇五〇）、興福寺僧徒の訴えにより土佐に配流（分脈・紀略・世紀・大日本史）。
12 わらや竹などで魚を荒く包み巻いたもの。
13 預り。宮中の贄殿には別当・蔵人・預・出納などの役があり（拾芥抄）、「著聞集」一六には「妙音院入道殿の贄殿の別当」の名が見えるから、摂関家でもほぼ同様であったらしい。諸注、贄殿の長となすは疑問。長は別当で、預はその下役。
14 「今昔」は「義澄」。伝不詳。
15 上長押の上などに設けた棚。
16 注8に同じ。
17 「かみの君」の音便。左京大夫。
18 客間。来客があると廂の間の一角に設けられた。
19 饗応。
20 底本等諸本「ちくわろ」とあり、「地火炉」と傍書。囲炉裏の類。
21 入要らしい様子だ。
22 摂津国。
23 食べずに。手をつけずに。
24 得意顔。
25 上体を伸ばすようにのぞき込んで。これも得意の貌。

鯛は、[26]奇異の物なり」など言ひ合へり。

用経、馬ひかへたる童を呼びとりて、「馬をば、御門の脇につなぎて、只今走りて、大殿《おほいどの》に参りて、贄殿のあづかりの主《ぬし》に、『その置きつる荒巻、只今おこせ給へ』とささめきて、[27]時かはさず持て来《こ》。ほかに寄るな。疾《と》く走れ」とて遣《や》りつ。さて、「[28]俎板《まないた》洗ひて、持て参れ」と声高く言ひて、やがて、「用経今日の[29]庖丁《はうちやう》は仕うまつらん」と言ひて、[30]まなばしけづり、鞘《さや》なる刀抜いてまうけつつ、「あら久し、[31]いづら、来《き》ぬや」など、[32]心もとながり居たり。

「遅し遅し」と言ひ居たるほどに、遣りつる童、木の枝に、荒巻二つ結《ゆ》ひ付けて、持《も》て来たり。「いと賢く、あはれ、飛ぶがごと走りて、まうで来たる童かな」と誉《ほ》めて、取りて、俎板の上にうち置きて、ことごとしく、[33]大鯉つくらんやうに、左右《さう》の袖つくろひ、[34]くくり引き結《ゆ》ひ、片膝立て、いま片膝伏せて、[35]いみじくつきづきしく

26 珍しい物。珍味。
27 時を移さず。すぐに。
28 真菜板。昔のまな板は四隅に足があった（骨董集）。
29 料理。調理にも、又調理人をもいう。「四条流庖丁書」という料理書もあり、料理には種々の作法があった。特に雉と鯉については詳しい。
30 魚箸。魚を料理する時に使用する箸。昔は木箸、後に竹箸や鉄箸になった。
31 どこだ。帰って来たか。「ぬ」は完了助動詞。
32 待ち遠しがっていた。
33 大きな鯉でも料理するように。
34 袖のくくり緒をひき結び。
35 料理人に似つかわしい居ずまいをして。

居なして、荒巻の縄をふつふつと押し切りて、刀して藁《わら》を押し開くに、ほろほろと物どもこぼれて落つる物は、[36]平足駄《ひらあしだ》・[37]ふるひきれ・ふる[38]わらうづ・古沓《ふるぐつ》、かやうの物の限り有るに、用経あきれて、刀も、まなばしもうち捨てて、沓も履《は》きあへず、逃げて去《い》ぬ。左京の大夫《かみ》も、客人《まらうど》も、あきれて、目も口もあきて居たり。前なる侍どもも、あさましくて、目を見交《みかは》して、居並《ゐな》みたる顔ども、いとあやしげなり。物食ひ、酒飲みつる遊びも、みな[39]すさまじくなりて、ひとり立ち、ふたり立ち、みな立ちて去《い》ぬ。左京の大夫のいはく、「この男《をのこ》をば、かくえもいはぬ[40]痴物狂《しれものぐる》ひとは知りたりつれども、司の大夫とて、[41]来睦《きむつ》びつれば、[42]よしとは思はねど、追ふべき事もあらねば、[43]さと見てあるに、かかる業《わざ》をして[44]はからんをば、いかがすべき。[45]ものあしき人は、はかなき事につけても、かかるなり。いかに、世の人聞き伝へて、世の笑ひ種《ぐさ》にせんとすらん」と、空を仰ぎて、歎き給ふ事限りなし。

36 歯の低い下駄。高足駄の対。
37 古い尻切れぞうり。「げげ」(『絵師草紙』に見え、今も新潟県に残存)か、「足半(あしなか)」(『蒙古襲来絵巻』に見ゆ)などであろう。「ひきれ」は流布本系諸本「しきれ」とあるが、古本系諸本(龍・蓬)みな本文と同じ。
38 「わらぐつ」の音便。
39 興ざめて。
40 ばか者、愚か者。
41 慕わしそうにやって来るので。
42 よいと思っているわけではない。それで彼の人物を高く買うというわけではないが。
43 そうと見ていたが。そのままにしておいたが。「今昔」「ただ来れば来ると見てありつるなり」。買いかぶりもせず、追払いもせず、無感動でながめていたの意。
44 自分をだましたのをば。
45 運の悪い者は、ちょっとしたことにつけても、こんなめにあうものだ。自己の悲運への自嘲。

用経は、馬に乗りて、馳《は》せちらして、殿《との》に参りて、贄殿のあづかり、よしずみに合ひて、「この荒巻をば惜しとおぼさば、[46]おいらかに取り給ひてはあらで、かかる事をし出で給へる」と泣きぬばかりに、恨みののしる事限りなし。よしずみがいはく、「こは、いかにのたまふ事ぞ。荒巻は、奉りて後、[47]あからさまに宿にまかりつとて、[48]おのが男《をのこ》に言ふやう、『[49]左京の大夫の主《ぬし》の許から、荒巻取りにおこせたらば、取りて使に取らせよ』と言ひ置きて、まかでて、只今帰り参りて見るに、荒巻なければ、『いづちいぬるぞ』と問ふに、『しかじかの御使有りつれば、のたまはせつるやうに、取りて奉りつる』と言ひつれば、『[50]さにこそはあんなれ』と聞きてなん侍る。[51]事のやうを知らず」と言へば、「さらば、かひなくとも、言ひあづけつらん主を呼びて問ひ給へ」と言へば、男を呼びて、問はんとするに、[52]出でて往《い》にけり。[53]膳部《かしはで》なる男が言ふやう、「おのれらが、部屋に入り居て聞きつれば、[54]この若主《わかぬし》たちの、『間木《まぎ》にささげられたる荒

46 おだやかに取っておいて下さればよいのに（そうはせずに）。「今昔」「穏（やすら）かに得させ給はではあらで」。
47 ちょっと自宅へ退出するからとて。「今昔」「要事ありて、あからさまに宿りへまかり出づとて」。
48 自分の使っている下男。
49 「今昔」に「左京の属主のもとより」とあるのが正しい。義澄は用経が左京大夫の家へ件んの荒巻を持参する内意を知らぬはず。「宇治拾遺」作者のミスであろう。
50 そうであろう。なるほど、と合点したのである。
51 事情。
52 外出中で不在。この時出て行った、の意ではない。
53 食膳のことをつとめる人。料理人。
54 「今昔」「この殿の若き侍の主たち」。当然こうあるべきところ。

巻こそあれ。こは、誰《た》が置きたるぞ。何の料ぞ』と問ひつれば、誰れにかありつらん、『左京の属《さくわん》の主のなり』と言ひつれば、『さては事[55]にもあらず。すべきやうあり[56]』とて、取りおろして、鯛をば、みな切り参りて[57]、かはりに、ふるしりきれ、平足駄などをこそ入れて、間木《まぎ》に置かると聞き侍りつれ』と語れば、用経聞きて、しかりののしる事限りなし。この声を聞きて、人々、いとほしとは言はで、笑ひののしる。用経、しわびて[58]、『かく笑ひののしられんほどはありかじ』と思ひて、長岡の家に籠《こも》り居たり。

その後、左京の大夫の家にも、え行かずなりにけるとかや。

二四　厚行死人ヲ家ヨリ出《いだ》ス事

むかし、右近将監《うこんのしやうげん》[1]下野《しもつけのの》[2]厚行《あつゆき》といふ者ありけり。競馬《くらべうま》[3]によく乗りけり。帝王よりはじめ参らせて、おぼえ、ことに

55 大事ない。心配には及ばない。
56 しようがある。うまいことがある。
57 切り食って。「参る」は「食する」の敬語。
58 途方に暮れて。

◆第二四話――「今昔」二〇、四四話参照。
1 右近衛府の判官。従六位相当官（職原抄）。宮中の警護、行幸の供奉などに任じた。
2 「今昔」「下毛野敦行」。同書一九、二六・二〇、四四・二三、二六・二八、五話に見ゆ。「江次第」一九に競馬の名手としてしばしばその名が見え、「地下家伝」一五には左近将監とある。その子が重行、孫が公忠。
3 訓は「和名抄」「名義抄」。古昔の競馬は左右各一騎ずつ、十番というのが多かった（貞丈雑記）。

すぐれたりけり。[4]朱雀院の御時より、[5]村上の御門《みかど》の御時なんどは、盛《さか》りにいみじき[6]舎人《とねり》にて、[7]人もゆるし思ひけり。年高くなりて、西《の》京に住みけり。

隣なりける人、俄かに死にけるに、この厚行、弔《とぶら》ひに行きて、その子に逢ひて、別れの間《あひだ》の事ども弔ひけるに、「この死にたる親を出《いだ》さんに、[8]門《かど》悪《あ》しき方《かた》に向かへり。さればとて、[9]さてあるべきにあらず。門よりこそ出すべき事にてあれ」と言ふを聞きて、厚行が言ふやう、「悪《あ》しき方より出《いだ》さん事、ことに然るべからず。かつは、あまたの[10]御《おん》子たちのため、ことにいまはしかるべし。厚行が隔《へだ》ての垣を破りて、それより出し奉らん。かつは、生き給ひたりし時、事にふれて、情《なさけ》のみ有りし人なり。かかる折りだにも、その恩を報《はう》じ申さずば、何をもてか報《むく》ひ申さん」と言へば、子どもの言ふやう、「[11]無為《ぶゐ》なる人の家より出さん事、あるべきにあらず。忌《いみ》の方なりとも、わが門よりこそ出さめ」と言へども、「[12]僻事《ひがごと》なし給ひそ。ただ

4 第六一代帝。延長元年―天暦六年(九二三―九五二)。諱寛明。醍醐帝皇子、母皇后穏子。延長八年受禅、天慶九年譲位(紹運録・大日本史)。なお「御時」底本脱。諸本により補う。

5 第六二代帝。延長四年―康保四年(九二六―九六七)。諱成明。醍醐帝皇子、母皇后穏子、朱雀の弟。天慶九年受禅、康保四年、在位のまま崩御(紹運録・大日本史)。

6 近衛府の下級官吏。狭義には近衛をさすが、ひろく将監・将曹・府生・番長・近衛の総称としても用いられる。

7 底本「人〱」。

8 天一神の方角に向いている、というのであろう。

9 そのままにしてもおけない。

10 故人の子。「今昔」「そこたち」。

11 訓は「日葡辞書」。「無異」に同じ。

12 間違ったことをしなさるな。

厚行が門より出し奉らん」と言ひて帰りぬ。

わが子どもに言ふやう、「隣の主《ぬし》の死にたる、いとほしければ、弔《とぶら》ひに行きたりつるに、あの子どもの言ふやう、『忌の方なれども、門は一つなれば、これよりこそ出さめ』と言ひつれば、いとほしく思ひて、『中の垣を破りて、わが門より出し給へ』と言ひつる」といふに、妻子《めこ》ども聞きて、「不思議の事し給ふ親かな。いみじき[13]穀《こく》断《だ》ちの聖《ひじり》なりとも、かかる事する人やはあるべき。[14]身思はぬと言ひながら、わが家の門より、隣の死人出す人やある。返す返すもあるまじき事なり」と、みな言ひ合へり。厚行「僻事《ひがごと》な言ひ合ひそ。ただ厚行がせんやうにまかせて見給へ。物忌《ものいみ》し、[15]くすしく忌むやつは、命も短く、はかばかしき事なし。ただ物忌まぬは、命も長く、子孫も栄《さか》ゆ。いたく物忌み、くすしきは人と言はず。恩を思ひ知り、身を忘るるをこそ人とは言へ。[16]天道《てんたう》もこれをぞ恵《めぐ》み給ふらん。よしなき事な言ひ合ひそ」とて、下人ども呼びて、中の[17]檜垣《ひがき》を、

13 五穀を断って精進した聖人。当時かかる聖のあったことは、「文徳実録」六や「今昔」二八、二四話、又本書第一四五話にも見えている。

14 わが一身をかえりみない。

15 かたくなに忌むやつ。合理的な判断によって物忌の風習が破られてゆくプロセスを見る。

16 天の神。天地を主宰する神。

17 檜の薄板を網代に組んだ垣。

第二四話

ただこぼちにこぼちて、それよりぞ出《いだ》させける。

さて、その事、世に聞えて、殿ばらも、あさみ誉《ほ》め給ひけり。

さて、その後《のち》、九十ばかりまで保ちてぞ死にける。それが子どもにいたるまで、みな、命長くて、下野氏《しもつけのうぢ》の子孫は、舎人《とねり》の中にも、おぼえあるとぞ。

二五　鼻ノ長キ僧ノ事

昔、池の尾[1]に、禅珍内供《ぜんちんないぐ》[2]といふ僧住みける。真言[3]なんどよく習ひて、年久しく行ひて、貴《たふと》かりければ、世の人人、さまざまの祈りをせさせければ、身の徳ゆたか[4]にて、堂も僧坊も、少しも荒れたる所なし。仏供《ぶつぐ》[5]、御燈《みあかし》なども絶えず、折節《をりふし》の僧膳[6]、寺の講演[7]、しげく行はせければ、寺中の僧坊に、ひまなく僧も住みにぎはひけり。湯屋《ゆや》[8]には、湯沸かさぬ日なく、浴《あ》みののしりけ

◆第二五話——「今昔」二八、二〇話参照。

1　京都府宇治市池の尾。ここに昔繁栄した寺があったとの記録はないが、或いは醍醐寺、又はその中の一寺か。「大系」注は現在の池の尾西組の六に正楽寺という無住の寺のあることをあげているが、不詳。

2　この僧名については異同あり、「今昔」の題名は本文のごとく「禅珍」、古活字本「宇治拾遺」は「善珍」、「今昔」本文は「禅智」。「分脈」「僧綱補任抄出」下等に「禅智」「禅珍」が見えるが時代が下降しすぎる。最も古きは「中右記」長承三、二、一七条に見える「禅智」。「内供」は「内供奉」の略。宮中の内道場に供奉する十人の僧。御斎会に読師となり、又夜居の僧もつとめる。

3　真言秘密の法。陀羅尼を唱えて加持祈禱する。

4　富裕なこと。

5　仏前への供え物。

6　僧をもてなす饗膳。

7　経文を講義演説すること。

8　浴室。寺の繁栄を形容するによく用いられる。

り。又、その辺《あたり》に、小家ども多く出《い》で来て、里も賑《にぎは》ひけり。

さて、この内供は、鼻長かりけり。五六寸ばかりなりければ、おとがひ[9]より下《さが》りてぞ見えける。色は赤紫にて、大柑子《だいかうじ》[10]の膚《はだ》のやうに、つぶ立ちてふくれたり。かゆがる事限りなし。提《ひさげ》[11]に湯をかへらかして、折敷《をしき》[12]を鼻さし入るばかりゑり[13]通して、火のほのほの、顔にあたらぬやうにして、その折敷の穴より、鼻をさし出でて、提の湯にさし入れて、よくよくゆでて引き上げたれば、色は濃き紫色なり。それをそばざまに臥して[14]、下に物をあてて、人に踏ますれば、つぶ立ちたる穴ごとに、煙《けぶり》のやうなる物出づ。それをいたく踏めば[15]、白き虫の、穴ごとにさし出づるを、毛抜《けぬき》にて抜けば、四分《ぶ》ばかりなる白き虫を、穴ごとに取り出《いだ》す。その跡は、穴だにあきて見ゆ。それを、又同じ湯に入れて、さらめかし[16]沸かすに、ゆづれば、鼻小さくしぼみ上りて、ただの人の鼻のやうになりぬ。又、二三日になれば、さきのごとくに腫《は》れて、大きになり

9 下あご。
10 大きな蜜柑。
11 酒や水などを入れる器。つるがあってさげるのでこの名あり。
12 片木で作った角盆。
13 穴をあけて。くり抜いて。
14 横臥して。
15 強く踏むと。
16 さらさらと煮沸すると。擬音詞で説話集に頻出。

第二五話

ぬ。

かくのごとくしつつ、腫れたる日数は多く有りければ、物食ひける時は、弟子の法師に、平《たひら》なる板の、一尺ばかりなるが、広さ一寸ばかりなるを、鼻の下にさし入れて、向かひ居て、上《かみ》[17]ざまへ持《も》て上げさせて、物食ひ果《は》つるまではありけり。異人《ことひと》して、持て上げさする折りは、荒く持て上げければ、腹を立てて、物も食はず。さればこの法師一人を定めて、物食ふたびごとに持て上げさす。

それに、心地あしくて[18]、この法師出でざりける折りに、朝粥《あさがゆ》[19]食はんとするに、鼻を持て上ぐる人なかりければ、「いかにせん」などなむ言ふほどに、仕《つか》ひける童の、「われは、よく持《も》て上げ参らせてん。さらに、その御房には、よも劣《おと》らじ」と言ふを、弟子の法師聞きて、「この童の、かく申す」と言へば、中大童子《ちゅうだいどうじ》[20]にて、[21]みめもきたなげなくありければ、上《うへ》[22]に召し上げてありけるに、この童、鼻持《も》て上げの木を取りて、うるはしく[23]向かひ居て、よきほどに、高から

17 上の方へ。

18 気分が悪くて。病気になって。

19 朝食の粥。当時の粥には固粥と汁粥とがあり、前者は今の飯、後者は今の粥に相当する。ここは後に鼻がその中へ落ちて飯粒が飛び散ったとあるから汁粥か。

20 寺院で召し使う少年を童といい、これに大童子・上童子・中童子・中大童子などの別があった。「今昔」「中童子」。

21 顔つきもこぎれいで。

22 座敷用に使っていた。下働きから上にあげたもの。なお、ここの文章には省略と錯乱がある。「今昔」は「上にも召し上げて仕ひける者にて『さはその童召せ。さいはば、これ持たげさせむ』といひければ、童召しゐて来ぬ」とある。

23 きちんと行儀正しく向かい合って。

ず低《ひ》きからず持たげて、粥をすらすれば、この内供、「いみじき上手にてありけり。例の法師にはまさりたり」とて、粥をするほどに、この童、[24]はなをひんとて、そばざまに向かひて、はなをひるほどに、手振《ふ》るひて、鼻持たげの木ゆるぎて、鼻はづれて、粥の中へ、鼻[25]ふたりとうち入れつ。内供が顔にも、童の顔にも、粥とばしりて、[26]ひと物かかりぬ。内供、大きに腹立ちて、頭《かしら》、顔にかかりたる粥を、紙にてのごひつつ、「おのれは、[27]まがまがしかりける心持ちたる者かな。[28]心なしのかたゐとは、おのれがやうなる者を言ふぞかし。[29]われならぬ、やごつなき人の御鼻にもこそ参れ。それには、[30]かくやはせんずる。[31]うたてなりける、心なしの痴者《しれもの》かな。おのれ、立て立て」とて、追ひ立てければ、立つままに、「世の人の、かかる鼻持ちたるがおはしまさばこそ、鼻持たげにも参らめ。をこの事のたまへる御房かな」と言ひければ、弟子どもは、[32]物のうしろに逃げ退《の》きてぞ笑ひける。

24 くさめをしようとして。
25 ポタリと。擬音詞。
26 桃本「ひた物」。いっぱい、たくさん。
27 いまいましい邪悪な心。
28 無思慮な乞食野郎。但しこの「かたゐ」は単なる乞食ではなく、当時賤民視されていた乞食階級をさす。最大級の嘲罵を浴びせたのだ。
29 自分とは違って、もっと高貴なお方の御鼻持ち上げにでも参ってみろ(大変な失態になるぞ)。「やごつなき」は「やごとなき」に同じ。
30 こんな失態が許されると思うか。
31 いとわしい無分別な愚か者よ。
32 物かげ。

二六　晴明封《ズル》蔵人《の》少将事

むかし、晴明[1]、陣《ちん》[2]に参りたりけるに、前《さき》[3]はなやかに追はせて、殿上人の参りけるを見れば、蔵人の少将とて、まだ若くはなやかなる人の、みめまことに清げにて、車より下りて、内に参りたりけるほどに、この少将の上に、烏の飛びて通りけるが、ゑど[4]をしかけけるを、晴明、きと見て[5]、『あはれ、世にもあひ、年なども若くて、みめもよき人にこそあんめれ。式[6]にうてけるにか[7]、この烏は、式神にこそありけれ』と思ふに、しかるべくて[8]、この少将の生《い》くべき報《むく》いやありけん、いとほしう晴明が覚えて、少将のそばへ歩み寄りて、「御《お》[9]前《まへ》へ参らせ給ふか。さかしく申すやうなれど、何[10]か参らせ給ふ。殿は、今夜え過ぐさせ給はじと、見奉るぞ。しかるべくて、おのれには見えさせ給へるなり。[11]いざさせ給へ。もの心見ん」とて、ひと

◆第二六話——「昔物語治聞集」六参照。

1　安倍晴明。「大日本史」はハレアキラと訓んでいるが、セイメイと音読するも可か。延喜二一年―寛弘二年（九二一―一〇〇五）。大膳大夫益材（ますき）の子。自身も大膳大夫・天文博士・左京権大夫・穀倉院別当、従四位下。陰陽道の大家で「金烏玉兎集」「占事略決」等の著書あり（分脈・安倍氏系図・二中歴）。

2　近衛の官人の詰所。ここで牛車を下りるのが例。諸注みな「陣の座」と解するは疑問。陣の座とは仗座ともいい、禁中で公事を行う時上卿の着く座（北山抄九）、そこへ晴明が出かけ、蔵人少将と問答することなどありえない。

3　前駆の者に威勢のよい警蹕の声を立てさせて。

4　穢土。糞のこと。

5　キッと見て。

6　式神。識神。陰陽家の使役する鬼神で、呪詛などの妖術をなす。シキガミ、シキジン。

7　「うつ」は自動下二段。おされる、負けて弱る、圧倒される、罰せられる等の意。

8　しかるべき因縁があって。

9　帝の御前。

つ車に乗りければ、少将わななきて、「あさましき事かな。さらば助け給へ」とて、ひとつ車に乗りて、少将の里へ出でぬ。[12]申時《さるの》ばかりの事にてありければ、かく、出《い》でなどしつるほどに、日も暮れぬ。

晴明、少将をつと抱《いだ》きて、[13]身のかためをし、又、何事にか、つぶつぶと、夜一夜《よひとよ》寝《ね》も寝《い》ず、声絶《こわだ》えもせず、読み聞かせ加持しけり。秋の夜の長きに、よくよくしたりければ、暁方《あかつきがた》に、戸をはたはたと叩《たた》きけるに、「あれ、人出《いだ》して聞かせ給へ」とて、聞かせければ、この少将の[14]あひ聟にて、[15]蔵人の五位のありけるも、おなじ家に、あなたこなたに据《す》ゑたりけるが、この少将をば、よき聟とてかしづき、今ひとりをば、ことの外に思ひおとしたりければ、ねたがりて、[16]陰陽師《おんやうじ》をかたらひて、[17]式をふせたりけるなり。

さて、その少将は、死なんとしけるを、晴明が見つけて、夜一夜祈りたりければ、そのふせける陰陽師の許より、人の来て、高やか

10 どうして参内などなさるのか。
11 さあ、おいでなされ。
12 午後四時。
13 諸本「身かため」。一身を安全に保つ護身の法を施し。反閉（へんばい）の略法であるという（禁秘御階梯）。
14 妻の姉妹の夫。
15 六位の蔵人で任期を勤めて五位に叙せられ殿上を下りた者。「五位の蔵人」とは違う。蔵人所の定員は別当一人、頭二人、五位の蔵人三人、六位の蔵人四人（職原抄）、六位の蔵人の任期は六年、これを務めると五位に叙爵されるが、五位の蔵人に欠員なき時は蔵人をやめて殿上を下りる。これを「蔵人の五位」又は「蔵人大夫」という（有職問答）。されば彼らはこれを悲しみ、諸国の守などを所望した由、「枕草子」に見える。この聟が軽視されたのもそのため。
16 オンミョウジとも。陰陽寮に属し、占いや相地を掌る職。
17 式神を使って相手を調伏する咒術を行ったのだ。

に、「心の惑《まど》ひけるままに、よしなく[18]、[19]守り強かりける人の御ために、[20]仰せを背《そむ》かじとて、式ふせて、すでに式神帰りて、おのれただ今、式にうてて、死に侍りぬ。すまじかりける事をして」と言ひけるを、晴明「これ聞かせ給へ。[21]夜部《よべ》見つけ参らせざらましかば、かやうにこそ候《さぶら》はまし」と言ひて、その使に人を添へて遣《や》りて、聞きければ、「陰陽師は、やがて死にけり」とぞ言ひける。式ふせさせける聟をば、舅《しうと》、やがて追ひすてけるとぞ。晴明には、なくなく悦びて、[22]多くの事どもしても飽かずぞよろこびける。

誰《た》れとは覚えず、大納言までなり給ひけるとぞ。

二七　季通《すゑみち》欲《スル》ㇾ逢《ハント》ㇾ事《ニ》事

むかし、駿河前司《するがのぜんじ》[1]橘《たちばなの》季通《すゑみち》といふ者ありき。それが若かりける時、さるべき所なりける女房を、忍びて行き通

18　下文「式ふせて」にかかる。無益にも。つまらぬことをしたことへの後悔。
19　守護の力の強い人（蔵人の少将）。
20　依頼者（蔵人の五位）の仰せ。
21　昨夜。
22　多くの謝礼をしてもまだ不十分というくらいに喜んだ。

◆第二七話——「今昔」二三、一六話参照。

1　？—康平三年（？—一〇六〇）陸奥守則光の子、則長の弟。母は則長と同じく清少納言か（岸上慎二「清少納言伝記攷」二一六ページ）。式部大丞、蔵人、中宮少進、駿河守、従五位上。「後拾遺」「金葉」作者（分脈・橘氏系図・作者部類・左経記・春記・類聚雑例）。

ひけるほどに、そこにありける侍ども、[2]なま六位の、「家人《けにん》にてあらぬが、宵暁《よひあかつき》に、この殿へ出《い》で入る事[3]わびし。これ、[4]たて込めてかうぜん」といふ事を、集まりて言ひ合はせけり。

かかる事をも知らで、例の事なれば、[5]小舎人童《こどねり》一人具《ぐ》して、[6]局《つぼね》に入りぬ。童をば、「暁迎へに来《こ》よ」とて、返しやりつ。この討《う》たんとする男《をのこ》ども、伺ひ守りければ、「例の主《ぬし》来て、[7]局に入りぬるは」と告げまはして、かなたこなたの門《かど》どもをさしまはして、鍵《かぎ》取り置きて、侍ども、[8]引き杖して、[9]築地《ついぢ》の崩れなどのある所に、立ちふたがりて守りけるを、その局の女《め》の童、[10]けしきどりて、主《しう》の女房に、「かかる事の候《さぶら》ふは、いかなる事にか候ふらん」と告げければ、主の女房も、聞き驚き、[11]ふたり臥したりけるが起きて、季通も装束《さうぞく》して居たり。女房、[12]うへに上《のぼ》りて尋ぬれば、「侍どもの、心合はせてするとは言ひながら、[13]主《しう》の男も、[14]空知らずしておはする事」と聞きえて、すべきやうなくて、局に帰りて、泣き居たり。

2 なまなかの六位、未熟な六位。諸注みな「なま六位」以下を侍どもの言葉と解し、したがって「なま六位」を季通のことととっているが、ここは「今昔」に「その所にありける侍ども、生六位などのありけるが、云々」とあるを参照して、「侍ども」と並称される家人と解しておく。

3 おもしろくない。不愉快だ。

4 中に取り籠めてこらしめてやろう。「かうぜん」は「勘ぜん」。

5 (イ)蔵人所に属し侍臣の雑事に駆使せられるもの、(ロ)中少将の召し具する童、(ハ)供に連れ歩く少年、乗馬の口取り、ここは(ハ)。

6 女房の曹司。

7 局に入ったぞや。「は」感動助詞。

8 杖をひきずって歩くこと、又はその杖。

9 土塀。「つきひぢ」の略。

10 様子をさとって。

11 季通と女房。同衾していた。

12 主人の居室。

13 男主人。「今昔」「その家の男主」。

14 知らぬ振りをよそおって。

季通、『いみじき業《わざ》かな、恥を見てんず』と思へども、すべきやうなし。女《め》の童を出だして、「出《い》でて往《い》ぬべき、少しのひまやある」と見せけれども、「さやうのひまある所には、四五人づつ、[15]くくりを上げ、そばをはさみて、太刀を佩《は》き、杖を脇ばさみつつ、みな立てりければ、出づべきやうもなし」と言ひけり。

この駿河《の》前司は、いみじう力ぞ強かりける。『いかがせん。明けぬとも、この局に籠《こも》り居てこそは、引き出でに入りこん者と執《と》り合ひて死なめ。さりとも、夜明けて後、[16]われぞ人ぞと、知りなん後には、[17]ともかくもえせじ。従者《ずんざ》ども呼びに遣りてこそ、出でても行かめ』と思ひ居たりけり。『暁に、この童の来て、[18]心も得ず門叩《たた》きなどして、わが小舎人童と心得られて、捕《とら》へ縛《しば》られやせんずらん』と、それぞ不便《ふびん》に覚えければ、女の童を出《いだ》して、[19]もしや聞きつくると、伺ひけるをも、侍ども、[20]はしたなく言ひければ、泣きつつ帰りて、かがまり居たり。

15 袴の裾に通してあるくくり緒を結び上げ、袴の股立ちの脇を帯にはさんで。敏捷な動作に便なるようにしたもの。

16 人の見分けがつくようになり、自分だと知ったなら。「今昔」「我れと知りなば」。

17 どうにもできまい。

18 事情も知らないで。

19 「今昔」に「もし来ると」とある方がわかりやすい。このままだと、もしや小舎人童の来るのを聞きつけるかと、の意。

20 口汚く咎め立てたので。引っ込んでおれ、というのである。

かかるほどに、暁方になりぬらんと思ふほどに、この童、いかにしてか入りけん、入り来る音するを、侍、「誰《た》そ。その童は」と、[21]けしきどりて問へば、[22]あしくいらへなんずと思ひ居たるほどに、「御《み》読経《どきやう》の僧の童子に侍る」と名告《の》る。さ名告られて、「疾《と》く過ぎよ」と言ふ。『賢くいらへつるものかな。寄り来て、例呼ぶ女《め》の童の名や呼ばんずらん』と、又、それを思ひ居たるほどに、寄りも来《こ》で過ぎて往《い》ぬ。『[23]この童も心得《え》てけり。[24]うるせき奴《やつ》ぞかし。さ心得てば、さりとも、たばかる事あらん[25]ずらん』と、童の心を知りたれば、たのもしく思ひたるほどに、大路《おほち》に女声《をんなごゑ》して、「[26]ひはぎありて人殺すや」とをめく。それを聞きて、この立てる侍ども「あれからめよや。[27]けしうはあらじ」と言ひて、みな走りかかりて、門《かど》をもえあけあへず、崩れより走り出でつつ、「いづかたへ往《い》ぬるぞ」、「こなた」、「かなた」と尋ね騒ぐほどに、この童のはかり事よと思ひければ、走り出でて見るに、[28]門をばさしたれば門をば疑はず、崩れのも

21 様子に気づいて。けどって。
22 具合の悪い答え方をするのではないかと（季通の心中）。
23 この少年も事情を知っているのだ。以下、季通の心中。
24 殊勝な奴、気のきく奴、すばしこい奴。「うるせし」は頭の回転がはやく、気がきいていてすばしこいのにいう。
25 「ずらん」底本脱。諸本により補う。
26 追剝がきて人殺しをするよ！
27 「や」は感動の終助詞。（しばらくここを留守にしても）差し支えはあるまい。
28 門には錠がさしてあるので、侍どもは安心して張り番をしていない。

第二七話

とに、[29]かたへはとまりて、とかく言ふほどに、門のもとに走り寄りて、[30]錠《じやう》をねぢて引き抜きて、あくるままに走り退《の》きて、[31]築地《ついぢ》走り過ぐるほどにぞ、この童は走り合ひたる。

具して、三町ばかり走りのびて、例のやうに、のどかに歩《あゆ》みて、「いかにしたりつる事ぞ」と言ひければ、「門どもの、例ならず、さされたるに合はせて、崩《くづ》れに、侍どもの立ちふたがりて、きびしげに尋ね問ひ候ひつれば、そこにては、『御読経の僧の童子』と名告《の》り侍りつれば、[32]いで侍りつるを、それよりまかり帰りて、とかくやせましと思ひ給へつれども、[33]参りたりと知られ奉らでは、あしかりぬべく覚え侍りつれば、声を聞かれ奉りて、帰り出でて、この隣なる[34]女《め》らはの、[35]くそまり居て侍るを、[36]しや頭《かしら》を取りてうち臥せて、衣をばはぎ侍りつれば、をめき候ひつる声につきて、人々出でまうで来つれば、[37]今はさりとも出でさせ給ひぬらんと思ひて、こなたざまに参り合ひつるなり」とぞ言ひける。

29 片方、半ば。侍どもの一部。
30 錠をねじまわして引き抜き。「錠」はあけるカギではなく、掛けるカギのこと。
31 「今昔」「辻に走り折れつつ行くほどにぞ」の方がわかりやすい。
32 「今昔」「入れて候ひつれば」の方がわかりやすい。「いれて」の「れ」が脱したものか。
33 私がこうして参っておりますことを殿に知られ申さなくては具合悪いと思いましたので。
34 「めわらは」の約。女の童に同じ。
35 脱糞しているのを。「今昔」「大路に屈まり居て候ひつるを」。
36 「しや」は相手を卑しめ罵っていう時につける接頭辞。
37 今はそれにしても、殿は脱出なされたことと思いまして。

童部《わらはべ》なれども、賢く、うるせき者は、かかる事をぞしける。

二八　袴垂《はかまだれ》合《フ》二保昌《やすまさ》ニ一事

昔、[1]袴垂《はかまだれ》とて、いみじき盗人《ぬすびと》の大将軍ありけり。十月《かんなづき》ばかりに、[2]衣《きぬ》の用なりければ、衣少しまうけんとて、さるべき所々伺ひ歩《あり》きけるに、夜中ばかりに、人みなしづまり果てて後《のち》、月の朧《おぼろ》なるに、衣あまた着たりげなる主《ぬし》の、[3]指貫《さしぬき》のそばはさみて、[4]きぬの狩衣めきたる着て、ただひとり、笛吹きて、行きもやらずねり行けば、『あはれ、これこそ、われに衣得《え》させんとて出でたる人なめり』と思ひて、走りかかりて衣をはがんと思ふに、あやしくものの恐ろしく覚えければ、添ひて、二三町ばかり行けども、[5]われに人こそ付きたると思ひたるけしきもなし。いよいよ笛を吹きて行けば、心見んと思ひて、[6]足を高くして走り寄りたるに、笛を吹きなが

◆第二八話——「今昔」二五、七話・「昔物語治聞集」五参照。

1 説話の世界では有名な大盗だが、実伝は不詳。一説では保昌の弟保輔のこととするが、本編や「今昔」によれば誤りであろう。保輔は右京大夫致忠(むねただ)の三男。右京亮、右兵衛尉、右馬助、正五位下。後、強盗の張本となって本朝第一の武略を謳われ、追討の宣旨を蒙ること一五度、禁獄されて自害。保輔は本書一二五話、袴垂は「今昔」二九、一九話にも見ゆ。

2 着物の必要があったので。「今昔」「衣の要ありければ」。

3 指貫袴の股立をとって。

4 諸注「絹の狩衣」と解せるは疑問。「今昔」「衣の狩衣めきて」。着物は狩衣らしい物を着て、の意。狩衣はもとは狩猟用の服装であったが、平安朝以後貴族の略装となる。

5 自分を尾行している者があると思っているような様子もない。悠然たる態度。

6 「今昔」「足音を高くして」。威嚇するため、ことさら足音荒く走り寄ったもの。

ら、見返りたるけしき、取りかかるべくも覚えざりければ、走り退《の》きぬ。

かやうに、あまたたび、とざまかうざまにするに、[7]露ばかりも騒ぎたるけしきなし。希有《けう》の人かなと思ひて、十余町ばかり具して行く。『さりとて、あらんやは』と思ひて、刀を抜きて走りかかりたる時に、そのたび、笛を吹きやみて、立ち帰りて、「こは何者ぞ」と問ふに、心も失《う》せて、[8]われにもあらで、つい居《ゐ》られぬ。又、「いかなる者ぞ」と問へば、『今は逃《に》ぐとも、よも逃《にが》さじ』と覚えければ、「ひはぎに候《さぶらふ》」と言へば、「何者ぞ」と問へば、「あざな、袴垂となん言はれ候」と答ふれば、「さいふ者ありと聞くぞ。[9]あやうげに、希有《け》《う》の奴かな」と言ひて、「ともに、まうで来《こ》」とばかり言ひかけて、又、同じやうに笛吹きて行く。

この人のけしき、『今は逃ぐとも、よも逃がさじ』と覚えければ、[10]鬼に神取られたるやうにて、ともに行くほどに、家に行き着きぬ。

7 いろいろにやってみたが。

8 思わず知らず膝を突いた。「つい居られぬ」は「突き居られぬ」の音便。

9 危いことをする珍しい奴じゃ。「あやうげに」を「大系」注「物騒な」と解するはいかが。袴垂の武術は常人には通用しても、非凡の武将には通じないことを認識させる言葉で、袴垂の行為が彼自身にとって危険だというのである。でなければ後文「心も知らざらん人にとりかかりて云々」の慈味が生きない。

10 鬼に魂を取られたように。「今昔」「鬼神に取らるといふらむ様にて」。

いづこぞと思へば、摂津《つの》前司[11]保昌《やすまさ》と言ふ人なりけり。家の内《うち》に呼び入れて、[12]綿厚き衣一つを給はりて、「衣の用あらん時は、参りて申せ。[13]心も知らざらん人に取りかかりて、汝、過《あやまち》すな」とありしこそ、あさましく、むくつけく、恐ろしかりしか。いみじかりし人のありさまなりと、捕《とら》へられて後、語りける。

二九　明衡《あきひら》欲《スル》レ逢《ハントわざわひ》レ殃《ニ》事

むかし、[1]博士《はかせ》にて、[2]大学頭《だいがくのかみ》[3]明衡《あきひら》といふ人ありき。

若かりける時、さるべき所に、宮仕へける女房を、語らひて、その所に入り臥さん事、[4]便《びん》なかりければ、そのかたはらにありける[5]下《げ》種《す》の家を借りて、「女房、語らひ出《いだ》して臥さん」と言ひければ、男《をとこ》主《あるじ》はなくて、妻《め》ばかりありけるが、「いとやすき事」とて、おのれが臥す所より外《ほか》に、臥すべき所のなかりければ、わが臥所《ふしどころ》を去りて

11　藤原保昌。天徳二年—長元九年（九五八—一〇三六）。南家武智麿流、民部卿元方の孫、右京大夫致忠の子。正四位下、右馬頭。肥前・大和・丹後・摂津などの守。「後拾遺」作者。和泉式部の最後の夫。勇武絶倫、妹は源満仲に嫁して頼信を生む。

12　当時の綿は真綿で貴重。

13　気の知れぬ人を襲って、お前が怪我でもするなよ。やさしい心づかい。弟に大盗保輔ありとせば、同じく大盗袴垂にやさしき心情も理解できよう。

◆第二九話——「今昔」二六、四話・「昔物語治聞集」二参照。

1　学位ではなく、官職。令制では大学寮に紀伝・明経（みょうぎょう）・明法（みょうぼう）・算（これらを四道という）・音・書の各博士、陰陽寮に暦・天文・漏尅（ろうこく）の各博士、典薬寮に医・針・案摩・呪禁の各博士あり（令義解・職原抄）。うち紀伝博士は文章博士と改められ、最も重視さる。

2　大学寮の長官で従五位相当官。学生を簡試し、釈奠を掌る。

3　藤原明衡。永延二年—治暦二年（九八八—一〇六五）。式家宇合流、山城守

女房の局の畳[6]を取り寄せて、寝にけり。

家主《いへあるじ》の男《をとこ》、わが妻の、みそか男《をとこ》[7]すると聞きて、「そのみそか男、今宵《こよひ》なん逢はんとかまふる」と告ぐる人ありければ、来《こ》んを構《かま》へて殺さんと思ひて、妻には、「遠くものへ行きて、いま四五日帰るまじき」と言ひて、[8]空行きをして伺ふ夜にてぞありける。

家主の男、夜更《ふ》けて立ち聞くに、男女の忍びてもの言ふけしきしけり。『[9]さればよ、隠男《かくしをとこ》来にけり』と思ひて、みそかに入りて伺ひ見るに、わが寝所に、男、女と臥したり。暗ければ、たしかにけしき見えず。男のいびきする方《かた》へ、[10]やはらのぼりて、刀を逆手《さかて》に抜き持ちて、腹の上とおぼしきほどをさぐりて、突かんと思ひて、腕《かひな》を持ち上げて、突き立てんとするほどに、月影の、[11]板間より漏《も》りたりけるに、[12]指貫《さしぬき》のくくり、長やかにて、ふと見えければ、それにき[13]と思ふやう、『わが妻《め》のもとには、かやうに指貫着たる人は、よも来じものを、もし、人違《たが》へしたらんは、いとほしく不便《ふびん》なるべき

敦信の子、母良峯氏。文章博士、大学頭、東宮学士、右京大夫、出雲守。漢学者で歌人。「雲州往来」三巻、「本朝文粋」一四巻、「本朝秀句」五巻などの著書あり（分脈・作者部類・仁和寺書籍目録・大日本史）。

4 具合が悪かったので。

5 下賤の者。

6 古くは敷物の総称、中古では薄べりの類。

7 密夫、間男。

8 出かけたふりをして。

9 底本「されば」。諸本により補う。思った通りだ。

10 そっとのぼって。

11 板と板とのすき間。

12 指貫の袴の裾のくくり緒。

13 きっと、はっと。

事』と思ひて、手を引き返して、着たる衣などをさぐりけるほどに、[14]女房、ふと驚きて、「ここに人の音するは誰《た》そ」と忍びやかに言ふけはひ、わが妻にはあらざりければ、さればよと思ひて、居退《の》きけるほどに、この臥したる男も、驚きて、「誰《た》そ誰そ」と問ふ声を聞きて、わが妻の、[15]下《しも》なる所に臥して、『わが男のけしきのあやしかりつるは、それがみそかに来て、人違《ひとたが》へなどするにや』と覚えけるほどに、驚き騒ぎて、「あれは誰そ。盗人か」など、ののしる声の、わが妻にてありければ、異《こと》人々の臥したるにこそと思ひて、走り出でて、妻がもとに行きて、髪を取りて引き臥せて、「いかなる事ぞ」と問ひければ、妻、さればよと思ひて、「[16]かしこういみじきあやまちすらんに。かしこには[17]上﨟《じやうらふ》の、今夜ばかりとて、借《か》らせ給ひつれば、貸し奉りて、われはここにこそ臥したれ。希有《けう》の業《わざ》する男かな」とののしる時にぞ、明衡も驚きて、「いかなる事ぞ」と問ひければ、その時に、男、出で来て言ふやう、「おのれは、[18]甲斐《かひ》

14 明衡の連れの女房が、ふと目ざめて。

15 下の方の室、勝手元。

16 とんでもない大変な誤ちを犯すところでしたに。

17 身分の高い人。

18 甲斐守殿。下文に「この明衡の妹の男」とあり、「今昔」には「その甲斐殿といふは、この明衡の妹の男にて、藤原公業といふ人なりけり。この男はその人の雑色なりければ、常に明衡のもとに使に来ければ、明け暮れ見ゆる男なりけり」とある。公業は内麿流、叅議有国の子、母は越前守斯成女。蔵人、中宮大進（分脈・大日本史）。「分脈」では、明衡側に弟妹の記載がないが、公業側の異本にその記がある。

殿《どの》の雑色《ざふしき》[19]なにがしと申す者にて候。一家《いつけ》[20]の君おはしけるを知り奉らで、ほとほとあやまちをなんつかまつるべく候《さぶら》ひつるに、希有《けう》に、御指貫のくくりを見つけて、しかじか思ひ給へてなん、腕《かひな》を引きしじめて[21]候ひつる」と言ひて、いみじう詫《わ》びける。

甲斐殿といふ人は、この明衡の妹の男《をとこ》なりけり。思ひがけぬ指貫のくくりの徳[22]に、希有《けう》の命をこそ生きたりければ、かかれば、人は忍ぶと言ひながら、あやしの所には、立ち寄るまじきなり。

三〇　唐《もろこし》ノ卒都婆《そとば》ニ血付ク事

昔、唐《もろこし》に大きなる山ありけり。その山の頂《いただき》に、大きなる卒都婆《そとば》[1]一つ立てりけり。

その山の麓の里に、年八十ばかりなる女の住みけるが、日に一《ひと》

19 雑役に使う下僕。
20 一族のお方。
21 引き込めて。
22 おかげで。

◆第三〇話——「今昔」一〇、三六話・「述異説」上・「捜神記」一三・「淮南子」一二参照。

1 墓標。第一九話の注参照。

度《たび》、その山の峯にある卒都婆を、かならず見けり。高く大きなる山なれば、麓より峯へ登るほど、[2]さがしく、はげしく、道遠かりけるを、雨降り、雪降り、風吹き、[3]雷《かみ》鳴り、しみ凍《こほ》りたるにも、又、暑く苦しき夏も、一日も欠かず、かならず登りて、この卒都婆を見けり。

かくするを、人、え知らざりけるに、若き男《をのこ》ども、童部《わらはべ》の、夏暑かりける比《ころ》、峯に登りて、卒都婆のもとに居つつ涼みけるに、この女、汗をのごひて、腰二重なる者の、杖にすがりて、卒都婆のもとに来て、卒都婆を巡《めぐ》りければ、拝《をが》み奉るかと見れば、卒都婆をうち巡りては、[4]則ち帰り帰りする事、一度にもあらず、あまたたび、この涼む男どもに見えにけり。「この女は、何《なに》の心ありて、かくは苦しきにするにか」と、あやしがりて、「今日《けふ》見えば、この事問はん」と言ひ合はせけるほどに、常の事なれば、この女、はふはふ登りけり。男ども、女に言ふやう、「[5]わ女は、何の心によりて、われ

2 険阻で、坂が急で、道のりも遠いのに。「はげし」は傾斜が急なこと。「名義抄」に「急」を「トシ、ハゲシ」と訓む。「大系」注に「高くけわしくと解しても良い」というはいかが。前文に「高く大きなる山」とあって重複する。それよりも急坂と解すべきであろう。

3 古活字本「いかづちなり」とあるが「雷」はイカヅチの外にナルカミの訓があり（名義抄）、ここは「カミ」と訓み、下の「鳴り」と合わせて「カミナリ」と訓んでおく。

4 卒都婆を巡ってはすぐに帰る老婆の姿を、若者たちは何度も（何日も）見たのだ。

5 「わ」は相手に親しみ又は軽侮の意を持つ接頭辞。前出。「わ男」「わ狐」「わ先生」など用例が多い。

らが涼みに来るだに、暑く、苦しく、[6]大事《だいじ》なる道を、[7]涼まんと思ふによりて登り来るだにこそあれ、涼む事もなし、別《べち》にする事もなくて、卒都婆を見巡るを事にて、[8]日々に登りおるるこそ、あやしき女の仕業《しわざ》なれ。この故《ゆゑ》、知らせ給へ」と言ひければ、この女「若き[9]主《ぬし》たちは、げに、あやしと思ひ給ふらん。かくまうで来て、この卒都婆を見る事は、この比《ころ》の事にしも侍らず。ものの心知り始めてより後、この七十余年、日《ひ》毎《ごと》に、かく登りて、卒都婆を見奉るなり」と言へば、「その事のあやしく侍るなり。その故をのたまへ」と問へば、「おのれが親は、百廿にてなん失《う》せ侍りにし。祖父《おほぢ》は百三十ばかりにてぞ失せ給へりし。それが、又、[10]父《ちち》・祖父《おほぢ》などは、二百余年ばかりまでぞ生きて侍りける。その人々の言ひ置かれたりけるとて、『この卒都婆に血の付かん折りになん、この山は崩れて、深き海となるべき』となん、父の申し置かれしかば、麓に侍る身なれば、山崩れなば、[11]うちおほはれて、死にもぞすると思へば、もし血

6　容易でない道、危険な道。
7　涼もうと思って登って来るのでさえ、（その齢では）苦しいだろうのに。
8　仕事にして。
9　「大系」注に、元来は対称代名詞として敬意を含んで用いられたが、近古の末には「目下の者に対して話す時の貴方、又はお前」（日葡辞書）とあるように敬意を含まなくなった、とある。が、ここでは敬意を含んでいると見るべきであろう。若者は傲慢、老婆はあくまで敬虔なのだ。
10　祖父の父や、祖父の祖父など。「父祖父」とつづけるのではない。「今昔」「またそれが父や祖父などは云々」。
11　下敷きになって必ず死んでしまう。底本「死にぞする」。諸本により補う。

付かば、逃げて退《の》かんとて、かく日毎《ごと》に見侍るなり」と言へば、この聞く男ども、[12]をこがり、あざけりて、「恐ろしき事かな。崩れん時は、告げ給へ」など笑ひけるをも、われをあざけりて言ふとも心得ずして、「[13]さらなり。[14]いかでかは、われひとり逃げんと思ひて、告げ申さざるべき」と言ひて、帰り下《くだ》りにけり。

この男ども「この女は、今日《けふ》はよも来じ。明日《あす》又来て見んに、おどして走らせて笑はん」と言ひ合はせて、血を[15]あやして、卒都婆に、よく塗《ぬ》り付けて、この男ども、帰りおりて、里の者どもに、「この麓なる女の、日毎に峯に登りて、卒都婆見るを、あやしさに問へば、しかじかなん言へば、明日おどして、走らせんとて、卒都婆に血を塗りつるなり。[16]さぞ崩るらむものや」など言ひ笑ふを、里の者ども聞き伝へて、[17]をこなる事のためしに引き、笑ひけり。

かくて、又の日、女、登りて見るに、卒都婆に血の[18]おほらかに付きたりければ、女、うち見るままに、[19]色を違《たが》へて、倒《たう》れまろび、走

12 ばかにし。

13 言うまでもないこと。「いうもさらなり」の略。

14 どうして、自分一人だけ逃げようと思って、あなた方に告げずにおくようなことをいたしましょうぞ。

15 流して。血を出して。

16 さぞ山が崩れるだろうぜ（皮肉な軽侮）。「今昔」では「里の者どもこれを聞きて、『さぞ崩れなむものか』など云ひわらふこと限りなし」とあって、若者らの話を受けた里の人の言葉となっている。

17 ばかなこと、愚かなこと。

18 血がたっぷりと。

19 真っ青になり、こけつまろびつ走り帰って。

り帰りて、叫び言ふやう、「この里の人々、疾《と》く逃げ退《の》きて、命生きよ。この山は、ただ今崩れて、深き海となりなんとす」と、あまねく告げまはして、家に行きて、子孫《こむまご》どもに、家の[20]具足ども負《お》ほせ持たせて、おのれも持ちて、[21]手まどひして、里移りしぬ。これを見て、血付けし男ども、手を打ちて笑ひなどするほどに、[22]その事ともなく、さざめき、ののしり合ひたり。

風の吹き来るか、雷《かみ》の鳴るかと思ひあやしむほどに、空も[23]つつ闇《やみ》になりて、あさましく恐ろしげにて、この山揺《ゆる》ぎ立ちにけり。

「こはいかに、いかに」と、ののしり合ひたるほどに、ただ崩れに崩れもて行けば、[24]「女は、まことしけるものを」など言ひて、逃げ、逃げ得《え》たる者もあれども、親の行方《ゆくへ》も知らず、子をも失ひ、家の物の具も知らずなどして、をめき叫びあひたり。

この女ひとりぞ、子孫も引き具して、家の物の具一つも失はずして、かねて逃げ退《の》きて、静かに居たりける。

20 家財道具。

21 あわてふためいて。

22 何となく四辺が騒然としてきた。「今昔」「その事となく、世界さらめきののしり合ひたり」。

23 真っ暗やみ。

24 あの老婆は真実を言ったものだったのに。「今昔」は「媼実を云ひける物を」。

かくて、この山みな崩れて、深き海となりにければ、これをあざけり笑ひし者どもは、みな死ににけり。

あさましき事なりかし。

三一 成村《なりむら》強力ノ学士ニ逢フ事

昔、[1]成村といふ[2]相撲《すまひ》ありけり。時に、国々の相撲ども、上《のぼ》り集まりて、[3]相撲節《すまひのせち》待ちけるほど、[4]朱《す》雀門《ざくもん》に集まりて涼みけるが、その辺《へん》遊び行くに、[5]大学の東門《ひむがしのもん》を過ぎて、南ざまに行かんとしけるを、[6]大学の衆ども、あまた東門に出でて、涼み立てりけるに、この相撲どもの過ぐるを、通さじとて、[7]「鳴り制せん。鳴り高し」と言ひて、立ちふたがりて、通さざりければ、さすがに、[8]やごつなき所の衆どものする事なれば、破りても、え通らぬに、長低《たけひき》らかなる衆の、[9]冠《かうぶり》、[10]上の衣《きぬ》、異人《ことひと》よりは少

◆第三一話——「今昔」二三、二一話参照。

1 真髪成村。「今昔」二三、二五話には「常陸国の相撲なり。村上の御時より取り上げて、手に立ちたるなり。大きさ力敢へて並ぶ者なし」とあり、同二一話には「真髪の為成が父、このある経則が祖父なり」とある。「小右記」長元四、七、二八の条に、左最手真髪為成が乱行によって最手をやめさせられた記事あり、およその年代が判明。

2 訓は「和名抄」「名義抄」、スマヒビト(相撲人)ともいう。

3 相撲の儀式。平安時代の相撲は節会相撲で、宮中の儀式として行われた。期日は大体、大月は七月二八、九日、小月は二七、八日。「召合」「抜出」「追相撲」が行われた。拙稿「文学にあらわれた庶民生活の研究—相撲人の巻」上下(「立教大学日本文学」一、二号)参照。

4 大内裏南面中央の正門。

5 大学寮。式部省に属し、学生を教授する所。二条の南、朱雀の東、壬生の西四町を占める。

6 大学生。養老令の規定では総数四〇〇人。

7 静かにせい。やかましいぞ。当時

しよろしきが、中にすぐれて出で立ちて、いたく制するがありけるを、成村は見つめてけり。「いざいざ帰りなん」とて、もとの朱雀門に帰りぬ。

そこにていふ、「この大学の衆、にくき[11]奴《やつ》どもかな。何の心に、われらをば通さじとはするぞ。ただ通らんと思ひつれども、さもあれ、今日《けふ》は通らで、明日《あす》通らんと思ふなり。長低《たけひき》やかにて、中にすぐれて、『鳴り制せん』と言ひて、通さじと立ちふたがる男《をのこ》、にくき奴なり。明日通らんにも、かならず、今日のやうにせん[12]ずらん。何《なに》主《ぬし》、その男が尻[13]鼻、血あゆばかり、かならず蹴《け》給へ」と言へば、さ言はるる相撲、[14]腋《わき》をかきて、「おのれ[15]らが蹴てんには、[16]いかにも生かじものを、[17]嗷議《がうぎ》にてこそいかめ」と言ひけり。

この尻蹴よと言はるる相撲は、覚えある力、異人《ことひと》よりはすぐれ、走り疾《と》くなどありけるを見て、成村も言ふなりけり。さて、その日は、各家々に帰りぬ。

の風俗歌に「鳴り高し」というがあり、その文句「鳴り高しや、鳴り高し。大宮近くて、鳴り高し。はれの、鳴り高し」とある。その他東遊歌や「源氏物語」少女巻、「権記」長保二、二、二七にも見え、喧騒を鎮めるための日常語と化していた。

8 「やごとなき」「やんごとなき」に同じ。大学生は五位以上の者の子弟。

9 カムリ、カンムリとも。束帯、衣冠などの時に頭にかぶる物。男子元服するとかぶり、これを加冠、又は初冠という。

10 表衣。袍のこと。

11 底本「つ」なし。諸本により補う。

12 「ずらん」底本なし。諸本により補う。

13 下文や「今昔」は「尻」。尻っぺた。尻と鼻ではない。しりばな。

14 脇をさすって。勇み立つ姿。

15 「ら」底本なし。諸本により補う。

16 生命はないであろうものを。

17 「嗷議」は衆の勢いを頼んで無理を言い張ること。「大系」注は「いかめ」を「行かめ」と解し、力ずくで押し通ろう、と訳しているが、

「今昔」「定辛くてこそ生かめ」（生きていてもきっと片輪者よ）とあるのがわかりやすい。「新釈」のいうごとく「かうきにて」は「からくて」の誤写か。不詳。
18 相撲人の人数は総数六〇人。
19 多人数になって。
20 袴を高くくくり上げて。
21 よく注視して、背中を丸めて体をかわしたので。
22 仰のけざま。

又の日になりて、昨日参らざりし相撲など、[18]あまた召し集めて、[19]人がちになりて、通らんと構《かま》ふるを、大学の衆も、さや心得にけん、昨日よりは人多くなりて、かしがましう、「鳴り制せん」と言ひ立てりけるに、この相撲ども、うち群れて、歩《あゆ》みかかりたり。

昨日、すぐれて制せし大学の衆、例の事なれば、すぐれて、大路《おほちの》中に立ちて、すぐさじと思ふけしきしたり。成村、尻蹴よと言ひつる相撲に、目をくはせければ、この相撲、人より長《たけ》高く大きに、若く勇みたる男《をのこ》にて、[20]くくり高やかにかき上げて、さし進み歩《あゆ》み寄る。それに続きて、異相撲《ことすまひ》も、ただ通りに通らんとするを、かの衆ども、通さじとするほどに、尻蹴んとする相撲、かくいふ衆に、走りかかりて、蹴倒さんと、足をいたく持《も》たげたるを、この衆は、[21]目をかけて、背をたはめて、違《ちが》ひければ、蹴はづして、足の高く上《あが》りて、[22]のけざまになるやうにしたる足を、大学の衆取りてけり。その相撲を、細き杖などを人の持ちたるやうに、引き下げて、かたへの相撲に、走りかかりければ、それを見て、かたへの相撲、逃げけるを、追ひかけて、その手に下げたる相撲をば、投げければ、振り[23]抜きて、[24]二三段《だん》ばかり投げられて、倒れ伏しにけり。身砕《くだ》けて、起き上るべくもなくなりぬ。[25]それをば知らず、成村があるかたざまへ、走りかかりければ、成村、目をかけて逃げけり。[26]心もおかず追ひければ、朱雀門の方ざまに走りて、脇の門より走り入るを、やがて[27]詰めて、走りかかりければ、捕《とら》へられぬと思ひて、[28]式部省の[29]築地《ついぢ》越えけるを、引きとどめんとて、手を差し遣りたりけるに、速く越えければ、異所《ことところ》をばえ捕へず、片足少し下《さが》りたりける[30]踵《きびす》を、沓《くつ》加へながら捕へたりければ、沓の踵に足の皮を取り加へて、沓の踵を、刀にて切りたるやうに、引き切りて取りてけり。成村、築地の内に越え立ちて、足を見ければ、血走りて、とどまるべくもなし。沓の踵、切れて失せにけり。われを追ひける大学の衆、あさましく力ある者に[31]てありけるなめり。尻蹴つる相撲をも、[32]人杖《ひとづゑ》に使ひて、投げ

23 振り飛ばされて。振り放されて。
24 一段は六間。「今昔」は「二三丈」どちらにしても誇張されているが、特に本文はそれがはなはだしい。
25 それにはかまわず。主語は学生。
26 遠慮せず、容赦なく。「今昔」「所もおかず」とあるのがわかりやすい。
27 追い詰めて。
28 令制八省の一。考課・選叙・礼儀・位記・大学に関する事務を掌る。朱雀門の内側東にあった。
29 土塀。
30 足のかかと。
31 「にて」底本「とて」。諸本により改む。
32 人間を杖のように取り扱って。

砕くめり。世中《よのなか》広ければ、かかる者のあるこそ恐ろしき事なれ。投げられたる相撲は、[33]死に入りたりければ、物にかき入れて、荷《にな》ひて持《も》て行きけり。

この成村、[34]かたの助《すけ》に、「しかじかの事なん候《さぶら》ひつる。かの大学の衆は、いみじき相撲に候《さぶら》ふめり。成村と申すとも、[35]合ふべき心地仕まつらず」と語りければ、かたの助は、[36]宣旨《せんじ》申し下して、「[37]式部のぞうなりとも、[38]その道にたへたらんはといふ事あれば、まして大学の衆は、何条事《なでふこと》かあらん」とて、いみじう尋ね求められけれども、その人とも聞えずして、やみにけり。

三二 柿木《の》ニ仏現ズル事

昔、[1]延喜《えんぎ》の御門御時《みかどのおんとき》、五条の天神[2]のあたりに、[3]大きなる柿の木の、実ならぬあり。その木の上に、仏現れておはします。京中の

33 気絶してしまったので。死んだのではない。

34 自分の属している方の近衛の次将(中・少将)。相撲人は左右双方に分けられ、それを左右近衛の官人が督した。

35 対抗できる気がいたしません。

36 天皇の口勅を宣べ伝える公文書。

37 「式部丞」。式部省の判官。

38 その道(相撲)に堪能な者は(相撲人として召すべし)。「今昔」「式部丞なりといふとも、その道に堪へたらむ者は召すべし」。当時の相撲人は素人から強力の者を撰進したのだが、農民が最も多く、まれに侍や白丁などがあった(「長秋記」天永二、八、二一)。

◆第三二話――「今昔」二〇、三話参照。

1 第六〇代醍醐天皇。第二〇話の注参照。

2 五条の南、西洞院の西にあり、空海の創建。俗に天使(てんじ)社といわれ、祭神は少彦名命。医道の祖神。「今昔」は「五条の道祖神」。

3 「に」底本なし。諸本により補う。

人、こぞりて参りけり。馬、車も立て合へず、人[4]もせき合へず、拝《をが》み[5]ののしる。

かくするほどに、五六日《いつかむいか》あるに、右大臣殿《みぎのおほいどの》[6]、心得ずおぼし給ひける間、『まことの仏の、世の末に出で給ふべきにあらず。われ行きて試みん』とおぼして、日《ひ》[7]の装束《さうぞく》うるはしくして、びりやう[8]の車に乗りて、御前《おんさき》多く具して、集《つど》まり集ひたる者ども除《の》けさせて、車かけはづして、榻《しぢ》[9]を立てて、梢を、[10]目もたたかず、あからめもせずして、守りて、一時《ひととき》ばかりおはするに、この仏、しばしこそ、花もふらせ、光をも放ち給ひけれ。あまりにあまりに守られて、しわび[11]て、大きなる糞《くそ》[12]とびの羽折れたる、土に落ちて、まどひふためく[13]を、童部《わらはべ》ども、寄りて、うち殺してけり。大臣《おとど》[14]は、『さればこそ』とて帰り給ひぬ。

さて、時の人、この大臣を、いみじく賢き人にておはしますとぞ、ののしりける。

4　せき止め切れぬほど雑踏して。
5　底本「ののしり」。諸本により改む。
6　「今昔」は「光の大臣」。光は仁明帝の皇子で仁明源氏の祖。承和一三年―延喜一三年（八四六―九一三）。正二位、右大臣、左大将。西三条右大臣と号し「新勅撰」作者（分脈・紹運録・補任・大日本史）。
7　昼の装束。朝服の束帯姿で、朝廷の公事に着用。冠・袍を着る。これに対し衣冠・直衣姿を宿直（とのい）装束という。
8　檳榔毛の牛車。檳榔の葉で屋形をふいた車で、四位以上の高級車。
9　駐車の際、車のながえを載せる台。乗車の時は踏み台とする。
10　またたきもせず、よそ見もせず。妖怪や動物に対する時の最善の方法とされる。
11　困り果てて。
12　ノスリの別名。わしたか科の中形の鷹。
13　バタバタする。
14　「おとど」底本脱。諸本により補う。

三三　大太郎盗人ノ事

昔、大太郎[1]とて、いみじき盗人の大将軍ありけり。それが、京へ上りて、『物取りぬべき所あらば、入りて物取らん』と思ひて、伺ひ歩《あり》きけるほどに、回《めぐり》[2]もあばれ、門《かど》などもかたかたは倒れたる、横ざまに寄せかけたる所の、あだけなる[3]に、男といふ者は、一人も見えずして、女の限りにて、張り物[4]多く取り散らしてあるに合はせて、八丈[5]売る者など、あまた呼び入れて、絹多く取り出でて、選《え》り換《か》へさせつつ、物どもを買へば、物多かりげな[6]所かなと思ひて、立ち止まりて見入るれば、折りしも、風の、南の簾《すだれ》を吹き上げたるに、簾の内に、何の入りたりとは見えねども、皮子《かはご》[7]の、いと高くうち積まれたる前に、蓋《ふた》あきて、絹なめりと見ゆる物、取り散らしてあり。これを見て、『うれしき業《わざ》かな。天道《てんたう》[8]の、われに物

◆第三三話

1 訓・伝ともに不詳。桃本目次「大《オホ》太郎」と訓ず。「私注」に「盛衰記」巻三所見の甲斐国の烏帽子折大太郎かというが不明。

2 周囲も荒れ果て。「あばる」は荒廃する、義。

3 危なげ。もろそうなこと。

4 布帛を洗い糊をつけ、張板に張って乾かすこと。またその物。

5 八丈絹。一匹の長さ八丈ありしより名づけられたという。上等の絹で、美濃・尾張などの産。

6 古本系諸本みなこの通り。「多かりげなる」の「る」脱か。後文「物多く有りげなる」。

7 行李。皮を張った行李で「皮籠」とも。

8 天の神が自分に物をくれるのだと思って。

を賜《た》ぶなりけり』と思ひて、走り帰りて、八丈一[9]疋、人に借りて持《も》て来て、売るとて、近く寄りて見れば、内にも外にも、男といふ者は、一人もなし。ただ女どもの限りして、見れば、皮子《かはご》も多かり。物は見えねど、うづ高く蓋覆《ふたおほ》はれ、絹なども、ことの外にあり。布うち散らしなどして、いみじく物多く有りげなる所かなと見ゆ。

高く言ひて、八丈をば売らで、持ちて帰りて、[10]主《ぬし》に取らせて、同類どもに、「かかる所こそあれ」と、言ひ回《まは》して、その夜来て、門に入らんとするに、[11]たぎり湯を、面《おもて》にかくるやうにおぼえて、[12]ふつとえ入らず。「こはいかなる事ぞ」とて、集まりて入らんとすれど、[13]せめて物の恐ろしかりければ、「[14]あるやうあらん。今宵《こよひ》は入らじ」とて、帰りにけり。

つとめて、「さても、いかなりつる事ぞ」とて、同類など具して、売り物など持たせて、来て見るに、いかにも[15]わづらはしき事なし。物多く有るを、女どもの限りして、取り出《い》で、取り納《をさ》めすれ

9 布帛二段（疋）の称。昔は四丈。
10 大太郎が八丈一疋を借りたその人。
11 煮えたぎった熱湯。
12 すぐに、急に。
13 ひどく、はなはだしく。「急に」（大系別解）の意ではない。
14 何かわけがあろう。
15 物騒なこと、気味の悪いこと。

ば、事にもあらずと、返す返す思ひ[16]見伏せて、又、暮るれば、よく[17]したためて、入らんとするに、なほ恐ろしく覚えて、え入らず。「わ主《ぬし》、まづ入れ、入れ」と[18]言ひ立ちて、今宵もなほ入らずなりぬ。

又つとめても、同じやうに見ゆるに、なほけしき異《け》なるものも見えず。『ただわれが、臆病《おくびやう》にて覚ゆるなめり』とて、又その夜、よくしたためて、行き向かひて立てるに、日比《ひごろ》よりも、なほもの恐ろしかりければ、「こはいかなる事ぞ」と言ひて、帰りて言ふやうは、[19]「事を起こしたらん人こそは先づ入らめ。先づ大太郎が入るべき」と言ひければ、[20]「さも言はれたり」とて、[21]身をなきになして入りぬ。それに[22]取りつづきて、かたへも入りぬ。

入りたれども、なほものの恐ろしければ、やはら歩《あゆ》み寄りて見れば、あばらなる屋の内に、火ともしたり。母屋《もや》の際《きは》に掛《か》けたる簾をば下して、簾の外《と》に、火をばともしたり。まことに皮子《かはご》多かり。か

16 見極めて。
17 準備万端整えて。
18 言いながら立っていて。中へ侵入しない。
19 事の発頭人（大太郎）が、まず真先に入るべきだ。諸注みな大太郎の言葉と解するは従えず。同類の言葉である。
20 そう言われるのはもっともだ。これは大太郎の言葉。諸注同類の言葉と解するは誤り。大太郎の言と解してこそ、次の「身をなきになして入りぬ」にうまくつづくのだ。
21 決死の覚悟で侵入した。
22 つづいて同党たちも。諸本「取りつきて」。底本「とりつゝきて」とある「ゝ」が落ちたものか。

の簾の中の、恐ろしく覚ゆるに合はせて、簾の内に[23]矢を爪縒《つまよ》る音のするが、その矢の来て、身に立つ心地して、言ふばかりなく恐ろしく覚えて、帰り出《い》づるも、[24]背を反らしたるやうに覚えて、[25]構《かま》へて出で得て、汗をのごひて、「こはいかなる事ぞ。あさましく恐ろしかりつる爪縒《つまよ》りの音かな」と言ひ合はせて帰りぬ。

そのつとめて、その家のかたはらに、大太郎が知りたりける者のありける家に行きたれば、見付けて、いみじく[26]饗饔《きやうよう》して、「いつ上《のぼ》り給へるぞ。[27]おぼつかなく侍りつる」など言へば、「只今まうで来つるままに、まうで来たるなり」と言へば、「[28]土器《かはらけ》参らせん」とて、酒沸《わ》かして、黒き土器の、大きなるを盃にして、土器取りて、大太郎にさして、家主《いへあるじ》飲みて、土器渡しつ。大太郎取りて、酒を一《ひと》土器《かはらけ》受けて、持ちながら、「この北には、誰《た》が居給へるぞ」と言へば、驚きたるけしきにて、「まだ知らぬか。[29]大矢のすけたけのぶの、この比《ごろ》上りて居られたるなり」と言ふに、『さは、入りたらましか

23 矢を左手の指先にのせ、右手の指先で繰り廻しながら、矢がら・羽・鏃などを点検する音。

24 後へ引きもどされるような心地がして。

25 やっとのことで外へ出ることができて。

26 饗応して。

27 心配しておりましたよ。

28 酒を差し上げましょう。

29 「私注」に「大矢佐武信」とするが伝不詳。大矢は大きく長い矢。そういう大矢を射るには強い弓、強い腕力を必要とする。

ば、みな数を尽くして、射殺されなまし』と思ひけるに、ものもおぼえず臆して、その受けたる酒を、家主に頭よりうちかけて、立ち走りける。[30]ものはうつぶしに倒れにけり。家主、あさましと思ひて、「こはいかに、いかに」と言ひけれど、顧見《かへりみ》だにもせずして、逃げて去《い》にけり。

大太郎が捕《とら》れて、[31]武者《むさ》の城の恐ろしき由を語りけるなり。

三四　藤《とう》大納言忠家《ただいへ》物言《ものい》フ女ノ放屁《はうひ》ノ事

今はむかし、[1]藤大納言忠家といひける人、いまだ殿上人におはしける時、[2]美々《びび》しき色好みなりける女房と、もの言ひて、夜更《ふ》くるほどに、月は昼よりも明《あか》かりけるに、たへかねて、[3]御簾《みす》をうちかづきて、[4]なげしの上にのぼりて、肩をかきて、[5]引き寄せられけるほどに、髪を振りかけて、「あな、[6]さまあし」と言ひて、[7]くるめきける

30 ここでは土器をさす。

31 武者の館。「城」はジャウと訓むか（字類抄）。

◆第三四話

1 長元六年―寛治五年（一〇三三―一〇九一）。権大納言長家の三男で御子左家。俊成の祖父。母は近江守源高雅女従三位懿子。正二位、大納言。「後拾遺」以下作者（分脈・補任・作者部類・諸家伝）。

2 華やかに美しい。

3 御簾を持ち上げて（頭の上にかぶるようにして）。

4 長押。母屋と廂との境に横に渡す上下の材。上のを上長押、下のを下長押という。ここは下長押。

5 「られ」底本脱。諸本により補う。

6 見苦しい（月が明るいので）。

7 ころがるように身をよじるうちに。

8 大きなおならをした。
9 一間は柱と柱との間。
10 諸注みな「ただだと」と訓み、一目散にひた走るさまと解しているが、その場合は「と」がない方がよい。「タタタと」で、一種の擬音詞ではあるまいか。

◆**第三五話**——「古事談」二参照。
1 陸奥守橘道貞の女で母は和泉式部。上東門院女房。関白藤原教通の妾となり静円僧正を生む。母に先立って没。「後拾遺」以下作者（分脈・作者部類）。内侍は(イ)内侍司の女官の総称、(ロ)その判官たる掌侍のこと。定員四名（後宮職員令）。ここは(ロ)。
2 藤原定頼。長徳元年—寛徳二年（九九五—一〇四五）。大納言公任の男、母は四品昭平親王女。正二位、権中納言、兵部卿。中古歌仙三十六人のうち、「後拾遺」以下作者（分脈・補任・作者部類・三十六人伝）。
3 長い間、交情をつづけていた。
4 藤原教通。長徳二年—承保二年（九九六—一〇七五）。道長の三男、頼通の弟。母は左大臣源雅信女倫子。従一位、関白、太政大臣。大二条関白と称す（分脈・補任等）。

ほどに、[8]いと高く鳴らしてけり。女房は、言ふにもたへず、くたくたとして、寄り臥《ふ》しにけり。

この大納言、『心憂《う》き事にもあひぬるものかな。世にありても、何にかはせん。出家せん』とて、御簾のすそを少しかき上げて、ぬき足をして、疑ひなく出家せんと思ひて、[9]二間《けん》ばかりは行くほどに、『そもそも、その女房あやまちせんからに、出家すべきやうやはある』と思ふ心又つきて、[10]たたたと走り出《い》でられにけり。

女房は、いかがなりけん、知らずとか。

三五　小《こ》式部《しきぶの》内侍《ないし》定頼卿《さだよりのきやう》ノ経ニメデタル事

今は昔、[1]小式部内侍《こしきぶのないし》に、[2]定頼《さだよりの》中納言[3]もの言ひわたりけり。それに又、[4]時の関白通ひ給ひけり。局《つぼね》に入りて、臥し給ひたりけるを、知らざりけるにや、中納言寄り来て、叩《たた》[5]きけるを、局の人「かく」とや言ひたりけん、沓《くつ》を履《は》きて行きけるが、少し歩《あゆ》み退《の》きて、経を、はたと、[6]うち上げて読みたりけり。二声《ふたこゑ》ばかりまでは、小式部内侍《の》、[7]きと耳を立つるやうにしければ、この入りて臥し給へる人、あやしとおぼしけるほどに、少し声遠うなるやうにて、四声《よ》五声《いつ》ばかり、行きもやらで読みける時、「う」[8]と言ひて、うしろざまにこそ、臥し返りたりけれ。

この入り臥し給へる人の、「さばかりたへがたう、はづかしかりし事こそなかりしか」と、後《のち》にのたまひけるとかや。

三六 山伏舟祈リ返ス事

是も今は昔、越前国《ゑちぜんのくに》[1]かふらきの渡りといふ所に、渡りせんとて、者ども集まりたるに、山伏あり。けいたう房[2]といふ僧なりけり。熊[3]野、御嶽《みたけ》[4]はいふに及ばず、白山[5]、伯耆《はうき》の大山《だいせん》[6]、出雲《いづも》の鰐淵《わにぶち》[7]、おほか

5 局の戸をたたいたが。
6 突然、だしぬけに。
7 きっと。
8 感極まってうめきの声を発したもの。「古事談」は「女聞二其声一、不レ堪二感歎一、背二右府一、啼泣」とある。

◆第三六話——「昔物語治聞集」五参照。

1 甲楽城または蕪木に作る。福井県南条郡河野村大字甲楽城。
2 伝不詳。「名勝志」に「慶頭坊」と記してあるが不明。
3 熊野三山。紀伊国東牟婁（むろ）郡にある本宮・新宮・那智の三所権現。修験道の霊地。
4 大和国吉野郡吉野山から大峰山にかけての山々。一名金峰山。第五話の注参照。
5 加賀・越前・飛弾にまたがる一大山塊。第五話の注参照。
6 鳥取県西伯郡にある一大山塊。山陰道の最高峰。修験道の霊場。山腹に天台宗大山寺あり、慈覚大師の創建。
7 簸川郡鰐淵山（今の島根県平田市鰐淵町別所）。近くに鰐淵寺あり。

た修行し残したる所なかりけり。

それに、このかふらきの渡りに行きて、渡らんとするに、渡りせんとする者、雲霞《うんか》のごとし。おのおの[8]物を取りて渡す。このけいたう房「渡せ」と言ふに、渡し守、聞きも入れで、漕《こ》ぎ出《い》づ。その時に、この山伏「いかに、かくは[9]無下《むげ》にはあるぞ」と言へども、おほかた耳にも聞き入れずして漕ぎ出《いだ》す。その時に、けいたう房、歯を食ひ合はせて、[10]念珠《ねんず》を揉《も》みちぎる。

この渡し守、見返りて、をこの事と思ひたるけしきにて、三四町ばかり行くを、けいたう房、見やりて、足を砂子《すなご》に脛《はぎ》の中らばかり踏み入れて、目も赤くにらみなして、数珠《ずず》を砕《くだ》けぬと揉《も》みちぎりて、「召し返せ、召し返せ」と叫ぶ。なほ行き過ぐる時に、けいたう房、袈裟《けさ》と念珠とを取り合はせて、汀《みぎは》近く歩《あゆ》み寄りて、「[11]護法《ごほふ》、召し返せ。召し返さずば、長く[12]三宝に別れ奉らん」と叫びて、この袈裟を、海に投げ入れんとす。それを見て、この集《つど》ひ居たる者ども、色

8 渡賃を渡守に渡す。

9 情けなくするのか。

10 数珠をちぎれんばかりに強くもみ合わせる。

11 第九話の注参照。

12 仏法とは縁を切ろうぞ。三宝は仏・法・僧。

を失ひて立てり。

　かく言ふほどに、風も吹かぬに、この行く舟の、こなたへ寄り来《く》。それを見て、けいたう房、「[13]よかめるは、よかめるは。[14]はやう率《ゐ》ておはせ、率ておはせ」と、[15]すはなちをして、見る者、色を違《たが》へたり。かくいふほどに、一町が中に寄り来たり。その時、けいたう房「さて、今は[16]うち返せ、うち返せ」と叫ぶ。その時に集《つど》ひて見る者ども、一声《ひとこゑ》に、「[17]むざうの申《まう》しやうかな。ゆゆしき罪に候。[18]さておはしませ、おはしませ」と言ふ時、けいたう房、今少しけしき変りて、「はやうち返し給へ」と叫ぶ時に、この渡し舟に二十余人の渡る者、[19]つぶりと投げ返しぬ。その時、けいたう房、汗を押しのごひて、「あな、[20]いたの奴ばらや。[21]まだ知らぬか」と言ひて、立ち帰りにけり。

　世の末なれども、三宝おはしましけりとなん。

13 底本・龍・蓬「よかめるは」、桃・九・板「よりめるは」、古活字本「よるめるは」。「か」「り」「る」みな字体類似し、前後の意味の上では「よかめるは」が最もよいが。古活字本のみの独自異文。

14 早く連れて来て下され。護法にいう言葉。

15 古来難解の語とされ、定説がない。異文もない。(イ)素離で除け者になること(私注)、(ロ)誤写あるか(新釈・全書注)、(ハ)「珠放ち」又は「素放ち」で、念珠を片手に持って空を切る仕草か(大系補注)等の諸説あり。不詳。

16 (舟を)ひっくり返せ。

17 「無慙(むざん)」の音便。残酷、無慈悲。

18 そのままにしておかれよ。

19 ざんぶと海中へ投げ入れられた。

20 「いた」を、(イ)「痛」の語幹と見る説(新釈・大系注)と、(ロ)「甚」の語幹と見る説(全書注)あり。(イ)と解しておく。気の毒な奴ばらじゃ。嘲りの意をこめた。

21 わが法力のほどを、まだ知らぬか。

三七　鳥羽《とば》僧正与《と》国俊《くにとし》戯《たは》ブルル事

是も今は昔、[1]法輪院《ほふりんゐんの》大僧正覚猷《かくいう》といふ人おはしけり。その[2]甥《をひ》に、[3]陸奥前司《むつのぜんじ》国俊《くにとし》、僧正の許《もと》へ行きて、「参りてこそ候《さぶら》へ」と言はせければ、「只今、見参すべし。そなたにしばしおはせ」とありければ、待ち居たるに、[4]二時《ふたとき》ばかりまで、出《い》で合はねば、[5]生腹《なまはら》立たしうおぼえて、出でなんと思ひて、供に具したる雑色《ざふしき》を呼びければ、出で来たるに、「沓《くつ》持て来《こ》」と言ひければ、持て来たるを履《は》きて、「出でなん」と言ふに、この雑色が言ふやう、「僧正の御坊の、『[6]陸奥殿に申したれば、とう乗れとあるぞ。その車率《ゐ》て来《こ》』とて、『[7]小御門《こみかど》より出でん』と仰《おほ》せ事候ひつれば、[8]やうぞ候《さぶら》ふらんとて、牛飼《うしかひ》乗せ奉りて候へば、『待たせ給へと申せ。時のほどぞあらんずる。やがて帰りこむずるぞ』とて、[9]はやう奉りて出で

◆第三七話

1　鳥羽僧正。天喜元年―保延六年(一〇五三―一一四〇)。醍醐源氏、大納言隆国の九男。智証門徒で覚円の弟子。大僧正、三井寺長吏。第四七代天台座主、三日で辞職。鳥羽院に愛せられ、鳥羽に住んだので鳥羽僧正と称せらる。鳥羽絵の創始者として著名(分脈・天台座主記・中右記・僧綱補任)。法輪院は三井園城寺の法輪院。太秦広隆寺のそれ(新釈)ではない。

2　「分脈」「本朝世紀」では「兄」。甥ではない。

3　隆国の六男(分脈は五男)。?―康和元年(?―一〇九九)従五位上、陸奥守(但し任国へ赴任せず)。白河帝(後白河は誤り)の時、殿上に闘乱し籍を削られたことがあり、昇進のおくれたのもそのためか。彼の没した年、弟の鳥羽僧正は四七歳、兄の俊明は五六歳、されば、その没齢は五〇歳前後か。本文「陸奥前司」とあるが、没した時も陸奥守である(世紀)。(分脈・世紀)。

4　今の四時間。

5　やや腹立たしく。

6　牛車を貸してほしいと、……

7　小門。「大系」注の指摘するごと

させ給ひ候ひつるにて候。かうて[10]一時《ひととき》には過ぎ候ひぬらん」と言へば、「[11]わ雑色は、不覚の奴かな。『御車を、かく召しの候ふは』と、われに言ひてこそ貸し申さめ。不覚なり」と言へば、「[12]うちさし退《の》きたる人にもおはしまさず。やがて、御尻切れ[13]奉りて、『[14]ききとと、よく申したるぞ』と仰《おほ》せ事候へば、力及び候はざりつる」と言ひければ、陸奥前司《の》帰り上りて、いかにせんと思ひまはすに、僧正は、定まりたる事にて、湯舟に藁《わら》をこまごまと切りて、[15]一《ひと》はた入れて、それが上に莚《むしろ》を敷きて、[16]歩《あり》きまはりては、[17]さうなく湯殿《ゆどの》へ行きて、はだかになりて、「[18]えさい、かさい、とりふすま」と言ひて、湯舟に、[19]さくと仰《の》けざまに臥す事をぞし給ひける。

陸奥前司、寄りて、莚《むしろ》を引き上げて見れば、まことに藁をこまごまと切り入れたり。それを湯殿の垂布《たれぬの》を解き下《おろ》して、この藁をみな取り入れて、よく包みて、その湯舟に、湯桶《ゆおけ》を下に取り入れて、それが上に囲碁盤《ゐごばん》を裏返して置きて、莚を引き覆《おほ》ひて、さりげなく

く、裏門であろう。
8 わけがあろう。
9 とうに車にお乗りになって。
10 こうして。「かくて」の音便。
11 「わ」は相手を親愛又は軽侮して呼ぶ時の接頭語。
12 疎遠の人。親しくもない人。
13 尻切れぞうり。前出。
14 (陸奥殿には) しかとよく頼み込んであるぞ。
15 一杯。
16 外出から帰って来ると。
17 左右なく。いきなり、ためらわずに。
18 (イ)呪文であろう(新釈・全書)、(ロ)「えさい、かさい」は掛け声、「とりふすま」は「敷いた床」又は「鳥の巣」か(大系)、(ハ)「えさい、かさい」は「一切、合財」「とりふすま」は鳥毛衾で今日の羽布団か(本位田重美「精解宇治拾遺物語」)ともいう。不詳。
19 さっと、ざぶっと。

て、垂布に包みたる藁をば、大門の脇に隠し置きて、待ち居たるほどに、[20]二時あまりありて、僧正、小門より帰る音しければ、ちがひて大門へ出でて、帰りたる車呼び寄せて、車の尻に、この包みたる藁を入れて、[21]家へ、速《はや》らかに遣りて、下《お》りて、「この藁を、牛のあちこち[22]歩《あり》き困《こう》じたるに、食はせよ」とて、牛飼童に取らせつ。

僧正は、例の事なれば、衣《きぬ》脱ぐほどもなく、例の湯殿へ入りて、「えさい、かさい、とりふすま」と言ひて、湯舟へ躍《をど》り入りて、仰《の》けざまに、[23]ゆくりもなく臥したるに、碁盤《ごばん》の足の、[24]いかりさし上《あが》りたるに、尻骨を[25]あらうつきて、年たかうなりたる人の[26]死に入りて、[27]さし反《そ》りて臥したりけるが、その後《のち》、音なかりければ、近う使ふ僧、寄りて見れば、[28]目を上《かみ》に見付けて、死に入りて寝たり。「こはいかに」と言へど、いらへもせず。寄りて、顔に水吹きなどして、とばかりありてぞ、息の下に、[29]おろおろ言はれける。

[30]この戯《たはぶ》れ、いとはしたなかりけるにや。

20 底本「三時」。諸本により改む。
21 自宅まで車を速く走らせて。諸注「家へ」よりを国俊の言葉とするはいかが。それでは「下りて」がつづかない。
22 疲れて腹がへっているから。
23 何げなく、不用意に。
24 突起したのに。擬人的なおもしろい表現である。
25 底本・桃「あしう」。陽・龍本により改む。字体の類似による誤写か。
26 気絶して。
27 反り返って。
28 目を上方へつりあげて。失神の貌。
29 不十分に。苦しくて口がよくきけぬ様。
30 冗談としては度がすぎていたのではなかろうか。

三八 絵仏師良秀家《いへ》ノ焼クルヲ見テ悦ブ事

是も今は昔、[1]絵仏師[2]良秀といふありけり。家の隣より、火出《い》で来て、[3]風押し覆《おほ》ひて責めければ、逃げ出でて、[4]大路《おほち》へ出でにけり。人の書かする仏もおはしけり。又、[5]衣《きぬ》着ぬ妻子《めこ》なども、さながら内にありけり。それも知らず、ただ逃げ出でたるを[6]事にして、[7]向かひのつらに立てり。見れば、すでにわが家に移りて、煙焔《けぶりほのほ》くゆりけるまで、大かた、向かひのつらに立ちて眺《なが》めければ、[8]「あさましき事」とて、人ども、来訪《とぶら》ひけれど、騒がず。「いかに」と人言ひければ、向かひに立ちて、家の焼くるを見て、うちうなづきて、時々笑ひけり。「あはれ、[9]しつるせうとくかな。年比《としごろ》は、わろく書きけるものかな」といふ時に、訪《とぶら》ひに来たる者ども、「こはいかに、かくては立ち給へるぞ。あさましき事かな。[10]物

◆第三八話――「十訓抄」六、三五話参照。

1 仏絵を描くことを業とする者。仏絵師。

2 伝不詳。桃本目次にヨシヒテと振り仮名してあるが、当時仏絵師は僧体をしていたからリョウシュウと音読したのではあるまいか。

3 火勢を風があおり、火が迫ってきたので。「十訓抄」は「火出で来ぬ。をしおほひければ」と、主語を「火」となす。

4 当時はオホチと清音でよむ。

5 おそらく夜で、妻子は裸か寝衣一枚ぐらいで寝ていたのであろう。

6 よいことにして。

7 大路の向かい側。

8 あきれたこと。

9 うまいもうけ物をしたものよ。「せうとく」は旧注すべて「所得」と解するが、「大系」補注のみ「抄徳」で、幸せを抜き取る意となす。しかし「抄徳」の語は他に所見なく、「今昔」二六、一六話「玉の主、所得しつと思ひけるにや」とある部分が、「宇治拾遺」第一八〇話では「玉のぬしの男せうとくしたりとおもひけるに」とあるので、「せうとく」は「所得」と考えてよかろう。

の付き給へるか」と言ひければ、「何条物《なんでふ》の付くべきぞ。年比《ごろ》、[11]不動尊の火焔《くわえん》をあしく書きけるなり。今見れば、かうこそ燃えけれと、心得《え》つるなり。これこそせうとくよ。[12]この道を立てて、世にあらんには、仏だによく書き奉らば、百千の家も出で来なむ。[13]わたう達こそ、させる能もおはせねば、物をも惜しみ給へ」と言ひて、あざ笑ひてこそ立てりけれ。

その後《のち》にや、良秀が[14]よぢり不動とて、今に人々めで合へり。

三九　虎ノ鰐取リタル事

是も今は昔、[1]筑紫《つくし》の人、商《あきな》ひしに、[2]新羅《しらぎ》に渡りけるが、商ひ果てて、帰る途《みち》に、[3]山の根に添ひて、舟に水汲《く》み入れんとて、水の流れ出でたる所に、舟をとどめて、水を汲む。

そのほど、舟に乗りたる者、舟端《ふなばた》に居て、うつ臥して海を見れ

10　霊鬼か狐でも乗り移って、気でも狂われたのか。
11　不動明王。
12　仏絵師として渡世するからには。
13　わ党たち。お前たち。
14　不動明王の後背の火焔がよじれるように描いてある絵。

◆第三九話――「今昔」二九、三一話参照。
1　筑前・筑後の称。転じて九州全体の汎称。「今昔」は「鎮西」。
2　朝鮮半島の古国名。「新羅」の字すでに「書紀」に見える。初め弁韓の中の一小国、後強盛となり、任那・百済・高麗の三国を併呑。のち衰亡し、承平五年（九三五）、高麗に亡ぼさる。「に」脱。諸本により補う。
3　山のふもと。

4 「今昔」「三四丈」。
5 底本「つくまりゐて」。陽・桃本により改む。「今昔」「縮り居て」とあるによれば、「つゞまりゐて」が正しい。「く」と「ゝ」の誤写か。身をちぢめていて。獲物に襲いかかる前の姿勢。
6 落ちてくる時間。
7 血が出ている。
8 ワニザメ、つまり鱶（ふか）であろうという。「和名抄」一九に「鰐和名和仁、似レ鼈（べつ）有二四足一、喙長三尺甚利歯、虎及大鹿渡レ水鰐撃レ之皆中断」とあるによれば、四足のクロコダイルをさすらしいが、それは熱帯の淡水に棲息するので、朝鮮の海中にいたのはワニザメであろう。
9 身体を平たくしているのを。
10 バタバタする。
11 下あご。

ば、山の影映《うつ》りたり。高き岸の[4]三四十丈ばかりあまりたる上に、虎[5]つづまりゐて、ものを伺ふ。その影、水に映りたり。その時に、人人に告げて、水汲む者を、急ぎ呼び乗せて、手毎《ごと》に櫓《ろ》を押して、急ぎて舟を出《い》だす。その時に、虎躍《をど》り下《お》りて舟に乗るに、舟は疾《と》く出づ、虎は[6]落ち来るほどのありければ、今一丈ばかりを、え躍り着かで、海に落ち入りぬ。

舟を漕ぎて急ぎて行くままに、この虎に目をかけて見る。しばしばかりありて、虎海より出で来ぬ。泳ぎて陸《くが》ざまに上りて、汀《みぎは》に平《ひら》なる石の上に登るを見れば、左の前足を膝よりかみ食ひ切られて、[7]血あゆ。[8]鰐《わに》に食ひ切られたるなりけりと見るほどに、その切れたる所を水にひたして、[9]平《ひら》がり居るを、いかにするにかと見るほどに、沖の方より、鰐、虎の方を指《さ》して来ると見るほどに、虎、右の前足をもて、鰐の頭《かしら》に爪をうち立てて、陸《くが》ざまに投げ上ぐれば、一丈ばかり浜に投げ上げられぬ。仰《の》けざまになりて[10]ふためく。[11]おとがひの下を、躍りかかりて食ひて、二度《ふたたび》三度《みたび》ばかりうち振りて、なへなへ[12]となして、肩にうちかけて、手を立てたるやうなる岩の[13]、五六丈あるを、三《み》つの足をもちて、下り坂を走るがごとく、登りて行けば、舟の中《うち》なる者ども、これがしわざを見るに、なから[14]は死に入りぬ。『舟に飛びかかりたらましかば、いみじき劔刀《つるぎかたな》を抜きてあふとも[15]、かばかり力強く、速からんには、何業《なにわざ》をすべきぞ』と思ふに、肝《きも》心失《う》せて、舟漕ぐ空もなくてなん、筑紫《つくし》には帰りけるとかや。

四〇　樵夫《きこり》歌ノ事

今は昔、樵夫《きこり》の、[1]山守《やまもり》に[2]斧《よき》を取られて、わびし、心憂《う》しと思ひて、[3]つら杖《づゑ》うちつきて居りける。

山守見て、[4]「さるべき事を申せ。取らせん」と言ひければ、

[5]あしきだになきはわりなき世中《よのなか》によきを取られてわれいかにせ

12　弱らせて。「なへなへくたくた」という語もある。
13　垂直な急坂。断崖絶壁。
14　なかば失神した。人数の半数が失神したという意ではなく、失神するほどの恐怖を感じたの意。
15　闘うとも。「闘　タ、カフ、イサカフ、アラカフ、アフ」（名義抄、法下）。

◆第四〇話――「古本説話」上、一八話参照。

1　山の番人。山林の管理人。この説話では、木伐りがなぜ斧を取られたかの説明がないが、この山は御料林か何かで伐木を禁じられていたのであろう。たんに山守個人の所有である山林を盗伐したのではあるまい。
2　小形の斧（おの）。手斧。
3　ほお杖。両手でほおを支えて思案する体。
4　然るべき和歌でも詠んでみよ。そうしたら斧を返してやろう。
5　悪い物でさえ無くては困るこの世の中に、私は善い物（斧）を取られた。どうしよう。木の連想で「あしき」「なき」「わりなき」「よき」と四つの「き」を重畳し、「善き」に「斧」を掛け、「斧」から「わりなき（割

ん

と詠《よ》みたりければ、山守、返しせんと思ひて、「[6]うう、うう」とうめきけれど、えせざりけり。

さて、斧返し取らせてければ、うれしと思ひけりとぞ。人はただ、歌を[7]構《かま》へて詠《よ》むべしと見えたり。

四一 伯《はく》ノ母《はは》ノ事

今は昔、[1]多《た》気大夫《けのたいふ》といふ者の、常陸《ひたち》より上りて、[2]愁訴《うれへ》する比《ころ》、向かひに、[3]越前《の》守といふ人のもとに、経誦《ず》しけり。この越前《の》守は、[4]伯母《はくのはは》とて、世にめでたき人、歌詠《よ》みの親なり。妻《め》は[5]伊《い》勢大輔《せのたいふ》、姫君たち、あまたあるべし。多気大夫《の》、つれづれにおぼゆれば、聴聞に参りたりけるに、御簾《みす》を風の吹き上げたるに、並《な》べてならず美しき人の、紅《くれなゐ》の[6]単襲《ひとへがさね》着たるを見るより、この人を妻《め》

りなき」」の縁語をひき出し、さらに「わり」と「われ」との同音語を対照する。複雑な技巧をこらした一首。

6 底本「うら〳〵」。諸本により改む。「ゝ」と「ら」との誤写。

7 何とか工夫して。

◆第四一話——「古本説話」上、二〇話参照。

1 平維幹（これもと）。国香の孫、陸奥守繁盛の子、維茂の弟。従五位下。常陸国筑波郡多気邑に築城したので「多気大夫」という。平忠常の乱の時、源頼信に加担、子孫相継ぎ、常陸大掾平氏の祖。初め小野宮実資に仕えたらしい（分脈・同脱漏・常陸大掾系図・小右記）。

2 訴訟。

3 「筑前守」の誤りか。高階成順。左中弁明順の子。正五位、筑前守。法名乗蓮（分脈・高階氏系図・元亨釈書一七）。伯の母の父だが、彼女の女房名「四条宮筑前」より察しても、筑前守とあるべきところ。

4 高階成順の長女。太皇大后宮（四条宮寛子）女房。神祇伯延信王に愛されて神祇伯康資王を生んだのでこう呼ぶ。歌人、「後拾遺」以下作者

にせばやと、いりもみ思ひければ、その家の[7]上童《うへわらは》をかたらひて、問ひ聞けば、「[8]大姫御前《おほひめごぜん》の、紅は奉りたる」と語りければ、それにかたらひつきて、「われに、盗ませよ」と言ふに、「思ひかけず。えせじ」と言ひければ、「さらば、その乳母《めのと》を知らせよ」と言ひければ、「それは、さも申してん」とて、知らせてけり。さて、いみじくかたらひて、金《こがね》百両取らせなどして、「この姫君を盗ませよ」と責め言ひければ、さるべき契《ちぎ》りにやありけん、盗ませてけり。やがて、乳母《めのと》うち具して、常陸《ひたち》へ急ぎ下《くだ》りにけり。あとに泣き悲しめど、かひもなし。ほどへて、乳母音信《おとづ》れたり。あさましく、心憂しと思へども、言ふかひなき事なれば、時々うち音信れて過ぎけり。

伯母《の》、常陸へかく言ひ遣《や》り給ふ。

[9]匂《にほ》ひきや都の花は東路《あづまぢ》に東風《こち》の返しの風の付けしは

返し、姉、

(分脈・高階氏系図・作者部類)。神祇伯とは神祇官の長官で従四位相当官。伯の母はここでは三女源兼俊母に誤られている。

5 大中臣能宣の孫、神祇伯輔親の女。上東門院女房。中古歌仙三十六人のうち。高階成順と結婚して伯の母、筑前乳母、源俊兼母などを生む(分脈・三十六人伝・大日本史)。

6 女の表着の下に重ねて着用する単衣。

7 貴人の奥向きに仕える童男童女。ここは童女。

8 一番上の姫様。「分脈」に伯の母に姉の記載はなく、後段二首の和歌のうち返歌の作者を「後拾遺」では伯の母としている。つまり多気大夫の妻になったのは伯の母である。

9 東風の返しの西風につけてやった都の花の香は、東国で匂ったでしょうか。この歌、「後拾遺」巻一九に「あづまに侍りけるはらからの許にたよりにつけてつかはしける　源兼俊母」(一一三四)として見ゆ。末句「風につけしは」。次の和歌は「かへし　康資王母」としてみえる。

[10]吹き返す東風《こち》の返しは身にしみき都の花のしるべと思ふに

年月隔《へだ》たりて、伯母《の》、[11]常陸守《の》の妻《め》にて下りけるに、姉は失せにけり。娘ふたりありけるが、かくと聞きて参りたりけり。田舎人《ゐなかびと》とも見えず、いみじく[12]しめやかに、はづかしげに、[13]よかりけり。常陸守《の》の上を、「[14]昔の人に似させ給ひたりける」とて、いみじく泣き合ひたりけり。[15]四年《よとせ》が間、[16]名聞《みやうもん》にも思ひたらず、[17]用事なども言はざりけり。

任果てて上る折りに、常陸守《の》「[18]むげなりける者どもかな。かくなん上ると言ひに遣《や》れ」と、男に言はれて、伯母《の》、上《のぼ》る由、言ひに遣りたりければ、「承《うけたまは》りぬ。参り候《さぶら》はん」とて、[19]明後日《あさて》上らんとての日、参りたりけり。えも言はぬ馬、[20]一つを宝《たから》にするほどの馬、十疋づつ、ふたりして、又、[21]皮子《かはご》負《お》ほせたる馬ども百疋づつ、ふたりして奉りたり。何《なに》とも思ひたらず、[22]かばかりの事したりとも思はず、うち奉りて帰りにけり。

10 都の花の道しるべと思えば、東風の返しの西風は、うたたこの身にしみてなつかしい。
11 伯の母が常陸守の妻になったとの記録はない。彼女は神祇伯延信王に愛されて神祇伯康資王を生んだのだが、平維幹の妻となったとすれば、大掾を守といえるもの。
12 女らしく上品で。
13 顔が美しかった。
14 二人の娘の母、常陸守夫人の姉。
15 国守の任期は四年。
16 国守の北の方を叔母に持ったことを、さして名誉とも考えず。
17 頼みごともしなかった。
18 ひどい娘たちだな。国守夫妻を親戚に持ったことを光栄とも考えぬ態度をいきどおった言葉。
19 明後日出立という二日前の日。
20 一匹でも財宝にするほどの名馬。
21 行李。中に衣料が多く入った行李であろう。それらの行李を負わせた駄馬百匹。
22 たいそうなことをしたとも思っていない。その財力のほどが思いやられる。

常陸《の》守の、「ありける[23]常陸四年が間の物は、何ならず。その皮子の物どもしてこそ、よろづの功徳《くどく》もなにもし給ひけれ。ゆゆしかりける者どもの心の大きさ、広さかな」と語られけるとぞ。

この伊《い》勢大輔《せのたいふ》の子孫は、めでたき幸ひ《さひは》人《びと》、多く出でき給ひたるに、大姫公《ぎみ》の、かく田舎人になられたりける、哀れに心憂くこそ。

四二　同人仏事ノ事

今はむかし、伯母[1]《はくのはは》、仏供養[2]《ほとけくやう》しけり。永縁[3]《やうえん》僧正を請《しやう》じて、さまざまの物どもを奉る中に、紫の薄様[4]《うすやう》に包みたる物あり。あけて見れば、

　朽[5]《く》ちにける長柄《ながら》の橋の橋柱《はしばしら》法《のり》のためにも渡しつるかな

長柄の橋の切れなりけり。

又の日、まだつとめて、若狭阿[6]《わかさのあ》闍梨《ざり》うくゐんといふ人、歌詠《よ》みな

23 過去四年、常陸守時代の収入などは、(これに比べれば)物の数ではない。

◆第四二話――「古本説話」上、二一話参照

1 前話の注参照。

2 仏像完成の開眼供養。

3 永承三年―天治二年(一〇四八―一一二五)。大蔵大夫藤原永相の子。保安二年、興福寺別当となって治四年、花林院権僧正とも号す。「金葉」以下作者(分脈・僧官補任・興福寺三綱補任・本朝高僧伝・作者部類)。

4 薄い鳥の子紙。

5 今はもう朽ちてしまった長柄の橋の橋柱を、仏法のために布施としてお渡しいたします。橋の縁で「渡し」といい、これに布施として渡す意と、済度の意を掛けた。長柄橋は摂津国西成郡(今の大阪市大淀区長柄)にあった歌枕。「古今」序にのせられて有名。廃絶の後も、その鉋屑を能因法師は引出物にし、後鳥羽院は橋柱の朽木を和歌所の文台にするなど珍重された。

6 「うくゐん」陽・龍・蓬・京本は底本に同じ。桃「たくゐん」。「古本説話集」に「りうぐゐん」とあるが正

るが来たり。『あはれ、この事を聞きたるよ』と僧正おぼすに、懐《ふところ》より[7]名簿《みやうぶ》を引き出でて奉る。「この橋の切れ、給はらん」と申す。僧正「かばかりの[8]希重《きちよう》の物は、いかでか」とて、[9]「何しにか取らせ給はん。口惜し」とて、帰りにけり。

[10]すきずきしく、あはれなる事どもなり。

四三 藤六《とうろく》ノ事

今は昔、[1]藤六《とうろく》といふ歌詠《よ》みありけり。下種《げす》の家に入りて、人もなかりける折りを見つけて、入りにけり。鍋に煮ける物をすくひ食ひけるほどに、家主《いへあるじ》の女、水を汲みて、大路《おほち》の方《かた》より来て見れば、かくすくひ食へば、「いかに、かく人もなき所に入りて、[2]かくはする物をば参るぞ。あなうたてや。藤六にこそいましけれ。さらば、歌詠み給へ」と言ひければ、

しい。「り」の「ゝ」が落ちたもの。隆源は小野宮流、右衛門佐通宗の子。叡山の阿闍梨。歌人で「金葉」以下作者。「隆源口伝」の著あり(分脈・作者部類)。「若狭阿闍梨」といわれたのは、父通宗が若狭守たりしによるか。通宗の母は高階成順女だから(分脈)、伯の母とは姉妹にあたる。

7 名札を相手に奉るは、その人に帰服し又は入門する意を表す。

8 陽・龍・名、底本に同じ。桃「希有」。「古本説話」「きてう」。

9 若狭阿闍梨の言葉。下されるはずがない。

10 酔興な。歌道に対する執着をさす。

◆第四三話——「古本説話」上、二五話参照。

1 藤原輔相(すけみ)。この訓、「分脈」にはスケマサとあるが、「拾遺」巻七に「すけみ」とあるに従う。権中納言長良の孫、越前権守弘経の六男。無官六位で俳諧歌、物名歌の達人。「拾遺」の作者。藤六の呼び名は藤原氏で六位であるからとも、六男であるからともいうが、おそらく後者であろう。家集に「藤六集」あり

[3]むかしより阿弥陀《あみだ》仏《ほとけ》の誓ひにて煮《に》ゆる物をばすくふとぞ知る

とこそ詠みたりけれ。

四　多田新発意郎等《ただのしんぼちのらうどう》ノ事

是も今は昔、[1]多田《ただの》満仲のもとに、猛《たけ》く、あしき郎等《らうどう》ありけり。物の命を殺すをもて業《げふ》とす。野に出《い》で、山に入りて、鹿《しか》を狩《か》り、鳥を捕りて、いささかの[2]善根する事なし。ある時、出でて狩《かり》する間、馬を馳《は》せて鹿を追ふ。[3]矢をはげ、弓を引きて、鹿に従ひて、走らせて行く道に、寺ありけり。その前を過ぐるほどに、きと見やりたれば、内に[4]地蔵立ち給へり。左の手をもちて弓を取り、右の手して笠を脱ぎて、いささか[5]帰依《きえ》の心をいたして、馳《は》せ過ぎにけり。

その後《のち》、いくばくの年を経《へ》ずして、病《や》みつきて、日比《ひごろ》よく苦しみ

(分脈・作者部類)。

2　こうしてせっかく煮ている物を食われるのか。

3　昔から阿彌陀仏の御誓願で、釜で煮られているものは救うと心得ています。「煮ゆるもの」は地獄で釜ゆでになる亡者と、鍋の中で煮えているものとを掛け、「ちかひ」に「誓ひ」と「匙」(かひ)、「すくふ」に「救ふ」と「掬ふ」とを掛けた戯れ歌。

◆第四四話――「今昔」一七、二四話・「昔物語治聞集」五参照。

1　源満仲(みつなか)。マンジュウと音読もする。延喜一三年―長徳三年(九一三―九九七)。清和源氏、経基の子、母は橘繁古女。鎮守府将軍、左馬権頭、武蔵・摂津・陸奥等の守、正四位下。安和二年の安和の変に裏切り密告。寛和二年出家、法名満慶。「拾遺」の作者。摂津国多田郡に住んだので多田と称し、天祿元年多田院を創設(分脈・作者部類・紀略・略記・大日本史)。

2　善果を受ける所業。善の業因。

3　矢を弓につがえ。

4　地蔵菩薩。

5　仏を信仰する心。

煩《わづら》ひて、命絶えぬ。[6]冥途《めいど》に行き向かひて、[7]炎魔《えんま》の庁に召されぬ。見れば、多くの罪人、罪の軽重に従ひて、[8]打《う》ちせため、罪せらるる事、いといみじ。わが[9]一生の罪業を思ひ続くるに、涙落ちて、せんかたなし。

かかるほどに、一人の僧出で来たりて、のたまはく、「汝を助けんと思ふなり。疾《はや》く故郷に帰りて、罪を懺悔《ざんげ》すべし」とのたまふ。僧に問ひ奉りていはく、「これは誰《た》れの人の、かくは仰せらるるぞ」と。僧答へ給はく、「われは、汝、鹿を追ひて、寺の前を過ぎしに、寺の中にありて、[10]汝に見えし地蔵菩薩《ぼさつ》なり。汝、罪業《ざいごふ》[11]深重《じんぢゆう》なりといへども、いささか、われに帰依の心を起しし業《ごふ》によりて、われ、今、汝を助けんとするなり」と、のたまふと思ひて、蘇《よみがへ》りて後は、殺生《せつしやう》を永《なが》く断ちて、地蔵菩薩に仕《つか》うまつりけり。

6 死後の世界。死者の霊魂が迷い行く暗黒世界。
7 炎魔大王の法廷。炎魔は地獄の王者で亡者の魂魄を司り、その生前の業によって賞罰を定める。その裁判の法廷が炎魔の庁。
8 責めさいなみ。
9 「今昔」「この男の思はく、我れ一生の間云々」。
10 お前の目に止まった。
11 「字類抄」シ畳字に「深重」があり、「大系」注は「日葡辞書」により「じんじう」と訓むべき旨指摘。深く重なっていること。多く蓄積していること。

四五　因幡国《いなばのくに》ノ別当《べつたう》地蔵作リ差《さ》ス事

これも今はむかし、[1]因幡国高草《いなばのくにたかくさ》の郡《こほり》、[2]さかの里に、伽藍《がらん》あり。[3]国《こく》隆寺《りうじ》と名付く。この国の前《さき》の国司、[4]ちかなが造れるなり。

そこに、年老いたる者、語り伝へていはく、この寺に[5]別当ありき。家に[6]仏師を呼びて、地蔵を造らするほどに、別当が妻《め》、[7]異男《ことをとこ》にかたらはれて、跡をくらうして失《う》せぬ。別当、心をまどはして、仏の事をも、仏師をも[8]しらで、里村に、手を分かちて、尋ね求むる間《あひだ》、七八日を経ぬ。仏師ども、[9]檀那《だんな》を失ひて、空を仰ぎて、手をいたづらにして居たり。その寺の[10]専当《せんたう》法師、これを見て、善心を起して、食ひ物を求めて、仏師に食はせて、わづかに、地蔵の[11]木作《きづくり》ばかりをし奉りて、彩色《さいしき》、[12]瓔珞《やうらく》をばえせず。

その後《のち》、この専当法師、病《やまひ》付きて、命終りぬ。妻子、悲しみ泣き

◆第四五話――「今昔」一七、二五話・「地蔵菩薩霊験記」上参照。

1 「和名抄」八に、高草郡・気多郡あり、明治二九年両郡を合併して気高（けたか）郡となす。今鳥取市に合併。

2 「今昔」「霊験記」は「野坂の郷」とあり、「和名抄」にも高草郡に野坂郷を記す。これが正しい。

3 「地名辞書」所引「因幡志」に「国隆寺の地蔵は小原村の辻堂に安置する是なり（立像長二尺五寸余）」とある。今は廃寺。「大系」補注に野坂の国隆寺は因幡の国分寺の支院として建立されたものかとある。

4 「今昔」「前の介□千包」「霊験記」「因幡の前司介親」。不詳。

5 寺務を総理する上首の僧。

6 仏像を作る工人。

7 他の男に誘惑されて。

8 世話をせず、放り出して。

9 財物を施与する信者を僧より呼ぶ語。檀越。施主。

10 寺院で雑務を担当した下級の法師。妻帯する。

11 木組みの彫刻。

12 装飾。もとインド人が珠などを編み、身辺に垂れて装飾としたものだ

て、棺《ひつぎ》に入れながら、捨てずして置きて、なほこれを見るに、死にて六日といふ日の、未《ひつじ》[13]の時ばかりに、俄《にはか》に、この棺はたらく[14]。見る人、怖《お》ぢ恐れて、逃げ去りぬ。妻、泣き悲しみて、あけて見れば、法師、蘇《よみがへ》りて、水を口に入れ、やうやうほど経《へ》て、冥途《めいど》[15]の物語す。「大きなる鬼、二人来たりて、われを捕《とら》へて、追ひ立てて、広き野を行くに、白き衣《きぬ》着たる僧出で来て、『鬼ども、この法師、疾《と》くゆるせ。われは地蔵菩薩なり。因幡《の》国の国隆寺にて、われを造りし僧なり。仏師等、食物《くひもの》なくて、日比経《ひごろへ》しに、この法師、信心を致して、食物を求めて、仏師等を供養して、わが像を造らしめたり。この恩忘れがたし。かならずゆるすべきものなり』とのたまふほどに、鬼ども、ゆるし終りぬ。ねんごろに道教へて帰しつと見て、生き返りたるなり」と言ふ。

その後、この地蔵菩薩を、妻子ども、彩色し、供養し奉りて、永く帰依《きえ》し奉りける。

が、後に仏像や天蓋などにさげる装飾にもいう。

13 午後二時。

14 動く。「名義抄」法上「跳 ヲドル、タタク、ハタラク、ヲヅク」。「字類抄」「動 ハタラク」。

15 亡者の霊魂の行くという所。

今、この寺におはします。

四六　伏見修理大夫俊綱《ふしみのすりのだいぶとしつな》ノ事

これも今は昔、[1]伏見修理大夫《ふしみのすりのだいぶ》は、[2]宇治殿の御子《おんこ》にておはす。あまり公達《きんだち》多くおはしければ、[3]やうを変へて、[4]橘《の》俊遠といふ人の子になし申して、蔵人《くらうど》になして、十五にて、尾張守《をはりのかみ》になし給ひてけり。

それに、尾張に下りて、[5]国行ひけるに、その比《ころ》、[6]熱田神《あつたのかみ》、[7]いちはやくおはしまして、[8]おのづから笠をも脱がず、馬の鼻を向け、無礼《むらい》を致す者をば、やがて立ち所に、罰せさせおはしましければ、[9]大宮《だいぐう》司《じ》の威勢、国司にもまさりて、国の者ども、怖《お》ぢ恐れたりけり。

それに、この国司下りて、国の沙汰《さた》どもあるに、大宮司、[10]われはと思ひて居たるを、国司とがめて、「いかに大宮司ならんからに、国にはらまれては、見参《げんざん》にも参らぬぞ」と言ふに、「さきざき、さ

◆第四六話――「今鏡」四・「宝物集」五参照。

1 藤原俊綱。長元元年―嘉保元年（一〇二八―一〇九四）。頼通の子、母は祇子。正四位上、修理大夫。初め讃岐守橘俊遠の子、後に頼通の子となる。伏見の里にいたので伏見修理大夫という。家富饒にして里邸は眺望絶佳、歌人の会合にしばしば用いられた。「後拾遺」以下の作者（分脈・今鏡四・作者部類・大日本史）。

2 藤原頼通。第九話の注参照。

3 様子を変えて。但し「今鏡」によれば、母の祇子が俊綱を妊娠中に橘俊遠と再婚したので、俊綱は初め俊遠の子とされ、後に頼通の子と改められたもの。昇進がおくれたのもそのため。

4 大和守俊済の子。従四位下、讃岐守（分脈）。

5 国の政治を執っていたところ。

6 熱田神宮の祭神、日本武尊。神体は草薙剣。名古屋市熱田区にあり、皇室の尊崇が厚かった。

7 激しくきびしく。

8 たまたま。うっかり。

9 伊勢・熱田・宇佐・阿蘇・香椎・宗像・気比など大神社の神職の長。

る事なし」とて、居たりければ、国司むつがりて[11]、「国司も国司にこそよれ。[12]われらに逢《あ》ひては、かうは言ふぞ」とて、[13]否《いや》み思ひて、「[14]領《し》らん所ども点《てん》ぜよ」など言ふ時に、人ありて、大宮司に言ふ。「まことにも、国司と申すに、[15]かかる人おはせず。見参に参らせ給へ」と言ひければ、「さらば」と言ひて、[16]衣冠に衣出《きぬいだ》して、供の者ども三十人ばかり具して、国司のがり向かひぬ。国司出で合ひ、対面して、人どもを呼びて、「きやつ、たしかに召し籠《こ》めて、[17]勘当《かんだう》せよ。神官といはんからに、国中にはらまれて、いかに奇怪《きくわい》をば致す」とて、召し立てて、[18]ゆぶねに籠《こ》めて、勘当す。

その時、大宮司「心憂《う》き事に候。御神はおはしまさぬか。下﨟《げらふ》の無礼《むらい》を致すだに、たちどころに罰せさせおはしますに、[19]大宮司を、かくせさせて御覧ずるは」と、泣く泣く、くどきて、まどろみたる夢に、熱田の仰せらるるやう、「この事におきては、わが力及ばぬなり。その故《ゆゑ》は、僧ありき。法華経を千部読みて、われに[20]法楽《ほふらく》せん

10 ここは熱田大宮司。傲然と構えていたのを。
11 「国司むつがりて」底本脱、諸本により補う。腹を立てて。
12 底本「我み」。諸本により改む。
13 気を悪くして。
14 領地を厳重に点検せよ、の意とも解しうるが、「大系」注に指摘するごとく「点　ケツル」(名義抄)の訓があるので、没収せよの意と解してよかろう。
15 このように(身分の高い)人はおられません。
16 束帯に次ぐ略式礼装。冠を被り、袍を着、指貫をはくが、下襲・石帯をつけず。なお、衣冠直衣には必ず出し衣をする習いである。
17 罪を勘(かんが)えて処罰せよ。
18 陽・古・板「ゆふ程に」。底本外諸本「ゆふねに」。「程」の草体と「ね」の類似による誤写か。但し「結ふほどに」と解しても、やや落ちつかぬ。後考を待つ。
19 大宮司ともあろう者にこのような無礼を働かせて、それを見すごされるとは。
20 経を誦し又は音楽などを奏して神仏を楽しませること。

とせしに、百余部は読み奉りたりき。国の者ども、貴《たうと》がりて、この僧に帰依し合ひたりしを、汝、むつかしがりて[21]、その僧を追ひ払ひてき。それに、この[22]僧、悪心を起して、『われ、この国の守となりて、この答[23]をせん』とて生まれ来て、今、国司になりてければ、わが力及ばず。その先生[24]《せんじやう》の僧を、俊綱《すんがう》といひしに、この国司も俊綱《としつな》といふなり」と、夢に仰せありけり。

人の悪心は、よしなき事なりと。

四七　長門《ながと》前司《ぜんじ》女《のむすめ》、葬送《さうそうノ》時帰《ル》二本処《ほんじよ》一事

今は昔、[1]長門《の》前司といひける人の、女《むすめ》二人ありけるが、姉は、人の妻《め》にてありける。妹は、いと若くて、宮仕へぞしけるが、後には、家に居たりけり。[2]わざとありつきたる男もなくて、ただ時々通ふ人などぞありける。

21 きらって。不快に思って。

22 「この」底本脱、諸本により補う。

23 「たう」と音読するか。返報。しかえし。

24 前生、前世。

◆第四七話――「昔物語治聞集」五参照。

1 前長門守。だれであるかは不明。

2 特に決まった夫はなくて、ただ時通ってくる恋人があった。

[3]高辻室町わたりにぞ、家はありける。父母もなくなりて、奥の方には、姉ぞ居たりける。[4]南の面《おもて》の、西の方なる妻戸《つまど》口にぞ、[5]常に人に逢ひ、ものなど言ふ所なりける。

二十七八ばかりなりける年、いみじくわずらひて、失《う》せにけり。奥は所狭《ところせ》しとて、その妻戸口にぞ、[6]やがて臥したりける。[7]さてあるべき事ならねば、姉など[8]したてて、[9]鳥部野《とりべの》へ率《ゐ》て往《い》ぬ。

さて、[10]例の作法にとかくせんとて、車より取りおろすに、[11]櫃《ひつ》、かろがろとして、蓋《ふた》、いささかあきたり。怪しくて、あけて見るに、いかにもいかにも、[12]露《つゆ》物なかりけり。「道などにて、落ちなどすべき事にもあらぬに、いかなる事にか」と心得ず、あさまし。すべき方もなくて、「さりとてあらんやは」とて、人々、走り帰りて、[13]「道におのづからや」と見れども、あるべきならねば、家へ帰りぬ。

「もしや」と見れば、この妻戸口に、[14]もとのやうに候《さぶらひ》て、うち

3 京都の高辻小路（四丈）と室町小路（四丈）との交差する辺。高辻は五条大路の北、室町は東西洞院大路の中、烏丸小路の西。今の京都市下京区。
4 寝殿南廂の西の妻戸口。妻戸は両開き戸。
5 そこでいつも恋人にあい、恋の語らいなどをしていた。
6 そのまま、死体は寝かされていた。
7 そのままにはしておけないので。
8 （柩の）用意をして。
9 今の京都市東山区、昔の愛宕郡鳥戸（とりべ）郷一帯の山野。墓所、茶毘所として有名。五条坂辺、六道の東南。
10 通常の作法にしたがって葬儀を営もうとして。
11 柩。ひつぎ。
12 死骸がきれいさっぱり消え失せている。
13 ひょっとして道に落ちていはしまいかと。
14 底本のみの異文。諸本「やうにて」。

臥したり。いとあさましくも、恐ろしくて、親しき人々集まりて、「いかがすべき」と、言ひ合はせ騒ぐほどに、夜もいたく更《ふ》けぬれば、「いかがせん」とて、夜あけて、又、櫃《ひつ》に入れて、この度《たび》は、よく実《まこと》にしたためて[15]、『夜さりいかにも[16]』など思ひてあるほどに、夕つ方見るほどに、この櫃の蓋、細目にあきたりけり。いみじく恐ろしく、ずちなけれど[17]、親しき人々、「近くてよく見ん」とて、寄りて見れば、ひつぎより出でて、又、妻戸口に臥したり。「いと[18]ど、あさましき業《わざ》かな」とて、又、舁《か》き入れんとて、万《よろづ》にすれど、さらにさらにゆるがず。土より生《お》いたる大木などを、引き揺《ゆる》がさんやうなれば、すべき方《かた》なくて、『ただ、ここにあらんとてか[19]』と思ひて、おとなしき人[20]、寄りて言ふ、「ただ、ここにあらんとおぼすか。さらば、やがてここにも置き奉らん。かくては[21]、いと見苦しかりなん」とて、妻戸口の板敷[22]をこぼちて、そこにおろさんとしければ、いと軽《かろ》らかにおろされたれば、すべなくて[23]、その妻戸口一間《ひとま》

15　しっかりと納めて。
16　夜分になるのを待って何とか葬儀を営もうなど。当時の葬儀は夜行われた。
17　「術無けれど」の意で、しかたがなかったけれど。恐怖を解消する方法（術）がなかったが、の意。
18　いよいよ、ますます。同じ奇怪事が二度重なったのでかくいう。
19　死人はいつまでもここにいたいのかと思って。
20　「大人しき人」。分別に富んだ年輩の人。
21　（だが）このままでは極めて見苦しいでしょう。
22　当時の家屋の床は全部板敷き。畳をしくのは人の座る所だけ。
23　他に方法がなくて。

を、板敷など取り除《の》けこぼちて、そこに埋《うづ》みて、高々と塚にてあり。家の人々も、[24]さてあひ居てあらん、ものむつかしくおぼえて、みな外《ほか》へ渡りにけり。さて、年月経《へ》にければ、寝殿《しんでん》もみなこぼれ失《う》せにけり。

いかなる事にか、この塚のかたはら近くは、下種《げす》[25]などもえ居付かず。「むつかしき事あり」と言ひ伝へて、大方《おほかた》、人もえ居付かねば、そこは、ただ、その塚一つぞある。

高辻よりは北、室町よりは西、[26]高辻面《おもて》に、六七間ばかりがほどは、小家もなくて、その塚一つぞ、高々としてありける。

いかにしたる事にか、塚の上に、神の社《やしろ》をぞ、一つ斎《いは》[27]ひ据ゑてあなる。この比《ころ》も、今に有りとなん。

24 そのまま、死骸の埋められた塚を見て暮らすのは（死骸と同居するのは）、気味が悪かったので。

25 下賤な者。

26 高辻小路に面した方。

27 祭りすえてある。附近の人が気味悪がって小祠を建てたものであろう。

第四七話

四八　雀報恩ノ事

今はむかし、春つ方、日うららかなりけるに、六十《むそぢ》ばかりの女のありけるが、[1]虫うち取りて居たりけるに、庭に、雀の[2]し歩《あり》きけるを、童部《わらはべ》、石を取りて打ちたれば、当たりて、腰をうち折られにけり。羽を[3]ふためかして惑《まど》ふほどに、烏の駆《か》け歩《あり》きければ、「[4]あな心憂《う》。烏取りてん」とて、この女、急ぎ取りて、[5]息しかけなどして、物食はす。[6]小桶に入れて、夜は納《をさ》む。明《あ》くれば米《よね》食はせ、[7]銅《あかがね》、薬にこそげて、食はせなどすれば、子ども、孫《むまご》など、「あはれ、女房[8]刀自《とじ》は、老いて、雀飼《か》はるる」とて、にくみ笑ふ。

かくて、月比《ごろ》よく繕《つくろ》へば、やうやう躍《をど》り歩《あり》く。雀の心にも、かく養ひ生《い》けたるを、いみじくうれしうれしと思ひけり。[9]あからさまにものへ行くとても、人に「この雀[10]見よ。物食はせよ」など言ひ置き

◆第四八話

1 しらみであろうとの「新釈」に従うべきであろう。
2 跳び歩いているのを。
3 バタバタさせて。
4 まあ、かわいそうだ。
5 息をふきかけるのは、傷口や痛みをやわらげる応急の処置。
6 夜は小桶に入れて納む、の意。
7 銅を削りそいで粉末となし、これを薬用にする。「こそぐ」は削りそぐこと。銅が折傷・散血・接骨に卓効があったことは「和漢三才図会」五九「自然銅」の項に、「治㆓折傷㆒散㆑血止㆑痛、能接㆑骨。有㆑人以㆓自然銅㆒飼㆓折㆑翅胡雁㆒、後遂飛去」とあるにて明白。「但接骨之後不㆑可㆓常服㆒」とあり、この外、銅青が眼病・疳・頑癬・楊梅瘡などに効のあったことをも記す。
8 「刀自」は「戸主」で、家事を掌る婦人の称だが、単に婦人の称、老女の敬称にも用いる。
9 ちょっと外出するにも。
10 面倒をみよ。

ければ、子孫《こむまご》など、「あはれ、何条《なんでふ》[11]雀飼はるる」とて、にくみ笑へども、「さばれ[12]、いとほしければ」とて、飼ふほどに、飛ぶほどになりにけり。

「今は、よも鳥に取られじ」とて、外《と》に出《い》でて、手に据《す》ゑて、「飛びやする、見ん」とて、捧《ささ》[13]げたれば、ふらふらと飛びて去《い》ぬ。女、「多くの月比《ごろ》日比、暮るれば納め、明くれば物食はせならひて、あはれや、飛びて去《い》ぬるよ。又来《く》[14]やすると見ん」など、つれづれに思ひて言ひければ、人に笑はれけり。

さて、二十日《はつか》ばかりありて、この女の居たる方に、雀の、いたく鳴く声しければ、『雀こそいたく鳴くなれ。在《あ》りし雀の来るにやあらん』と思ひて、出でて見れば、この雀なり。「あはれに、忘れず来たるこそ、あはれなれ」と言ふほどに、女の顔をうち見て、口より、露ばかりの物を、落し置くやうにして、飛びて去《い》ぬ。女、「何にかあらん、雀の落して去ぬる物は」とて、寄りて見れば、杓《ひさご》[15]の種をた

11 どうして雀など飼われるのか。何の利益もないのに、の意。

12 「さはあれ」の略。そんなことをいっても。

13 さしあげると。

14 又来るかどうか、待っていてみよう。

15 ゆうがお、ひょうたん、などの総称、又その果実。ここはひょうたん。その果実を割いて水などをくむ器として用いる（杓子）。

第四八話

だ一つ、落して置きたり。「持て来たる、様こそあらめ」とて、取りて持ちたり。「あないみじ。雀の物得て、宝《たから》にし給ふ」とて、子どもも笑へば、「さばれ、植ゑて見ん」とて、植ゑたれば、秋になるままに、いみじく多く、生《お》ひ広《ひろ》ごりて、並《な》[17]べての杓にも似ず、大きに多くなりたり。女、悦《よろこ》び興じて、里《さと》隣の人にも食はせ、取れども取れども尽きもせず多かり。笑ひし子孫も、これを明け暮れ食ひてあり。一里《ひとさと》[18]配りなどして、果《は》てには、まことにすぐれて大きなる七つ八つは、杓《ひさご》[19]にせんと思ひて、内に釣りつけて置きたり。

さて、月比経《ごろへ》て、「今[20]はよくなりぬらん」とて見れば、よくなりにけり。取り下《おろ》して、口あけんとするに、少し重し。あやしけれども、切りあけて見れば、物[21]ひとはた入りたり。「何にかあるらん」とて、移して見れば、白[22]米の入りたるなり。思ひかけずあさましと思ひて、大きなる物に、みなを移したるに、同じやうに入りてあれば、「ただ事《ごと》にはあらざりけり。雀[23]のしたるにこそ」と、あさまし

16 持って来たのには、何かわけがあろう。ただ漫然と持参したものではあるまい。
17 普通のひさご。
18 里全体、里中。
19 杓子。ひさごの果実の内容を去り、乾燥し、割いて作る。
20 もうよくなっただろう。十分乾燥しただろう。
21 何か一杯入っている。
22 シラゲヨネ（和名抄）、シロキヨネ（宇津保物語、俊蔭）と訓むが、ハクマイと音読するも可。当時庶民の常食は黒米（玄米）であったが、貴族や僧は白米を食し（延喜式・北山抄・東大寺要録・吾妻鏡等）、庶民も白米の美味を賞してこれを珍重した。さればここに特に「白米」とあるのは、その珍重した物が入っていたことを示す。
23 雀が報恩のためにしたのに違いない。

く、うれしければ、物に入れて隠し置きて、残りの杓どもを見れば、同じやうに入りてあり。これを移し移し使へば、[24]せんかたなく多かり。さて、まことに、[25]たのしき人にぞ[26]なりにける。隣里《となりざと》の人も[27]見あさみ、いみじき事にうらやみけり。

この隣《となり》にありける女の、子どもの言ふやう、「[28]同じ事なれど、人はかくこそあれ。[29]はかばかしき事も、えし出《い》で給はぬ」など言はれて、隣の女、この女房のもとに来《き》たりて、「さてもさても、こはいかなりし事ぞ。[30]雀のなどは、ほの聞けど、よくはえ知らねば、もとありけんままにのたまへ」と言へば、「杓《ひさご》の種を一《ひと》つ、落したりし、植ゑたりしより[31]ある事なり」とて、こまかにも言はぬを、なほ「ありのままに、こまかにのたまへ」と[32]切に問へば、心せばく隠すべき事かはと思ひて、「かうかう、腰折れたる雀のありしを、飼ひ生《い》けたりしを、うれしと思ひけるにや、杓の種を一つ持ちて来たりしを、植ゑたれば、かくなりたるなり」と言へば、「その種、ただ一

24 使い切れぬほど多い。
25 裕福な人。物資の豊潤、生活の不安のないことが、人生の愉楽の根本をなすことを象徴する表現であるに注意。
26 底本「なりける」。諸本により改補。
27 見ておどろき。
28 同じ老人でも、あんな幸福をもたらす人もある。
29 （それなのに）うちのお婆さんは、役に立つことは何一つしでかさない。老人自身の幸福ではなく、それが一家の幸福と繁栄に寄与することの有無を諷したもの。
30 雀がしてくれたこととは、うすうす聞いておりますが。
31 底本「あ事なり」。諸本により補う。
32 「切」の訓、タシカニ（名義抄）、シキリニ（今昔、三一、一〇話）などあり、シキリニと訓むべきか。セツと音読する説もある。

33 種はさしあげるわけにはゆきません。
34 これは他に分けることはできません。
35 裏口。
36 腰をたしかに折って後に。形式の模倣だけを墨守して、愛情を欠いた行為。
37 一羽の雀を助けたのでさえ、あのように物持ちになったのだから。
38 これで十分だろう。

つ賜《た》べ」と言へば、「それに入りたる米などは参らせん。種[33]はあるべき事にもあらず。[34]さらにえなん散らすまじ」とて、取らせねば、『われもいかで腰折れたらん雀見つけて飼はん』と思ひて、目を立てて見れど、腰折れたる雀、さらに見えず。

つとめてごとに、伺ひ見れば、[35]背戸《せど》の方《かた》に、米の散りたるを食ふとて、雀の躍《をど》り歩《あり》くを、石を取りて、もしやと打てば、あまたの中にたびたび打てば、おのづから打ち当てられて、え飛ばぬあり。悦びて寄りて、[36]腰よく打ち折りて後《のち》に、取りて物食はせ、薬食はせなどして置きたり。『[37]一つが徳をだにこそ見れ。ましてあまたならば、いかにたのしからん。あの隣の女にはまさりて、子どもにほめられん』と思ひて、この内に米蒔《よねま》きて伺ひ居たれば、雀ども集まりて食ひに来たれば、又打ち打ちしければ、三つうち折りぬ。『今は[38]かばかりにてありなん』と思ひて、腰折りたる雀三つばかり、桶に取り入れて、銅《あかがね》こそげて食はせなどして、月比《ごろ》経《ふ》るほどに、みなよくなりにたれば、悦びて、外《と》に取り出でたれば、ふらふらと飛びて、みな去《い》ぬ。いみじき業《わざ》しつと思ふ。雀は腰うち折られて、かく月比籠《こ》め置きたるを、[39]よに妬《ねた》しと思ひけり。

さて、十日ばかりありて、この雀ども来たれば、悦びて、先《ま》づ、口に物やくはへたると見るに、杓《ひさご》の種を一つづつ、みな落して去《い》ぬ。[40]さればよとうれしくて、取りて、三所《みところ》に急ぎ植ゑてけり。例よりもするすると生ひ立ちて、いみじく大きになりたり。これはいと多くもならず、七つ八つぞなりたる。女、[41]笑みまけて見て、子どもに言ふやう、「はかばかしき事し出《い》でずと言ひしかど、われは、この隣の女にはまさりなん」と言へば、[42]げにさもあらなんと思ひたり。これは数《かず》の少なければ、米《よね》多く取らんとて、人にも食はせず、われも食はず。子どもが言ふやう、「隣の女房は、里隣の人にも食はせ、われも食ひなどこそせしか。これは、まして三つが種なり。[43]われも人に食はせらるべきなり」と言へば、[44]さもと思ひて、近き隣の

39 大変くやしいと思った。

40 思ったとおりだと。

41 笑みこぼれて。笑いが止まらぬ様子。

42 そうあってほしいと。

43 自分も食い、他人にも食わせらるべきだ。

44 なるほどと思って。

第四八話

人にも食はせ、われも子どもにも、もろともに食はせんとて、[45]多らかに煮て食ふに、にがき事ものにも似ず。[46]きはだなどのやうにて、[47]心地《ここち》迷《まど》ふ。食ひと食ひたる人々も、子どももわれも、[48]物をつきて迷《まど》ふほどに、隣の人どもも、みな[49]心地を損じて、来集まりて、「こはいかなる物を食はせつるぞ。あな恐ろし。露ばかり[50]けふんの口によりたるものも、物をつき迷《まど》ひ合ひて、死ぬべくこそあれ」と、腹立ちて[51]言ひせためんと思ひて来たれば、主《ぬし》の女をはじめて、子どももみなもの覚えず、つき散らして臥《ふ》せり合ひたり。[52]言ふかひなくて、[53]とも帰りぬ。二三日も過ぎぬれば、[54]誰れ誰れも、心地直《なほ》りにたり。女思ふやう、『みな米《よね》にならんとしけるものを、急ぎて食ひたれば、かく怪しかりけるなめり』と思ひて、残りをば、みな釣り付けて置きたり。

さて、月比経て、「今はよくなりぬらん」とて、移し入れん[55]料《れう》の桶ども具して、部屋《へや》に入る。うれしければ、[56]歯もなき口して、耳の

45 たくさん煮て食ったところ。けちけちせず、たくさん煮て食ったの意。「新釈」にいうごとく「多勢で」の意ではない。
46 黄蘗。芸香料黄蘗属の落葉高木。高さ三、四丈。花は夏開き、帯黄色。黄色の内皮は染料、薬用、材は器具に用い、果実も薬用となる。
47 気分が悪くなる。
48 嘔吐して。
49 気分を悪くして。
50 「けぶり」の意か。その音便か誤写か、判明しないが、ひさごを煮る湯気を少しばかりかいだだけでも、の意であろう。
51 問責しようと。
52 問責のしようもなくて（本人たちも中毒しているので）。
53 古・板「ともに」、「に」脱か。
54 「たれもたれも」の誤写か。
55 ための。
56 歯もない口を、耳のもとまであけて独り笑いして。般若の面や鬼婆のように口が裂けるほど大口あけている様。

もとまでひとり笑みして、桶を寄せて移しければ、虻《あぶ》・蜂《はち》・蜈蚣《むかで》、とかげ・蛇《くちなは》など出でて、目鼻ともいはず、[57]ひと身に取り付きて刺せども、女、[58]痛さも覚えず、ただ米《よね》のこぼれかかるぞと思ひて、「しばし待ち給へ。雀よ。少しづつ取らん。少しづつ取らん」と言ふ。七つ八つの杓より、[59]そこらの毒虫ども出でて、子どもを刺し食ひ、女をば刺し殺してけり。

雀の、腰をうち折られて、妬《ねた》しと思ひて、よろづの虫どもを[60]かたらひて、入りたりけるなり。隣の雀は、もと腰折れて、烏の食ひぬべかりしを、養ひ生けたれば、うれしと思ひけるなり。

されば、ものうらやみはすまじき事なり。

四九　小野篁《をののたかむら》広才ノ事

今は昔、[1]小野篁《をののたかむら》といふ人おはしけり。

57 身体一杯に。身体全体に。

58 底本「いたき」。諸本により改む。

59 たくさんの。

60 底本「かたらひ」。諸本により「て」を補う。

◆第四九話——「小世継」・「江談抄」三・「十訓抄」七、六話・「東斎随筆」人事類参照。

1 延暦二一年—仁寿二年（八〇二—八五二）。参議、左大弁、従三位。承和元年、遣唐副使となったが、乗船難破して帰還、同四年再び出発せんとして、大使及び朝廷の処置に憤激、病と称して乗船しなかったため、隠岐に遠流。後許されて官途に復す。漢詩・漢文・和歌・書に長じ、清原夏野と「令義解」を撰（補任・文徳実録・大日本史）。

嵯峨《さが》[2]の御門《みかど》の御時に、内裏《だいり》に札《ふだ》を立てたりけるに、「無悪善」と書きたりけり。御門、篁に「読め」と仰《おほ》せられたりければ、「読みは読み候《さぶら》ひなむ。されど恐れにて候へば、え申し候はじ」と奏しければ、「ただ申せ」と、たびたび仰せられければ、[3]『さがなくてよからん』と申して候ふぞ。されば、君を呪《のろ》ひ参らせて候ふなり」と申しければ、「これは、おのれ放《はな》ちては、誰れか書かん」と仰せられければ、「さればこそ、申し候はじとは申して候ひつれ」と申すに、御門「さて、何も書きたらん物は、みな読みてんや」と仰せられければ、「何にても、読み候ひなん」と申しければ、片仮名のね[4]もじを十二書かせ給ひて、「読め」と仰せられければ、「ねこの子のこねこ、ししの子のこじし」と読みたりければ、御門頬笑《ほほゑ》ませ給ひて、[5]事なくてやみにけり。

2 第五二代天皇。延暦五年—承和九年（七八六—八四二）桓武帝の二男、母は皇太后藤原乙牟漏。大同四年受禅、弘仁一四年譲位。漢詩・書にすぐれ、三筆の一人（紹運録・大日本史）。

3 「さがなし」は善くない、悪いの意。「さが」は「性」又「祥」（しるし、兆）の意。「易林本節用集」に「無レ悪」をサガナシと付訓しているが（大系注）、「悪」一字をサガと訓んだ古辞書はない。そう訓んだのは篁の知恵か。「嵯峨」に掛けてある。

4 当時の片仮名の「ネ」は「子」と書くのが普通であった。

5 処罰がなくてすんだ。

五〇　平貞文《たひらのさだふん》本院侍従《の》等ノ事

今は昔、兵衛佐《ひやうゑのすけ》[1]平貞文《さだふん》をば、平仲《へいちう》といふ。色好みにて、宮仕へ人《びと》はさらなり、人のむすめなど、忍びて見[2]ぬはなかりけり。思ひかけて、文遣《や》るほどの人の、なびかぬはなかりけるに、[3]本院《ほんゐんの》侍従《じじゆう》といふは、[4]村上の御[5]母后《ははきさき》の女房なり。世の色好みにてありけるに、文遣るに、にくからず返り事はしながら、逢《あ》ふ事はなかりけり。『しばしこそあらめ。遂にはさりとも』と思ひて、ものの哀《あ》はれなる夕暮れの空、又月の明かき夜など、艶《えん》に人の目とどめつべきほどをはからひつつ、訪《おとづ》れければ、女も見知りて、情《なさけ》は交《か》はしながら、[6]心をばゆるさず、つれなくて、[7]はしたなからぬほどにいらへつつ、[8]人居まじり苦しかるまじき所にては、もの言ひなどはしながら、めでたく逃《のが》れつつ、心もゆるさぬを、男はさも知らで、かくの

◆第五〇話——「今昔」三〇、一話・「小世継」・「十訓抄」一、二九話参照。

1　定文とも書く。右中将好風の子。従五位上、左兵衛佐。没年は延喜元年（分脈）とも、延長元年（和歌文学大辞典）、同六年（中古歌仙三十六人伝）ともいうが、延喜元年ではない。「古今」以下の作者、好色の人として有名。

2　関係を持たぬ女はなかった。

3　本院は左大臣藤原時平。侍従は時平に仕えていた女房。「本院侍従集」の作者とは別人。筑前守在原棟梁女で、大納言藤原国経との間に左少将滋幹を生み、後、左大臣時平との間に権中納言敦忠を生んだといわれるが、詳細は不明（分脈・補任・和歌文学大辞典）。

4　第六二代天皇。

5　藤原穏子。仁和元年—天暦八年（八八五—九五四）。太政大臣基経の四女、醍醐帝皇后、朱雀・村上両帝の母。のち皇太后、太皇太后（分脈・紹運録・扶桑略記・大鏡裏書・大日本史）。

6　諸注「心をばゆるさず。」と文章を切っているが、そうではなく、読点を打って「つれなくて、」につづく

み過ぐる、心[9]もとなくて、常よりもしげく訪れて、「参らん」と言ひおこせたりけるに、例の、はしたなからず、いらへたれば、[10]四《う》月《づき》のつごもりごろに、雨おどろおどろしく降りて、もの恐ろしげなるに、『かかる折りに行きたらばこそ、あはれとも思はめ』と思ひて出でぬ。

道すがら、堪《た》へ難《がた》き雨を、『これに行きたらんに、逢はで返す事よも』と、たのもしく思ひて、局《つぼね》に行《ゆ》きたれば、人[11]出《い》で来て、「[12]上になれば、案内《あんない》申さん」とて、はしの方《かた》に入れて去《い》ぬ。見れば、物のうしろに、火ほのかにともして、宿衣《とのゐもの》とおぼしき衣《きぬ》、[13]伏籠《ふせご》にかけて、薫物《たきもの》染《し》めたる匂ひ、なべてならず。いと心にくくて、身にしみていみじと思ふに、人帰りて、「ただ今、下《お》りさせ給ふ」と言ふ。うれしさ限りなし。すなはち下《お》りたり。

「[14]かかる雨にはいかに」など言へば、「[15]これにさはらんは、無下《むげ》に浅き事にこそ」など言ひ交《か》はして、近く寄りて、髪《かみ》をさぐれば、

べきもの。ここの長文はすべて女が色よい返事だけはしながら肉体は許さぬ様を叙したもの。

7 (男にとって)不体裁にならぬほどの返事はして。

8 他の人がいて差し支えのない所では、言葉も交わしながら。

9 底本「心もとなく」。諸本により補う。頼りなくて。

10 「今昔」「五月の廿日余りのほどになりて」。この方が五月雨の季節でふさわしい。

11 「今昔」「前々いひ継ぐ女の童」。

12 主人(侍従)は奥へ上っていますから、お取り次ぎいたしましょう。

13 伏せて上に衣をおおい、内に炉をおき、香をたいて衣に香を移し、又は単に衣を乾かすための籠。

14 こんなひどい雨の中をどうしてまあ。侍従の言葉。

15 これしきの雨を苦にするようでは、愛情のほどが知られます。平仲の言葉。

[16]氷をのしかけたらんやうに、ひややかにて、[17]当たりめでたき事限りなし。何やかやと、えもいはぬ事ども言ひ交はして、[18]疑ひなく思ふに、「あはれ、遣《やり》戸をあけながら、忘れて来にける。つとめて、『誰《た》れか、あけながらは出でにけるぞ』など、わづらはしき事になりなんず。立てて帰らん。[19]ほどもあるまじ」と言へば、さる事と思ひて、かばかりうちとけにたれば、心やすくて、衣《きぬ》をとどめて参らせぬ。まことに、[20]遣戸立つる音して、[21]こなたへ来《く》らんと待つほどに、音もせで、奥ざまへ入りぬ。それに、心もとなく、あさましく、現《うつ》し心も失《う》せ果てて、はひも入りぬべけれど、すべき方もなくて、遣りつるくやしさを思へど、かひなければ、泣く泣く暁《あかつき》近く出《い》でぬ。

家に行きて、思ひあかして、[22]すかし置きつる心憂《う》さ、書きつづけて遣りたれど、「何しにか、すかさん。帰らんとせしに、召ししかば、後にも」など、言ひて過《すご》しつ。

16 当時、女の毛髪は冷たいほどよしとされた。
17 手ざわり、感触。「今昔」「氷やかにて当る」。
18 女が身を許すものと。
19 すぐに帰って来ます。
20 「今昔」「障子の懸金懸くる音は聞えつるに」。
21 底本「こなへ」。諸本により補う。
22 だまして置き去りにしたつらさ。

第五〇話

『[23]大かた、まぢかき事はあるまじきなめり。今はさは、この人のわろく、疎《うと》ましからん事を見て、思ひ疎まばや。[24]かくのみ心づくしに思はでありなん』と思ひて、[25]随身《ずゐじん》を呼びて、「その人の[26]樋《ひ》すましの、[27]皮籠《かはご》持《も》ていかん、[28]奪《ば》ひ取りてわれに見せよ」と言ひければ、日《ひ》比《ごろ》添ひて伺ひて、からうじて[29]逃げけるを追ひて、奪《ば》ひ取りて、主《しう》に取らせつ。

平仲よろこびて、[30]隠れに持《も》て行きて見れば、[31]香なる[32]薄物《うすもの》の、三重《みへ》がさねなるに包みたり。香《かう》ばしき事類《たぐひ》なし。ひき解《と》きてあくるに、[33]香ばしさたとへんかたなし。見れば、[34]沈《ぢん》・[35]丁子《ちやうじ》を、[36]濃《こ》く煎《せん》じて入れたり。又、[37]薫物《たきもの》を、多く[38]まろがしつつ、あまた入れたり。さるままに、香ばしさ推《お》し量《はか》るべし。見るにいとあさまし。『[39]ゆゆしげにし置きたらば、それに見あきて、心もや慰《なぐさ》むとこそ思ひつれ。こはいかなる事ぞ。[40]かく心ある人やはある。ただ人《びと》ともおぼえぬありさまかな』と、いとど死ぬばかり思へど、かひなし。『[41]わが見んとしも

23　あの女の肌身に近づくことは見込みがないようだ。近いうちに逢えることはと、時間的にとる説もある。
24　かほど恋に思い悩むことはやめよう。
25　上皇・摂関・大臣・大将等の外出の際、弓箭を帯して供奉した近衛の舎人。
26　便器の清掃をする下女。
27　皮製の行季をいうが、ここでは清器(しのはこ)、便器のこと。
28　訓、「名義抄」。
29　底本「にげらるを」。諸本により改む。
30　物かげ。人の目に立たぬ所。
31　「香色」の略。黄ばんだ淡紅色。
32　薄い織物。紗・絽の類。
33　底本「かうばしき」。諸本により改む。
34　沈香。東インド原産の常緑高木の材から製した香木。
35　「丁子香」の略。モルッカ諸島原産の丁子の木の花芽から製した香。
36　小便に似せたもの。
37　種々の香を合わせて作った練香。大便に似せた。
38　ころがせて。
39　底本「ゆかしげに」。諸本により改む。「ゝ」と「か」の字体類似に

やは思ふべきに』と、かかる心ばせを見て後《のち》は、いよいよほけほけ[42]しく思ひけれど、遂に逢《あ》はでやみにけり。

「わが身ながらも、かれに[43]、よに恥《はぢ》がましく、妬《ねた》くおぼえし」と、平仲、みそかに、人に忍びて語りけるとぞ。

五一 一条《の》摂政歌ノ事

今は昔、[1]一条《の》摂政とは、[2]東三条殿の兄におはします。

御かたちよりはじめ、心用《もち》ひなどめでたく、才《ざえ》、ありさま、まことしくおはしまし、又色めかしく、女をも多く御覧じ興《けう》ぜさせ給ひけるが、少し、軽々《きやうきやう》におぼえさせ給ひければ、御名を隠させ給ひて、[3]大蔵丞《おほくらのじよう》[4]豊蔭《とよかげ》《の》と名告りて、[5]上《うへ》ならぬ女のがりは、御文《ふみ》も遣《つか》はしける。懸想《けさう》せさせ給ひ、逢《あ》はせ給ひもしけるに、みな人、さ心得て、知り参らせたり。

よる誤写か。いやらしいほどに（大小便が）してあったなら。

40 こんなに機智の働く人があろうか。

41 彼女の汚物を見ようとする自分の心がわかったとは思えぬのに。但し前に随身が「日比添ひて伺ひて」とあるので、それによって女は男の心を察したのであろう。

42 恋に狂うほどに思いつめたが。

43 不明。誤脱あるか。

◆第五一話――「一条摂政集」・「後撰集」一一参照。

1 藤原伊尹（これまさ、又はこれただ）。延長二年―天禄三年（九二四―九七二）。右大臣師輔の長男、母は武蔵守経邦女。正二位、摂政、太政大臣、氏長者。諡号謙徳公。兼通・兼家の同母兄。「一条摂政御集」あり、「後撰」以下作者（分脈・補任・大鏡）。

2 藤原兼家。延長七年―永祚二年（九二九―九九〇）。伊尹より五歳年下の弟。従一位、摂政、関白、太政大臣。法興院、東三条と号す。その女超子は冷泉女御で三条母、詮子は円融后で一条の母。男子に道隆・道兼・道長あり（分脈・補任・大鏡）。

3 大蔵省の判官。大丞・小丞各二人

やむごとなく、よき人の姫君[6]のもとへ、おはしまし初《そ》めにけり。乳母[7]《めのと》、母などを語らひて、父には知らせ給はぬほどに、聞き[8]つけて、いみじく腹立ちて、母を責《せ》め、爪弾《つまはじ》きをして、いたくのたまひければ、「さる事なし」とあらがひて、「まだしき由《よし》の文、書きてたべ」と、母君のわび申したりければ、

[9]人知れず身は急げども年を経《へ》てなど越えがたき逢坂《あふさか》の関

とて、遣《つか》はしたりければ、父に見すれば、『さてはそらごとなりけり』と思ひて、返し、父のしける。

[10]あづま路《ぢ》にゆきかふ人にあらぬ身にいつかは越えん逢坂の関

[11]とよかけ見て、ほほ笑まれけんかしと、御集[12]にあり。をかしく。

五三　狐家ニ火付クル事

今は昔、甲《か》斐国《ひのくに》に、館[1]《たち》の侍《さぶらひ》なりけるものの、夕暮れに館を出《い》で

あり。
4 伊尹の自撰といわれる「一条摂政御集」の前半は、大蔵史生倉橋豊蔭に仮託して、女との恋の贈答歌を歌物語風に構成してある。
5 上流でない女のもとへは。
6 「後撰」恋三によれば、参議小野好古女。
7 以下いずれも女の乳母や父母。
8 父(女の)が。
9 早く逢いたいとひそかに焦慮しているが、数年たってもどうして逢えぬのであろうか。「など」は底本「なぞ」とイ本に傍書。諸本同じ。
10 東国へ旅する人ではないゆえ、どうして逢坂の関を越えることがあろうか(いつまでも逢う気はない)。この贈答歌は「後撰」巻一一、恋三(七三一・七三二)に、「女のもとにつかはしける　これまさの朝臣」として「人しれぬ云々」とあり、「かへし　小野好古朝臣女」として返歌が出ている。
11 底本以下諸本同じ。古・板本「よみけるを見て」。誤脱あるはず。
12 「一条摂政御集」。前半は豊蔭に仮託した恋の歌物語で四一首、晩年の伊尹自撰といわれ、後半は雑纂一五三首、伊尹没後の他撰かという。

(和歌文学大辞典)。

◆**第五二話**

1 国守の館。甲斐国(山梨県)の国府は八代郡にあり(和名抄)、今の東八代郡御坂町国衙が国府跡であるという(地名辞書)。当時国守の居館は国府庁に付属するか、又はその近くにあったらしい。

2 自宅の方へ。

3 「ひきめ」ともいう。鏃の一種。金属ではなく、朴などの木で作り、中を空にして数個の穴をうがったもの。木製であるから射る物に傷をつけず、犬追物や笠懸に用い、又空気が孔に入って高く響くので、妖魔の退散に用いる。それをつけた矢にもいう。

4 射ころがされて。

5 鳴き苦しんで。

6 矢を弓につがえて。

7 「報ゆ」の転。ハ行四段。

8 心して、痛めこらしめたりすべきではない。

て、[2]家ざまに行きけるに、道に、狐のあひたりけるを、追ひ駆けて、[3]引《ひ》き目《べ》して射ければ、狐の腰に射当《あ》ててけり。狐、[4]射まろばかされて、[5]鳴きわびて、腰を引きつつ草に入りにけり。この男、引き目《べ》を取りて行くほどに、この狐、腰を引きて、先に立ちて行くに、又射んとすれば、失せにけり。

　家いま四五町と見えて行くほどに、この狐、二町ばかり先立ちて、火をくはへて走りければ、「火をくはへて走るは、いかなる事ぞ」とて、馬をも走らせけれども、家のもとに走り寄りて、人になりて、火を家に付けてけり。「人の付くるにこそありけれ」とて、[6]矢を矧《は》げて走らせけれども、付け果ててければ、狐になりて、草の中に走り入りて、失《う》せにけり。さて家焼けにけり。

　かかるものも、たちまちに仇《あだ》を[7]報《むく》ふなり。これを聞きて、かやうのものをば、[8]構《かま》へて調《てう》ずまじきなり。

五三　狐人ニ付キテシトギ食フ事

昔、物の怪《け》[1]わづらひし所に、物の怪[2]渡ししほどに、物の怪、物付《ものつき》[3]に付きて言ふやう、「おのれは、祟《たた》りの物の怪にても侍らず。浮かれてまかり通りつる狐なり。塚屋[4]に子どもなど[5]侍るが、物を欲《ほ》しがりつれば、かやうの所には食ひ物散ろぼふ[6]物ぞかしとて、まうで来つるなり。しとぎ[7]ばし[8]たべてまかりなん」と言へば、しとぎをせさせて、一折《ひとを》敷《しき》[9]取らせたれば、少し食ひて、「あな、うまや、うまや」と言ふ。「この女の、しとぎほしかりければ、そら物付き[10]てかく言ふ」と、憎み合へり。

「紙給はりて、これ、包みてまかりて、たうめ[11]や子どもなどに食はせん」と言へば、紙を二枚引きちがへて[12]、包みたれば、大きやかなるを、腰につい挟みたれば、胸にさし上がりてあり。かくて、

◆第五三話
1 物の怪に憑かれた病人のいる家で。「物の怪」は死霊生霊などの祟ることだが、超人間的な霊物のうち、人間に祟りをなすものを「物」という。
2 霊を加持祈禱によってよりましに乗り移らせている時に。物の怪病を治すには、霊をよりましに乗り移らせ、その言うところを聞いてかなえてやることによって治癒するのが例。
3 よりまし、寄人。病者の傍におき、霊を乗り移らせる人。女が多い。
4 「塚」は「墓」(つか)で、墓守りの住む小屋が「塚屋」。そこに狐が巣食っていたもの。
5 「など」底本脱、諸本により補う。
6 「散りばふ」に同じ。散らばっている。
7 米の粉で作った餅。神前に供する。
8 「ばし」は語勢を強める接尾辞。
9 折敷に一杯。
10 霊が乗り移った振りを装って。
11 専女。老女、老狐。
12 十文字に重ねたのであろう。

「追ひ給へ。まかりなん」と[13]験者《げんざ》に言へば、「追へ、追へ」と言へば、立ち上がりて、倒れ臥《ふ》しぬ。しばしばかりありて、やがて起き上がりたるに、懐《ふところ》なる物、さらになし。失《う》せにけるこそ不思議なれ。

五四　佐渡国《の》有《ニあル》レ金《こがね》事

能登国《のとのくに》には、鉄《くろがね》といふものの、[1]素金《すがね》といふほどなるを取りて、[2]守《かみ》に取らする者、[3]六十人ぞあんなる。[4]実房《さねふさ》といふ守の任に、鉄取り六十人が長《をさ》なりける者の、「佐渡国《の》にこそ、[5]金《こがね》の花咲きたる所はありしか」と、[6]人に言ひけるを、守伝《つた》へ聞きて、その男を、守呼びとりて、物取らせなどして、[7]すかし問ひければ、「佐渡国《の》には、まことに金の侍るなり。候《さぶら》ひし所を、見置きて侍るなり」と言へば、「さらば、行きて、取りて来なんや」

13 ゲンジャとも。秘法を行って霊験をあらわす行者。修験道の行者。

◆第五四話――「今昔」二六、一五話参照。

1 掘り出したままで、精錬してない鉄。

2 国守に差し出す者。「今昔」「国の司に弁ずることをなむすなる」。

3 「今昔」「六人」。

4 藤原実房。南家真作流、民部少輔方正の子。妻は大中臣輔親女。従五位上、能登守（分脈）。彼の能登守の時期は「大日本史」表にも見えず不明だが、父方正の没年が治安元年（一〇二一）ゆえ、大体の見当はつこう。

5 「万葉」一八、四〇九七「すめろぎの御代さかえんとあづまなるみちのく山にくがね花さく」大伴家持の歌を引歌にする。

6 「今昔」「おのれらがどち物語しけるついでに――といひけるを」。

7 だまし誘って。

8 底本「いへる」。諸本により改む。
9 以下「今昔」「守『何物かいるべき』と問へば」。
10 目くばせをしたので。
11 袖から袖へと移すこと。人に知らせず、秘密な授受の様。「今昔」「守の袖の上にうち置きたれば」。
12 「さきいで」の音便。裂帛。絹や布の裁ち端。切れはし。
13 佐渡の産金は古来有名だが、金山（かなやま）と称せられたのは相川鉱山で、その発掘開始は慶長六年（一六〇一）、江戸幕府時代最も栄えた。しかし「佐渡志」によれば、これに先立ち、上杉謙信も佐渡の金を得て

と言[8]へば、「遣《つか》はさば、まかり候はん」と言ふ。[9]「さらば、舟を出《い》だしたてん」と言ふに、「人をば給はり候はじ。ただ小舟一《ひと》つと、食ひ物少しとを給はり候ひて、まかりいたりて、もしやと、取りて参らん」と言へば、ただこれが言ふにまかせて、人にも知らせず、小舟一つと、食ふべき物少しとを取らせたりければ、それを見て、佐渡国《の》へ渡りにけり。

一月《ひとつき》ばかりありて、うち忘れたるほどに、この男、ふと来て、守に[10]目を見合はせたりければ、守、心得て、人伝《づ》てには取らで、みづから出《い》で合ひたりければ、[11]袖移しに、黒ばみたる[12]さいでに包みたる物を、取らせたりければ、守重げに引きさげて、懐《ふところ》に引き入れて帰り入りにけり。

その後《のち》、その金取りの男は、いづちともなく失《う》せにけり。よろづに尋ねけれども、行方も知らず、やみにけり。いかに思ひて失せたりといふ事を知らず。『金のあり所を、問ひ尋ねやすると思ひける

にや』とぞ、疑ひける。その金は、千両ばかりありけるとぞ、語り伝へたる。

かかれば、佐渡国《の》[13]には、金ありける由と、能登国《の》の者ども語りけるとぞ。

五五 薬師寺《やくしじの》別当ノ事

今は昔、薬師寺[1]の別当僧都[2]といふ人ありけり。別当はしけれども、ことに寺の物も使はで、極楽に生まれん事をなん願ひける。

年老い、病ひして、死ぬるきざみになりて、念仏して消え入らんとす。無下[3]に限りと見ゆるほどに、よろしうなりて、弟子を呼びて言ふやう、「見るやうに、念仏は他念なく申して死ぬれば、極楽の迎へ、いますらんと待たるるに、極楽の迎へは見えずして、火の車[4]を寄す。『こは何《なん》ぞ。かくは思はず。何《なに》の罪によりて、地獄の迎へ

軍国の用に当てており、それは相川鉱山ではなく、西三川（にしみかわ）村の砂金であるという（地名辞書）。本編の金も或いは西三川村の砂金ではないかと、同じく「佐渡志」は疑っている。

◆第五五話——「今昔」一五、四話・「日本往生極楽記」・「元亨釈書」一〇参照。

1 平城京の右京七条三坊、今の奈良市西之京町にある法相宗の大本山。南都七大寺の一。天武帝の御願により、初め藤原宮に創立、元正帝の時平城右京に移し、聖武帝天平年中造営成る。本尊は薬師如来。

2 別当であった僧都（これが通称になったもの）。別当は東大寺・興福寺・仁和寺・法隆寺・四天王寺等の大寺におき、一山の法務を統御した者。寺領荘園管理の総元締であるので、寺物を私用して堕獄したとの説話が多い。僧都は僧官の一、僧正の下、律師の上。「今昔」及び「極楽記」「済源僧都」。済源は源氏。仁和元年―天徳四年（八八五―九六〇）。東大寺義延（延義カ）の弟子。三論宗、権少僧都、薬師寺別当。念仏往生の人といわる（僧綱補任抄出・今昔）。

は来たるぞ』と言ひつれば、車に付きたる鬼どもの言ふやう、『この寺の物を、一年《ひととせ》五斗《と》借りて、いまだ返さねば、その罪によりて、この迎へは得《え》たるなり』と言ひつれば、われ言ひつるは、『さばかりの罪にては、地獄に堕《お》つべきやうなし。その物を返してん』と言へば、火の車を寄せて待つなり。されば、とくとく一石誦経《ずきやう》[5]にせよ』と言ひければ、弟子ども、手迷《てまど》[6]ひをして、言ふままに誦経にしつ。その鐘の声のする折り、火の車帰りぬ。さて、とばかりありて、「火の車帰りて、極楽の迎へ、今なんおはする」とて、手をすりて悦びつつ、終りにけり。

その坊[7]は、薬師寺の大門の北の脇[8]にある坊なり。今にそのかた[9]、失《う》せずしてあり。さばかりほどの物使ひたるにだに、火の車迎へに来たる。まして、寺物を、心のままに使ひたる諸寺の別当の、地獄の迎へこそ思ひやらるれ。

米五石を報捨した話も「僧綱補任抄出」に見える。
3 もはや絶望と見えた最期の時。
4 地獄にある火の車。罪ある亡者をのせて呵責する。
5 米一石を施物として誦経すること。一語の熟語と解する説（大系注）もある。「今昔」「米一石をもつて寺に送り奉るべし」。
6 周章狼狽して。
7 僧坊。僧の住居。
8「今昔」「東の門」。
9「今昔」「その坊」。

五六 妹背嶋《いもせじま》ノ事

土佐国《の》幡多《はた》[1]の郡《こほり》に住む下種《げす》ありけり。おのが国にはあらで、異《こと》国に田を作りけるが、おのが住む国に苗《なは》代《しろ》をして、植《う》うべきほどになりければ、その苗を舟に入れて、植ゑん人どもに食はすべき物よりはじめて、鍋《なべ》・釜《かま》・鋤《すき》・鍬《くは》・からすき[2]などいふ物にいたるまで、家の具《ぐ》を舟にとり積みて、十一二[3]ばかりなる男子《をのこご》・女子《をんなご》、二人の子を、舟の守《まも》り目[4]に乗せ置きて、父母は、[5]「植ゑんといふ者、雇《やと》はん」とて、陸《くが》[6]にあからさまにのぼりにけり。舟をばあからさまと思ひて[7]、少し引き据《す》ゑて[8]、つながずして置きたりけるに、この童部《わらはべ》ども、舟底に寝入りにけり。

潮の満ちければ、舟は浮きたりけるを、放つきに[9]、少し吹き出《い》だされたりけるほどに、干潮《ひしほ》に引かれて、はるかに湊《みなと》[10]へ出でにけり。

◆第五六話――「今昔」二六、一〇話参照。

1 土佐（高知県）南西の大郡。当時、大方・鯨野・山田・牧田・宇和などの郷があった(和名抄)。

2 柄鋤、犂。柄曲がって刃広く、牛馬に引かせて田畑を耕すに用いる。「和名抄」一五「犂、和名加良須岐、墾田器也」。ここの道具類、「今昔」では「馬歯・辛鋤・鎌・鍬・斧・鐇（たつぎ）」とある。

3 「今昔」「十四五歳ばかりある男子、それが弟に十二三歳ばかりある女子と」。

4 見張り番。

5 「今昔」「殖女」。

6 つい、ちょっと。

7 ちょっとの間だからと思って。

8 浜辺に引き上げて。

9 「今昔」「放つ風（き）」。諸説あり、(イ)「鼻突き」で出会いがしらの意、(ロ)突風、(ハ)南風の一種などあるが、陸から沖へ吹き出す風の義ではないか。

10 「今昔」「南の澳（おき）」とあるのが正しかろう。

沖にては、いと風吹きまさりければ、帆を上げたるやうにて行く。その時に童部、起きて見るに、かかりたる方[11]もなき沖に出で来ければ、泣きまどへども、すべき方もなし。いづ方とも知らず、ただ吹かれて行きにけり。

さるほどに、父母は、人[12]ども雇ひ集めて、舟に乗らんとて来てみるに、舟なし。しばしは、風隠れ[13]《がく》にさし隠したるかと見るほどに、呼び騒げども、たれかはいらへん。浦々求めけれども、なかりければ、言ふかひなくてやみにけり。

かくて、この舟は、はるかの南の沖にありける嶋に、吹き付けてけり。童部ども、泣く泣くおりて、舟つなぎて見れば、いかにも人なし。帰るべき方もおぼえねば、嶋におりて言ひける[14]やう、「今はすべき方なし。さりとては、命を捨《す》つべきにあらず。この食ひ物の有らん限りこそ、少しづつも食ひて生きたらめ。これ尽きなば、いかにして命はあるべきぞ。いざ、この苗の枯れぬさきに植ゑん」と

11 「かかる」は舟がかりする、碇泊するの意。舟を繋留しておいた所とは似もつかぬ沖合。
12 「今昔」は「殖女も雇ひ得ずして」とあり、全く反対の結果となっている。
13 風の当たらぬ所。風かげ。
14 「今昔」では女子が言ったことになっており、妹の言を聞いて兄は「ただいかにも汝がいはむに随はむ。現にさるべきことなり」と同意したことになっている。生活の知恵は女子が創出し、男子はそれに従って労働を提供したことになっている。本編ではかかる区別がなく、どちらからともなく言い出し、他がこれに応じたことになっている。総じて本編は「今昔」に比べて具体的な明確性を欠く。

言ひければ、「げにも」とて、水の流れのありける所の、田に作りぬべきを求め出だして、鋤[15]《すき》・鍬《くは》は有りければ、木伐《き》りて、庵など造《つく》りけり。[16]なり物の木の、折りになりたる多かりければ、それを取り食ひて、明かし暮らすほどに、秋にもなりにけり。[17]さるべきにやありけん、作りたる田のよくて、[18]こなたに作りたるにも、殊《こと》の外《ほか》まさりたりければ、多く苅り置きなどして、[19]さりとて、あるべきならねば、妻男《めをとこ》になりにけり。男子《をのこご》・女子《をんなご》、あまた生み続けて、又、それが妻男になりなりしつつ、大きなる嶋なりければ、田畠も多く作りて、この比《ごろ》は、その妹背《いもせ》が生み続けたりける人ども、嶋にあまるばかりになりてぞあんなる。

[20]妹背嶋《いもせじま》とて、土佐《の》国の、南の沖にあるとぞ、人語りし。

15 鋤・鍬は木を伐る道具ではないから、下文へはつづかない。ここは「今昔」に「鋤・鍬などみなありければ、苗のありける限り、みな植ゑてけり。さて斧・鐇などありければ、木伐りて庵など造りて」とあるのが正しく、本編の本文には混乱がある。

16 果実のなる木。

17 そうなる運命であったのだろう。

18 本土で作ったのよりも。視点が本土にあるに注意。

19 「今昔」「妹兄過すほどに、やうやく年ごろになりぬれば、さりとてあるべきことにあらねば」とあって、数年の経過を報ずる文章があり、十分納得がゆく。本編では本文不十分。

20 沖之島の古名。現在では宿毛市に属す。母島を主島として、姫島・鵜来（うくる）島の支島あり。黒潮の影響で熱帯植物繁茂し、近海には珊瑚の特産あり（地名辞書）。

五七　石橋ノ下ノ蛇《くちなは》ノ事

この近くの事なるべし。

女ありけり。[1]雲林院《うりんゐん》の[2]菩提講《ぼだいこう》に、[3]大宮をのぼりに参りけるほどに、[4]西院《さいゐん》の辺《へん》近くなりて、石橋[5]ありけり。水のほとりを、二十《はたち》あまり、三十《みそぢ》ばかりの女房、[6]中結《なかゆ》ひて歩《あゆ》み行くが、石橋を踏み返して過ぎぬるあとに、踏み返されたる橋の下に、まだらなる小蛇《こくちなは》の、[7]きりきりとして居たれば、『石の下に蛇のありける』と見るほどに、この踏み返したる女の後《しり》に立ちて、ゆらゆらとこの蛇の行けば、後《しり》なる女の見るに、あやしくて、『いかに思ひて行くにかあらん。踏み出《い》だされたるを、悪《あ》しと思ひて、それが報答《はうたう》せんと思ふにや。これが[8]せんやう見ん』とて、後《しり》に立ちて行くに、この女、時々は見返りなどすれども、わが供《とも》に、蛇のあるとも知らぬげなり。又、同じやう

◆第五七話——「昔物語治聞集」二参照。

1　ウジヰとも。愛宕郡紫野（今の京都市北区紫野）大徳寺の南東にあった寺。初め淳和帝の離宮、後に、寺となし、村上帝重興、円融帝その傍に円融院を建つ。後醍醐帝の時、大徳寺に付属、荒廃（地名辞書）。

2　極楽往生を求めるために法華経を講説する法会。雲林院の菩提講は三月二一日。

3　(イ)西大宮大路（新釈・全書）、(ロ)東大宮大路ともみられる（大系）の両説あり。下文「西院」の位置からすれば(イ)であろう。

4　葛野郡西院村（現在の京都市右京区四条西大路）にあり、一名淳和院。初めの名南池院。淳和帝ここで譲位、後、仙洞となる（地名辞書）。

5　諸本「ありける」。底・陽「ありけり」。

6　衣服を少し引き上げて中ほどに帯をしめること。当時貴族女性は室内では袴の腰ひも以外に帯はしめないが、外出や旅行、労働には帯をしめる。

7　とぐろを巻いて。

8　どうするか見てやろう。

に行く人あれども、蛇の、女に具《ぐ》して行くを、見つけ言ふ人もなし。ただ、最初見つけつる女の目にのみ見えければ、『これがしなさんやう見ん』と思ひて、この女の後《しり》を離れず歩《あゆ》み行くほどに、雲林院《りんゐん》に参り着きぬ。

寺の板敷きにのぼりて、この女[9]居ぬれば、この蛇ものぼりて、かたはらにわだかまり伏《ふ》したれど、これを見つけ騒ぐ人なし。『希有《けう》のわざかな』と、目を離《はな》たず見るほどに、講[10]果《は》てぬれば、女、たち出づるに従ひて、蛇も続きて出でぬ。この女、『これがしなさんやう見ん』とて、後《しり》に立ちて、京ざまに出でぬ。[11]下《しも》ざまに行きとまりて家有り。その家に入れば、蛇も具して入りぬ。『これぞ、これが家なりける』と思ふに、『昼《ひる》はする方もなきなめり。[12]夜《よる》こそとかくする事もあらんずらめ。これが、夜のありさまを見ばや』と思ふに、見るべきやうもなければ、その家に歩み寄りて、「田舎《ゐなか》より上る人の、行き泊まるべき所も候はぬを、今宵ばかり、宿させ給ひなんや」

9 腰を下ろすと。単に居たという意ではなく、座る、腰を下ろす、の意。

10 講が終わってしまうと。

11 下京の方に。

12 妖怪の活動するのは夜ゆえ、かくいう。

第五七話

と言へば、この蛇のつきたる女を、家主《いへあるじ》と思ふに、[13]「ここに宿り給ふ人あり」と言へば、老いたる女出で来て、[14]「誰かのたまふぞ」と言へば、『これぞ、家主なりける』と思ひて、「今宵ばかり、宿借り申すなり」と言ふ。「よく侍りなん。入りておはせ」と言ふ。うれしと思ひて、入りて見れば、板敷きのあるにのぼりて、この女居たり。蛇は、板敷きの下《しも》に、柱のもとにわだかまりてあり。目をつけて見れば、この女を守りあげて[15]、この蛇は居たり。蛇つきたる女、[16]「殿にあるやうは」など、物語りし居たり。宮仕へする者なりと見る。

かかるほどに、日ただ暮れに暮れて、暗くなりぬれば、蛇のありさまを見るべきやうもなくて、この家主とおぼゆる女に言ふやう、「かく宿させ給へるかはりに、[17]麻《を》やある、[18]績《う》みて奉らん。火ともし給へ」と言へば、「うれしくのたまひたり」とて、火ともしつ。麻《を》取り出だして、あづけたれば、それを績《う》みつつ見れば、この女臥し

13 蛇つきの女の言。来客の由を家主に取り次いだ言葉。
14 そう言われるのはどなたですか。
15 見上げて。
16 御殿にお仕えしている有様は。自分の勤務状況を話す。
17 麻やからむしなどの茎の皮より製した糸。「和名抄」一四「説文云、麻、和名乎、一云阿佐、(中略)苧、和名加良無之、麻属白而細者也」。当時はまだ木綿がなく、庶民の衣服は麻や苧、楮などより製した。
18 麻や苧などを細くさいて、長く合わせよること。

ぬめり。今や、[19]寄らんずらんと見れども、近くは寄らず。『この事、[20]やがても告げばや』と思へども、『告げたらば、[21]わがためも悪《あ》しくやあらん』と思ひて、ものも言はで、『しなさんやう見ん』とて、夜中過ぐるまで守り居《ゐ》たれども、遂《つひ》に見ゆる方《かた》もなきほどに、火消えぬれば、この女も寝ぬ。

明《あ》けて後、『いかがあらん』と思ひて、[22]まどひ起きて見れば、この女、よきほどに寝起きて、[23]ともかくもなげにて、家主とおぼゆる女に言ふやう、「今宵《こよひ》、夢をこそ見つれ」と言へば、「いかに見給へるぞ」と問へば、「この寝たる枕上《まくらがみ》に、人の居ると思ひて見れば、腰より上《かみ》は人にて、下《しも》は蛇《くちなは》なる女の、[24]清げなるが居て言ふやう、『おのれは、人をうらめしと思ひしほどに、[25]かく蛇の身をうけて、石橋の下に、多くの年を過ぐして、[26]わびしと思ひ居たるほどに、昨日、おのれが重《おもし》の石を、踏み返し給ひしに助けられて、石のその苦を免《まぬか》れて、うれしと思ひ給へしかば、この人のおはしつかん所を見

19 底本「よらんと」。諸本により改む。蛇が女に近寄るだろうと。
20 さっそく知らせたい。
21 自分に祟りがあるかもしれぬ。
22 あわてて起きて見れば。
23 何事もない様子で。
24 美しい女。
25 仏説では、執念深い人は蛇身に生まれ変わり、畜生道に堕ちるといわれる。
26 つらいと。

27 お礼を申したいと思って。

28 仏説では、人間に生まれるはむずかしく、仏法にあうのはさらにむずかしいといわれる。それが、畜生の身で仏法にあった喜びをいう。「六道講式」「人身難レ受、仏法難レ値」（大系注）。

29 「悦びを」「いただく」というは不審。(イ)うれしくなったこと、(ロ)感謝の気持ちをもって喜びを得て、など諸説あれど、「全書」にいうごとく、「いだきて」又は「いたして」の誤写か。

30 物持ちにしてさしあげて。裕福にすること。

31 よい夫と結婚するようにしてあげましょう。裕福になって良き夫を持つは、女として何よりの幸福。

置き奉りて、[27]よろこび申さむと思ひて、御ともに参りしほどに、菩提講の庭に参り給ひければ、その御ともに参りたるによりて、[28]あひがたき法《のり》を承《うけたまは》りたるによりて、多くの罪をさへほろぼして、その力にて、人に生まれ侍るべき功徳《くどく》の近くなり侍れば、いよいよ[29]悦びをいただきて、かくて参りたるなり。この報ひには、[30]物よくあらせ奉りて、[31]よき男など合《あ》はせ奉るべきなり』と言ふとなん見つる」と語るに、あさましくなりて、この宿りたる女の言ふやう、「まことは、おのれは田舎より上りたるにも侍らず。そこそこに侍る者なり。それが、昨日菩提講に参り侍りし道に、そのほどに行き会ひ給ひたりしかば、後《しり》に立ちて歩《あゆ》みまかりしに、大宮の、そのほどの川の石橋を、踏み返されたりし下より、まだらなりし小蛇《こくちなは》の出で来て、御ともに参りしを、『かくと告げ申さん』と思ひしかども、『告げ奉りては、わがためも悪しき事にてもやあらんずらん』と恐ろしくて、え申さざりしなり。まことに、講の庭にも、その蛇侍りしかども、人もえ見つけざりしなり。果《は》てて出で給ひし折り、又具し奉りたりしかば、[32]なり果てんやうゆかしくて、思ひもかけず、今宵ここにて夜を明かし侍りつるなり。この夜中過ぐるまでは、この蛇、柱のもとに侍りつるが、明けて見侍りつれば、蛇も見え侍らざりしなり。それに合はせて、かかる夢語りをし給へば、[33]あさましく、恐ろしくて、[34]かくあらはし申すなり。今よりは、これをついでにて、何事も申さん」など言ひ語らひて、後は、常に行き通《かよ》ひつつ、[35]知る人になんなりにける。

さてこの女、[36]よに物よくなりて、この比《ごろ》は、[37]何《なに》とは知らず、[38]大《おほい》殿《どの》の[39]下家司《しもげいし》の、いみじく[40]徳《とく》あるが妻《め》になりて、よろづ事叶《かな》ひてぞありける。[41]尋《たづ》ねば、隠れあらじかしとぞ。

第五七話

32 この結末がどうなるか知りたくて。
33 おどろいて。
34 このようにいっさいを白状するのです。
35 知人。友人。
36 裕福になって。
37 だれだか分からぬが。
38 大臣殿。
39 家司（ケイシ、イヘヅカサ）とは、親王・摂関・大臣等の家の家事を知る者の総称で、上家司・下家司に分かつ。大宝令制では家令といい、有品親王、及び職事三位以上に、文学・家令・家扶・家従・書吏等の職員あり、位の上下によって種類・員数を異にした（令義解・古事類苑）。
40 裕福（物持ち）な男。
41 よく探したなら、どこのだれだか分かるだろうとのことだ。

五八　東北院《とうぼくゐん》菩提講《ぼだいこう》ノ聖《ひじり》ノ事

[1]東北院《とうぼくゐん》の[2]菩提講始めける[3]聖《ひじり》は、もとはいみじき悪人にて、[4]人屋《ひとや》に七度《たび》ぞ入りたりける。七度といひける度、[5]検非違使《けびゐし》ども集まりて、「これはいみじき悪人なり。一二度人屋に[6]居《ゐ》んだに、人として[7]はよかるべき事かは。まして、いくそばくの犯《をか》しをして、かく七度までは、あさましくゆゆしき事なり。この度、これが[8]足切りてん」と[9]定《さだ》めて、足切りに率《ゐ》て行きて、切らんとするほどに、いみじき[10]相人《さうにん》ありけり。それがものへ行きけるが、この足切らむとする者に寄りて言ふやう、「この人、[11]おのれにゆるされよ。これは、かならず往生すべき相ある人なり」と言ひければ、「よしなき事言ふ、ものもおぼえぬ相する御房かな」と言ひて、ただ、切りに切らんとすれば、その切らんとする足の上にのぼりて、「この足のかはりに、わが足

◆第五八話――「今昔」一五、二二話参照。

1 長久のころ、藤原道長の女、上東門院彰子の建立。道長の法成寺廓内の東北にあるのでこの名あり。道長室倫子の建てた西北院に対す。「拾芥抄」下末に「東北院、一条南、京極東、上東門院御所、元法成寺内、東北角也、後移レ之」とある。但し「今昔」は「雲林院」。

2 前話の注参照。

3 「今昔」「もとは鎮西の人なり」とある。

4 獄。左右両京に各一つずつあった（拾芥抄）。

5 市中の非違の検察、犯人の追捕、断罪、聴訴などを掌った職。「職原抄」「淳和天皇御宇天長年中初置之」とある。

6 「居むだに」に同じ。入れられたのでさえ。

7 「は」底本脱、諸本により補う。

8 刖（あしきり）。中国五刑の一で、膝関蓋骨を切り去る刑罰（新釈）とも、足の筋を切る（私注）ともいう。

9 「定めて」底本脱、諸本により補う。

10 人相見。

を切れ。往生すべき相ある者の足切らせては、いかでか見んや。おうおう」とをめきければ、切らんとする者ども、[12]し扱《あつか》ひて、検非違使に、「かうかうの事侍る」と言ひければ、やんごとなき相人の言ふ事なれば、さすがに[13]用《もち》ひずもなくて、[14]別当に、「かかる事なんある」と申しければ、「さらば、ゆるしてよ」とて、ゆるされにけり。

その時、この盗人《ぬすびと》、心起こして、法師になりて、いみじき聖《ひじり》になりて、この菩提講は始めたるなり。[15]まことにかなひて、いみじく終りとりてこそ失《う》せにけれ。

かかれば、高名《かうみやう》せんずる人は、その相ありとも、[16]おぼろげの相人の見る事にてもあらざりけり。始め置きたる講も、今日まで絶えぬは、まことにあはれなる事なりかし。

11 私に免じて許して下さい。
12 もてあまして。
13 取り上げぬわけにもゆかなくて。
14 検非違使別当。検非違使庁の長官。参議以上の公卿より、その器に堪える左右兵衛督をもって補する。唐名大理。門閥が官途に重視された中古でも、この職だけは無能な青二才を当てることはなかった。
15 まことに人相見の予言のとおりに。
16 平凡な相人では見抜けないものなのだ。ここの文章「今昔」では「されば往生すべき人は必ずその相あるを、見知る相人のなくして相せぬを、これは見知りて相したるなるべし」とある。この方がわかりやすい。

五九　三河入道遁世《みかはのにうだうとんぜい》之間ノ事

[1]三河入道《みかはのにうだう》、いまだ俗《ぞく》にてありける折り、もとの妻《め》をば去りつつ、若くかたちよき女に[2]思ひつきて、それを妻にて、三河へ率《ゐ》て下りけるほどに、その女、久しく煩《わづら》ひて、よかりけるかたちも衰へて、失《う》せにけるを、悲しさのあまりに、[3]とかくもせで、夜《よる》も昼《ひる》も語らひ[4]臥《ふ》して、口を吸《す》ひたりけるに、あさましき香《か》の、口より出《い》で来たりけるにぞ、疎《うと》む心出で来て、泣く泣く葬《はぶ》りてける。

それより、『世は憂《う》きものにこそありけれ』と思ひなりけるに、三河《の》国に、[5]風祭《かざまつり》といふ事をしけるに、生贄《いけにへ》といふ事に、猪《ゐのしし》を生けながら[6]おろしけるを見て、『この国《の》退きなん』と思ふ心つきてけり。

雉《きじ》を生けながらとらへて、人の出で来たりけるを、「いざ、この雉、生けながらつくりて食はん。今少し、味はひやよきと試《こころ》みん」

◆第五九話——「今昔」一九、二話・「続本朝往生伝」・「発心集」二・「今鏡」九誠ノ道・「元亨釈書」一六参照。

1 俗名大江定基。応和二年―長元七年（九六二―一〇三四）。但し「帝王編年記」は長元八年没、七七歳。参議齊光の子。従五位下、図書頭、三河守。永延二年（分脈は寛和二年）出家（百練抄・一代要記）、寂心（慶滋保胤）に師事、又源信にも聴講。法名寂昭。長保四年入宋、円通大師と号す。杭州で没（分脈・続往生伝・百錬抄・紀略・大日本史）。

2 「源平盛衰記」七では赤坂の遊君力寿とあるが不詳。

3 葬儀も営まずに。

4 「今昔」「抱きて臥したりけるを」。

5 風神祭。風水の難を除き、年穀の豊饒を祈る祭（公事根源）で、広瀬・龍田両社の風神祭は特に著名（令義解）。

6 料理する。「おろす」とは切りおとす、切り裁つの意。

と言ひければ、『[7]いかでか心に入らん』と思ひたる郎等《らうどう》の、[8]ものもおぼえぬが、「いみじく侍りなん。いかでか、味はひまさらぬやうはあらん」など、[9]はやし言ひけり。少し[10]ものの心知りたる者は、『あさましき事をも言ふ』など思ひけり。

かくて、前にて、生けながら毛をむしらせければ、しばしは、[11]ふたふたとするを、押さへて、ただ、[12]むしりにむしりければ、[13]鳥の、目より血の涙をたれて、目をしばたたきて、[14]これかれに見合はせけるを見て、え堪《た》へずして、立ちて退《の》く者もありけり。「これが、かく鳴く事」と、興《けう》じ笑ひて、いとど情《なさけ》なげにむしる者もあり。むしり果てて、おろさせければ、刀に従ひて、[15]血のつぶつぶと出で来けるを、のごひのごひおろしければ、あさましく堪へがたげなる声を出だして、死に果てければ、おろし果てて、「[16]炒《い》り焼きなどして試みよ」とて、人に試みさせければ、「[17]殊《こと》の外に侍りけり。死にたるをおろして、炒り焼きしたるには、これはまさりたり」など言ひける

7 守の気に入ろう。
8 情け容赦も知らぬものが。
9 言いはやした。「今昔」「勧めいひければ」。
10 思慮分別があって情けを解する者。
11 バタバタとする。擬態語。
12 底本「むしりにむしりければ」。諸本により改む。
13 以下、雉の断末魔の苦しみを描いた擬人的描写は迫真の筆致。
14 一座の人々を見廻して命乞いをする有様。物言わぬ畜生が、だれか助けてくれぬかと必死にすがる目つきを描いて入神の冴え。
15 ブツブツと、ドクドクと。擬態語。
16 炒り焼きなどして試食してみよ。
17 ことの外美味。

第五九話

を、つくづくと見聞きて、涙[18]を流して、声を立ててをめきけるに、「うまし」など言ひける者ども、[19]したく違《たが》ひにけり。

さて、やがてその日、国府《[20]こふ》を出でて、京に上りて、法師になりにけり。道心のおこりければ、『[21]よく心をかためん』とて、かかる希《け》有《う》の事をしてみけるなり。

乞食《こつじき》といふ事しけるに、ある家に、食物《くひもの》えもいはずして、[22]庭に畳を敷きて、物を食はせければ、この畳に居て食はんとしけるほどに、簾《すだれ》を巻《ま》き上げたりける内に、よく装《しやう》ぞきたる女の居たるを見ければ、わが去りにし古き妻《め》なりけり。「[23]あのかたゐ、[24]かくてあらんを見んと思ひしぞ」と言ひて、見合はせたりけるを、はづかしとも、苦しとも思ひたるけしきもなくて、「あな貴《たうと》」と言ひて、物よくうち食ひて、帰りにけり。

ありがたき心なりかし。道心をかたくおこしてければ、さる事に合ひたるも、苦しとも思はざりけるなり。

18 三河守は。

19 当てが外れてしまった。国守の気に入ろうとの目算が狂ったこと。

20 国庁、又その所在地。三河国の国府は「和名抄」に「国府在二宝飯郡一、行程上十一日、下六日」とある。現在の愛知県豊川市国府町。

21 道心をいっそう堅固にしよう。

22 当時の家屋は板敷きで、人の座る所だけ畳を敷く。来客にも板敷きに円座を敷くのみ。乞食のため庭に畳を敷くのはよほどの厚遇。この場合の畳は莚の類。

23 乞食、物もらい。「和名抄」「乞児、楊子漢語鈔云、乞索児、保加比々止、今案、乞索児即乞児是也、和名加多井」。人間の恥これに過ぎたるはなしとされたもの。

24 このように落ちぶれようと、私も思うたことぞ（いい気味だ）。

六〇　進命婦《しんのみやうぶ》清水詣《きよみづまうで》ノ事

今は昔、進命婦《しんのみやうぶ》[1]若かりける時、常に清水[2]へ参りける間、師の僧、清かりけり[3]。八十《やそぢ》の者なり。法華経《ほけきやう》を、八万四千余部読み奉りたる者なり。

この女房を見て、欲心を起こして、たちまちに病《やまひ》になりて、すでに死なんとする間、弟子ども、あやしみをなして、問ひていはく、「この病のありさま、うち任《まか》せたる事[4]にあらず。おぼしめす事のあるか。仰せられずば、由《よし》なき事なり」と言ふ。この時、語りていはく、「まことは、京より御堂《みだう》へ参らるる女房に、近づきなれて、ものを申さばやと思ひしより、この三ケ年、不食《ふしよく》[5]の病《やまひ》になりて、今はすでに蛇道[6]に堕《お》ちなむずる、心憂《う》き事なり」といふ。

ここに弟子一人、進命婦のもとへ行きて、この事を言ふ時に、女

◆第六〇話――「古事談」二参照。

1 源祇子。?―天喜元年(?―一〇五三)。父は敦平親王で兄因幡守種成が養父(皇親系系図、扶桑略記国史大系本頭注)とも、具平親王(大系注)とも、因幡守種成(分脈)ともいうが不明。頼通の正妻は具平親王女隆姫女王で、姉妹がともに頼通の室となったとは考えられず、(祇子の死後、隆姫が頼通室となったとの説は誤り)具平親王女ともあろうものが進命婦という女房になったとも考えられない(紹運録・分脈・栄華物語・愚管抄・春記)。

2 清水寺。京都市東山区にある法相・真言兼宗の寺。坂上田村麿の創建。

3 底本「清かりける」。諸本により改む。一生不犯で童貞を保っていた。

4 (イ)自然のこと、普通のこと(新釈)、(ロ)いい加減なこと、尋常一様のこと(全書)、(ハ)そのままにしておけないこと(大系)等の解あるも、原義は(ハ)か。「古事談」は「此御病体非二普通事一」。

5 食欲不振の病。

6 愛執をとどめて死んだ者は蛇に生まれ替ると、仏説は説く。

房、ほどなく来たれり。病者《びやうじや》、頭《かしら》も剃《そ》らで、年月を送りたる間《あひだ》、髭《ひげ》・髪《かみ》、銀《しろがね》の針を立てたるやうにて、鬼のごとし。されども、この女房、恐るる気色《けしき》なくして言ふやう、「年比《としごろ》、たのみ奉る心ざし浅からず。何事に候《さぶら》ふとも、いかでか仰せられん事、背《そむ》き奉らん。御[7]身くづほれさせ給はざりし先に、などか、おほせられざりし」と言ふ時に、この僧、かき起こされて、念珠《ねんず》を取りて、押し揉《も》みて言ふやう、「うれしく来たらせ給ひたり。八万余部読み奉りたる[8]法華経の最第一の文《もん》をば、御前に奉る。『俗を生ませ給はば、関白・摂政を生ませ給へ。女を生ませ給はば、女御《にようご》・后《きさき》を生ませ給へ。僧を生ませ給はば、[9]法務の大僧正を生ませ給へ』」と言ひ終りて、すなはち死にぬ。

その後《のち》、この女房、[10]宇治殿に思はれ参らせて、果たして、[11]京極《の》大殿・[12]四条《の》宮・三井の[13]覚園座主《かくゑんざす》を生み奉れりとぞ。

7 御衰弱されませぬ前に。
8 法華経の中で最も功徳のある文句。「新釈」は普門品の「若有㆓女人㆒設欲㆑求㆑男。礼㆓拝供養観音菩薩㆒。便生㆓福徳智慧之男㆒。設欲㆑求㆑女、便生㆓端正有相之女㆒。宿植徳本、衆人愛敬」をさすとある。従うべきであろう。
9 諸大寺にて庶務を総理する者。
10 藤原頼通。第九話の注参照。
11 藤原師実。長久三年—康和三年（一〇四二—一一〇一）。頼通の三男、母は源祇子（補任は藤原祇子）。従一位、太政大臣、摂政、関白、氏長者（分脈・補任・大日本史）。
12 藤原寛子。長元九年—大治二年（一〇三六—一一二七）。頼通女、母は源祇子。後冷泉皇后（分脈・栄華物語・扶桑略記・大日本史）。
13 「覚円」が正しい。長元四年—承徳二年（一〇三一—一〇九八）。頼通の二男、母は源祇子。智証門徒、明尊の弟子。第三四代天台座主。法務大僧正。宇治僧正と号す（分脈・天台座主記）。

六一　業遠朝臣《なりとほのあそん》蘇生《そせい》ノ事

これも今は昔、[1]業遠朝臣《なりとほのあそん》死ぬる時、[2]御堂の入道殿仰せられけるは、「言ひ置くべき事あらんかし。[3]不便《ふびん》の事なり」とて、[4]解脱寺《げだつじ》の[5]観修《くわんじゆ》僧正を召して、業遠が家に向かひ給ひて、加持する間、死人、たちまちに蘇生《そせい》して、要事を言ひて後《のち》、又目を閉ぢてけりとか。

六二　篤昌《あつまさ》・忠恒《ただつね》等ノ事

これも今は昔、[1]民部大輔《みんぶのたいふ》[2]篤昌《あつまさ》といふ者ありけるを、[3]法性寺殿《ほふしやうじどの》御時、[4]蔵人所《くらうどどころ》の所司《しよし》に、[5]よしすけとかやいふ者ありけり。

件《くだん》の篤昌を[6]役《やく》に催しけるを、「我は、かやうの役はすべきものにもあらず」とて、参らざりけるを、所司、[7]小舎人《こどねり》をあまたつけて、

◆第六一話——「古事談」三参照。

1　高階業遠。天延三年—寛弘七年（九七五—一〇一〇）。左衛門佐敏忠の子。正四位下、春宮亮、美濃・丹波守。中宮彰子所生の東宮（後一条）を一時預かったこともあり、道長との親近が察せられる（分脈・高階氏系図・紀略）。

2　藤原道長。康保三年—万寿四年（九六六—一〇二七）。摂政兼家の五男、母時姫。従一位、摂政、太政大臣、氏長者。御堂殿、又法成寺殿と号す。四后の父（分脈・補任・大鏡・栄華物語）。

3　かわいそうなこと。

4　京都市左京区長谷御殿町附近にあったといわれる。東三条女院（詮子）の建立（扶桑略記・字類抄）。

5　天慶八年—寛弘五年（九四五—一〇〇八）。紀氏。延暦寺静祐の弟子。園城寺長吏。道長浄妙寺建立して彼の門葉に属せしむ（僧官補任・元亨釈書）。彼は業遠より二年早く没しているから、この説話は矛盾する（大系注）。

◆第六二話

1　民部省の次官で、正五位相当官（官位令）。

2　藤原篤昌。内麿流、下総守範綱の

[8]苛法《かほふ》に催しければ、参りにけり。

さて先《ま》づ、所司に「もの申さん」と呼びければ、出《い》で会ひけるに、この世ならず腹立ちて、「かやうの役に催し給ふは、いかなる事ぞ。先《ま》づ篤昌をば、いかなる者と知り給ひたるぞ。承《うけたまは》らん」と、しきりに責めけれど、しばしは、ものも言はで居たりけるを、しかりて、「のたまへ。先づ、篤昌がありやう[9]を承らん」と、いたう責めければ、「別《べち》の事候《さぶら》はず。民部大輔《の》五位の[10]、鼻赤きにこそ知り申したれ」と言ひたりければ、「をう」と言ひて逃げにけり。

又、この所司が居たりける前を、[11]忠恒《ただつね》といふ随身《ずゐじん》、ことやうにて、ねり通りけるを見て、「[12]わりある随身の姿かな」と、忍びやかに言ひけるを、耳疾《と》く聞きて、随身、所司が前に立ち帰りて、「わりあるとは、いかにのたまふ事ぞ」と、とがめければ、「われは、人のわりのありなしも、え知らぬに、ただ今、[13]武正府生《たけまさのふしやう》の通られつるを、この人々、『[14]わりなきもののやうだいかな』と言ひ合はれつる

子。従五位下、伊予守(分脈)。
3 藤原忠通。永承二年―長寛二年(一〇四七―一一二四)。摂政忠実の長男、母は右大臣源顕房女。従一位、摂政、関白、太政大臣、氏長者。法名円観。法性寺殿と号す(分脈・補任・大日本史)。
4 ここは摂関家の蔵人所か(拾芥抄・有職問答)。所司とは職事の下にあって事務を補佐する職(次官に相当)(中右記、嘉承元、一、九)。
5 伝不詳。
6 夫役に招集した。
7 雑事や牛車の牛飼、乗馬の口取りなどに従う若者。
8 苛法に同じ。無理やりに、きびしく。
9 ありてい。ここは身分や地位をさす。
10 「の」底本脱。諸本により補う。
11 伝不詳。「大系注」指摘のごとく、「兵範記」仁平二、一〇、五「随身忠常」、同二、一、一五「近衛忠常」などと見えるから、近衛で忠通の随身を勤め、「忠常」が正しいらしい。
12 「わりなし」(この上ない)を逆に言って戯れ皮肉ったもの。
13 下毛野武正(しもつけののたけまさ)。武忠の子。番長を経て右近衛将

に、少しも似給はねば、『さてはもし、わりのおはするか』と思ひて、申したりつるなり」と言ひたりければ、忠恒、「をう」と言ひて逃げにけり。

この所司をば、「荒所司[15]《あらしよし》」とぞ付けたりけるとか。

六三　後朱雀院《ごしゆじやくゐん》丈六ノ仏《ほとけ》奉《リ》レ作《リ》給《フ》事

これも今は昔、後朱雀院[1]《ごしゆじやくゐん》、例[2]《れい》ならぬ御事大事におはしましける時、後生《ごしやう》の事、恐れおぼしめしけり。

それに御夢に、御堂[3]《みだうの》入道殿参りて、申し給ひていはく、「丈六の仏を作れる人、子孫において、さらに悪道[4]へ堕《お》ちず。それがし、多くの丈六を作り奉れり。御菩提[5]において、疑ひおぼしめすべからず」と。これによりて、明快座主[6]《みやうくわいざす》に仰せ合はせられて、丈六の仏を作らる。

曹(地下家伝一五)。本書第一〇〇話によれば忠通の家司。府生とは六衛府及び検非違使の下役。

14 この上なく見事な姿よ。「やうだい」は様体。

15 荒々しい所司。身分が低いわりに皮肉を言い、思ったとおりに何事も断行するのでこう呼んだのであろう。

◆第六三話――「古事談」一五参照。

1 第六九代天皇。寛弘六年―寛徳二年(一〇〇九―一〇四五)。諱、敦良。一条帝の三男、母は上東門院彰子(道長女)(紹運録・大日本史)。

2 御病気が危篤になられた時。「古事談」「御薬危急ノ時」。後朱雀院は寛徳二年正月一六日譲位、同一八日出家、即崩御。このころのことか。

3 藤原道長(後朱雀帝の外祖父)。第六一話の注参照。

4 地獄・餓鬼・畜生の三悪道。

5 仏果を得ること。極楽往生すること。

6 第三二代天台座主明快。寛和元年―延久二年(九八五―一〇七〇)。利仁将軍の末孫、文章生藤原俊宗の子。明豪の弟子。天喜元年天台座主、治山一七年。権大僧都から僧正に至る。連

件《くだん》の仏、[7]山の護仏院に安置し奉らる。

六四　式部大夫《しきぶのたいふ》実重《さねしげ》賀茂ノ御体拝見ノ事

これも今は昔、[1]式部大夫《しきぶのたいふ》[2]実重《さねしげ》は、[3]賀茂へ参る事ならびなき者なり。前生《ぜんしやう》の運おろそかにして、身に過ぎたる利生《りしやう》にあづからず。人の夢に、大明神「又実重来たり来たり」とて、嘆《なげ》かせおはします由《よし》見けり。実重、[4]御本地《ごほんぢ》を見奉るべき由祈《いの》り申すに、ある夜、下《しも》の御社に通夜したる夜、[5]上《かみ》へ参る間、[6]なから木のほとりにて、行幸《みゆき》に逢《あ》ひ奉る。百官供奉《ぐぶ》常のごとし。実重、片藪《かたやぶ》に隠れ居て見れば、[7]鳳輦《ほうれん》の中に、[8]金泥《こんでい》の経一巻たたせおはしましたり。その[9]外題《げだい》に、「[10]一称南無《いつしやうなむ》仏《ぶつ》、皆已成仏道《かいいじやうぶつだう》」と書かれたり。夢すなはち覚めぬとぞ。

実坊、梨下と号す。「後拾遺」以下作者(座主記・僧綱補任抄出・作者部類)。

7 比叡山延暦寺。「護仏院」不詳。

◆第六四話――「古事談」五・「昔物語治聞集」六参照。

1 式部丞(大丞は正六位、少丞は従六位)で五位に叙せられたもの。

2 平実重。?―久安六年(?―一一五〇)。宮内大輔昌隆の子。五位。法名願西。「詞花」「千載」作者(作者部類)。「大系」補注指摘のごとく、蔵人を望んで賀茂社に参詣すること二三〇〇度という(千載、一二六七)。

3 賀茂神社。上下両社あり、上社は京都市北区にあり、賀茂別雷神を祭り、下社は左京区にあり、玉依姫・賀茂建角見命を祭る。皇室や京都人の尊信が厚かった。

4 本地垂迹説では、仏が本地で、神はその垂迹であると説く。ここでは賀茂大明神に権現した本地の仏菩薩。

5 上社。

6 半木、流木。賀茂上下両社の中間にある中賀茂社のこと。

7 屋形の上に金色の鳳鳥をすえた輿で、天皇が即位、大嘗会などの盛儀

六五　智《ち》海《かい》法《ほふ》印《いん》癩《らい》人《じん》法《ほふ》談《だん》ノ事

これも今は昔、[1]智海法印《ちかいほふいん》有職《[2]うしき》の時、清水寺[3]へ百日参りて、夜更《よふ》けて下向《げかう》しけるに、橋の上に、「唯円教意《[4]ゆゐゑんけうい》、逆即是順《ぎやくそくぜじゆん》、自余三教《じよさんげう》、逆《ぎやく》順定故《じゆんぢやうこ》」といふ文を誦《じゆ》する声あり。『貴《たうと》き事かな。いかなる人の誦するならん』と思ひて、近う寄りて見れば、白癩人《[5]びやくらいにん》なり。かたはらに居て、法文の事を言ふに、智海、ほとほと言[6]ひまはされけり。『南[7]北二京に、これほどの学生《[8]がくしやう》[9]あらじものを』と思ひて、「いづれの所にあるぞ」と問ひければ、「この坂に候《さぶら》ふなり」と言ひけり。

後《のち》に、たびたび尋《たづ》ねけれど、尋ね会《あ》はずしてやみにけり。『もし他[10]人にやありけん』と思ひけり。

に用いる。
8　にかわの液に溶かした金粉が金泥。それで書いた経。
9　書物の表紙に題する名目。
10　法華経、六便品の偈句（新釈）。「一たび南無仏と称せば、皆已に仏道を成ぜむ」。

◆**第六五話**――「古事談」三参照。
1　「大系」補注によれば、澄豪の弟子（本朝高僧伝、一一）、承安三年法橋（座主記）、この時老齢（玉葉）、「続古今」作者、法印。
2　「拾芥抄」「已講、内供、阿闍梨、謂二之有職一」とあり、已講とは三会（維摩会・最勝会・御斎会）の講師を勤めたもの、論議の時には、題を出し、答弁の可否を判ずる。
3　第六〇話の注参照。
4　「法華文句記」釈提婆達多品の文句。天台には蔵教・通教・別教・円教の四教あり、このうち円教のみが逆縁即ち順縁なりと説くが、他の三教では順逆はもとより定まっている、との意。順縁とは善事をなして成仏すること、逆縁とは悪事をなして悪道に堕ちること。
5　白色になる癩病の病人。黒癩の対。

六六　白河院《しらかはのゐん》御寝ノ時物ニオソハレサセ給フ事

これも今は昔、白河院[1]《の》、御殿籠《おんとのごも》りて後《のち》、物[2]におそはれさせ給ひける。

「しかるべき武具を、御枕の上に置くべし」と沙汰《さた》ありて、義家《よしいへの》[3]朝臣《あそん》に召されければ、檀《まゆみ》[4]の黒塗《ぬ》りなるを、一張《ちやう》[5]参らせたりけるを、御枕に立てられて後、おそはれさせおはしまさざりければ、御感ありて、「この弓は、十二年[6]の合戦《かつせん》の時や、持ちたりし」と御尋ねありければ、覚えざる由《よし》申されけり。上皇[7]、しきりに御感ありけるとか。

六七　永超《やうてう》僧都魚《うを》ヲ食フ事

6 言いまくられた。
7 平城(奈良)京と平安京。
8 学匠。仏学に精通した人。
9 底本「あらじと物を」。諸本により改む。
10 板・蓬及び「古事談」「化人」。誤写であろう。化人とは神仏がかりに人間の姿になって現れた人。

◆第六六話—「古事談」四参照。
1 第七二代天皇。天喜元年—大治四年(一〇五三—一一二九)。後三条帝の第一皇子、母は贈皇太后藤原茂子。諱貞仁。延久四年受禅、応徳三年譲位。在位一四年。院政四〇年(院政の始め)(紹運録・大日本史)。
2 物の怪にうなされた。
3 源義家。長久二年—天仁元年(一〇四一—一一〇八)。「分脈」は(一〇三九—一一〇六)。頼義の長男、母は上野介平直方女。八幡太郎と称す。正四位下、鎮守府将軍。相模・武蔵・陸奥等の守。前九年・後三年両役を平定して大功あり(分脈・大日本史)。
4 檀(まゆみ)の木で作った丸木弓に黒漆を塗ったもの。
5 弓や絃楽器など絃を張った物を勘定する時に用いる助数詞。
6 前九年役のこと。実際は一二年か

これも今は昔、[1]南京の[2]永超《やうてう》僧都は、魚なきかぎりは、[3]時《とき》・非時《ひじ》も、すべて食はざりける人なり。[4]公請《くしやう》つとめて、在京の間《あひだ》、久しくなりて、魚を食はで、[5]くづほれて下《くだ》る間、[6]奈島《なしま》の丈六堂の辺にて、[7]昼破籠《ひるわりご》食ふに、弟子一人、近辺《きんぺん》の[8]在家《ざいけ》にて、魚を請《こ》ひて勧《すす》めたりけり。

件《くだん》の魚の主、後に夢に見るやう、おそろしげなる物ども、その辺《へん》の在家をしるしけるに、わが家をしるしのぞきければ、尋ぬる処《ところ》に、使のいはく、「永超僧都に[9]贄《にへ》奉る所なり。さてしるしのぞく」といふ。

その年、この村の在家、ことごとく疫《えやみ》をして、死ぬる者多かり。その魚の主が家、ただ[10]一宇《いちう》、その事をまぬかる。よりて、僧都のもとへ参り向かひて、この由を申す。僧都、この由を聞きて、かづけ物一重《かさね》たびてぞ帰されける。

かっており、当時からこう言われた（著聞集、九）。

7 義家の武功を誇らざる謙退に感心されたもの。

◆**第六七話**——「古事談」三・「昔物語治聞集」六参照。

1 平城（奈良）京。

2 橘氏。長和三年—嘉保二年（一〇一四—一〇九五）。出雲守俊孝男。興福寺の主恩に師事、法相を学ぶ。康平二年維摩会の講師、同八年法隆寺別当。大和国齊恩寺の開祖。「東域伝燈目録」の著あり（本朝高僧伝・春日権現記・三国伝記）（大系注による）。

3 斎（とき）。僧家の食事。食すべき時の食の義。午前に食するのが法であり、時ならぬ午后の食事を「非時」という。

4 朝廷より法会や講論に請召されること。又その僧。

5 衰弱して。

6 山城国綴喜郡奈島（現在の京都府城陽市奈島）。古くは梨間と記す（地名辞書）。

7 昼の弁当。破籠は檜の白木で作った折箱。

8 在俗の人の家。

9 神仏や朝廷に供する土産、特に魚鳥の類。

六八　了延房《れうえんばう》ニ実因《じついん》自《より》ニ湖水ノ中一法文《ほふもん》之事

これも今は昔、[1]了延房阿闍梨《れうえんばうあざり》、[2]日吉社《ひえのやしろ》へ参りて帰るに、[3]辛崎《からさき》の辺を過ぐるに、「[4]有相安楽行《うさうあんらくぎやう》、此依観思《しいくわんし》」といふ文《もん》を誦《じゆ》したりければ、浪中に「[5]散心誦法花《さんしんじゆほふくゑ》、不入禅三昧《ふにふぜんさんまい》」と、末の句を誦する声あり。不思議の思ひをなして、「いかなる人のおはしますぞ」と問ひければ、「[6]具房僧都《ぐばうそうづ》実因《じついん》」と名告《の》りければ、汀《みぎは》に居て、法文《ほふもん》を談じけるに、少々僻事《ひがごと》どもを答へければ、「これは僻事なり。いかに」と問ひければ、「よく申すとこそ思ひ候へども、生《しやう》を隔《へだ》てぬれば、力及ばぬ事なり。われなればこそ、これほども申せ」と言ひけるとか。

10　一軒。「宇」は建物を数える助数詞。

◆**第六八話**——「古事談」三参照。

1　伝不詳。

2　山王権現とも。近江国滋賀郡坂本村（現在の大津市坂本本町）の西、比叡山の麓にあり、大山咋神を祭る。

3　唐崎・可楽崎とも。近江国滋賀郡滋賀村（現在大津市）の琵琶湖浜の地。

4　「此依観思」は「古事談」に「此依観発品」とあるが正しい。「観発品」は「法華経」の「普賢菩薩観発品」のこと。「有相安楽行」とは身口意の三業（ごう）に現して法華経を念誦すること。

5　散乱の心で法華経を念誦しても禅定三昧の境に入ることはできない。

6　橘氏。天慶五年—長保二年（九四二—一〇〇〇）。相模守敏貞の子、千観の兄。叡山の弘延の弟子。僧都、「拾遺」作者（分脈・橘氏系図・元亨釈書）。

六九　慈恵《じゑ》僧正戒壇築《つ》キタル事

これも今は昔、慈恵《じゑ》[1]僧正は、近江国《あふみのくに》浅井郡《の》の人なり。叡山の戒壇[2]を、人夫[3]かなはざりければ、えつかざりける比《ころ》、浅井の郡司は親しきうへに、師檀[4]にて仏事を修する間、この僧正を請《しやう》じ奉りて、僧膳《そうぜん》[5]の料《れう》に、前にて大豆を煎《い》りて酢《す》をかけけるを、「なにしに酢をばかくるぞ」と問はれければ、郡司いはく、「あたたかなる時、酢をかけつれば、すむつかり[6]とて、にがみて[7]よくはさまるるなり。しからざれば、すべりて、はさまれぬなり」と言ふ。僧正のいはく、「いかなりとも、なじかは、はさまぬやうはあるべき。投げ遣《や》るとも、はさみ食ひてん」とありければ、「いかでかさる事あるべき」と、あらがひ[8]けり。僧正「勝ち申しなば、異事《こと》[9]はあるべからず。戒壇を築《つ》きて給へ」とありければ、「やすき事」とて、煎《い》り

◆第六九話——「古事談」三・「昔物語治聞集」六参照。

1　木津氏。延喜一二年—寛和元年（九一二—九八五）良源、定心房と号す。慈恵は諡号。近江国浅井郡岳本郷の人。理仙の弟子。大僧正。第一八代天台座主、治山一九年（天台座主記・僧綱補任・元亨釈書）。

2　僧に戒を授ける式場。孝謙帝の時、東大寺に設けたのが初めで筑前の観世音寺、下野の薬師寺にもあったが、後には延暦寺一所となった。

3　人夫が揃わなかったので。

4　師匠と檀越（檀家）の間柄。

5　僧に供える食膳。

6　よくしぼった大根下ろしと、酢をかけた煎り大豆と、すりこした酒粕の三種を交ぜて煮、醬油を加えた料理。「すみつかり」ともいう。

7　しわがよって。

8　争論になった。抗弁した。

9　別のことではない。

豆を投げ遣るに、一間ばかり退《の》きて居給ひて、一度もおとさずはさまれけり。見るもの[10]あさまずといふ事なし。[11]柚《ゆ》の核《さね》の、ただ今しぼり出《い》だしたるをまぜて、投げ遣りたりけるをぞ、はさみすべらかし給ひたりけれど、[12]おとしもたてず、やがて又はさみとどめ給ひける。郡司、[13]一家《いっけ》広きものなれば、人数をおこして、[14]不日《ふじつ》に戒壇を築きてけりとぞ。

七〇　四宮河原《しのみやかはら》地蔵ノ事

これも今は昔、[1]山科《やましな》の道づらに、[2]四宮河原《しのみやかはら》といふ所にて、[3]袖《そで》くらべといふ、商人《あきびと》集まる所あり。

その辺《へん》に下種《げす》のありける。地蔵菩薩を一体作り奉りたりけるを、[4]開眼《かいげん》もせで櫃《ひつ》にうち入れて、奥の部屋などおぼしき所に納《をさ》め置きて、[5]世のいとなみにまぎれて、ほど経《へ》にければ、忘れにけるほど

10　あきれぬ者はない。「あさむ」は驚きあきれるの意。
11　ゆず。
12　「古事談」「オトシモハテズ」とあるが正しいか。「音しも立てず」と解するのは無理。
13　一家一門。一家眷属。一門繁栄して人数が多いので、それらを動員して忽ちに戒壇を築いたのであろう。初めに「人夫かなはざりければ」とあるのに照応する。
14　日ならず。多くの日数もかけずに。

◆第七〇話――「昔物語治聞集」二参照。
1　京都市東山区山科。
2　京都市東山区四の宮。仁明帝第四皇子人康親王の館の跡なのでこの名があるという。櫃川の源流が北方からこの村を過ぎていたので「河原」という由（地名辞書）。
3　品物の売買に当たり、その価を他に知らしめぬため、売手、買手が互いに袖の中で手を握って代価を定めることとも、衣類・反物を売買する市ともいうが、前者であろう。ここはそれが地名と化したもの。「あはれなりこれも世わたる庵ぞかしその山科の袖くらべまで」（慈鎮、拾玉

に、三四年ばかり過ぎにけり。
ある夜、夢に、大路《おほち》を過ぐる者の、声高に人呼ぶ声のしければ、「何事ぞ」と聞けば、「[6]地蔵こそ、地蔵こそ」と高くこの家の前にて言ふなれば、奥の方《かた》より、「何事ぞ」と、いらふる声すなり。「明日、[7]天帝釈《てんたいしゃく》の[8]地蔵会《ぢざうゑ》し給ふには、参らせ給はぬか」と言へば、この小家の内より、「参らんと思へど、まだ目のあかねば、え参るまじきなり」と言へば、「[9]構《かま》へて参り給へ」と言へば、「目も見えねば、いかでか参らん」と言ふ声すなり。[10]うち驚きて、『何《なに》の、かくは夢に見えつるにか』と思ひまはすに、あやしくて、夜明けて、奥の方をよくよく見れば、この地蔵を納めて置き奉りたりけるを思ひ出《い》でて、見出《いだ》したりけり。『[11]これが見え給ふにこそ』と驚き思ひて、急ぎ開眼《かいげん》し奉りけりとなん。

集）の和歌もある。
4 仏像完成して、その眼を開き、初めて安置する法事。
5 生活。
6 地蔵さん。「こそ」は人名に添える接尾辞、軽い敬称。
7 帝釈に同じ。第一話の注参照。
8 地蔵菩薩供養の法会。
9 きっと。必ず。何とかして。
10 目がさめて。
11 この地蔵が夢に現れたのだ。

第七〇話

七一　伏見《の》修理《の》大夫ノ許《もと》ヘ殿上人共行キ向フ事

これも今は昔、[1]伏見修理大夫《ふしみのしゆりのだいぶ》のもとへ、殿上人二十人ばかり押し寄せたりけるに、俄《にはか》に騒ぎけり。[2]肴物《さかなもの》とり合へず、[3]沈地《ちんぢ》の机に、[4]時の物どもいろいろ、ただ推し量るべし。盃たびたびになりて、おのおのたはぶれ出でけるに、厩《うまや》に、黒馬の額《ひたひ》少し白きを、二十疋《ひき》たてたりけり。[5]移《うつ》しの鞍《くら》二十具《ぐ》、[6]鞍掛けにかけたりけり。殿上人酔《ゑ》ひ乱れて、おのおのこの馬に移しの鞍置きて、乗せて返しにけり。

つとめて、「さても、昨日《きのふ》[7]いみじくしたるものかな」と言ひて、「いざ、又押し寄せん」と言ひて、又二十人押し寄せたりければ、このたびは、[8]さるていにして、[9]俄なるさまは昨日に変りて、炭櫃《すびつ》を飾りたりけり。厩を見れば、黒栗毛なる馬をぞ、二十疋までたてたりける。これも額白かりけり。

◆第七一話

1 第四六話の注参照。
2 酒の肴の用意がなく。
3 沈香木の木地で作った机。
4 時節の果物や魚鳥。
5 (イ)移しの馬(諸国の牧場に放ち飼いにしていた馬を徴して左右馬寮に移し飼ったもの)に用いる鞍、(ロ)乗り手の一定せず、移り替る鞍など諸説あるが、ここは(ロ)か。
6 鞍をかけ置く台。
7 豪奢な饗応をしたものよ。
8 然るべきように用意してあって。
9 俄かの来訪に対する応急のもてなしぶり。

大方、かばかりの人はなかりけり。これは[10]宇治殿の御子におはしけり。されども、公達《きんだち》多くおはしましければ、[11]橘俊遠《たちばなのとしとほ》といひて、世の中の[12]徳人《とくにん》ありけり。その子になして、かかるさまの人にぞなさせ給ひたりけるとか。

七二　以長《もちなが》物忌《ものいみ》ノ事

これも今は昔、[1]大膳亮大夫《だいぜんのすけのたいふ》[2]橘以長《たちばなのもちなが》といふ[3]蔵人の五位ありけり。

[4]宇治左大臣殿《の》より召しありけるに、「今明日《けふあす》は、かたき物忌《ものいみ》を仕《つかまつ》る事候《さぶらふ》」と申したりければ、「こはいかに、[5]世にある者の、物忌といふ事やはある。たしかに参れ」と、召しきびしかりければ、恐れながら参りにけり。

さるほどに、十日ばかりありて、左大臣殿に世に知らぬかたき御

10　藤原頼通。第九話の注参照。

11　第四六話の注参照。

12　大金持ち。富人。

◆第七二話

1　大膳職（しき）の次官で五位の者。「大夫」は長官の時はダイブ、五位の時はタイフと訓む。

2　信濃守広房の子。蔵人、大膳亮、従五位上、筑後守。嘉応元年(一一六九)卒（分脈・橘氏系図）。

3　六位の蔵人で五位に叙せられ、昇殿を止められた者の称。

4　藤原頼長。保安元年—保元元年(一一二〇—一一五六)。関白忠実の二男、母は土佐守盛実女。従一位、左大臣、左大将、東宮傅、氏長者。保元の乱を起こして敗死。日記に「台記」がある（分脈・大日本史）。

5　勤務している者。

物忌出《い》で来にけり。御門《おんかど》のはざまに[6]垣楯《かいだて》[7]などして、仁王講[8]行はるる僧も、高陽院《かやのゐん》[9]の方の土戸《つちど》[10]より、童子[11]なども入れずして、僧ばかりぞ参りける。「御物忌あり」と、この以長聞きて、急ぎ参りて、土戸より参らんとするに、舎人《とねり》二人居て、『人な入れそ』と候」とて立ち向かひたりければ、「やうれ[12]、おれらよ。召されて参るぞ」と言ひければ、これらも、さすがに職事《しきじ》[13]にて、常に見れば、力及ばで入れつ。

参りて、蔵人所[14]に居て、何《なに》ともなく声高にもの言ひ居たりけるを、左府《さふ》聞かせ給ひて、「この、もの言ふは誰れぞ」と問はせ給ひければ、盛兼《もりかね》[15]申すやう、「以長に候」と申しければ、「いかに、かばかりかたき物忌には、夜部《よべ》より参り籠《こも》りたるか、と尋ねよ」と仰《おほ》せければ、行きて、仰せの旨《むね》を言ふに、蔵人所は御所[16]より近かりけるに、「くわくわ」[17]と大声して、憚《はばか》らず申すやう、「過ぎ候《さぶら》ひぬる比《ころ》、わたくしに[18]、物忌仕りて候ひしに、召され候ひき。物忌の由《よし》を

6 すき間。
7 楯を並べて垣のごとくせるもの。「掻立」「掻楯」かとも。
8 仁王経を読誦する法会。物忌の時によく行われた。
9 第九話の注参照。
10 面に泥土や漆喰を塗った引戸。土蔵の戸口や窓などに用いる。
11 僧の召し使う少年。
12 「やおれ」に同じ。やいおのれ。
13 蔵人の総称。
14 左大臣家の蔵人所。親王や大臣家には政所・文殿・蔵人所・侍所・厩司・随身所・雑色所等あり、以長は頼長家の家人でもあったのだろう。
15 左大臣家の侍か。伝不詳。
16 左大臣（主人）の御座所。
17 「くはくは」（流布本）とあるべきか。これはこれは。騒がしく物言うさま。
18 私事で。

申し候ひしを、物忌といふ事やはある。たしかに参るべき由仰せ候ひしかば、参り候ひにき。されば、物忌といふ事は候はぬと知りて候ふなり」と申しければ、聞かせ給ひて、うちうなづきて、ものも仰せられで、やみにけりとぞ。

七三　範久《はんきう》阿闍梨《あじやり》西方ヲ後《うしろ》ニセザル事

これも今は昔、[1]範久阿《はんきうあ》闍梨《じやり》といふ僧ありけり。山の[2]楞厳院《りようごんゐん》に住みけり。ひとへに極楽を願ふ。[3]行住坐臥《ぎやうぢゆうざぐわ》、西方を後《うしろ》にせず。つばきをはき、大小便、西に向かはず、入り日を背中に負《お》はず。西坂より山へ登る時は、[4]身をそばだてて歩《あゆ》む。常にいはく、「植木《うゑき》の倒るる事、かならずかたぶく方にあり。心を西方にかけんに、何《なん》ぞ心ざしを遂《と》げざらん。[5]臨終正念疑はず」となん言ひける。[6]往生伝に入りたりとか。

◆第七三話——「続本朝往生伝」二〇話・「昔物語治聞集」七参照。

1　伝不詳。

2　比叡山横川（よかわ）の中堂で、慈覚大師の開創。横川は三塔の一、東塔の北方にあり、真に隠棲を望む僧侶がここへ登った。

3　いわゆる四威儀。

4　身体を横向きにして歩く。「続本朝往生伝」「側レ身而行」とあり、西坂から叡山に登る時は西方を後ろにするのでこうしたもの。

5　臨終の時、心が乱れず、往生を信じて静かに死す。

6　「続本朝往生伝」のこと。漢文で書かれているが、本編はそれをほぼ忠実に和文にしたもの。該書は大江匡房著。一巻。慶滋保胤の「日本往生極楽記」にならい、一条帝以下四二人の往生の次第を漢文で記した書。

七四　陪従《べいじゆう》家綱《いへつな》兄弟互《たが》ヒニ謀《はか》リタル事

これも今は昔、『陪従《べいじゆう》[1]はさもこそは[2]』と言ひながら、これは世になきほどの猿楽《さるがく》[3]なりけり。

堀河院[4]の御時、内侍所《ないしどころ》[5]の御神楽《みかぐら》の夜、仰せにて、「今夜《こよひ》めづらしからん事仕《つかまつ》れ」と、仰せありければ、職事《しきじ》[6]、家綱を召して、この由《よし》仰せけり。承《うけたまは》りて、『何事をかせまし』と案じて、弟《おとと》[7]行綱を、かたすみに招き寄せて、「かかる事仰せ下されたれば、わが案じたる事のあるは、いかがあるべき」と言ひければ、「いかやうなる事をせさせ給はんずるぞ」と言ふに、家綱が言ふやう、「庭火《にはび》[8]白く[9]焼《た》きたるに、袴《はかま》を高く引き上げて、細脛《ほそはぎ》を出《い》だして、『よりによりに[10]夜の更《ふ》けて、さりにさりに寒きに、ふりちうふぐりを、ありちうあぶらん』と言ひて、庭火を三巡《めぐ》りばかり、走り巡らんと思ふ。いかが

◆第七四話――「十訓抄」七、一七話参照。

1 賀茂・石清水・春日などの祭の際、舞人に従って琴をひき笛を吹き歌いなどする地下の楽人。

2 そうあるのが当然。「新釈」は当時の諺であろうかという。

3 唐の散楽から発生したもの。ここは滑稽な所作を演ずる人の意。

4 第七三代天皇。承暦三年―嘉承二年(一〇七九―一一〇七)。白河帝の次男、母は中宮賢子。応徳三年受禅、治二一年。諱善仁(紹運録・大日本史)。

5 神鏡を奉安する温明殿。賢所(かしこどころ)とも。内侍が奉仕するのでこの名がある。その御神楽は毎年一二月吉日にその庭上で行われた(江次第)。

6 良門流藤原氏。兵衛佐実範の子、母は筑前守橘義通女。蔵人、兵庫頭、信濃守、正五位下(分脈)。

7 家綱の弟。加賀・下野守、主殿頭、従四位下(分脈)。

8 庭上に焼くかがり火。特に御神楽の夜、禁中の庭上に焼く火。

9 明るく。

10 「よりに」は「夜」を言いだすためのはやし言葉。以下同じ。但し

あるべき」と言ふに、行綱がいはく、「[11]さも侍りなん。ただし、おほやけの御前にて、細脛《ほそはぎ》かき出だして、ふぐりあぶらんなど候《さぶら》はんは、[12]びんなくや候ふべからん」と言ひければ、家綱「まことに、[13]さ言はれたり。さらば、異事《ことごと》をこそせめ。[14]かしこう申し合はせてけり」と言ひける。

殿上人など『仰せを奉《うけたまは》りたれば、今夜《こよひ》、いかなる事をせんずらん』と、目をすまして待つに、[15]人長《にんぢやう》「家綱召す」と召せば、家綱出でて、[16]させる事なきやうにて入りぬれば、上よりも、[17]そのこととなきやうにおぼしめすほどに、人長、又進みて、「行綱召す」と召す時、行綱、まことに寒げなる気色《けしき》をして、膝《ひざ》を股《もも》までかき上げて、細脛を出《い》だして、わななき寒げなる声にて、「よりによりに夜の更《ふ》けて、さりにさりに寒きに、ふりちうふぐりを、ありちうあぶらん」と言ひて、庭火を十まはりばかり走り廻《まは》りたりけるに、上より下ざまに到《いた》るまで、大方どよみたりけり。家綱、かたすみに隠れ

「十訓抄」では「よりちう夜ふけて、さりけふさむきに、ふりけうふぐり、ありけうあぶらん」とある。「ふぐり」は陰嚢。

11 よかろう(と一往は肯定し、ただしとつづける)。

12 不都合でしょう。

13 もっともだ。

14 相談してよかった。

15 神楽の舞人の長。近衛舎人がつとめる。「枕草子」に「ここちよげなるもの」として「神楽の人長」をあげている。

16 大した(目立った)所作もなく。

17 格別な所作もないように。底本「そのことく」ともよめる字体。陽・龍・桃・名「そのこと〻」。「〻」と「く」の類似による誤写か。

第七四話

て、「[18]きやつに、[19]悲しう謀《はか》られぬるこそ」とて、中たがひて、目も見合はせずして、過ぐるほどに、家綱、思ひけるは、『謀られたるはにくけれど、[20]さてのみやむべきにあらず』と思ひて、行綱に言ふやう、「この事、[21]さのみぞある。さりとて、兄弟の中たがひはつべきにあらず」と言ひければ、行綱喜びて、行き睦《むつ》びけり。

[22]賀茂の臨時《の》祭の[23]帰り立ちに、御神楽《みかぐら》のあるに、行綱、家綱に言ふやう、「人長召し立てん時、[24]竹の台の許《もと》によりて、[25]そそめかんずるに、『あれは、何《なん》するものぞ』と、[26]はやい給へ。その時、『[27]竹豹《ちくへう》ぞ、竹豹ぞ』と言ひて、豹のまねをつくさん」と言ひければ、家綱、「ことにもあらず、[28]てのきいはやさん」と、事うけしつ。

さて、人長たち進みて、「行綱召す」といふ時に、行綱、やをら立ちて、竹の台の許に寄りて、はひ歩《あり》きて、「あれは何するぞや」と言はば、それにつきて、「竹豹ぞ」と言はんと待つほどに、家綱「かれは、何ぞの竹豹ぞ」と問ひければ、[29]詮《せん》と言はんと思ふ竹豹

18 「かやつ（彼奴）」の転。
19 だまされた（一杯食わされた）とは、何と悲しいこと（業腹なこと）。
20 このままですますべきではない。
21 それだけのことだ。
22 賀茂神社の正規の祭は四月の中の酉の日、後に加えられた臨時の祭は十一月下の酉の日。賀茂神社については第六四話の注参照。
23 還立。賀茂や石清水の祭に奉仕した舞人、楽人らが、祭の果てた後、禁中へ帰り、そこで再び神楽を奏し、賜宴がある。それを還立という。
24 清涼殿の東庭にある呉竹（くれたけ）・河竹の台。
25 ざわめく時に。「十訓抄」「そそめきゆかん」。
26 「はやし給へ」の音便。
27 豹の毛皮の円い大きな紋。当時は豹の毛皮が輸入されて太刀の尻鞘などに用いられたが（餝抄）、「新釈」指摘のごとく、「百錬抄」寛治二、一〇、一七の記事に「宋人張仲所レ献竹豹廻却官符請印」の文章も見えて、豹そのものをさし、それが禁中人の目にも触れたことがあったらしい。「豹のまねをつくさん」と行綱が言っていることより推しても、彼は真物の豹を見ているか、少なくと

を、先に言はれにければ、言ふべき事なくて、ふと逃げて、走り入りにけり。

この事、上まできこしめして、なかなかゆゆしき興《けう》にてぞありけるとかや。先に、行綱に謀られたりける[30]当《たう》とぞ言ひける。

七五　陪従清仲《べいじゅうきよなか》ノ事

これも今は昔、[1]二条の大宮と申しけるは、[2]白河院の宮、[3]鳥羽《の》院の[4]御母代《ははしろ》におはしましける。二条の大宮とぞ申しける。二条よりは北、堀川よりは東におはしましけり。

その[5]御所破《やぶ》れにければ、[6]有賢《ありかたの》大蔵卿、備後国《びんごのくに》を領《し》られける[7]重任《ちようにん》の功《こう》に修理《すり》しければ、宮もほかへおはしましにけり。

それに、陪従[8]清仲といふ者、常に候ひけるが、宮おはしまさねども、なほ御[9]車宿《くるまやどり》の妻戸《つまど》に居て、古き物は[10]いはじ、新しうしたる[11]束《つか》

もその姿態や動作を知っていたと見られる。

28 「てのきは」の誤写であろう。「ハ」を「い」と誤写せるか。「十訓抄」「手の限り」。意はいずれも「手の限り、手を尽くして」の義。

29 もっぱら、ひたすらの意。

30 返報、仕返し。「十訓抄」「答」。その誤写か。

◆第七五話

1 令子内親王。承暦二年—天養元年（一〇七八—一一四四）。白河帝の皇女、母は中宮賢子。准三宮、賀茂斎院、鳥羽帝准母。同帝即位により皇后と尊称され、後、太皇太后。二条第に住んだので二条大宮という（紹運録・大日本史）。

2 白河院の皇女にして、の意。同院については第六話の注参照。

3 第七四代帝。康和五年—保元元年（一一〇三—一一五六）。諱宗仁。堀河帝皇子、母は大納言藤原実季女苡子。嘉承二年践祚（五歳）、保安四年譲位、治一六年（紹運録・大日本史）。

4 母代り、准母。鳥羽帝は実母苡子女御が帝を生んですぐ没したので准母を立てた。

5 「御」一字底本欠。諸本により補

柱《ばしら》・[12]立蔀《たてじとみ》などをさへ破《やぶ》り焼《た》きけり。この事を、有賢、鳥羽《の》院に訴《うた》[13]へ申しければ、清仲を召して、「宮わたらせおはしまさぬに、なほ泊《とま》り居て、古き物、新しき物こぼち焼《た》くなるは、いかなる事ぞ。修理する者、訴へ申すなり。先《ま》づ宮もおはしまさぬに、なほ籠《こも》り居たるは、何事によりて候ふぞ。子細《しさい》を申せ」と仰せられければ、清仲申すやう、「別《べち》の事に候はず。[14]薪《たきぎ》につきて候ふなり」と申しければ、大方《おほかた》、これほどの事、とかく仰せらるるに及ばず、「すみやかに追ひ出《い》だせ」とて、わたらせおはしましけるとかや。

この清仲は、[15]法性寺殿《ほふしやうじ》の御時、[16]春日《かすが》の乗尻《のりじり》の立ちけるに、神馬《じんめ》使《づかひ》、おのおの障《さは》りありて、事欠《ことか》けたりけるに、清仲ばかり、から勤《つと》めたりしものなれども、「事欠けにたり。相構《かま》へて勤めよ。[17]せめて京ばかりをまれ、事なきさまにはからひ勤めよ」と仰せられけるに、「畏《かしこま》りて奉《うけたまは》りぬ」と申して、やがて社頭に参りたりければ、返す返す感じおぼしめす。「いみじう勤めて候」とて、御馬を

う。

6 源有賢。延久二年—保延五年(一〇七〇—一一三九)。宇多源氏、刑部卿政長の子。従三位、宮内卿。この家系は代々、郢曲・笛・琴などの名手で、父も彼も堀河帝の郢曲・笛の師(分脈・二中歴)。

7 同じ職に重ねてつくこと。国守の重任は収入が多いので建築・修理の費用を献じて許されることが多かった。

8 伝未詳。「地下家伝」にも見えず。

9 中門の傍にあり車輿を入れておく所。

10 いうまでもなく。

11 梁(うつばり)と棟(むなぎ)の間、又は縁側の下などに立てる短かい柱。

12 庭に立てる目隠しの板塀の類。

13 「うつたへ」の促音無表記。

14 薪が無くなったからです。

15 藤原忠通。第六二話の注参照。

16 春日神社の祭の走馬の騎手。奈良の春日神社は藤原氏の氏神、その祭は二月、十一月の上の申の日に行われ、朝廷は近衛府の使を遣わして神馬を献ずる。これを春日祭使と称し、多くは藤原氏の中将を充てる。「延喜式」四八によれば、神馬は四

賜《た》びたりければ、ふしまろび悦びて、「[18]この定《ぢやう》に候はば、定使《ぢやうづかひ》を仕《つかまつ》り候はばや」と申しけるを、[19]仰せ継《つ》ぐ者も、候《さぶら》ひ合ふ者どもも、[20]笑壺《ゑつぼ》に入りて笑ひののしりけるを、「[21]何事ぞ」と、御尋《たづ》ねありければ、「しかじか」と申しけるに、「いみじう申したり」とぞ、仰せ事ありける。

七六　仮名《かな》暦誂《ごよみあつら》ヘタル事

これも今は昔、ある人のもとに、[1]生《なま》女房のありけるが、人に紙請《こ》ひて、そこなりける若き僧に、「[2]仮名暦《かなごよみ》書きて給《た》べ」と言ひければ、僧「やすき事」と言ひて、書きたりけり。

初めつ方は[3]うるはしく、[4]神仏《かみほとけ》によし、[5]坎日《かんにち》、[6]凶会日《くゑにち》など書きたりけるが、やうやう末ざまになりて、ある日は、物食はぬ日など書き、又、[7]これうあれば、よく食ふ日など書きたり。

四、走馬一二四、使は五位以上の官一人で、馬医一人、馬部（めぶ）八人供奉したとある。乗尻とはその走馬の騎手をいう。

17 せめて京の町中だけでも、無事に勤めよ。

18 こんな風にいつも御馬が戴けるものなら、常任の馬使を勤めたい。

19 （法性寺殿の）言いつけを伝える者。

20 抱腹絶倒。

21 法性寺殿の言葉。

◆第七六話

1 未熟な、しんまいの女房。

2 仮名で書いた暦。女性や教育の低い者のためのもの。

3 きちんと端正に。

4 神事や仏事によい日。

5 陰陽道で諸事に凶とする日。正月は辰、二月は丑、三月戌、四月未、五月卯、六月子、七月午、八月酉、九月寅、十月亥、十一月申、十二月巳の各日がそれであるという（運歩色葉集・拾芥抄）。

6 陰陽相剋の凶日。「枕草子」に「ことに人にしられぬもの」としてあげられているのより察すると、世間ではさして忌み憚られなかったらしい。

この女房『[8]やうがる暦かな』とは思へども、[9]いとかうほどには思ひよらず、『[10]さる事にこそ』と思ひて、そのままに違《たが》へず。又ある日は、「[11]はこすべからず」と書きたれば、いかにとは思へども、又、『さこそはあらめ』と思ひて、念じて過ぐすほどに、長凶会日《ながくゑにち》のやうに、「はこすべからず、はこすべからず」と続け書きたれば、二三日《ふつかみか》までは念じ居たるほどに、大方堪《た》ふべきやうもなければ、左右の手して、尻をかかへて、「いかにせん、いかにせん」と、[12]よぢりすぢりするほどに、[13]ものもおぼえず、してありけるとか。

七七　実子《じつし》ニ非《あら》ザル人実子ノ由シタル事

これも今は昔、その人の[1]一定《いちぢやう》、子とも聞えぬ人ありけり。世の人はその由を知りて、[2]をこがましく思ひけり。

その父《てて》と聞ゆる人失《う》せにける後《のち》、その人のもとに、年比《としごろ》ありける

各月どの日かについては「拾芥抄」に詳細な記述がある。

7 「う」は「そ」の誤写か。古・板「そ」。これこれの物があれば、それをよく食う日。

8 一風変わった暦。

9 かほどでたらめに作られた暦とは思いよらず。

10 しかるべき理由があるのだろう。

11 糞便をすべからず。「はこ」は「しのはこ」(清器)の略。又糞便をもいう。ここは後者。

12 身をよじって我慢しているうちに。

13 思わず脱糞したとかいうことだ。

◆第七七話

1 たしかに。

2 ばからしく思っていた。察するに、この男の母は他の男と密通してかの男を生んだのであろうが、彼女はそれを秘し、財産相続の目的で故殿の子と言いふらし、子もまたそれを信じていたのであろう。世間はその事情を知っていたのに、知らぬは亭主とその子のみ。それを世間は笑っていたのであろう。

侍の、妻《め》に具《ぐ》して田舎《ゐなか》へ往《い》にけり。その妻失せにければ、[3]すべきやうもなくなりて、京へ上りにけり。万《よろづ》あるべきやうもなく、便《たよ》り無かりけるに、「この子といふ人こそ一定の由言ひて、親の家に[4]居《ゐ》たなれ」と聞きて、この侍参りたりけり。「[5]故殿《ことの》に年比候《さぶら》ひし、何《なに》がしと申す者こそ参り候へ。御見参《ごげんざん》に入りたがり候」と言へば、この子、[6]「さる事ありとおぼゆ。しばし候へ。御対面《ごたいめん》あらんずるぞ」と言ひ出《い》だしたりければ、侍、[7]しおほせつと思ひて、[8]ねぶりゐたるほどに、近《ちか》う召し使ふ侍出で来て、「[9]御出居《でゐ》へ参らせ給へ」と言ひければ、悦《よろこ》びて参りにけり。この召し次ぎしつる侍、「しばし候はせ給へ」と言ひて、あなたへ行きぬ。

見まはせば、御出居のさま、[10]故殿《ことの》のおはしましししつらひに露変らず。[11]御障子《みさうじ》などは、少し旧《ふ》りたるほどに〔[12]やと見るほどに、中の障子を引き明くれば、きと見上げたるに〕、この子と名告《なの》る人、歩《あゆ》み出でたり。これをうち見るままに、この年比の侍、[13]さくりもよよに

3 生活の手段を失って。
4 「居たるなれ」「居たんなれ」の転じたもの。
5 以下は取り次ぎの者の言。
6 以下も同様、取り次ぎの者の言。子の言を侍に伝える言葉。
7 うまくいった。
8 目をつぶっているうちに。睡眠ではなく、計画が的中したことに満足し、偽装をごまかすために目をつぶったもの。
9 母屋の外へ張り出した建物とも、又廂の間に壁代などで区切った室ともいう。接客用の室として用いた。
10 故殿が御在世のころの部屋模様と、少しも変わっていない。
11 ふすま。
12 以下「きと見上げたるに」まで、底本欠。古本系諸本により補う。「きと」は「ぎっと」。
13 しゃくりあげて泣く。

14 諸注、老侍が平伏した、と解しているが従えぬ。ここは若主人が膝を突いて、の意。それまでは立っていたのが、老侍が激しく泣きじゃくるので、思わず近寄り、膝をついて親しく話しかけたもの。そう解してこそ、次の「とはなどかく泣くぞ」と切迫して問いかける言葉が生きるのだ。
15 違う。似ていない。
16 お前。目下の者に用いる二人称代名詞。
17 どうして暮らしているのか。生活の模様を尋ねたもの。
18 お前をこそ、自分は故殿と思って頼りにするぞ。
19 さしあたり。
20 当時の綿は真綿。それがふっくらと入っている衣は貴重。
21 かれこれ言うべきではない。
22 この邸へ仕えよ。
23 うまくやったと思っている。
24 昨日今日仕えた者。新参の者。
25 多年貧乏していたのは気の毒なことだ。
26 後見人。

泣く。袖もしぼりあへぬほどなり。この主《あるじ》、『いかにかくは泣くならん』と思ひて、[14]つい居て、「とはなどかく泣くぞ」と問ひければ、「故殿のおはしまししに違《たが》はせおはしまさぬがあはれにおぼえて」と言ふ。『さればこそ、[15]われも故殿には違はぬやうにおぼゆるを、この人々の、あらぬなど言ふなる、あさましき事』と思ひて、この泣く侍に言ふやう、「[16]おのれこそ、ことの外に老いにけれ。[17]世の中はいかやうにて過ぐるぞ。われはまだ幼なくて、母の許《もと》にこそありしかば、故殿のありやう、よくもおぼえぬなり。[18]おのれをこそ、故殿とたのみてあるべかりけれ。何事も申せ。又ひとへにたのみてあらんずるぞ。先《ま》づ[19]当時《たうじ》寒げなり。この衣《きぬ》着よ」とて、[20]綿ふくよかなる衣一つ脱《ぬ》ぎて賜《た》びて、「今は[21]左右《さう》なし。[22]これへ参るべきなり」といふ。この侍、[23]しおふせて居たり。[24]昨日今日《きのふけふ》の者の、かく言はんだにあり。いはんや、故殿の年比《としごろ》の者の、かく言へば、家主笑みて、「この男の、[25]年来《としごろ》ずちなくてありけん、不便《ふびん》の事なり」とて、[26]後見《うしろみ》召し出でて、「これは、故殿のいとほしくし給ひし者なり。先づ、かく京に旅立ちたるにこそ。思ひはからひて沙汰《さた》しやれ」と言へば、[27]ひげなる声にて、「む」といらへて立ちぬ。この侍は、「そらごとせじ」といふ事をぞ、仏に申しきりてける。

さて、この主《あるじ》、われを不定《ふぢやう》げに言ふなる人々呼びて、この侍に、事の次第言はせて聞かせんとて、後見《うしろみ》召し出でて、「あさて、これへ人々渡らんと言はるるに、[28]さるやうに引きつくろひて、[29]もてなしすさまじからぬやうにせよ」と言ひければ、「む」と申して、さまざまに沙汰しまうけたり。この[30]得意の人々、四五人ばかり来集まりにけり。主、[31]常よりも引きつくろひて、出で合ひて、御酒たびたび参りて後、言ふやう、「わが親のもとに年比生《お》ひ立ちたる[32]者候をや、御覧ずべからん」と言へば、この集まりたる人々、心地よげに、[33]顔先《かほさき》赤め合ひて、[34]「もとも召し出ださるべく候。故殿に[35]候《さぶら》ひけるも、かつはあはれに候」と言へば、「人やある。なにがし参れ」

27 「卑下なる声」で、相手をいやしむような声の意とも、「ひくげなる声」の誤写かともいう。いやしげな声の意か。
28 適当に準備して。
29 興をそがぬように饗応せよ。
30 親しい人々。昵懇の人々。
31 平常よりも服装をよく整えて。
32 しかじかの者がおりますが、それをお目にかけましょうか。
33 酒にほおを火照らせて。
34 「もとも」は「もっとも」の促音無表記。いかにも召し出されたがよろしかろう。
35 陽・龍・名「似けるも」。「候」の草体を「ゝ」と見誤ったものか。桃・流布本、底本に同じ。

と言へば、ひとり立ちて召すなり。見れば、[36]鬢《びん》はげたる男の、六十余ばかりなるが、[37]まみのほどなど空事《そらごと》すべうもなきが、[38]打ちたる白き狩衣《かりぎぬ》に、[39]練色《ねりいろ》の衣の[40]さるほどなる着たり。これは、賜りたる衣とおぼゆ。召し出だされて、[41]事うるはしく、[42]扇を笏《しゃく》に取りて、[43]うすへまり居たり。

家主《いえあるじ》の言ふやう、「やや。ここの父《てて》の、そのかみより、おのれは[44]老ひたちたる者ぞかし」など言へば、「む」と言ふ。「[45]み候ひにたるか。いかに」と言へば、この侍言ふやう、「その事に候。故殿には、十三より参りて候。五十まで、夜昼《よるひる》離れ参らせ候はず。故殿の『[46]小冠者、小冠者』と召し候ひき。[47]無下《むげ》に候ひし時も、[48]御後《あと》に臥せさせおはしまして、夜中、暁、[49]大壺参らせなどし候し。その時は、わびしう、耐へがたくおぼえ候ひしが、[50]おくれ参らせて後は、などさおぼえ候ひけんと、くやしう候ふなり」と言ふ。主の言ふやう、「そもそも、一日《ひとひ》、汝を呼び入れたりし折り、われ障子を引きあけて出で

36　頭の左右の側面の髪。
37　目つきなど、いかにも実直らしく、虚言などしそうもない男。
38　砧で打って光沢を出した白い狩衣。
39　淡黄色。
40　侍風情の者にふさわしい下着。
41　きちんと。
42　扇を笏のように持ち構えて。笏は、束帯の時、右手に持った木又は象牙などの板。長さ一尺二寸、幅二寸ほど。もとは事を記して備忘に供したが、後にはたんに威儀を正すために持った。
43　諸本「うすへまりゐたり」、陽「へ」をミセケチ。古・流「うずくまりゐたり」。その誤写か。
44　古「生たちたる」とあるに従うべきか。
45　古・流「みえにたるか」。古本系諸本、底本に同じ。「え」を「候」の草体と誤れるか。お目見えしていたのか。
46　冠者は元服した若者。
47　「無下にいふかひなく」（全書注）の意。病状が重態の時。
48　御足の方に寝かせ遊ばされて。「あと」は後方ではなく、足もとの方、の義。

たりし折り、うち見上げて、ほろほろと泣きしは、いかなりし事ぞ」と言ふ。その時、侍が言ふやう、「それも別《べち》の事に候はず。田舎に候ひて、『故殿失せ給ひにき』とうけたまはりて、今一度参りて、御ありさまをだにも[51]、拝《をが》み候はんと思ひて、おそるおそる参り候ひし。さうなく[52]御出居《でゐ》へ召し入れさせおはしまして候ひし。大かた、かたじけなく候ひしに、御障子を引きあけさせ給ひ候ひしを、きと見上げ参らせて候ひしに、御烏帽子の、真黒《まくろ》にて、先づさし出でさせおはしまして候ひしが、故殿の、かくのごとく出でさせおはしましたりしも、御烏帽子は、真黒に見えさせおはしまし候ふが、思ひ出でられおはしまして、おぼえず涙のこぼれ候ひしなり」と言ふに、この集まりたる人々も、笑みをふくみたり。又、この主も気色《しき》かはりて[53]、「さて、又いづくか、故殿には似たる」と言ひければ、この侍「その外は、大かた[54]似させおはしましたる所おはしまさず」と言ひければ、人々ほほ笑みて、ひとりふたりづつこそ逃げ失せに

49 便器。「謂二清器虎子之属一也」(和名抄)。
50 お亡くなりになられてからは。
51 せめては若殿の御様子だけでも。
52 気軽に。
53 顔色が変って。
54 全然。全く。

第七七話

けれ。

七八　御《み》室《むろ》戸《ど》ノ僧《そう》正《じやう》ノ事・一《いち》乗《じよう》寺《じ》ノ僧正ノ事

これも今は昔、1一乗寺僧正《いちじようじのそうじやう》、2御室戸僧正《みむろどのそうじやう》とて、3三井《みゐ》の門流に、やんごとなき人おはしけり。

御室戸僧正は《の》、4隆家帥《たかいへのそち》の第四の子なり。一乗寺僧正は《の》、5経輔《つねすけの》大納言の第五の子なり。御室戸をば隆明といふ。一乗寺をば増誉《ぞうよ》といふ。この二人、おのおの貴《たうと》くて、生き仏なり。

御室戸はふとりて、修行するに及ばず。ひとへに本尊の御前《おまへ》を離れずして、夜昼《よるひる》行ふ6鈴《れい》の音、絶ゆる時なかりけり。おのづから人の行き向かひたれば、門《かど》をば常にさしたる。門をたたく時、たまたま人の出《い》で来て、「誰《た》れぞ」と問ふ。「しかじかの人の参らせ給ひたり」もしは「院の御《み》使に候《さぶらふ》」など言へば、「申し候《さぶら》はん」とて、奥

◆第七八話——目次は「御室戸ノ僧正ノ事」「一乗寺ノ僧正ノ事」と明らかに二つの説話に扱っているが、本文に二人を並称しているから、従来通り一つの説話としておく。

1　増誉。長元五年—永久四年（一〇三二—一一一六）。権大納言藤原経輔の子、母は家女房。智證門徒、明尊の弟子。大僧正。長治二年、第三九代天台座主となったが、山上騒動により登山せず、二日で辞職。その他、天王寺別当、三井長吏、三山検校。山城国愛宕郡一乗寺（三井寺の別院）に住したので一乗寺僧正と号す（分脈・座主記・僧綱補任）。

2　藤原隆明。治安元年—長治元年（一〇二〇—一一〇四）。大宰帥藤原隆家の子。心誉の弟子。大僧正。承徳二年園城寺長吏。山城国宇治郡三室戸寺に住したので三室戸（御室戸）僧正と号す（分脈・僧官補任）。

3　三井寺（園城寺）。

4　大宰帥藤原隆家。天元二年—寛徳元年（九七九—一〇四四）。関白道隆の四男、母は高階業忠女貴子。正二位、中納言、大宰帥。刀伊の入寇を阻止して大功あり（分脈・補任・大鏡・

大日本史)。
5 藤原経輔。寛弘三年—永保元年(一〇〇六—一〇八一)。隆家の次男、母は伊予守源兼資女。正二位、権大納言、太皇太后宮大夫、大宰帥(分脈・補任)。
6 仏具。鐘に似てはなはだ小、内に舌あり、振って鳴らす。
7 長時間。
8 廂に同じ。
9 両開きの戸。殿舎の四隅にある。
10 紙を張った今日のいわゆる障子。
11 くたびれてしわだらけになった衣。衣服が古くなって張りを失った様にいう。
12 手を交叉させて。手を組んで。
13 (イ)勤行の時間(刻限)になった(新釈・全書・全集)。(ロ)祈禱をしたので宜しくなった(相手の所望を聞かざるに察知して、その祈禱をしたの意)(大系)の両説あるも、ここはやはり(イ)か。

へ入りて、[7]無期《むご》にあるほど、鈴の音しきりなり。

さて、とばかりありて、門の関木《くわんのき》をはづして、扉、片つ方《かた》を、人ひとり入るほどあけたり。見入るれば、庭には草繁《しげ》くして、道踏みあけたる跡もなし。露を分けて入りて、のぼりたれば、[8]広庇《ひろびさし》一間《ま》あり。[9]妻戸に[10]明障子《あかりしやうじ》たてたり。すすけとほりたる事、いつの世に張りたりとも見えず。

しばしばかりありて、墨染め着たる僧、足音もせで出で来て、「しばしそれにおはしませ。行ひのほどに候」と言へば、待ち居たるほどに、とばかりありて、内より、「それへ入らせ給へ」とあれば、すすけたる障子を引きあけたるに、香《かう》の煙くゆり出でたり。[11]なへとほりたる衣に、袈裟《けさ》などもところどころ破《やぶ》れたり。ものも言はで居られたれば、この人も、いかにと思ひて向かひ居たるほどに、[12]こまぬきて、少しうつ臥したるやうにて居られたり。しばしあるほどに、「[13]行ひのほど、よくなり候ひぬ。さらば、疾《と》く帰らせ給へ」とあれば、言ふべき事も言はで出でぬれば、又門やがてさしつ。

これは、ひとへに[14]居行ひの人なり。一乗寺僧正《いちじようじのそうじやう》は、[15]大嶺《おほみね》は二度通られたり。[16]蛇《じや》を見らる。又龍の駒などを見などして、[17]あられぬありさまをして、行ひたる人なり。その坊は、[18]一二町ばかりよりひしめきて、[19]田楽・猿楽などひしめき、随身《ずゐじん》、[20]衛府《ゑふ》の男《をのこ》どもなど、出《い》で入りひしめく。物売りども入り来て、鞍・太刀、さまざまの物を売るを、かれが言ふままに、価《あたひ》を賜《た》びければ、市をなしてぞ集《つど》ひける。さて、この僧正の許《もと》に、世の宝は集ひ集まりたりけり。

それに[21]呪師小院《じゆしこゐん》といふ童を愛せられけり。[22]鳥羽の田植に[23]みつきしたりけり。[24]さきざきは、くびに乗りつつ、みつきをしけるを、この田植に僧正いひ合はせて、この比《ごろ》するやうに、肩にたちたちして、[25]こはより出でたりければ、大かた見る者も驚き驚きし合ひたりけり。この童あまりに寵愛《てうあい》して、「[26]よしなし。法師になりて、夜昼《よるひる》離

14 寺に居たままで修行する人。廻国行脚などには出ない僧。

15 大峯とも。奈良県吉野郡十津川の東の山脈。南方熊野に至る。古来修験道の霊地として著名だが、すこぶる険阻で、ここを通るのは難事とされた。

16 古・板「蛇をみる法行はるる」。すこぶる難解な文句だが、察するにここの「蛇」は大蛇、次の「龍の駒」は四足の龍で、ともに深山幽谷にひそむとされる怪獣。僧正は人跡まれなる大峯を二度も通って、これらの怪獣を見たというのであろう。これそれほどの難行苦行をしたことを強調したもので、御室戸僧正の「居行ひ」に対照したものか。

17 通常人ではとても堪えられぬほどの難行。

18 僧坊の前、一二町ほども先から人が多勢集まって。

19 田楽や猿楽を業とする者。田楽は耕作の慰労に農夫たちが奏した素朴な舞楽から発生し、後には田楽法師の芸となった。猿楽は第七四話の注参照。

20 元来は六衛府の下級官吏の称だが舞楽に堪能な者が多かったので、そういう人々が出入りした、の意。

れずつきてあれ」とありけるを、童「いかが候ふべからん。今しばし、かくて候はばや」と言ひけるを、僧正なほいとほしさに、「ただなれ」とありければ、童、しぶしぶに法師になりにけり。

さて、過ぐるほどに、春雨うちそそぎて、つれづれなりけるに、僧正、人を呼びて、「[27]あの僧の装束はあるか」と問はれければ、「[28]納殿《をさめどの》にいまだ候」と申しければ、「取りて来《こ》」と言はれけり。もて来たりけるを、「これを着よ」と言はれければ、この呪師小院、「見苦しう候ひなん」といなみけるを、「ただ着よ」と責めのたまひければ、[29]かた方へ行きて、装束《さうぞ》着《き》て、[30]兜《かぶと》して出で来たりけり。露《つゆ》昔に変らず。僧正、うち見て、[31]かひをつくられけり。小院、又おもがはりして立てりけるに、僧正「いまだ[32]走りてはおぼゆや」とありければ、「おぼえ候はず。ただし、[33]かたささはの手こそ、よくしつけて候ひし事なれば、少しおぼえ候」と言ひて、[34]せうのなかわりてとほるほどを走りてとぶ。兜持ちて、一拍子にわたりたりけるに、僧

21 元来は呪願読誦の役僧をいう。法会の後には装束を着用して一種の曲芸をなした。「全書」注によればノロンジと称して幻術を行い、田楽や猿楽と併称されたという。この小院はかかる仲間の出身。
22 (イ)鳥羽の田植祭（新釈・全書）、(ロ)外端（とば）の田植（大系）の両説あれど、(イ)か。
23 不詳。曲芸に類した演技の一種か。
24 底・桃以外「ける」。
25 不詳。「全書」は「小幅」で幅幕の意とするが、いかが。
26 （このまま大人になっては）つまらない。いっそ法師になっていつまでも自分のそばについておれの意。寵童は稚児姿が慣例で、大人になっては不可とされた。
27 あの僧の稚児時代の装束。
28 衣服などを格納する所。納戸。
29 片隅。
30 鳥甲。舞楽（ここは田楽）の常装束に用いる。鳳凰に象り、綿・織物などで製し、頂が前方にとがり、しころが後方に突き出ている。
31 べそをかいた。泣いた。
32 舞の手の一種。勇壮に華々しく舞うこと（大系）という。

正、声を放ちて泣かれけり。さて、「こち来《こ》よ」と呼び寄せて、うちなでつつ、「なにしに出家せさせけん」とて、泣かれければ、小院も、「さればこそ、今しばしと申し候ひしものを」と言ひて、[35]装束脱がせて、[36]障子の内へ具して入られにけり。

その後は、いかなる事かありけん、知らず。

七九　或ル僧、人ノ許《もと》ニテ氷魚《ひを》盗ミ食ヒタル事

これも今は昔、ある僧、人のもとへ行きけり。酒などすすめけるに、[1]氷魚《ひを》初めて出《い》で来たりければ、主《あるじ》、珍しく思ひてもてなしけり。主、要《よう》の事ありて、内へ入りて、又出でたりけるに、この氷魚の、ことの外に少なくなりたりければ、主、いかにと思へども、言ふべきやうもなかりければ、物語りし居たりけるほどに、この僧の鼻より、氷魚の一《ひと》つ、ふと出でたりければ、主、怪しうおぼえて、

33 底・桃「かたさゝはのてうぞ」。陽・龍・名などにより改む。舞の手の一種か。
34 不詳。踊りの型の名、粧の中割手を終わりまでやり通すほど舞い跳ねた（大系）の意かという。
35 「て」底本脱。諸本により補う。
36 男色の寵愛があったことを諷する。

◆第七九話
1 いさざ、とも。硬鰭類、はぜ科に属する小魚。鮎の稚魚で、白魚に似、半透明白色。秋から冬にかけて、琵琶湖や宇治川でとれ、美味な川魚として珍重された。

「その御鼻より、氷魚の出でたるは、いかなる事にか」と言ひければ、とりもあへず、「[2]この比《ごろ》の氷魚は、目鼻より降《ふ》り候ふなるぞ」と言ひたりければ、人みな「は」と笑ひけり。

〈八〇〉 仲胤僧都《ちういんそうづ》、地主権現説法《ぢしゆごんげんせつぽふ》ノ事

これも今は昔、[1]仲胤《ちういん》僧都を、[2]山の大衆《だいしゆ》、[3]日吉《ひえ》の二宮《にのみや》にて、[4]法華経を供養しける導師《だうし》に請《しやう》じたりけり。説法えもいはずして、果てがたに、「地主権現《ぢしゆごんげん》の申せと候《さぶら》ふは」とて、『[5]此経難持《しきやうなんぢ》、若暫持者《にやくざんぢしや》、我即《がそく》歓喜《くわんき》、諸仏亦然《しよぶつやくねん》』といふ文をうち上げて誦《ず》して、『諸仏』といふ所を、「地主権現の申せと候ふは、『我即歓喜、[6]諸神亦然』と言ひたりければ、そこら集まりたる大衆、異口同音に[7]あめきて、[8]扇を開き使ひたりけり。

これをある人、日吉社《ひえのやしろ》[9]の御正躰をあらはし奉りて、おのおの御前《おまへ》

2 この遁辞は、氷魚の氷を強調し、氷雨（ひさめ）が天から降るのをふまえて、目や鼻から降る、とこじつけたもの。

◆第八〇話

1 第二話の注参照。藤原季仲の八男、能説で有名。

2 比叡山延暦寺の一般の僧たち。

3 日吉七社の一、小比叡の神。大比叡（大宮）の北、大津市にあり、大山咋神（おおやまくいのかみ）を祭る。初め最澄、三輪大物主神を山上に祭って日吉大宮といい、二宮に大山咋神を祭り、地主権現といった。

4 法華経を書写し供養する法会の首班の僧。

5 法華経、巻四、見宝塔品の偈文。「諸善男子、於我滅後、誰能受持、読誦此経、今於仏前、自説誓言」の次にある。意は、この経はたもつことが困難だ。もししばらくでもたもつ者あれば、われはすなわち歓喜する。諸仏もまた同様であろう。

6 ここの祭神は大山咋神なのでかくいい変えたもの。

7 叫びわめいて。

8 感嘆した時のしぐさ。

9 御開帳して御神体を一般に拝ま

にて、[10]千日の講を行ひけるに、二宮の御料[11]の折り、ある僧、この句を少しもたがへずしたりけるを、ある人、仲胤僧都に「かかる事こそありしか」と語りければ、仲胤僧都、[12]きやうきやうと笑ひて、「これは、かうかうの時、仲胤がしたりし句なり。えいえい」と笑ひて、「大かたは、この比《ごろ》の説経をば、犬の糞《くそ》説経といふぞ。犬は人の糞を食ひて、糞をまるなり。仲胤が説法をとりて、この比の説経師はすれば、犬の糞説経といふなり」とぞ言ひける。

八一　大《おほ》二条殿ニ小《こ》式部内侍《しきぶのないし》奉ル二歌読懸《ミカケ》二事

これも今は昔、[1]大《おほ》二条殿、[2]小《こ》式部内侍《しきぶのないし》おぼし[3]けるが、絶《た》え間がちになりける比《ころ》、[4]例ならぬ事おはしまして、久しうなりてよろしくなり給ひて、[5]上東門院へ参らせ給ひたるに、小式部、[6]台盤所《だいばんどころ》に居たりけるに、出でさせ給ふとて、「死なんとせしは。など問はざりしぞ」

せ。
10 千日間、経を読誦し講説する法会。
11 「料」はため、ためのものの意。
12 からからと笑って。

◆第八一話――「袋草子」三・「後拾遺」一七参照。
1 藤原教通。長徳二年―承保二年（九九六―一〇七五）。摂政道長の三男（補任）、母は左大臣源雅信女倫子。従一位、関白、太政大臣、氏長者。大二条殿と号す（分脈・補任・大日本史）。
2 陸奥守橘道貞の女、母は和泉式部。上東門院女房、教通の妾。静円僧正の母。「後拾遺」以下の作者（分脈・作者部類・大日本史）。
3 愛していたが。
4 病気。
5 藤原彰子。永延二年―承保元年（九八八―一〇七四）。道長の長女、母は倫子。一条中宮、後一条、後朱雀の母。東北院と号す。法名清浄覚（分脈・女院小伝・大日本史）。
6 配膳室で、女房の詰所（食物を調理する所ではない）。台盤をおき、その上で配膳したので、この名があ

7 生きて堂々とお見舞できる身ではありませんので、かげで死ぬほど嘆き悲しんだことです。妾の身を諷し、生と死とを対照させたのが技巧。「後拾遺」巻一七に採られている。

◆第八二話――「元亨釈書」二九・「昔物語治聞集」二参照。
1 比叡山三塔の一。三塔とは東塔・西塔・横川。根本中堂は東塔にあり、横川はその北、中堂を首楞厳院（しゆりょうごんいん）といい、円仁の建立。最も俗塵を離れ、真に出家脱離を望む者がここに遁世したという。
2 伝不詳。「元亨釈書」二九には「役夫賀能」とあり、身分の低い役夫となす。
3 仏戒を破って恥じない者。
4 寺務を総理する僧職。
5 寺社にて所領その他の事務を取り扱う所。
6 以下「元亨釈書」には「過ニ睿山横川般若谷一、逢レ雨寄ニ一破宇一。中有ニ地蔵像一。其像漏湿甚。能見ニ像庇不レ全雨灑被レ体、脱ニ自小弊笠一覆ニ像頂一而去」とある。

と仰せられて過ぎ給ひける。御直衣《おんなほし》の裾《すそ》を引きとどめつつ、申しけり。

[7]死ぬばかり歎《なげ》きにこそは歎きしか生きて問ふべき身にしあらねば

堪《た》へずおぼしけるにや、かき抱《いだ》きて局《つぼね》へおはしまして、寝させ給ひにけり。

八二　山横川賀能《やまのよかはのかのう》地蔵ノ事

これも今はむかし、山の[1]横川《よかは》に、[2]賀能知院《かのうちゐん》といふ僧、きはめて[3]破《は》戒無慙《かいむざん》の者にて、昼夜に仏の物を取り使ふ事をのみしけり。横川の[4]執行《しゆぎやう》にてありけり。[5]政所《まんどころ》へ行くとて、塔のもとを常に過ぎありきければ、[6]塔のもとに、古き地蔵の、物の中に捨て置きたるを、きと見奉りて、時々、

[7]衣被《きぬかぶ》りしたるをうち脱《ぬ》ぎ、頭《かしら》をかたぶけて、少し少し[8]うやまひ拝《をが》みつつ行く時もありけり。かかるほどに、かの賀能、はかなく失《う》せぬ。師の僧都、これを聞きて、「かの僧は、破戒無慙の者にて、後《ご》世《せ》さだめて地獄に堕《お》ちん事、疑ひなし」と心憂《う》がり、あはれみ給ふ事限りなし。

かかるほどに、「塔のもとの地蔵こそ、このほど見え給はね。いかなる事にか」と院内の人々言ひ合ひたり。「人の修理《すり》し奉らんとて、とり奉りたるにや」など言ひけるほどに、この僧都の夢に見給ふやう、「この地蔵の見え給はぬは、いかなる事ぞ」と尋ね給ふに、かたはらに僧ありていはく、「この地蔵菩薩、はやう賀能知院が、[9]無間《むげん》地獄に堕ちしその日、[10]やがて助けんとて、あひ具して入り給ひしなり」といふ。夢心地《ゆめごこち》にいと[11]あさましくて、「いかにして、さる罪人には具して入り給ひたるぞ」と問ひ給へば、「塔のもとを常に過ぐるに、地蔵を見遣《や》り申して、時々拝み奉りし故なり」とこた

7　外出時の婦人又は僧が、顔を隠すために用いたかつぎ。
8　「過し」と訓む説もあるが採らない。
9　八大地獄の一。五逆罪の一を犯した者がおちる。一劫の間、間断なく苦を受けるという。阿鼻地獄とも。
10　さっそく。即座に。
11　おどろいて。意外に思って。

ふ。夢覚めて後、みづから塔のもとへおはして見給ふに、地蔵、まことに見え給はず。『さは、この僧にまことに具しておはしたるにや』とおぼすほどに、その後《のち》、又、僧都の夢に見給ふやう、塔のもとにおはして見給へば、この地蔵立ち給ひたり。「これは失《う》せさせ給ひし地蔵、いかにして出《い》でき給ひたるぞ」とのたまへば、又人の言ふやう、「[12]賀能具して地獄へ入りて、助けて帰り給へるなり。されば御足の焼《や》け給へるなり」と言ふ。御足を見給へば、まことに御足黒う焼け給ひたり。夢心地に、まことにあさましき事限りなし。

さて夢覚めて、涙とまらずして、急ぎおはして、塔のもとを見給へば、[13]うつつにも、地蔵立ち給へり。御足を見れば、まことに焼け給へり。これを見給ふに、あはれにかなしき事限りなし。さて、泣く泣くこの地蔵を抱《いだ》き出《いだ》し奉り給ひてけり。「いまにおはします。二尺五寸ばかりのほどにこそ」と人は語りし。

これ語りける人は、拝み奉りけるとぞ。

12 「賀能に具して」とあるべきところ。「具して」はこの場合自動サ変、連れ立っての意。

13 現実にも。夢だけでなく、現実にもの意。

八三　広貴《ひろたか》依《リテ》二妻《ノ》訴《ヘニ》一炎魔宮へ被《ルル》レ召《サ》事

これも今はむかし、[1]藤原広貴《ふぢはらのひろたか》といふ者ありけり。死にて[2]閻魔《えんま》の庁《ちやう》に召されて、王の御前とおぼしき所に参りたるに、王のたまふやう、「汝が子を孕《はら》みて、産をしそこなひたる女、死にたり。地獄に堕《お》ちて苦を受くるに、[3]うれへ申す事のあるによりて、汝をば召したるなり。まづ、さる事あるか」と問はるれば、広貴「さる事候《さぶら》ひき」と申す。王のたまはく、「妻《め》の[4]うたへ申す心は、『われ、男に[5]具して、共に罪をつくりて、しかも、[6]かれが子を産みそこなひて、死して地獄に堕ちて、かかる堪《た》へ難《がた》き苦を受け候へども、いささかもわが後世《ごせ》をも、弔《とぶら》ひ候はず。されば、われ一人苦を受け候ふべきやうなし。広貴をも、もろともに召して、同じやうにこそ苦を受け候はめ』と申すによりて召したるなり」とのたまへば、広貴が申すや

◆第八三話——「霊異記」下、九話・「昔物語治聞集」一参照。

1 伝不詳。「霊異記」下第九話には「藤原朝臣広足」とあり、帝姫阿倍天皇（称徳）の御代の人、この事件は神護景雲二年（七六八）二月一七日、大和国菟田（うだ）郡真木原の山寺で起こったとなす。

2 地獄の王、閻魔大王の役所。ここで亡者を裁く。

3 愁訴する。

4 「うつたへ」の促音無表記。

5 夫に連れ添って。夫婦となって。

6 底本「かれが子産なひて」。古本系諸本により改め補う。

う、「このうたへ申す事、尤《もつとも》ことわりに候。おほやけわたくし、世[7]をいとなみ候ふ間《あひだ》、思ひながら後世をば弔ひ候はで、月日はかなく過ぎ候ふなり。ただし今におき候ひては、共に召されて苦を受け候ふとも、かれがために、苦のたすかるべきに候はず。されば、このたびはいとまを賜《たま》はりて、娑婆《しやば》[8]にまかり帰りて、妻のために[9]よろづを捨てて、[10]仏経を書き供養して、弔ひ候はん」と申せば、王「[11]しばし候へ」とのたまひて、[12]かれが妻を召し出《い》でて、汝が夫、広貴が申すやうを問ひ給へば、「実《まこと》に[13]経仏《きやうほとけ》をだに書き供養せんと申し候はば、とくゆるし給へ」と申す時に、又広貴を召し出《い》でて、申すままの事を仰《おほ》せ聞かせて、「さらば、このたびはまかり帰れ。たしかに、妻のために仏経を書き供養して、弔ふべきなり」とて、帰しつかはす。

広貴、かかれども、[14]『これはいづく、たれがのたまふぞ』とも知らず。ゆるされて、[15]庭を立ちて帰る道にて思ふやう、『この玉の簾《すだれ》の

7 世俗のことにかかわり合っているうちに。
8 梵語で、忍土、又は忍界と訳す。三毒諸煩悩を忍受しなければならぬ国土の意。苦界。俗世界。人間界。現世。この世。
9 万事をなげうって。余事はすべて後廻しにして。
10 仏教の経典、経文。
11 しばらく待っておれ。
12 広貴の妻を召し出して、夫広貴の意向を伝え、その上で彼女の返答を促すと、妻は申すよう。構文不整であるが、右のような意であろう。「霊異記」では、広足（広貴）の申分に対して、「妻白して言はく『実に白すが如くは云々』」とある。
13 「仏経」の誤りか。但し、諸本みなこの通り。
14 ここは一体どこで、だれが言われるのか、わからない。
15 裁きの庭。

うちに居させ給ひて、かやうにものの沙汰《さた》[16]して、われを返さるる人は、たれにかおはしますらん』といみじくおぼつかなくおぼえければ、又参りて庭に居たれば、簾の内より「あの広貴は返しつかはしたるにはあらずや。いかにして、又参りたるぞ」と問はるれば、広貴申すやう、「はからざるに、御恩をかうぶりて、帰り難き本国へ帰り候ふ事を、[17]いかにおはします人の仰せとも、え知り候はで、まかり帰り候はん事の、きはめて[18]いぶせく、口惜しく候へば、恐れながら、これを承《うけたまは》りに、又参りて候ふなり」と申せば、「汝不覚なり。[19]閻浮提《えんぶだい》にしては、われを地蔵菩薩《ぼさつ》と称す」とのたまふを聞きて、「さは、[20]炎魔王と申すは、地蔵にこそおはしましけれ。この菩薩に仕《つか》まつらば、地獄の苦をばまぬがるべきにこそあんめれ」と思ふほどに、三日といふに生き帰りて、そののち、妻のために仏経書き供養してけりとぞ。

[21]日本法華験記《にっぽんほっけげんき》に見えたるとなん。

16　裁決。命令。

17　どのようなお方の仰せとも知り得ずに。

18　気がかりで。

19　梵語。閻浮はインド・セイロンに多い高木、提は洲の義。閻浮樹の林のある洲の義。仏教の世界観では、中央に須彌山(しゅみせん)が聳え、その南に南閻浮提(南瞻部洲)があり、そこには閻浮樹が茂っている。そこが自国だと古代インド人は考えた。後、拡大されて中国・日本などをも含む人間世界、現世の意となる。

20　炎魔王が地蔵だとなす考えは「地蔵十輪経」「十王経」に見られ、わが国では平安以降のもの。

21　「大日本法華験記」「本朝法華験記」。三巻。鎮源著。長久年間(一〇四〇―一〇四四)成立。唐の義寂の「法華験記」にならい、日本の法華利益話を集録。但し、本説話はこの書には見えず、「霊異記」に見える。

八四　世尊寺《せそんじ》ニ死人ヲ掘リ出《いだ》ス事

今はむかし、[1]世尊寺といふ所は、[2]桃園《ももぞの》大納言住み給ひけるが、大将になる宣旨かうぶり給ひにければ、[3]大饗あるじの料《れう》に修理《すり》し、まづは祝《いはひ》し給ひしほどに、[4]あさてとて、にはかに失《う》せ給ひぬ。つかはれ人、みな出で散りて、北方《きたのかた》・若公《わかぎみ》ばかりなん、[5]すごくて住み給ひける。その若公は、[6]主殿頭《とのもりのかみ》[7]ちかみつといひしなり。この家を[8]一条《の》摂政殿取り給ひて、太政大臣《おほきおとど》になりて、大饗行はれける。[9]坤《ひつじさる》の角《すみ》に塚のありける、築地をつき出《いだ》して、その角は、[10]下うづがたにぞありける。殿「そこに堂を建てん。この塚をとり捨てて、その上に堂を建てん」と、定められぬれば、[11]人々も、「塚のために、いみじう功《く》徳《どく》になりぬべき事なり」と申しければ、塚を掘り崩《くづ》すに、中に石の[12]辛櫃《からびつ》あり。開《あ》けて見れば、尼の年二十五六ばかりなる、色うつくし

◆第八四話——「今昔」二七、三話・「打聞集」二五話・「富家語」一〇五話参照。

1　一条の北、大宮の西にあり、もと貞純親王（桃園親王とも。桓武帝第六皇子）の居邸。さらに代明親王、その子源保光、藤原伊尹へと伝領、行成ここに寺を創建。桃園の名は桃の木一〇〇株が植えられていたことに起因（拾芥抄中下・地名辞書）。

2　藤原師氏。延喜一三年—天禄元年（九一三—九七〇）。太政大臣忠平の四男、母は源能有女。正三位・権大納言・皇太子傅。桃園大納言・枇杷大納言と号す（分脈・補任）。但し彼が大将になったとの記録はない。

3　底本及び古本系諸本「大将」、「饗敷」と傍書。陽本により改む。任官祝賀のため客を招いて宴を催すこと。そのために。

4　明後日大饗だという日に。二日前に。

5　無人荒廃の中に。

6　主殿寮の長官。主殿寮は天皇の輿輦・湯沐、殿庭の清掃・燈燭のことを掌る。

7　「近信」の誤りか。近信は師氏の子、従四位上・主殿頭（分脈）。

うて、口びるの色など、露《つゆ》変らで、えもいはずうつくしげなる、寝入りたるやうにて臥《ふ》したり。いみじううつくしき衣《きぬ》の、色々なるをなん着たりける。若かりける者の、にはかに死にたるにや。[13]金《かね》の坏《つき》、うるはしくて据《す》ゑたりけり。入りたる物、なにもかうばしき事たぐひなし。あさましがりて、人々立ち込《こ》みて見るほどに、[14]乾《いぬゐ》の方より風吹きければ、色々なる塵《ちり》になんなりて失せにけり。金の坏よりほかの物、露とまらず。[15]「いみじき昔の人なりとも、骨髪の散るべきにあらず。かく風の吹くに、塵になりて吹き散らされぬるは、希有《けう》のものなり」と言ひて、その比《ころ》、人あさましがりける。

摂政殿、[16]いくばくもなくて失せ給ひにければ、『このたたりにや』と、人疑ひけり。

8 藤原伊尹(これまさ・これただ)。伊尹については第五一話の注参照。
9 西南。
10 「したぐつ」の音便。下沓。束帯着用の時、沓の下に用いる帛のくつした。その形をしていたの意。
11 底本「人にも」。諸本により改む。
12 「辛」は底本「唐」と傍書。脚の付いた櫃。ここは石棺。
13 金属製の食器。坏は飲食物を盛る器で、上古は土器であったが、後には金属製、木製の物も出現。
14 西北。
15 大昔の人であっても。
16 伊尹が太政大臣になったのは天禄二年(九七一)一一月二日、死亡せしは翌天禄三年一一月一日(補任)。わずか一年しかたっていない。

八五　留志《るし》長者ノ事

今は昔、天竺《てんぢく》[1]に、留志《るし》[2]長者とて、世にたのしき長者ありけり。大《おほ》方《かた》、蔵《くら》もいくらともなく持ち、たのしきが、心のくちをしくて[3]、妻《め》子《こ》にも、まして従者《ずさ》にも、物食はせ、着《き》する事なし。おのれ、物のほしければ、人にも見せず、隠して食ふほどに[4]、物の飽《あ》かず多くほしかりければ、妻に言ふやう[5]、「飯《いひ》・酒・くだ物どもなど、おほら[6]かにしてたべ。われにつきて[7]物惜《を》しみまする慳貪《けんどん》の神まつらん」と言へば、「物惜しむ[8]心失はんとする、よき事」と喜びて、色々に調《てう》じて、おほらかに取らせければ、受け取りて、『人も見ざらん所に行きて、よく食はん』と思ひて、行器《ほかゐ》[9]に入れ、瓶子《へいじ》[10]に酒入れなどして、持ちて出でぬ。

「この木のもとには烏あり」「かしこには雀あり」など選《え》りて、人

◆第八五話――「今昔」三、二三話・「古本説話」下（五六話）・「法苑珠林」七七参照。

1 インドの古称。中国や日本からみていう。

2 「今昔」及び「法苑珠林」七七所引「盧至長者経」では「盧至」（るし）の字を宛つ。

3 吝嗇で。けちで。

4 食物が無性に沢山ほしかったので。

5 陽・龍「妻子」。

6 たっぷりと用意してくれ。

7 自分について物惜しみをさせる欲深の神を祭ろう。「盧至長者経」では「慳鬼」。

8 物惜しみの心をなくしようとはよいこと。長者は物惜しみの神を祭ってますます慳貪を徹底させようとしたのに、妻はつき物を落としてかかる心をなくしようとしたものと誤解したのだ。

9 外居とも。食物を盛って運ぶ器。形円くして高く、三脚あり。

10 酒を入れる徳利。

はなれたる山の中の木の陰に、鳥《とり》獣《けもの》もなき所にて、ひとり食ひ居たる心のたのしさ、ものにも似ずして、誦《ずん》ずるやう、「[11]今曠野中《こんくわうやちゆう》、食飯飲酒大安楽《じきばんおんじゆだいあんらく》、猶過《いうくわ》[12]毘沙門天《びしやもんてん》、[13]勝天帝釈《しようてんたいしやく》」。この心は、『今日《けふ》人なき所に一人居て、物を食ひ、酒を飲む。安楽なる事、毘沙門・帝釈にもまさりたり』と言ひけるを、帝釈、きと御覧じてけり。

にくしとおぼしけるにや、留志長者が形に化《け》し給ひて、かの家におはしまして、「[14]われ、山にて、物惜しむ神をまつりたるしるしにや、その神はなれて、物の惜しからねば、かくするぞ」とて、蔵《くら》どもをあけさせて、妻子をはじめて、従者《ずさ》ども、それならぬよその人ども、修行者、乞食《こつじき》にいたるまで、宝物《たからもの》どもを取り出だして、くばり取らせければ、みなみな悦びて、分け取りけるほどにぞ、まことの長者は帰りたる。

蔵どもみなあけて、かく宝ども、みな人の取り合ひたる、あさましく、かなしさ、いはんかたなし。「いかにかくはするぞ」とののし

11 意は後文に明らか。「今昔」「我今節慶際、縦酒大歓楽、踰過毘沙門、亦勝天帝釈」。「盧至長者経」では初句「我今節慶会」。節慶とは節会のこと。

12 毘沙門天王のこと。四天王の一。多聞天、北方天とも。七宝荘厳の甲冑を帯し、須弥山の第四層にいて北方を守護し、百千の夜叉・羅刹を統領する。日本の俗では七福神の一。

13 帝釈天王のこと。第七〇話の注参照。

14 この部分、「盧至長者経」では、盧至の形と化した天帝釈が、母・妻・奴婢・眷属を集め、母の前に坐して母に言う言葉となっている。その内容は、自分のこれまでの慳惜は慳鬼のなせるわざであり、今日、一道人に会って慳鬼の呪縛を除くを得たが、件んの慳鬼は自分の形と酷似するがゆえに、後にここへ来て盧至であると詐称するはず。その時はその言葉を信ぜず、棒にて打て、とある。

れども、われとただ同じかたちの人出で来て、かくすれば、不思議なる事限りなし。「あれは変化《へんげ》の物ぞ。[15]われこそ、そよ」と言へども、聞き入るる人なし。[16]御門《みかど》にうれへ申せば、「母に問へ」と仰せあれば、母に問ふに、「人に物くるるこそ、わが子にて候《さぶら》はめ」と申せば、する方《かた》なし。「腰のほどに、[17]はわくそといふものの跡ぞ候ひし。それをしるしに御覧ぜよ」と言ふに、あけて見れば、帝釈[18]それをまなばせ給はざらんやは。二人ながら同じやうに、ものの跡あれば、力なくて、仏の御もとに、二人ながら参りたれば、その時、帝釈もとの姿になりて、御前《おまへ》におはしませば、論じ申すべき方なしと思ふほどに、仏の御力にて、やがて[19]須陀洹果《しゆだをんくわ》を証《せう》したれば、悪《あ》しき心離れたれば、物惜しむ心も失《う》せぬ。

　かやうに、帝釈は人を導《みちび》かせ給ふ事、はかりなし。[20]そぞろに、長者が財を失《うしな》はんとは、なにしにおぼしめさん。慳貪の業《ごふ》によりて、地獄に堕《お》つべきを、あはれませ給ふ御心ざしによりて、かく構《かま》へさ

15 自分こそ真物の留志長者だ。

16 帝王に愁訴したところ。

17 ほくろ、あざの類。「古本説話」「はわくそ」。「和名抄」三「黒子、和名波々久曾」。ははくろ、とも。「廬至長者経」は「児左脇下有㆓小瘡瘢㆒。猶㆓小豆許㆒。」とある。

18 それを真似なされぬことがあろうか。

19 声聞（しょうもん）四果の初位である預流果（よるくわ）の梵名。ちなみに第二位を一来果、三位を不還果（ふげんくわ）、最高の第四位を阿羅漢果という。小乗に説く悟りの四段階で、断惑の浅深により、漸次上昇する。

20 むやみやたらに。何の理由もなく。

せ給ひけるこそめでたけれ。

八六　清水寺《きよみづでら》ニ二千度参詣ノ者打チ入ルル双六《すぐろく》ニ事

今はむかし、人のもとに宮仕《みやづか》へしてあるなま[1]侍《さぶらひ》ありけり。する事のなきままに、清水[2]へ、人まねして、千度詣《まうで》[3]を二度したりけり。そののち、いくばくもなくして、主《しゆう》のもとにありける同じやうなる侍と、双六《すぐろく》[4]を打ちけるが、多く負けて、渡すべき物なかりけるに、[5]いたく責《せ》めければ、思ひわびて、「われ持ちたる物なし。ただ今たくはへたる物とては、清水に二千度参りたる事のみなんある。それを渡さん」と言ひければ、かたはらにて聞く人は、『はかるなり』[6]と、[7]をこに思ひて笑ひけるを、この勝ちたる侍、「いとよき事なり。渡さば得ん」と言ひて、「ゐながらでは[8]請《う》け取らじ。三日して、この由《よし》申して、おのれ渡す由の文《ふみ》書きて渡さばこそ、請け取ら

◆第八六話――「今昔」一六、三七話・「古本説話」下（五七話）・「昔物語治聞集」五参照。

1　年の若い未熟な侍。「なま」は下につづく名詞の属性を十分に有しない意を表す接頭語。

2　清水寺。京都の東山にある古寺。観音を祭る。第六〇話の注参照。

3　千度参詣すること。

4　インドから中国をへて日本に渡来した遊戯。盤上で二個の賽（さい）を竹筒より振り出し、その目だけ白黒各一二個の駒を進め、早く敵陣に入った方を勝ちとする。運が左右するので早くから博奕の具となり、それに伴う喧嘩口論が絶えず、刃傷に及ぶことも珍しくなかった。ために政府はしばしばこれを禁じたが、乱世にはますます盛行した。正業では生活を支えがたき世には、博奕が常に流行する。

5　相手が激しく責め立てるので、困惑したあげく。

6　謀るなり。そんなことでだますのだ。

7　ばからしく思って。

8　古・板「いな。かくては」。「今昔」「否や、かくては」。いや、この

ままでは の意。
9 肉食を断って身を清めること。
10 いっしょに連れ立って。
11 観音の御前で。
12 二千度参りの功を、双六の賭け物として某に譲り渡した。
13 獄。左右京に各一の獄があり、囚獄司（ひとやのつかさ）がこれを督し、囚獄正（ひとやのかみ）がこれを統べた。
14 生活の便宜のある妻。
15 富裕になって。
16 任官して。

め」と言ひければ、「よき事なり」と契《ちぎ》りて、その日より[9]精進《しやうじん》して、三日といひける日、「さは、いざ清水へ」と言ひければ、この負侍《まけさぶらひ》、『この痴者《しれ》に会ひたる』とをかしく思ひて、悦びて、[10]連れて参りにけり。言ふままに文書きて、[11]御前《おまへ》にて、師の僧呼びて、事の由申させて、[12]「二千度参りつる事、それがしに双六に打ち入れつ」と書き取らせければ、請《う》け取りつつ、悦びて、伏し拝《をが》みて、まかり出《い》でにけり。

そののち、いくほどなくして、この負侍、思ひかけぬ事にて捕《とら》へられて、[13]人屋《ひとや》に居にけり。取りたる侍は、思ひかけぬ[14]たよりある妻《め》まうけて、いとよく[15]徳つきて、[16]司《つかさ》などなりて、たのしくてぞありける。

「目に見えぬものなれど、まことの心をいたして請け取りければ、仏、あはれとおぼしめしたりけるなんめり」とぞ、人は言ひける。

第八六話

八七　観音経化《シテ》レ蛇《ト》輔《たすケ》レ人給《フ》事

今はむかし、[1]鷹《たか》を役《やく》にて過ぐる者ありけり。鷹の放れたるを取らんとて、飛ぶにしたがひて行きけるほどに、はるかなる山の奥の谷の片岸[2]に、高き木のあるに、鷹の巣食ひたるを見つけて、『いみじきこと見置きたる』と、うれしく思ひて、帰りてのち、『[3]今はよきほどになりぬらん』とおぼゆるほどに、「[4]子をおろさん」とて、又行きて見るに、[5]えもいはぬ深山《みやま》の、深き谷の、[6]そこゐも知らぬうへに、いみじく高き榎《え》の木《き》の、枝は谷に[7]さしおほひたるがかみに、巣を食《く》ひて、子を生みたり。鷹、巣のめぐりに、[8]しありく。見るに、えもいはずめでたき鷹にてあれば、『子もよかるらん』と思ひて、[9]よろづも知らずのぼるに、やうやう、今巣のもとにのぼらんとするほどに、踏《ふ》まへたる枝折れて、谷に落ち入りぬ。谷の片岸にさし出《い》で

◆第八七話――「古本説話」下（六四話）・「今昔」一六、六話・「日本法華験記」・「金沢文庫本観音利益集」三五・「昔物語治聞集」二参照。

1 鷹を取って売ることを専一の業とする者。
2 断崖。
3 巣の中の鷹の子がほどよく生長したであろう。
4 子を巣から取り下ろそう。
5 言語に絶する奥山。
6 「そこひ」に同じ。底も知れぬ深い谷。
7 底本「さしおほひたるかたえに」。諸本により改む。谷をおおうように伸びた枝の先に。
8 飛び廻っている。
9 万事を忘れ、無我夢中でのぼるうちに。

たる木の枝に落ちかかりて、その木の枝をとらへてありければ、生きたる心地《ここち》もせず、すべき方《かた》なし。見おろせば、そこゐも知らず深き谷なり。見あぐれば、はるかに高き岸なり。かきのぼるべき方もなし。

従者《ずさ》どもは、『谷に落ち入りぬれば、疑ひなく死ぬらん』と思ふ。『[10]さるにても、いかがあると見ん』と思ひて、[11]岸のはたへ寄りて、[12]わりなくつま立てて、おそろしけれど、わづかに見おろせば、そこゐも知らぬ谷の底に、木の葉しげくへだてたる下なれば、さらに見ゆべきやうもなし。[13]目くるめき、かなしければ、しばしもえ見ず。すべき方なければ、[14]さりとてあるべきならねば、みな家に帰りて、「かうかう」と言へば、妻子《めこ》ども、泣きまどへどもかひなし。[15]あはぬまでも見に行《ゆ》かまほしけれど、「さらに道もおぼえず。又おはしたりとも、そこゐも知らぬ谷の底にて、さばかりのぞき、よろづに見しかども、見え給はざりき」と言へば、「まことに、さぞあるら

10 それにしても御主人はどうしたか確かめよう。せめて遺骸なりと見つけようとしたもの。
11 断崖の端。
12 無理に爪先立って。「わづかに見おろせば」にかかる。「古本説話集」「わりなくつまだて丶、おそろしければ、わづかにみいるれど」。
13 目が暗み。目まいがし。
14 といって、いつまでもここに留まっているべきでもないので。
15 本人の姿（遺骸）を発見はできぬまでも、せめてその最期の場所へ行って見たいとは思ったけれど。下文「行かずなりぬ」につづく。

ん」と人々も言へば、行かずなりぬ。

さて[16]谷には、すべき方なくて、石の[17]そばの、[18]折《を》敷《しき》のひろさにて、さし出《い》でたるかたそばに尻《しり》をかけて、木の枝をとらへて、すこしも身じろぐべき方なし。[19]いささかもはたらかば、谷に落ち入りぬべし。いかにもいかにも、せんかたなし。かく鷹飼《たかがひ》を役《やく》にて世を過《す》ぐせど、幼くより[20]観音経を読み奉り、たもち奉りたりければ、『助け給へ』と思ひ入りて、ひとへに憑《たの》み奉りて、この経を夜昼《よるひる》、いくらともなく読み奉る。[21]「弘誓深如海《ぐぜいしんにょかい》」とあるわたりを読むほどに、谷の底の方《かた》より、物のそよそよと来る心地《ここち》のすれば、『何にかあらん』と思ひて、[22]やをら見れば、えもいはず大きなる[23]蛇《くちなは》なりけり。長さ二丈ばかりもあるらんと見ゆるが、[24]さしにさして這《は》ひ来れば、『「われは、この蛇に食はれなんずるなめり」と[25]。かなしきわざかな。「観音助け給へ」とこそ思ひつれ。こはいかにしつる事ぞ』と思ひて、念《ねん》じ入りてあるほどに、ただ来に来て、わがひざのもとを過ぐ

16 谷に落ちた鷹取りの方では。
17 かど。稜。
18 へぎで作った角盆。
19 少しでも身動きしたら、谷底に墜落してしまうだろう。
20 「法華経」巻八、観世音菩薩普門品第二五の別称。観世音菩薩の功徳利益を説く。
21 「普門品」の偈（げ）の句。「弘誓深きこと海の如し」の意。弘誓とは、弘く衆生を救済せんとする観世音菩薩の誓願。「汝聴観音行。善応諸方所。弘誓深如海。歴劫不思議。侍多千億仏。発大清浄願」とある中の一句。
22 おもむろに。
23 「蛇、和名倍美、一云久知奈波、日本紀私記云乎呂知、毒虫也」（和名抄一九）。
24 「指しに指して」。ひたすらこちらへ向かって。
25 「と」衍字かとなす説あれど、諸本このとおりであり、説話集にはしばしば見受ける書き方でもある。ここで一息入れて、又次文につづく書き方。直接には下文「思ひて」につづく。つまり「思ひて」は、この「と」と、「こはいかにしつる事ぞと」の「と」と二つを受ける。

れど、われを呑《の》まんとさらにせず。ただ谷より上ざまへ登らんとする気色《けしき》なれば、『いかがせん。ただこれに取り付きたらば、登りなんかし』と思ふ心つきて、腰の刀を[26]やはら抜きて、この蛇の背中に突き立てて、それにすがりて、蛇の行くままに引かれて行けば、谷より岸の上ざまに、こそこそと登りぬ。その折り、この男離れて退《の》くに、刀を取らんとすれど、強く突《つ》き立てにければ、え抜かぬほどに、[27]引きはづして、背に刀さしながら、蛇は、[28]こそろと渡りて、むかひの谷に渡りぬ。この男、うれしと思ひて、家へ急ぎて行かんとすれど、この二三日、いささか身をもはたらかさず、物も食はず過《すご》したれば、かげのやうに痩《や》せさらぼひつつ、[29]かつがつと、やうやうにして家に行き着きぬ。

さて家には、「今はいかがせん」とて、跡弔《あとと》ふべき経仏《きやうほとけ》のいとなみなどしけるに、かく思ひがけず[30]よろぼひ来たれば、驚き泣きさわぐ事限りなし。「かうかうの事」と語りて、「観音の御助けにて、か

26 「やをら」に同じ。おもむろに。

27 主語は「蛇」。蛇は男を背中から振り落として。

28 こそこそと。擬音詞。「ろ」は接尾語。「こほろと鳴りて」(今昔二七、一四話)など類似の用例がある。

29 ようやく。かろうじて。

30 よろよろと衰弱しつつも姿を現したので。

く生きたるぞ」と、あさましかりつる事ども、泣く泣く語りて、物など食ひて、その夜はやすみて、つとめて、疾《と》く起きて、手洗ひて、いつも読み奉る経を読まんとて引きあけたれば、あの谷にて、蛇の背に突き立てし刀、この御経に「弘誓深如海」の所に立ちたり。見るに、いとあさましなどはおろかなり。『こは、この経の、蛇に変《へん》じて、われを助けおはしましけり』と思ふに、あはれに尊《たふと》く、か[31]なし、いみじと思ふ事限りなし。そのあたりの人々、これを聞きて、[32]見あさみけり。

今さら申すべき事ならねど、観音を憑《たの》み奉《たてまつ》らんに、そのしるしなしといふ事はあるまじき事なり。

八八　自《り》賀《か》茂社《ものやしろ》御《ご》幣紙《へいがみ》米《よね》等《など》給フ事

今はむかし、[1]比叡山《ひえのやま》に僧ありけり。いと貧《まづ》しかりけるが、[2]鞍馬《くらま》に

31 感動に胸がせつなく覚えるほどであった。「古本説話」「かなしういみじとおぼゆること、かぎりなし」。

32 見て驚嘆した。

◆第八八話――「古本説話」下（六六話）参照。

1 第一二話の注参照。

2 鞍馬寺。京都市左京区鞍馬山の半腹にあり、延暦一五年（七九六）、藤原伊勢人創建、毘沙門天を祭る。延喜中、峰延中興。天台宗。しばしば炎上。京都人の信仰が厚い。

七日参りけり。『夢[3]などや見ゆる』とて参りけれど、見えざりければ、今七日とて参れども、なほ見えねば、七日をのべして、百日参りけり。その百日といふ夜の夢に、「われは、え知らず。清水[4]《きよみつ》へ参れ」と仰せらるると見ければ、明くる日より、又清水へ百日参るに、又「われは、えこそ知らね。賀茂[5]に参りて申せ」と夢に見てければ、又賀茂に参る。七日と思へども、例の夢見んと参るほどに、百日といふ夜の夢に、「わ僧[6]がかく参る、いとほしければ、御幣紙[7]《ごへいがみ》、うちまき[8]の米《よね》ほどの物、たしかに取らせん」と仰せらるると見て、うち驚き[9]たる心地、いと心憂《う》く、あはれにかなし。『所々参りありきつるに、ありありて[10]、かく仰せらるるよ。うちまきのかはりばかり給はりて、何にかはせん。われ山へ帰りのぼらむも、人目はづかし。賀茂川[11]にや落ち入りなまし』など思へど、又さすがに、身をもえ投げず。『いかやうにはからはせ給ふべきにか』と、ゆかしき[12]かたもあれば、もとの山の坊に帰りてゐたるほどに、

3 夢などに仏の示現があるかと。
4 清水寺。第六〇話の注参照。
5 賀茂神社。第六四話の注参照。賀茂氏の祖神なので、その森を糺御祖森(ただすみおやのもり)という。伊勢・石清水とともに日本の三社と仰がる。
6 名詞・代名詞に冠してその者を親しんでいう対称代名詞。
7 御幣を作る紙。神に捧げる幣は、初め木綿(ゆう)・麻をそのまま用いたが、後に布・帛に、さらに紙になった。
8 魔除けのために米をまき散らすこと。またその米。
9 目がさめた心地。
10 あげくの果てに。
11 京都市の東を南北に貫流する川。左京区雲が畑に発し、上賀茂社の西を過ぎ、下賀茂社の南で高野川を合し、鳥羽で桂川に合流、末は淀河となって大阪湾に注ぐ。
12 行く末を確かめたいという気もあるので。

第八八話

知りたる所より、「もの申し候はん」[13]と言ふ人あり。「たそ」とて見れば、[14]白き長櫃《ながひつ》をになひて、縁《えん》に置きて帰りぬ。いとあやしく思ひて、使《つかひ》を尋《たづ》ぬれど、[15]大かたなし。これをあけて見れば、白き米《よね》とよき紙とを[16]一《ひと》長櫃入れたり。これは見し夢のままなりけり。[17]『さりともとこそ思ひつれ。こればかりをまことに賜《た》びたる』と、いと心憂く思へど、いかがはせんとて、この米をよろづに使ふに、ただ同じ多さにて、尽《つ》くる事なし。紙も同じごと使へど、失《う》する事なくて、いと[18]べちにきらきらしからねど、いとたのしき法師になりてぞありける。

なほ心長くもの詣《まう》ではすべきなり。

八九　信濃国筑摩湯《つくまのゆ》ニ観音沐浴《もくよく》ノ事

今はむかし、信濃国《しなののくに》に、[1]筑摩《つくま》の湯といふ所に、よろづの人の浴《あ》み

13 来訪を告げる言葉で、「ごめん下さい」に当たる。
14 白木作りの新しい長びつ。長びつは長方形の箱で、下に脚がついており、衣服などを入れる。
15 全然姿が見えない。「大方」は下に打消しを伴う。
16 長びつに一杯。
17 それでも少しはましな物を下さるかと期待していたのに。
18 格別に豪勢というほどではないが、富裕な法師の身となった。

◆**第八九話**――「古本説話」下（六九話）・「今昔」一九、一一話参照。
1 東筑摩郡山辺村湯之原（現在は松本市里山辺湯之原）の白糸温泉。塩類泉。古より著聞し、「天武紀」「後拾遺」「夫木」等にその名見ゆ。

ける薬湯《くすりゆ》あり。そのわたりなる人の夢に見るやう、「あすの午《うま》の時に、[2]観音湯浴《あ》み給ふべし」といふ。「いかやうにてかおはしまさんずる」と問ふに、いらふるやう、「年三十ばかりの男の、ひげ黒きが、[3]綾藺笠《あやゐがさ》きて、[4]節黒《ふしぐろ》なる胡籙《やなぐひ》、[5]皮まきたる弓持ちて、紺の[6]襖《あを》着たるが、[7]夏毛の行縢《むかばき》はきて、[8]葦毛《あしげ》の馬に乗りてなん来《く》べき。それを観音と知り奉るべし」と言ふと見て夢覚《さ》めぬ。驚きて、夜あけて人々に告《つ》げまはしければ、人々聞きつぎて、その湯に集まる事限りなし。湯をかへ、めぐりを掃除し、[9]注連《しめ》を引き、花香を奉りて、居集まりて待ち奉る。

やうやう午《うま》の時過ぎ、[10]未《ひつじ》になるほどに、ただこの夢に見えつるに露たがはず見ゆる男の、顔よりはじめ、着たる物、馬、なにかにいたるまで、夢に見しにたがはず。よろづの人、にはかに立ちて額《ぬか》をつく。この男、おほいに驚きて、心もえざりければ、よろづの人に問へども、ただ拝《をが》みに拝みて、[11]その事と言ふ人なし。僧のありける

2 第八七話の注参照。

3 藺草を綾に編んで作った被り笠。武士の遠行・狩猟・やぶさめなどに用いた。

4 矢がらの節を黒漆で塗った矢を入れた器。

5 握り皮を巻いた弓。

6 もと武官の制服であったが、転じて袷の衣、又狩衣をもいう。ここは狩衣。「今昔」「水干」。

7 白い斑点の浮き出て見える鹿の夏毛で作った行縢。行縢は騎馬の時、腰に付けて脚や袴の前面を被う物。虎・鹿・熊などの毛皮で作る。

8 白毛に黒毛や他の色の差し毛のある馬。

9 しめなわ。地域を限るための目じるしのなわ。神前では不浄を排除して入れぬために張る。

10 午後二時。

11 理由を説明してくれる人がない。

第八九話

が、手をすりて、額《ひたひ》にあてて、拝み入りたるがもとへ寄りて、「こはいかなる事ぞ。おのれを見て、かやうに拝み給ふは」と、[12]こなまりたる声にて問ふ。この僧、人の夢に見えけるやうを語る時、この男言ふやう、「おのれは、[13]さいつころ、狩をして馬より落ちて、右のかひなをうち折りたれば、それを[14]ゆでんとて、まうできたるなり」と言ひて、[15]と行きかう行きするほどに、人々、尻に立ちて、拝みののしる。

男[16]しわびて、『わが身は、さは観音にこそありけれ。[17]ここは法師になりなん』と思ひて、[18]弓・胡簶・太刀《たち》・刀《かたな》切り捨てて、法師になりぬ。かくなるを見て、よろづの人、泣きあはれがる。

さて、見知りたる人出で来て言ふやう、「あはれ、かれは[19]上野《かんづけ》の国におはする[20]ばとう主《ぬし》にこそいましけれ」と言ふを聞きて、これが名をば、[21]馬頭観音とぞ言ひける。

法師になりてのち、[22]横《よ》川《かは》にのぼりて、[23]かてう僧都の弟子になり

12 「今昔」「古本説話」ともに「よこなまりたる」とあるが正しかろう。「よ」脱か。訛りのある田舎声。
13 さきごろ。
14 湯治しよう。
15 辺りを徘徊すると。
16 困惑して。処置に窮して。
17 「同じくは」(今昔)とあるが正しかろう。「古本説話」は「ことは」。
18 「今昔」「弓箭を弃てて、兵杖を投げて、忽ちに髻を切りて法師となりぬ」とあるのが明白。
19 今の群馬県。
20 「今昔」「王藤大王」、「古本説話」「わとうぬし」。「わ」が「は」に誤またれ、さらに「馬頭観音」に連想されたものか。
21 六観音の一。馬頭の宝冠をいただき、忿怒の相をなす。
22 比叡山三塔の一。第八二話の注参照。
23 「古本説話」これと同じだが、「今昔」は「覚朝僧都」。覚朝は覚超のことかという。覚超は巨勢氏、和泉

て、横川に住みけり。そののちは、土佐国《とさのくに》に往《い》にけりとなむ。

九〇　帽子《ぼうしの》叟《そう》与《と》二孔子一問答ノ事

いまは昔、もろこしに孔子[1]、林の中の岡だちたるやうなる所に、逍遙《せうえう》[2]し給ふ。われは琴をひき、弟子どもはふみを読む。ここに、舟に乗りたる叟《そう》[3]の帽子《ぼうし》したるが、舟を蘆《あし》につなぎて、陸《くが》にのぼり、杖をつきて、琴の調べの終るを聞く。人々『あやしき者かな』と思へり。この翁、孔子の弟子どもを招く[4]に、ひとりの弟子、招かれて寄りぬ。叟いはく、「この琴ひき給ふはたれぞ。もし国の王か」と問ふ。「さもあらず」と言ふ。「さは、国の大臣か」、「それにもあらず」。「さは、国の司《つかさ》[5]か」、「それにもあらず」。「さは、なにぞ」と問ふに、「ただ国のかしこき人として政《まつりごと》をし、悪《あ》しき事を直し給ふかしこき人なり」と答ふ。翁、あざ笑ひて、「いみじき[6]痴《しれ》者か

国大鳥郡の人。幼にして叡山に上り慈慧の門人となり、又源信にも兄事。長元七年（一〇三四）没、七五歳（僧綱補任・元亨釈書）。

◆第九〇話——「今昔」一〇、一〇話・「荘子」六、漁父編・「淮南子」九、主述訓参照。

1 中国春秋時代の学者・思想家。儒家の祖。前五五二—前四七九。名は丘、字は仲尼。魯の昌平郷陬邑(すうゆう、今の山東省曲阜）に生まれ、古来の思想を大成して仁を理想の道徳とした。魯に仕えたが容れられず、諸国を周遊、治国の道を説くこと三〇年、用いられず、教育と著述に従う。弟子三〇〇〇人、その言行は「論語」に見られる。文宣王と諡（おくりな）した。

2 ぶらぶら歩く。

3 老人。「今昔」「翁」、「荘子」「漁夫」。

4 「荘子」では子貢・子路の二人が招かれ、二人が交々答えた、とある。

5 官吏、役人。

6 大変なばか者だ。「今昔」「これ、極めたる嗚呼の人也」。

な」と言ひて去りぬ。

御弟子、不思議に思ひて、聞きしままに語る。孔子聞きて、「かしこき人にこそあなれ。とく呼び奉れ」。[7]御弟子、走りて、いま舟漕《こ》ぎ出《い》づるを呼び返す。呼ばれて、出で来たり。孔子のたまはく、「なにわざし給ふ人ぞ」。叟のいはく、「[8]させるものにも侍らず。ただ舟に乗りて、[9]心をゆかさんがために、まかりありくなり。君は又なに人ぞ」「世の政を直さんためにまかりありく人なり」。叟のいはく、「[10]きはまりてはかなき人にこそ。[11]世に影を厭《いと》ふ者あり。[12]晴《はれ》に出でて、離れんと走る時、影離るる事なし。[13]陰《かげ》に居て、心のどかにをらば、影離れぬべきに、さはせずして、晴に出でて離れんとする時には、力こそつくれ、影は離るる事なし。又犬の屍《しかばね》の、水に流れてくだる、これを取らんと走る者は、水に溺《おぼ》れて死ぬ。かくのごとくの[14]無益《むやく》の事をせらるるなり。ただ、[15]しかるべき居所をしめて、一生を送られん、これ今生《こんじやう》の望《のぞ》みなり。この事をせずして、心を世に

7 「荘子」では子貢が孔子に報じたとある。
8 大した者ではありません。
9 気晴らしをするために。
10 まことにつまらぬ人だな。
11 以下、「荘子」巻六、漁父編には「人有二畏レ影悪レ迹而去レ之走者一。挙レ足愈数而迹愈多。走愈疾而影不レ離レ身。自以為尚遅。疾走不レ休絶レ力而死。不レ知二処レ陰以休レ影。処レ静以息レ迹。愚亦甚矣」とある。又、この前に漁父が人間の八疵四患を説く問答がある。
12 日の当たっている処。
13 日の当たっていない処。
14 役に立たぬこと。
15 適当な住居を見つけて、そこで一生を送るのが今生の望みだ。

染《そ》めて、さわがるる事は、きはめてはかなき事なり」と言ひて、返答も聞かで帰り行き、舟に乗りて漕ぎ出でぬ。孔子、そのうしろを見て、二度《たび》拝《をが》みて、棹《さを》の音せぬまで、拝み入りて居給へり。音せずなりてなん、車に乗りて帰り給ひにける由《よし》、[16]人の語りしなり。

九一　僧伽多《きやた》行ク二羅刹国《らせつのくに》ニ一事

むかし、[1]天竺《てんぢく》に、[2]僧伽多といふ人あり。五百人の商人《あきびと》を船に乗せて、[3]かねの津へ行くに、にはかに悪《あ》しき風吹きて、船を南の方《かた》へ吹きもてゆく事、矢を射るがごとし。知らぬ[4]世界に吹き寄せられて、[5]陸《くが》に寄りたるをかしこき事にして、[6]左右《さう》なく、みなまどひおりぬ。しばしばかりありて、いみじく[7]をかしげなる女房十人ばかり出《い》で来て、歌をうたひてわたる。知らぬ世界に来て、心細くおぼえつるに、かかるめでたき女どもを見つけて、悦《よろこ》びて呼び寄す。呼ばれて

16 「今昔」はこの後に「この翁の名をば栄啓期（やうけいご）となむ云ひけると人の語り伝へたるとや」とある。栄啓期は「淮南子」巻九、主術訓に見えて、孔子と問答する人物で、この話が「荘子」のそれと合体したものと考えられる。

◆第九一話――「今昔」五、一話・「大唐西域記」一一・「法苑珠林」三一・「経律異相」四三参照。

1 インドの古名。
2 「今昔」「大唐西域記」は「僧伽羅」。「西域記」は瞻部（せんぶ）洲の大商主「僧伽」の子となす。
3 金銀財宝の充ちている国の港の意か。「今昔」は「財を求めむがために南海に出でて行くに」、「西域記」は「宝洲」となす。
4 土地。地方。
5 陸地に着いたのを幸いとして。
6 ためらうことなく。
7 美しい女。

寄り来ぬ。近まさり[8]して、らうたき事、ものにも似ず。五百人の商人、目をつけて、めでたがる事限りなし。

商人、女に問ひていはく、「われら、宝《たから》を求めむために出《い》でにしに、悪しき風にあひて、知らぬ世界に来たり。堪《た》へ難く思ふあひだに、[9]人々の御ありさまを見るに、愁《うれ》ひの心みな失せぬ。今はすみやかに具《ぐ》しておはして、われらを養ひ給へ。舟はみな損じたれば、帰るべきやうなし」と言へば、この女ども、「さらば、[10]いざさせ給へ」と言ひて、前《さき》に立ちて導《みちび》きて行く。家に来着きてみれば、白く高き[11]築地《ついぢ》を遠く築《つ》きまはして、門《かど》をいかめしくたてたり。その内《うち》に具して入りぬ。門の錠《じやう》をやがてさしつ。内に入りてみれば、さまざまの屋ども、[12]隔《へだ》て隔て作りたり。男《をとこ》一人もなし。

さて、商人ども、みなとりどりに妻《め》にして住む。[13]かたみに思ひ合ふ事限りなし。[14]片時《へんし》も離るべき心地せずして住む間《あひだ》、この女、日ごとに昼寝《ひるね》をする事久し。顔、をかしげながら、寝入る度《たび》に、少し[15]気《け》

8 近くで見るほど美しさが増し。
9 あなた方の。
10 さあ、いらっしゃい。
11 土塀。
12 各部屋を区切って造ってある。
13 互いに愛し合うことこの上もなかった。
14 しばらくの間も。
15 無気味に。何となくうとましいこと。

疎《うと》く見ゆ。僧伽多、この気疎きを見て、心得ず、あやしくおぼえければ、やはら起きて、方々《かたがた》を見れば、さまざまの隔《へだ》て隔てあり。ここに、ひとつ[16]の隔てあり。築地を高く築《つ》きめぐらしたり。戸に錠を強くさせり。[17]そばよりのぼりて内を見れば、人多くあり。あるひは死に、あるひは[18]によぶ声す。又、白き屍《かばね》、赤き屍多くあり。僧伽多、ひとりの生きたる人を招き寄せて、「これは、いかなる人の、かくてはあるぞ」と問ふに、答へていはく、「われは[19]南天竺《なんてんぢく》の者なり。商ひのために、海をありきしに、悪しき風にはなたれて、この嶋に来たれば、世にめでたげなる女どもにたばかられて、帰らん事も忘れて住むほどに、生みと生む子は、みな女なり。限りなく思ひて住むほどに、又異商人《ことあきびと》舟寄り来《き》ぬれば、もとの男をば、かくのごとくして、日の食に[20]あつるなり。御身どもも、又舟来なば、かかる目をこそは見給はめ。いかにもして、とくとく逃げ給へ。この鬼は、[21]昼三《み》時《とき》ばかりは、昼寝をするなり。その間によく逃げば逃げつ

16 「の」底本なし。諸本により補う。
17 稜。かど。
18 底本「にょうばう声」。諸本により改む。「によぶ」はうめくの意。
19 五天竺の一。古代インドは東西南北中の五天竺、一六国に分かれていた。
20 底本「あつかるなり」。諸本により改む。
21 六時間。一時は今の二時間にあたる。

第九一話

べきなり。この籠《こ》められたる四方は、鉄《くろがね》にてかためたり。その上、[22]よをろ筋《すぢ》を断たれたれば、逃ぐべきやうなし」と泣く泣く言ひければ、「あやしとは思ひつるに」とて、帰りて、残りの商人どもに、この由《よし》を語るに、みなあきれまどひて、女の寝たるひまに、僧伽多をはじめとして、浜へみな行きぬ。

はるかに[23]補陀落世界《ふだらくせかい》の方《かた》へ向《むか》ひて、もろともに声をあげて、[24]観音を念じけるに、沖の方より、大きなる白馬、浪《なみ》の上を游《およ》ぎて、商人らが前に来て、うつぶしに伏《ふ》しぬ。『これ、念じ参らするしなり』と思ひて、ある限り、みなとりつきて乗りぬ。

さて、女どもは、寝起きて見るに、男ども一人もなし。「逃げぬるにこそ」とて、ある限り、浜へ出でて見れば、男、みな、[25]葦毛《あしげ》なる馬に乗りて海を渡りて行く。女ども、たちまちに、長《たけ》一丈ばかりの鬼になりて、四五十丈高く躍《をど》り上《あが》りて、叫びののしるに、この商人の中に、[26]女の、世にありがたかりし事を思ひ出《い》づる者一人ありけ

22 ひかがみの筋。「よをろ」は「よぼろ」に同じく、膝の後ろのくぼんでいる所、座る時に屈む所。

23 光明山、又は海鳥山と訳す。古代インドの南岸にあり、八角形を成す山。観世音菩薩の住所という。

24 観世音菩薩。「今昔」もともに観音の霊験説話となしているが、「西域記」では観音は登場せず、僧伽羅は釈迦如来の前身となして本生説話となっている。したがってこの部分も、僧伽羅がよぼろ筋を断たれた男から、海浜に一天馬があり、至誠をこめて祈請すれば必ず救ってくれるとの話を聞いて、仲間とともに祈って天馬の救助を得たことになっている。

25 馬の毛色。白毛に黒その他の差し毛のある馬。

26 女のたぐいまれな美貌を思い出した者が一人あったが。女の色香への未練の断ち切れぬ者。

るが、とりはづして、海に落ち入りぬ。[27]羅刹《らせつ》、[28]奪《ば》ひしらがひて、これを破り食ひけり。

さて、この馬は、南天竺の西の浜に到りて伏せりぬ。商人ども、悦びておりぬ。その馬、かき消《け》つやうに失せぬ。僧伽多、深く恐ろしと思ひて、この国に来てのち、この事を人に語らず。

二年をへて、この羅刹女の中に、僧伽多が妻《め》にてありしが、[29]僧伽多が家に来《きた》りぬ。見しよりも、なほいみじくめでたくなりて、いはんかたなく美し。僧伽多に言ふやう、「君をば、さるべき昔の契《ちぎ》りにや、ことにむつまじく思ひしに、かく捨てて逃げ給へるは、いかにおぼすにか。わが国には、かかるものの、時々出で来て、人を食ふなり。されば、錠《ぢやう》をよくさし、築地を高く築《つ》きたるなり。それに、かく人の多く浜に出でて、ののしる声を聞きて、かの鬼ども来て、怒《いか》れるさまを見せて侍りしなり。[30]あへてわれらがしわざにあらず。帰り給ひて後、あまりに恋しく、かなし[31]〔くおぼえて。[32]殿《との》は

27 梵語。可畏・暴悪・護者と訳す。悪鬼の総名。脚速く大力で、人を魅惑し、或いは人を食うという。夜叉とともに毘沙門天の眷属とされる。

28 先を争って奪い合い。「奪、バフ」(名義抄)。

29 「西域記」では、かの五百の商人は羅刹女との間に各一子をもうけており、商人たちが逃げた後、羅刹女らは子を連れて瞻部洲へ来り、妖媚をほしいままにして商人らの心を捕らえ、相たずさえて宝洲へ帰ったが、ひとり僧伽羅の妻となった羅刹女王のみは誘惑に成功しなかったので、仲間の羅刹女からその無智無策を笑われた。そこで、二人の中に成した一子を同伴して再び僧伽羅の家へ来、色と情とによって誘惑したが、男の意志が固く、やむなく羅刹女はまず僧伽羅の父(僧伽)に事情を訴え、これも結局不成功に終わったので国王に訴えた、とある。

30 決して私たちのしたことではありません。うそを言ってたぶらかそうとしたもの。

31 「くおぼえて。殿は同じ」底本欠、諸本により補う。

32 殿は(私が殿を愛するように)私を愛しては下さらぬのですか。

同じ」心にもおぼさぬにや」とて、さめざめと泣く。[33]おぼろげの人の心には、さもやと思ひぬべし。されども、僧伽多、大いに瞋《いか》りて、太刀《たち》を抜きて殺さんとす。限りなく恨《うら》みて、僧伽多が家を出でて、[34]内裏《だいり》に参りて申すやう、「僧伽多は、わが年比《としごろ》の夫なり。それに、われを捨てて、[35]住まぬ事は、たれにかは訴《うた》へ申し候はん。帝《みか》王《ど》、[36]これをことわり給へ」と申すに、公卿《くぎやう》・殿上人《てんじやうびと》、これを見て、限りなくめでまどはぬ人なし。御門《みかど》、きこしめして、のぞきて御覧ずるに、いはん方なく美し。[37]そこばくの女御《にようご》・后《きさき》を御覧じくらぶるに、みな土塊《つちくれ》のごとし。これは玉のごとし。[38]『かかる者にすまぬ僧伽多が心、[39]いかなるらん』とおぼしめしければ、僧伽多を召して、問はせ給ふに、僧伽多申すやう、「これは、さらに御内《みうち》へ[40]入《いれ》みるべきものにあらず。かへすがへす恐ろしきものなり。[41]ゆゆしき僻《ひが》事出で来候《さぶら》はんずる」と申して出でぬ。

御門、この由きこしめして、「この僧伽多は、言ふ甲斐《かひ》なき者か

33 普通の人（性根のすわっていない人）なら、なるほどと思うであろう。
34 「内裏」以下「帝王」「公卿・殿上人」「女御・后」「蔵人」など、みな日本化した名称を用いているに注意。外国説話の日本化の一例。
35 夫婦生活をしないことは。
36 裁断して下さい。理非曲直を明らかにして下さい。
37 多くの。大勢の。
38 こんな美人を妻としない僧伽多の心。
39 諸本「いかならん」。
40 陽・龍・名「入らる」とあるに従うべきか。
41 不吉な変事が出来（しゅったい）いたすでしょう。

42 日本では蔵人所の役人で、天皇の側近に仕え、御衣・御膳の奉仕から伝宣・進奏など、殿上の雑務にたずさわった者をさすが、ここでは国王の侍臣を日本化して呼んだもの。

43 政務をも執られない。「新釈」指摘の如く、長恨歌の「春宵苦レ短日高起。従レ此君王不二早朝一」の一文が下敷きにされていよう。

44 格子は古代建築の建具の一。古くは竹、後には細い角材を縦横に組み合わせて作ったもの。柱と柱との間にはめ、上下二枚にして下なるは立てておき、上なるを釣り上げる。それが「いまだあがらぬほど」とは、上下の格子が下ろされたまま、つまり夜の装置のままになっていることをさす。これも日本化した形容。

45 帝王の夜の寝室。

46 目付きも変わって。

47 四辺を見廻して。

48 とばり。ここはとばりを垂れた御帳台。すべて日本風に清涼殿が作者の頭の中にあるので、ここは清涼殿の夜御殿の御帳台を想定せるもの。

な。よしよし、うしろの方より入れよ」と、蔵人《くらうど》[42]して、仰せられければ、夕暮れ方に参らせつ。御門、近く召して御覧ずるに、けはひ・姿・みめありさま、かうばしくなつかしき事限りなし。さて、ふたり臥《ふ》させ給ひて後、二三日まで起き上《あが》り給はず。世の政《まつりごと》[43]をもしらせ給はず。僧伽多、参りて、「ゆゆしき事出で来たりなんず。あさましきわざかな。これは、すみやかに殺され給ひぬる」と申せども、耳に聞き入るる人なし。かくて、三日になりぬる朝《あした》、御格子《みかうし》[44]もいまだあがらぬほどに、この女、夜《よる》[45]の御殿《おとど》より出でて、立てるを見れば、まみ[46]も変りて、世に恐ろしげなり。口に血つきたり。しばし、世の中[47]を見まはして、軒《のき》より飛ぶがごとくして雲に入りて失《う》せぬ。人々、この由を申さんとて、夜の御殿《おとど》に参りたれば、御帳《みちやう》[48]の中より血流れたり。あやしみて、御帳の内を見れば、赤き頭《かうべ》一つ残れり。そのほかは物なし。さて、宮の内、ののしる事、たとへん方なし。臣下男女、泣きかなしむ事限りなし。

第九一話

御子の春宮《とうぐう》、やがて位につき給ひぬ。僧伽多を召して、事の次第《しだい》を召し問はるるに、僧伽多申すやう、「さ候へばこそ、かかるものにて候へば、速《すみや》かに追ひ出ださるべき由を申し候ひつるなり。今は宣旨《せんじ》をかうぶりて、これを討《う》ちて参らせむ」と申すに、「申さんままに、仰せたぶべし」とありければ、剣《つるぎ》[49]の太刀佩《は》きて候はん兵《つはもの》[50]百人、弓矢帯《たい》したる百人、早船[51]に乗せて出だしたてらるべし」と申しければ、そのままに出だしたてられぬ。僧伽多、この軍《いくさ》を具して、かの羅刹の嶋へ漕《こ》ぎ行きつつ、まづ商人のやうなる者を十人ばかり、浜におろしたるに、例のごとく、玉の女ども、歌をうたひて来て、商人をいざなひて、女の城へ入りぬ。その尻《しり》に立ちて、二百人の兵《つはもの》、乱《みだ》れ入りて、この女どもをうち切り、射《い》るに、しばしは恨みたるさまにて、あはれげなるけしきを見せけれども、僧伽多、おほきなる声を放《はな》ちて、走りまはりて、掟《おき》[52]てければ、その時に、鬼の姿になりて、大口をあきてかかりけれども、太刀にて頭《かうべ》を割り、足

49　両刃の太刀。「和名抄」一三「似レ刀而両刃曰レ剣、今案僧家所持是也」とある。

50　「今昔」は「万人」。次の「百人」も同じ。なお「西域記」では、かの羅刹女王は王宮に入った後、夜ひそかに宝洲へ飛び帰り、仲間の五百人の羅刹女を同伴して王宮に至り、宮中の人畜をすべて殺害、肉を食らい血を飲み、余った屍骸は宝洲へ持ち帰った。そこで群臣は僧伽羅を推して王となした。新王は兵を発して宝洲を遠征することになっている。

51　船脚の早い軽舟。軍船として用いられた。

52　采配を振るったので。命令したので。指揮をしたので。

手をうち切りなどしければ、空を飛びて逃ぐるをば、弓にて射おとしつ。一人も残る者なし。家には火をかけて焼き払ひつ。むなしき国となしはてつ。さて、帰りて、おほやけにこの由を申しければ、僧伽多にやがてこの国を賜《た》びつ。二百[53]人の軍を具して、その国にぞ住みける。いみじくたのしかりけり。

今は、僧伽多[54]が子孫、かの国の主《しゅう》にてありとなん、申しつたへたる。

九二 五色ノ鹿ノ事

これもむかし、天竺《てんぢく》に、身の色は五色[1]にて、角《つの》の色は白き鹿《かせき》一つありけり。深き山にのみ住みて、人に知られず。その山のほとりに大きなる川[2]あり。その山に、又烏《からす》あり。このかせき[3]を友として過す。

53 「今昔」は「二万」。

54 「西域記」では、こうして羅刹女どもを滅ぼした僧伽羅は、そこに捕らわれていた商人たちを救出し、そこに蓄えられていた多くの財宝を獲得する。その後、本国の人々を招募して移住させ、都を建設し、村を作り、国となした。新国は王の名にちなんで僧伽羅国と命名した。この僧伽羅こそ釈迦如来の本生であると語る。僧伽羅国は別名師子国、今のセイロン島。

◆第九二話――「今昔」五、一八話・「法苑珠林」五〇参照。

1 「今昔」並びに「法苑珠林」巻五〇所引「九色鹿経」は「九色」。

2 「九色鹿経」は「殑伽河」。

3 鹿のこと。鹿はシカの外、カ(和名抄)、カセキ・カノシシ(字類抄)ともいう。

ある時、この川に男一人流れて、すでに死なんとす。「[4]われを人助けよ」と叫ぶに、このかせき、この叫ぶ声を聞きて、悲しみに堪《た》へずして、川をおよぎよりて、この男を助けてけり。男、命の生きぬる事を悦《よろこ》びて、手をすりて、鹿に向かひていはく、「何事をもちてか、この恩を[5]報《むく》ひ奉るべき」と言ふ。かせきのいはく、「何事をもちてか、恩をば報はん。ただ、この山にわれありといふ事を、ゆめゆめ人に語るべからず。わが身の色、五色なり。人知りなば、皮を取らんとて、必ず殺されなむ。この事を恐るるによりて、かかる深山《みやま》に隠れて、[6]あへて人に知られず。しかるを、汝が叫ぶ声を悲しみて、身のゆくゑを忘れて、助けつるなり」といふ時に、男、「これ、[7]まことにことわりなり。さらに漏《も》らす事あるまじ」と、返す返す契《ちぎ》りて去りぬ。もとの里に帰りて月日を送れども、さらに人に語らず。

かかるほどに、国の后《きさき》、夢に見給ふやう、『大きなるかせきあり。身は五色にて、角白し』。夢覚《さ》めて大王に申し給はく、「かかる夢を

4 「今昔」「山神・樹神・諸天・龍神、何ぞわれを助けざるべき」。「九色鹿経」は「山神樹神諸天龍神何不レ愍レ我」。

5 ハ行四段動詞。

6 決して。

7 まことにもっともだ。

なん見つる。このかせき、さだめて世にあるらん。大王必ず尋ね取りて、われに与《あた》へ給へ」と申し給ふに、[8] 大王、宣旨《せんじ》を下して、「もし、五色のかせき、尋ね奉らん者には、金銀・珠玉等の宝、ならびに一国等を賜《た》ぶべし」と仰せふれらるるに、この助けられたる男、内裏《だいり》に参りて申すやう、「尋ねらるる色のかせきは、その国の深山《みやま》に候《さぶらふ》。あり所を知れり。[9] 狩人《かりびと》を給はりて、取りて参らすべし」と申[10]すに、大王、おほいに悦び給ひて、みづから多くの狩人を具《ぐ》して、この男をしるべ[11]に召し具して、行幸《みゆき》なりぬ。その深山[12]に入り給ふ。

このかせき、あへて知らず。洞《ほら》の内に臥《ふ》せり。かの友とする烏、これを見て、おほいに驚きて、声をあげて鳴き、耳を食ひて引くに、鹿、驚きぬ。烏、告げていはく、「国の大王、多くの狩人を具して、この山をとりまきて、すでに殺さんとし給ふ。今は逃ぐべき方《かた》なし。いかがすべき」と言ひて、泣く泣く去りぬ。

かせき、驚きて、大王の御輿《みこし》のもとに歩《あゆ》み寄るに、狩人ども、矢

8 「今昔」は「夢覚めて後、その色の鹿を得むと思ふによりて、后、病になりて臥しぬ」。「九色鹿経」は「我思下欲得二其皮一作二坐褥一其角作中払柄上。王当三為レ我得レ之。王若不レ得我将レ死矣」。

9 「今昔」「速かに軍を給はりて取りて奉るべし」。「九色鹿経」「此鹿雖二是畜生一大有二威神一。王宜三多出二人兵一乃可レ得耳」。

10 「九色鹿経」では、男が鹿のあり処を密告すると、「溺人面上即生二癩瘡一」とあり、天罰立ちどころに至って男は顔に癩瘡を生じた、とある。

11 道案内。

12 底本「山」欠。諸本により補う。

13　つがえて。
14　わけがあろう。
15　「九色鹿経」「車辺癩面人是也」。つまり仏典では男が密告するとすぐ顔面に癩瘡が現れたとしているのに、本編は「あざ」として、鹿が男を識別するしるしに変えている。
16　「奉らん」は王に対する敬語。自分を王に殺させようとする。
17　「今昔」は「恩を知らざる事はこれ限りなき恨みなり」と鹿が男に言うことになっており、王の言葉の中に「恩を知るをもて云々」の文句はな

[13]をはげて射んとす。大王のたまふやう、「かせき恐るる事なくして来《きた》れり。さだめて[14]様《やう》あるらん。射る事なかれ」と。その時、狩人ども、矢をはづして見るに、御輿の前にひざまづきて申さく、「われ毛の色を恐るるによりて、この山に深く隠れ住めり。しかるに、大王、いかにして、わが住む所をば知り給へるぞや」と申すに、大王のたまふ、「この輿のそばにある、顔に[15]あざのある男、告げ申したるによりて来《きた》れるなり」。かせき見るに、顔にあざありて、御輿傍《みこしのかたはら》に居たり。われ、助けたりし男なり。かせき、かれに向かひて言ふやう、「命を助けたりし時、この恩、なににても報じつくしがたき由、言ひしかば、ここにわれある由、人に語るべからざる由、返す返す契りしところなり。しかるに今、その恩を忘れて、[16]殺させ奉らんとす。いかに汝、水におぼれて死なんとせし時、われ、命を顧みず、およぎよりて助けし時、汝限りなく悦びし事はおぼえずや」と、深く恨みたる気《け》色《しき》にて、涙をたれて泣く。その時に大王、同じ

く涙を流してのたまはく、「汝は畜生《ちくしやう》なれども、慈悲をもて、人を助く。かの男は、欲にふけりて、恩を忘れたり。畜生といふべし。[17]恩を知るをもて、人倫とす」とて、この男を捕《とら》へて、鹿の見る前にて、首を切らせらる。又のたまはく、「今よりのち、国の中に、かせきを狩る事なかれ。もし、この宣旨をそむきて、鹿の一頭にても殺す者あらば、速《すみや》かに、死罪に行はるべし」とて帰り給ひぬ。

そののちより、天下安全に、[18]国土豊かになりけりとぞ。[19]

九三 播磨守《はりまのかみ》為家《ためいへ》ノ侍《さぶらひ》佐《さ》多《た》ノ事

今は昔、[1]播磨守為家《はりまのかみためいへ》といふ人あり。それが内に、[2]させる事もなき侍あり。あざな、さたとなん言ひけるを、例の名をば呼ばずして、主《しう》も、傍輩《はうばい》も、ただ、「さた」とのみ呼びける。さしたる事はなけれども、[3]まめに使はれて、年比《としごろ》になりにければ、[4]あやしの郡《こほり》の収納《すなう》

い。「九色鹿経」も同じ。「恩を知るをもて人倫とす」という思想は「平家物語」流布本巻二「教訓状」、かの重盛諫言の件りにも見えて、院政期より中世にかけての武士道の根幹をなしている。それが本編にも見えるのに注意。

18 諸本「ゆたかなりけりとぞ」。

19 このあと、「今昔」は九色鹿は今の釈迦仏、烏は阿難、后は孫陁利(そんだり)、溺人は提婆達多(だいばだった)だと語って(「九色鹿経」もほぼ同じ)、本生説話である旨を明らかにしている。

◆第九三話——「今昔」二四、五六話参照。

1 「今昔」「高階の為家朝臣の播磨守にてありける時」。為家は長暦二年—嘉承元年(一〇三八—一一〇六)。成章の子。正四位下、備中守、近江守(分脈・高階氏系図・中右記)。承暦元年(一〇七七)一二月一八日、播磨守重任の宣旨(水左記・法勝寺金堂供養記)。永保元年(一〇八一)三月一七日まで同国守(帥記)。

2 大した能もない侍。

3 まじめに勤めて。

4 小さな郡の税の取り立て。

などせさせければ、喜びて、その郡に行きて、郡司のもとに宿《やど》りにけり。[5]なすべきものの沙汰など言ひ沙汰して、四五日ばかりありてのぼりぬ。

この郡司がもとに、[6]京よりうかれて、人にすかされて来《きた》りける女房のありけるを、[7]いとほしがりて養ひ置きて、物縫《ぬ》はせなど使ひければ、さやうの事なども心得てしければ、あはれなるものに思ひて置きたりけるを、このさたに、従者《ずさ》が言ふやう、「郡司が家に、京の女房といふものの、かたちよく、[8]髪長きが候《さぶら》ふを、隠し据《す》ゑて、殿にも知らせ奉らで、置きて候ふぞ」と語りければ、「ねたき事かな。[9]わ男、かしこにありし時は言はで、ここにてかく言ふは、にくき事なり」と言ひければ、「そのおはしまししかたはらに、[10]きりかけの侍《はべ》りしを隔てて、[11]それがあなたに候ひしかば、知らせ給ひたるらんとこそ、思ひ給へしか」と言へば、「この度《たび》はしばし行かじと思ひつるを、いとま申して、とく行きて、その女房[12]かなしうせん」

5 徴集すべき税の処置を終えて。

6 人にだまされて京から当てもなく下って来た女。「今昔」「京より淫（うか）れたる女の、人に勾引（かどは）されて来たりけるを」。

7 郡司は同情して。気の毒がって。

8 髪の長く冷たいのは美人の重要条件。

9 「わ」は相手を親しみ、又は蔑んでいう対称代名詞の接頭語。対等又はそれ以下の相手に用いる。

10 切懸け。板を横にして柱にきりかけ、外より見すかぬようにした衝立。

11 その衝立の向こう側にかの女房はおりましたゆえ、殿は御存じのことと思っておりました。

12 かわいがってやろう。

と言ひけり。

さて、二三日ばかりありて、為家に、「沙汰すべき事どもの候ひしを、沙汰し[13]さして参りて候ひしなり。いとま給はりてまからん」と言ひければ、「事を[14]沙汰しさしては、なにせんに上りけるぞ。とく行けかし」と言ひければ、喜びて下りけり。

行きつきけるままに、とかくの事も言はず、[15]もとより見馴《な》れなどしたらんにてだに、疎《うと》からんほどは、さやはあるべき。従者などにせんやうに、着たりける[16]水干《すゐかん》の[17]あやしげなりけるが、[18]ほころび断《た》えたるを、切りかけの上より投げ越して、高やかに、「これがほころび縫ひておこせよ」と言ひければ、ほどもなく投げ返したりければ、「物縫はせ事《ごと》さすと聞くが、げにとく縫ひておこせたる女人かな」と、荒《あら》らかなる声して誉《ほ》めて、取りて見るに、ほころびをば縫はで、[19]みちのくに紙の文を、そのほころびのもとに結びつけて、投げ返したるなりけり。あやしと思ひて、ひろげて見れば、かく書き

13 途中で中止して。
14 仕事を途中で放り出して帰って来るとは何事か。
15 前から関係のある女ですら、まださほどに親しくなっていないうちはそんな無礼なことをすべきではないのに(以下の行為をさす)。
16 狩衣の一種。菊綴(きくとじ)を一処に二つずつ前に一所、後ろに四所つけ、丸組みの紐を前はえりの上角に、後ろは中央につける。地質は精好・平絹(へいけん)などで、色は白が多い。庶民の常服。
17 粗末なもの。
18 縫い目が切れているのを。
19 陸奥紙。もと陸奥より産したのでこの名がある。引き合わせ紙ともいう。檀紙。

たり。

[20]われが身は竹の林にあらねどもさたが衣《ころも》を脱《ぬ》ぎ懸《か》くるかな

と書きたるを見て、あはれなりと思ひしらん事こそ[21]なからめ、見るままに、大いに腹を立てて、「目つぶれたる女人かな。ほころび縫ひに遣《や》りたれば、ほころびの絶えたる所をば、見だにえ見つけずして、[22]『さたの』とこそ言ふべきに、かけまくもかしこき守殿《かうのとの》だにも、まだこそ、ここらの年月比《ごろ》、まだしか召さね。なぞ、わ女め、[23]『さたが』と言ふべき事か。この女人に[24]ものならはさん」と言ひて、[25]よにあさましき所をさへ、なにせん、かせんと、罵《の》りのろひければ、女房はものもおぼえずして泣きけり。腹立ちちらして、郡司をさへ罵りて、「いで、これ申して、[26]事にあはせん」と言ひければ、郡司も、「よしなき人をあはれみて置きて、[27]その徳には、はては[28]勘当かぶるにこそあなれ」と言ひければ、かたがた、女、おそろしうわびしく思ひけり。

20　私の身は薩埵（さった）王子の竹の林ではありませぬに、さたが着物を脱ぎかけてよこしましたよ。釈迦の前生、薩埵王子が竹林に衣を脱ぎかけ、餓えた虎に身を捨て肉を食わせたという故事（金光明最勝王経、捨身品第二六）を引用して、「薩埵」と「佐多」を通わせたもの。この故事は「三宝絵詞」上第一一話にも見えて著名なもの。

21　「今昔」「難からめ」。和歌の風雅に感心するのは無理としても（せめて罵ったりしなければよいのに）。

22　主格を表す格助詞「の」は通常の場合、「が」は相手を軽蔑する時に用いた。

23　底本「さだかに」。諸本により改む。

24　口のきき方を教えてやろう。

25　女の陰部。女陰の名をいって、そこをひねりつぶしてくれよう、とでも言ったものか。

26　罰してやろう。

27　そのおかげで。

28　お叱りをこうむることになるのだ。

かく腹立ちしかりて、帰りのぼりて、[29]侍《さぶらひ》にて、「[30]やすからぬ事こそあれ。ものもおぼえぬくさり女に、[31]かなしう言はれたる。守《かうの》殿だに、『さた』とこそ召せ。この女め、『さたが』と言ふべき[32]故《ゆゑ》やは」と、ただ腹立ちに腹立てば、聞く人ども、え心得ざりけり。「さてもいかなる事をせられて、かくは言ふぞ」と問へば、「聞き給へよ。申さん。かやうの事は、たれも同じ心に守殿《の》にも申し給へ。さて、[33]君達《きみだち》の名立てにもあり」と言ひて、ありのままの事を語りければ、「さてさて」と言ひて、笑ふ者もあり、にくがる者もおほかり。女をば、みないとほしがり、[34]やさしがりけり。この事を為家聞きて、前に呼びて問ひければ、『わが愁訴《うれへ》、成りにたり』と悦《よろこ》びて、ことごとしく[35]のび上りて言ひければ、よく聞きて後《のち》、その男をば追ひ出だしてけり。女をばいとほしがりて、物取らせなどしけり。

[36]心から身を失ひける男なりとぞ。

29 侍所。侍部屋。侍たちの詰所。
30 腹立たしいこと。
31 手痛く罵倒された。
32 「故やはあらむ」の意。理由があろうか。
33 これは同時に諸君の不名誉でもある。「今昔」は「これは御館（みたち）の名立てにもあり」として、国守の不名誉としている。「き」衍字か。
34 女の優美風雅を賞した。
35 得たりや応と得意になって。
36 自分の心の持ちようから失脚した（自業自得）。

第九三話

九四　三条《の》中納言水《する》飯《はん》ノ事

これも今はむかし、[1]三条《の》中納言といふ人ありけり。[2]三条《の》右大臣の御子なり。才《ざえ》賢くて、もろこしの事、この世の事、みな知り給へり。心ばへ賢く、胆《きも》ふとく、[3]おしがら立ちてなんおはしける。[4]笙《しやう》の笛をなん極《きは》めて吹き給ひける。長《たけ》たかく、おほいにふとりてなんおはしける。

ふとりのあまり、せめて苦しきまで肥《こ》え給ひければ、[5]薬師《くすし》重秀《しげひで》を呼びて、「かくいみじうふとるをば、いかがせんとする。立ち居などするが、身の重く、いみじう苦しきなり」とのたまへば、重秀申すやう、「冬は湯漬《づ》け、夏は水漬けにて、[6]ものを召すべきなり」と申しけり。そのままに召しけれど、ただ同じやうに肥えふとり給ひければ、せんかたなくて、又重秀を召して、「言ひしままにすれど、

◆第九四話――「今昔」二八、二三話・「著聞集」一八参照。

1 藤原朝成（「分脈」はアサヒテ、異本アサヒラと訓むが、「大日本史」はトモナリ）。延喜一七年—天延二年（九一七—九七四）。高藤流、右大臣定方の子、母中納言山蔭女。従三位、中納言、皇太后宮大夫（分脈・補任・大日本史一二四）。

2 藤原定方。貞観一五年（一説一七年）—承平二年（八七三—九三二）。内大臣高藤の子、母宮道彌益（みやじのいやます）女、引子。従二位、右大臣、左大将、東宮傅（分脈・補任・大日本史一二四）。

3 「今昔」「押柄」。押しが太く剛強。

4 雅楽に用いる管楽器。この事実は「続古事談」にも見える。

5 医師の重秀。クスリシの詰まった言い方。「今昔」「和気重秀」とあるも、「和気氏系図」に重秀は見えない。丹波重秀の誤りかとなす説あれど、三条中納言の生存期間と合わず不適当。「今昔」の「大系」補注に茨田（まんだ）滋秀かとあり、同人は医師、典薬頭、長徳四年没（典薬頭補任次第）とあるので年代は合う。

そのしるしもなし。水飯《すゐはん》[7]食ひて見せん」とのたまひて、男《をのこ》ども召すに、侍《さぶらひ》一人参りたれば、「例のやうに、水飯して、持《も》て来《こ》」と言はれければ、しばしばかりありて、御台《だい》[8]持て参るを見れば、御台、片よろひ[9]持て来て、御前《おまへ》に据《す》ゑつ。御台に、箸《はし》の台ばかり据ゑたり。続きて、御盤《ごばん》[10]ささげて参る。御まかなひ[11]の台に据うるを見れば、中の御盤に、白き干瓜《ほしうり》三寸ばかりに切りて、十ばかり盛りたり。又、すし鮎《あゆ》[12]の、おせくくに[13]、ひろらかなるが、尻《しり》、頭《かしら》ばかりをして、三十ばかり盛りたり。大きなる金椀《かなまり》を具したり。みな御台に据ゑたり。いま一人の侍、大きなる銀《しろがね》の提《ひさげ》[14]に、銀の匙《かひ》[15]を立てて、重たげに持《も》て参りたり。金椀を給ひたれば、匙に御膳《おもの》をすくひつつ、高やかに盛り上げて、そばに水を少し入れて参らせたり。殿、台を引き寄せ給ひて、金椀を取らせ給へるに、さばかり大きにおはする殿の御手に、大きなる金椀かなと見ゆるは、けしう[16]はあらぬほどなるべし。干瓜を三切りばかり食ひ切りて、五六《いつつむつ》ばかり参りぬ。

6 食事。
7 干飯（ほしいい）を冷水に浸したもの。
8 脚のついた長方形の食卓。台盤。食器をのせる。
9 古・板「かた〳〵」。「よろひ」（具）は対のものを数える助数詞。一対の片方。
10 御皿。食物を盛る器。
11 御給仕の侍が。
12 鮎を鮨にしたもの。昔の鮨は馴鮨といい、塩を糁して魚を圧すること一夜、水気を拭い浄め、冷飯を用いて桶におさめ、重石をもって圧すること若干日、味熟するに至って食す。近江の鮒鮨、吉野の鮎鮨は殊に有名。今の鮨は早鮨といい、江戸時代以後の流行（和名抄一六・箋注和名抄四・易林本節用集・東雅一二）。魚は種々だが、鮎が本であるという（四条流庖丁書）。
13 十分押しがきいて平べったくなったもの。「今昔」「大きに広らかなるを」。
14 つるのある鍋の如き器で、口があり液体を容れて暖め、提げ、注ぐに用いる。
15 杓子。しゃもじ。
16 不似合ではない。

次に、鮎を二切りばかりに食ひ切りて、五六ばかり、やすらかに参りぬ。次に水飯を引き寄せて、二度《たび》ばかり箸をまはし給ふと見るほどに、御膳《おもの》みな失《う》せぬ。「又」とて、さし賜はす。さて二三度に、提の物[17]みなになれば、又提に入れて持て参る。重秀、これを見て、「水飯を、[18]やくと召すとも、[19]この定《ぢやう》に召さば、さらに御ふとり直るべきにあらず」とて、逃げて往《い》にけり。

されば、いよいよ[20]相撲《すまひ》などのやうにてぞおはしける。

九五　検非違使忠明《ただあきら》ノ事

これも今はむかし、[1]忠明《ただあきら》といふ[2]検非違使《けびゐし》ありけり。それが若かりける時、[3]清水の橋のもとにて、[4]京童部ども[5]と、いさかひをしけり。京童部、手ごとに刀を抜きて、忠明を[6]立ち籠《こ》めて殺さんとしければ、忠明も太刀を抜きて、御堂ざまにのぼるに、御堂の東の[7]妻に

17 なくなったので。
18 専一に召し上がっても。
19 こんな風に。
20 相撲人。

◆第九五話――「今昔」一九、四〇話・「古本説話」下（四九話）参照。
1 伝不詳。「今昔」の「大系」注によれば、長徳三年（九九七）五月二五日、強盗追捕のため近江国に遣わされた忠明（姓不明、「権記」）以外には、検非違使と明記されたものは見当たらぬ、とある。藤原滋幹の子に忠明あれど、検非違使なりしや否や不明。
2 検非違使庁の役人。第二三話の注参照。
3 清水寺。第六〇話の注参照。
4 ここでは京の若者をさす。
5 「と」底本・桃本「に」。諸本により改む。
6 取り囲んで。
7 端。はし。

も、あまた立ちて向かひ合ひたれば、内へ逃げて、[8]蔀《しとみ》のもとを脇にはさみて、前の谷へをどり落つ。蔀、風に[9]しぶかれて、谷の底に、[10]鳥の居るやうに、やをら落ちにければ、それより逃げて往《い》にけり。京童部ども、谷を見下して、あさましがりて立ち並《な》みて見けれども、すべきやうもなくて、やみにけりとなん。

九六　長谷寺参籠ノ男預《あづかル》二利生ニ一事

今はむかし、父・母・主《しう》もなく、妻《め》も子もなくて、只一人ある[1]青《あを》侍《さぶらひ》ありけり。すべき方《かた》もなかりければ、[2]「観音たすけ給へ」とて、[3]長谷《はせ》に参りて、御前《おまへ》にうつぶし臥《ふ》して申しけるやう、[4]「この世にかくてあるべくは、やがて、この御前にて[5]干死《ひじ》にに死なん。もし又、おのづからなる[6]便《たよ》りもあるべくは、その由《よし》の夢を見ざらん限りは出《い》づまじ」とて、うつぶし臥したりけるを、寺の僧見て、「こは、いか

8 屏障具の一。「蔀のもと」は上下二枚ある下の方の戸か。或いは立蔀（衝立ようのもの）か。
9 「しぶく」は支えられる、滞るの意。
10 鳥が舞い降りるように。

◆第九六話――「今昔」一六、二八話・「古本説話」下（五八話）・「雑談集」一五参照。
1 若く身分の低い侍。
2 観世音菩薩。第八七話の注参照。
3 ハッセとも。長谷寺。奈良県桜井市初瀬にある寺。元正天皇の養老五年(七二一)草創とも、又文武朝に徳道上人造立ともいう。現在は新義真言宗豊山派の総本山。本堂は八棟（やつむね）造り、仏殿は山により清水寺に似る。本尊は十一面観音。石山・清水とともに三大観音と称せらる。観音信仰の盛んなりし平安朝では、ここへの参詣人すこぶる多く、文学作品にもしばしば現れる。
4 このまま貧乏でいるものならば。
5 餓え死にしよう。
6 生活の便宜。

なる者の、かくては候ふぞ。もの食ふところも見えず。かくうつぶし臥したれば、寺のため、[7]けがらひ出で来て、大事になりなん。たれを師にはしたるぞ。いづくにてかものは食ふ」など問ひければ、「かく便りなき者は、師もいかでか侍らん。ものたぶる所もなく、あはれと申す人もなければ、仏の給はんものをたべて、仏を師と頼《たの》み奉りて候ふなり」と答へければ、寺の僧ども集まりて、「この事、いと[8]不便《ふびん》の事なり。[9]寺のために悪《あ》しかりなん。観音を[10]かこち申す人にこそあんなれ。これ、集まりて養ひて候はせん」とて、かはるがはるものを食はせければ、持《も》て来るものを食ひつつ、御前を立ち去らず候ひけるほどに、[11]三七日になりにけり。

三七日果《は》てて、明けんとする夜の夢に、御帳《みちやう》より人の出でて、「この男、[12]前世の罪の報《むく》ひをば知らで、観音をかこち申して、かくて候ふ事、いとあやしき事なり。[13]さはあれとも申す事のいとほしければ、[14]いささかの事、はからひ給はりぬ。まづ、速《すみや》かにまかり出で

7　死の穢れ。その期間は三十日。
8　気の毒なこと。不都合なこと。
9　寺のために具合の悪いことが出来しよう。
10　恨み申す。「今昔」「恐喝奉りて」。「恐喝」を「攷証本」は「おどし」、「大系本」は「かしこまり」と訓む。
11　二十一日。
12　現世の貧窮は前世に犯した罪の報いであることを知らず、ひとえに観音のせいにして。
13　「は」字衍か。流布本系及び「古本説話」「さはあれども」。
14　少しの便宜を与えてやることにした。「今昔」「少しの事を授けむ」。

よ。まかり出でんに、なにもあれ、手に当《あ》たらん物を取りて、捨てずして持ちたれ。とくとくまかり出でよ」と追はるると見て、はひ起きて、[15]約束の僧のがりゆきて、ものうち食ひて、まかり出でけるほどに、[16]大門にてけつまづきて、うつぶしに倒れにけり。

起き上《あが》りたるに、[17]あるにもあらず手に握《にぎ》られたる物を見れば、[18]藁《わら》すべといふ物、ただ一筋《すぢ》握られたり。『仏の賜《た》ぶ物にてあるにやあらん』と、[19]いとはかなく思へども、[20]『仏の計《はか》らはせ給ふやうあらん』と思ひて、これを[21]手まさぐりにしつつ行くほどに、[22]蝱《あぶ》一《ひと》つ、[23]ぶめきて、顔のめぐりにあるを、うるさければ、木の枝を折りて払《はら》ひすつれども、なほ、ただ同じやうに、うるさくぶめきければ、捕《とら》へて、腰をこの藁筋《わらすぢ》にて引きくくりて、枝のさきにつけて持《も》たりければ、腰をくくられて、ほかへはえ行かで、ぶめき飛びまはりけるを、長谷に参りける[24]女車の、[25]前の簾《すだれ》をうちかづきて居たる児《ちご》の、いと美しげなるが、「あの男の持ちたる物はなにぞ。かれ乞《こ》ひて、われに賜《た》

15 食物などくれる約束をした僧のもとへ。
16 総門。
17 覚えず。ふと。何の気なしに。
18 わらしべ。わらの穂の芯。わらみご。「今昔」「藁の筋」。「古本説話」「わらのすぢ」。
19 頼りなく思ったが。
20 仏がお取りはからい下さる子細があるのだろう。
21 手にもてあそびつつ。
22 人畜を刺し血液を吸収するのは雌で、雄は花間に舞い飛び、花蜜・花粉を吸う。「和名抄」一九「蝱、和名阿夫、齧人飛虫也」。
23 ぶんぶんとうなって。「ぶめく」は蚊や虻などが、ぶんぶんと羽音をたてること。自動四段。「今昔」「顔を廻りに飛ぶを」。
24 女性乗用の牛車。簾の内側に下簾を垂れる。
25 持ち上げるようにして顔を出している子供。母子同乗していたものか。

26 仏の下された大事な物ではございますが。以下青侍の言うことばには若干のかけ引きがあることに注意。
27 感心な男だ。
28 容易に。素直に。つべこべ言わずに。
29 蜜柑。蜜柑と橘との相違については、「箋注和名抄」は柑は橘に比して色黄色く皮やや厚く、腐敗し易いとなす。
30 上等な檀紙。陸奥紙は第九三話の注参照。
31 底本・桃本「うちてかけて」。諸本により改む。
32 身分のある人の人目を忍んでの寺参詣。
33 徒歩で参詣に来た女房。
34 疲労困憊の意と思われるが、異文や諸説あり。「今昔」「垂に垂居たるを見れば」とあり、「攷証本」は「垂」に「つかれ」とルビを振れど、この訓古辞書に見えず。「大系」注は「槊」の字に「ノル・ツカル・タル・サワグ・ワヅラフ」(名義抄)の訓あるよりみて、タル・ツカル相通するととるか、又は「仮」「俯」「俛」「低」「但」の字を宛てて、うつぶすの意とするか、両説を掲げている。不詳。
35 周章狼狽して。

べ」と、馬に乗りて、ともにある侍に言ひければ、その侍、「その持ちたる物、若公《わかぎみ》の召すに、参らせよ」と言ひければ、「[26]仏の賜《た》びたる物に候へど、かく仰《おほ》せ事候へば、参らせ候はん」とて、取らせたりければ、「この男、[27]いとあはれなる男なり。若公の召す物を、[28]やすく参らせたる事」と言ひて、[29]大柑子《かうじ》を、「これ、のどかはくらん、たべよ」とて、三つ、いと[30]香《かう》ばしきみちのくに紙に包みて、取らせたりければ、侍、取りつたへて取らす。

『藁一筋が、大柑子三つになりぬる事』と思ひて、木の枝に結《ゆ》ひつけて、肩に[31]うちかけて行くほどに、『[32]故《ゆゑ》ある人の忍びて参るよ』と見えて、侍などあまた具して、[33]徒歩《かち》より参る女房の、歩《あゆ》み困《こう》じて、[34]ただたりにたりゐたるが、「喉《のど》のかはけば、水呑《の》ませよ」とて、消え入るやうにすれば、供《とも》の人々、[35]手まどひをして、「近く水やある」と走り騒《さわ》ぎ求むれど水もなし。「こは、いかがせんずる。[36]御旅籠《はたご》馬《うま》にや、もしある」と問へど、「[37]はるかに遅れたり」とて見えず。ほ[38]

とほとしきさまに見ゆれば、まことに騒ぎまどひて、[39]しあつかふを見て、『喉かはきて騒ぐ人よ』と見ければ、やはら歩み寄りたるに、「ここなる男こそ、水のあり所は知りたるらめ。この辺《あたり》近く、水の清き所やある」と問ひければ、「この四五町がうちには、清き水候はじ。いかなる事の候ふにか」と問ひければ、「歩み困《こう》ぜさせ給ひて、御喉のかはかせ給ひて、水ほしがらせ給ふに、水の無きが大事なれば、尋ぬるぞ」と言ひければ、「不便《ふびん》に候ふ御事かな。水の所は遠くて、汲《く》みて参らば、ほど経《へ》候ひなん。これはいかが」とて、包みたる柑子を、三つながら取らせたりければ、悦び騒ぎて食はせたれば、それを食ひて、やうやう目を見開《あ》けて、「こは、いかなりつる事ぞ」と言ふ。

「御喉かはかせ給ひて、『水呑ませよ』と仰せられつるままに、[40]御とのごもり入らせ給ひつれば、水求め候ひつれども、清き水も候はざりつるに、ここに候ふ男の、思ひかけぬに、その心を見て、この

36 旅籠とは元来馬糧を盛る旅行用の籠をさしたが、後、人間の食物や雑品を入れる行李にも転じた。それを背負わせた馬。

37 諸注この一文を地の文と解しているが、明らかにセリフ。従者同士の問答である。

38 ほとんど死にそうな様子。

39 処置に窮する。

40 普通は眠ることの尊敬表現だが、ここは気絶するの意。

第九六話

41 しばらく待っておれと言え。
42 （寺詣でして）大変な御利益があっても。
43 皮革を張った行李を背負わせた馬。
44 女主人の言葉とも、又従者の長のそれとも、解せられるが、後者であろう。
45 急用が生じた場合に。
46 幕。「今昔」「屏幔」。
47 むしろや薄べりの類。

柑子を三つ奉りたりつれば、参らせたるなり」と言ふに、この女房、「われは、さは、喉かはきて絶え入りたりけるにこそありけれ。『水呑ませよ』と言ひつるばかりはおぼゆれど、その後の事は、露おぼえず。この柑子得《え》ざらましかば、この野中にて消え入りなまし。うれしかりける男かな。この男いまだあるか」と問へば、「かしこに候ふ」と申す。「その男[41]しばしあれと言へ。[42]いみじからん事ありとも、絶え入り果《は》てなば、かひなくてこそやみなまし。男のうれしと思ふばかりの事は、かかる旅にてはいかがせんずるぞ。食ひ物は持ちて来《きた》るか。食はせてやれ」と言へば、「あの男、しばし候へ。御旅籠《はたご》馬など参りたらんに、物など食ひてまかれ」と言へば、「承《うけたまは》りぬ」とて、居たるほどに、旅籠馬、[43]皮籠《かはご》馬など来着きたり。[44]「など、かくはるかに遅れては参るぞ。御旅籠馬などは、常に先立つこそよけれ。[45]とみの事などもあるに、かく遅るるはよき事かは」など言ひて、やがて[46]幔《まん》引き、[47]畳《たたみ》など敷きて、「水遠かんなれど、困《こう》ぜさせ給ひたれば、召し物[48]は、ここにて参らすべきなり」とて、夫《ぶ》[49]ども遣《や》りなどして、水汲ませ、食ひ物し出《い》だしたれば、この男に、清げにして食はせたり。物を食ふ食ふ、『ありつる柑子なにかならんずらん。観音はからはせ給ふ事なれば、よも[50]むなしくてはやまじ』と思ひ居たるほどに、白くよき布を三[51]むら取り出でて、「これ、あの男に取らせよ。この柑子の喜びは、言ひつくすべき方もなけれども、かかる旅の道にては、うれし[52]と思ふばかりの事はいかがせん。これは、ただ心ざし[53]のはじめを見するなり。京の[54]おはしまし所は、そこそこになん。必ず参れ。この柑子の喜びをばせんずるぞ」と言ひて、布三むら取らせたれば、悦びて布を取りて、『藁筋〔一筋〕[55]が、布三むらになりぬる事』と思ひて、脇にはさみてまかるほどに、その日は暮れ[56]にけり。

道[57]づらなる人の家にとどまりて、明けぬれば、鳥と共に起きて行くほどに、日さしあがりて、辰《たつ》[58]の時ばかりに、えもいはずよき馬に乗

48 食物。
49 人夫。
50 無駄には終わるまい。
51 三段。「今昔」は「三段」。「段」「四」ともにムラの訓あり（名義抄）。一段は人一人分の布帛を数える語。
52 あの男が心からうれしいと思うような謝礼はとてもできない。
53 感謝の気持ちの一端。
54 京の住所。貴人の自称敬語。
55 「一筋」底本欠。諸本により補う。
56 「は」底本欠。諸本により補う。
57 路傍。道筋。
58 午前八時。

りたる人、この馬を愛しつつ、道も行きやらず[59]、ふるまはするほどに、『まことにえもいはぬ馬かな。これをぞ千貫《たふ》[60]かけなどは言ふにやあらん』と見るほどに、この馬、にはかに倒れて、ただ死にに死ぬれば、主《ぬし》、われにもあらぬ気色《けしき》[61]にて、おりて、立ち居たり。手まどひして、従者《ずさ》どもも、鞍《くら》おろしなどして、「いかがせんずる」と言へども、かひなく死に果てぬれば、手を打ち、あさましがり、泣きぬばかりに思ひたれど、すべき方《かた》なくて、あやしの馬[62]のあるに乗りぬ。「かくてここにありとも、すべきやうもなし。われらは往《い》なん。これ、ともかくもして引き隠せ」とて、下種男《げすをとこ》[63]を一人とどめて往ぬれば、この男見て、『この馬、わが馬にならんとて死ぬるにこそあんめれ。藁一筋が、柑子三つになりぬ。柑子三つが、布三むらになりたり。この布の、馬になるべきなめり』と思ひて、歩《あゆ》み寄りて、この下種男に言ふやう、「こは、いかなりつる馬ぞ」と問ひければ、「みちのくに[64]より得させ給へる馬なり。よろづの人のほしがり

59　道もいそがず、乗り廻すうちに。馬を愛し人にも誇示するために。
60　銭千貫もするほどの名馬。
61　茫然自失の態。
62　粗末な馬。
63　身分の低い下男。
64　陸奥国。古くは奥羽地方全体の名称であったが、やがて太平洋側の陸奥と、日本海側の出羽(いでは)二国に分かれた。良馬と砂金の特産地として注目され、大和・山城の朝廷からしばしば遠征軍が送られたが、その完全に内国化したのは源頼朝の奥州遠征以降に属する。

て、値《あたひ》[65]も限らず買はんと申しつるをも、惜しみて放《はな》ち給はずして、今日《けふ》、かく死ぬれば、その値少分《せうぶん》[66]をも取らせ給はずなりぬ。おのれも、皮《かは》をだに剝《は》がばやと思へど、旅にてはいかがすべきと思ひて、[67]まもり立ちて侍るなり」と言ひければ、「その事なり。いみじき御馬かなと見侍りつるに、はかなく、かく死ぬる事、命あるものはあさましき事なり。まことに、旅にては、皮剝ぎ給ひたりとも、え干《ほ》し給はじ。おのれはこの辺に侍れば、皮剝ぎて、使ひ侍らん。得《え》[68]させておはしね」とて、この布を一むら取らせたれば、男、『思はずなる所得《しようとく》[69]したり』と思ひて、[70]思ひもぞ返すとや思ふらん、布を取るままに、[71]見だにもかへらず、走り往《い》ぬ。

男、よくやり果てて後、手かきあらひて、長谷の御方に向かひて、「この馬、[72]生けて給はらん」と念じ居たるほどに、この馬、目を見開《あ》くるままに、頭《かしら》をもたげて起きんとしければ、やはら手をかけて起しぬ。うれしき事限りなし。『[73]遅れて来る人もぞある。又、[74]ありつ

65 値段に糸目をつけず。
66 少しばかり。多分の反対。「今昔」「一匹だに」。
67 見守って。
68 私にくれてお出でなさい。
69 得をした。もうけた。
70 この取り引きを後悔されては困ると思ったのか。
71 見返りもせずに。
72 蘇生させて下さい。
73 おくれて来る従者があるかもしれぬ。
74 先の下種男が引き返して来るかもしれぬ。

る男もぞ来る』など、あやうくおぼえければ、やうやう[75]隠れの方に引き入れて、時移るまで休めて、もとのやうに心地もなりにければ、人のもとに引き持《も》て行きて、その布一むらして、轡《くつわ》やあやしの鞍《くら》にかへて、馬に乗りぬ。

京ざまに上るほどに、[76]宇治わたりにて日暮れにければ、その夜は人のもとに泊りて、今一むらの布して、馬の草、わが食ひ物などにかへて、その夜は泊りて、つとめていととく、京ざまに上《のぼ》りければ、[77]九条わたりなる人の家に、[78]ものへ行かんずるやうにて、立ち騒ぐ所あり。『この馬、京に率《ゐ》て行きたらんに、見知りたる人ありて、「盗みたるか」など言はれんも由《よし》なし。やはらこれを売りてばや』と思ひて、『[79]かやうの所に馬など用《よう》なるものぞかし』とて、おり走りて寄りて、「もし馬などや買はせ給ふ」と問ひければ、[80]馬がなと思ひけるほどにて、この馬を見て、「いかがせん」と騒ぎて、「只今、[81]かはり絹《ぎぬ》などはなきを、この[82]鳥羽《とば》の田や米《よね》などには、かへ

75 人目につかぬ所。
76 京都府宇治市。長谷や奈良方面より京へ入る道筋にあたる。なお、当時京から長谷へは三日路の旅。
77 京の九条大路。南端を東西に走る。
78 旅行に出発する様子で。
79 旅行に出発する家では馬が入要なはずだ。
80 馬が欲しい。「がな」は願望の終助詞、体言にも接続する。
81 売買の代用に使う絹。古昔は絹を貨幣の代用に使った。「今昔」「絹布などは無きを」、「古本説話」「きぬなどなむなきを」。
82 「和名抄」六に山城国紀伊郡に「鳥羽、度波」郷を記し、鳥羽田と称して郡の中央にあり、今の上鳥羽のことであろうという（地名辞書）。下鳥羽が栄えたのは鳥羽殿造営以後とある。いま京都市南区上鳥羽の地。但し「今昔」は「此の南の田居」とあり、同後文「九条田居の田一町」とある。「古本説話」は「このとばのた」。

てんや」と言ひければ、『なかなか絹よりは第一[83]の事なり』と思ひて、「絹や銭《ぜに》などこそ用には侍れ。おのれは旅なれば、田ならば何《なに》にかはせんずると思ひ給ふれど、馬の御用あるべくは、ただ仰せにこそ従はめ」と言へば、この馬に乗り試み、馳《は》せなどして、「ただ[84]思ひつるさまなり」と言ひて、この鳥羽の近き田三町、稲少し、米など取らせて、やがてこの家をあづけて、「おのれ、もし命ありて帰り上りたらば、その時返し得させ給へ。上らざらん限りは、かくて[85]居給へれ。もし又、命絶えてなくもなりなば、やがてわが家にして居給へ。子も侍らねば、とかく申す人もよも侍らじ」と言ひて、あづけて、やがて下りにければ、その家に入り居《い》て、得たりける米・稲など取り置きて、ただひとりなりけれど、食ひ物ありければ、かたはら、その辺なりける下種《げす》など出で来て、使はれなどして、ただ[86]ありつきに居つきにけり。

二月ばかりの事なりければ、その得たりける田を、なからは人に

83 大切なもの。心中ではそう思いながら絹や銭が欲しいと言うのは売買のかけ引き。

84 理想的な良馬だ。

85 「古本説話」も同じ。陽「ゐ給つれ」、龍・名「ゐ給べき」。

86 よき主筋として居ついた。

第九六話

作らせ、いまなからは、[87]わが料《れう》に作らせたりけるが、人のかたのもよけれども、それは世の常《つね》にて、おのれが分とて作りたるは、ことの外多く出で来たりければ、稲多く刈り置きて、それよりうちはじめ、風の吹き着くるやうに[88]徳つきて、いみじき徳人《とくにん》にてぞありける。その家主《いへあるじ》も、[89]音せずなりにければ、その家も、わが物にして、子孫《こむまご》など出で来て、ことの外に、栄《さか》えたりけるとか。

九七　小野宮《をののみや》大饗《だいきやう》ノ事

付西宮殿《にしのみやどの》富小路大臣《とみのこうぢのおとど》等大饗ノ事

いまはむかし、[1]小野宮殿の[2]大饗に、[3]九条殿の御贈物にし給ひたりける女の装束《さうぞく》に添へられたりける紅《くれなゐ》の[4]打ちたる[5]細長《ほそなが》を、[6]心なかりける御前《ごぜん》の、取りはづして、遣水《やりみづ》に落《おと》し入れたりけるを、すなはち取り上げて、うちふるひければ、水は[7]走りてかわきにけり。その濡《ぬ》

87 自分のため。「今昔」「その田をその渡りの人に預けて作らしめて、半ばをば取りて、それを便りとして世を過ぐすに」とあって、他人に小作させ、年貢として収穫の半分を取った、とある。

88 富裕になって。

89 旅へ出たまま帰京もせず音信もなくなったので。

◆第九七話――「今昔」二四、三話・「古事談」二参照。

1 藤原実頼。昌泰三年―天禄元年（九〇〇―九七〇）。関白忠平の子。従一位、関白・摂政・太政大臣。諡清慎公、小野宮と号す（分脈・補任・大鏡・大日本史）。

2 第一八話の注参照。

3 藤原師輔。延喜八年―天徳四年（九〇八―九六〇）。忠平の子、実頼の弟、母右大臣源能有女昭子。正二位、右大臣。九条右相府、又坊城大臣と号す。「九条殿遺誡」の著あり（分脈・補任・大鏡・大日本史）。

4 砧で打って光沢を出した。

5 若き女性や童男の衣服。

6 はしたない前駆の男。

7 流れ落ちて。

れたりける片の袖の、つゆ水に濡れたるとも見えで、[8]同じやうに[9]打ち目なども有りける。昔は、打ちたる物は、かやうになんありける。

又、[10]西宮殿の大饗に、小野宮殿を「[11]尊者《そんじゃ》におはせよ」とありければ、「年老い、腰痛くて、[12]庭の拝《はい》えすまじければ、え詣《まう》づまじきを、雨降らば、庭の拝もあるまじければ、参りなん。降らずば、えなん参るまじき」と、御返事《かへりごと》のありければ、雨降るべき由《よし》、いみじく祈り給ひけり。そのしるしにやありけん、その日になりて、わざとはなくて、空曇りわたりて、雨そそぎければ、小野宮殿は[13]脇よりのぼりておはしけり。[14]中嶋に、大きに木高《こだか》き松一本立てりけり。その松を見と見る人、「藤のかかりたらましかば」とのみ見つつ言ひければ、この大饗の日は睦月《むつき》の事なれども、藤の花いみじくをかしく[15]つくりて、松の梢《こずゑ》より、ひまなう懸《か》けられたるが、[16]時ならぬものはすさまじきに、これは空の曇りて、雨のそぼ降るに、いみじくめ

8 「今昔」この上に「湿れざる方の袖に見競べけるに」とあり。
9 砧で打ったあと。
10 源高明。「序」注参照。
11 主賓。諸注「小野宮殿を」以下をセリフとするがいかが。
12 中門を入り庭上で主客がともに再拝すること。詳細は「江家次第」二に見える。
13 寝殿正面の南階ではなく、脇の階より。
14 池の中島。
15 造花。
16 季節に外れたものは興ざめがするものなのに。

第九七話

でたう、をかしう見ゆ。池の面《おもて》に影の映《うつ》りて、風の吹けば、[17]水の上もひとつになびきたる、まことに藤波といふ事は、これを言ふにやあらんとぞ見えける。

[18]又後《のち》の日、[19]富小路《とみのこうぢ》の大臣《おとど》の大饗に、御家の[20]あやしくて、所々の[21]しちらひもわりなくかまへてありければ、人々も、『見苦しき大饗かな』と思ひたりけるに、日暮れて、事やうやう果《は》てがたになるに、引出物の時になりて、[22]東《ひむがし》の廊《らう》の前に曳《ひ》きたる幕の内に、引出物の[23]馬を、引き立ててありけるが、幕の内ながら、いななきたりける声、空を響《ひび》かしけるを、人々「いみじき馬の声かな」と聞きけるほどに、幕柱を蹴折《けを》りて、[24]口取りを引き下《さ》げて出で来るを見れば、[25]黒栗毛なる馬の[26]たけ八きあまりばかりなる、[27]平《ひら》に見ゆるまで身太《ふと》く肥《こ》えたる、かひこみがみなれば、額《ひたひ》の望月《もちづき》のやうにて白く見えければ、見て誉《ほ》めの[28]のしりける声、かしがましきまでなん聞えける。馬のふるまひ、面立《おもだち》、尾ざし、足つきなどの、[29]ここはと見ゆるところな

17 水の上に映った影も、同様になびいているさまが。

18 「全集」注にいう如く、この「後の日」を先の「西宮殿の大饗」に続く「後の日」とは解せられない。顕忠は高明が右大臣になる前に没しているから。

19 藤原顕忠。昌泰元年―康保二年（八九八―九六五）。左大臣時平の子、母は大納言源昇女。従二位、右大臣、左大将。富小路右大臣と号す。質素で有名（分脈・補任・大鏡・大日本史）。

20 粗末で。

21 「しつらひ」に同じ。室内の設備も質素を極めていたので。「も」底本脱。諸本により補う。

22 東の対から泉殿への廊。

23 「の」底本欠。諸本により補う。

24 馬の口取り男を引張るようにして。馬の勢いのよき様。

25 馬の毛色。体毛は黒ばんだ栗色で、たてがみや尾は黒色に暗赤灰白色を混じた馬。

26 馬のたけは肩から足元まで四尺を標準とし、それ以上を寸（き）で計る。四尺八寸の大きな馬。

27 平たく見えるほど肥え太った。たけが高いと細長く見えがちだが、よく飼い太らせてあるのでそう見えな

く、つきづきしかりければ、家のしちらひの、見苦しかりつるも消えて、めでたうなんありける。

さて、世の末《すゑ》までも、語り伝ふるなりけり。

九八 式成《のりなり》・満《みつる》・則員《のりかず》等三人被《るル》レ召《サ》二滝口弓芸《のゆげいニ》一事

是も今はむかし、[1]鳥羽院位《とばのゐんくらゐ》の御時、[2]白河院《の》の[3]武者所《むさどころ》の中に、[4]宮道《みやぢの》式成《のりなり》・源《の》満・則員《のりかず》、ことに的弓《まとゆみ》の上手なりと、その時聞えありて、鳥羽院《の》位の御時の[5]滝口《たきぐち》に、三人ながら召されぬ。試《こころ》みあるに、大方《おほかた》一度もはづさず。これをもてなし興《きよう》ぜさせ給ふ。ある時、三尺五寸の的を賜《た》びて、「これが第二[6]の黒み、射落して持《も》て参れ」と仰せあり。[7]巳時《みのとき》に給はりて、[8]未時《ひつじのとき》に射落して参れり。[9]いたつき三人の中に三手[10]なり。「矢取りて、矢取り[11]の帰らんを待たば、ほど経《へ》ぬべし」

28 いもの。

29 「大日本国語辞典」は本条を引用して「馬の頭の毛を刈り込みたるものなるべし」といい、「新釈」は「額髪を掻き籠んで編んだもの」となすが、額が望月のように白く見えるとあるより察すれば、額髪が前面に長く垂れず、左右に「掻き込む」ように分かれたものか。

欠点と見える所がなく。

◆第九八話

1 鳥羽帝御在位の時。嘉承二年—保安四年（一一〇七—一一二三）。鳥羽院は第七五話の注参照。

2 諸注、白河院の御所たる白河殿と解しているが、院自体と解するも可。第七二代帝。天喜元年—大治四年（一〇五三—一一二九）。諱貞仁。後三条院皇子、母贈皇太后茂子。鳥羽帝は孫に当たる（紹運録・大日本史）。

3 院宮を警固する北面の武士の詰所。

4 以下三人物の伝不詳。

5 滝口の武士。宇多帝の時創始。蔵人所に属し、射をよくする者を選び禁中を警固せしめた六位の侍（西宮記・禁秘抄・職原抄）。

6 弓の的は円形で、中に三重に黒く

とて、残りの輩《ともがら》、われと矢を走り立ちて、取り取りして、立ちかはり立ちかはり射るほどに、未《の》時の中らばかりに、第二の黒みを射めぐらして、射落して持《も》て参れりけり。「これすでに、[12]養由《やういう》がごとし」と、時の人誉《ほ》めののしりけるとかや。

九九　大膳大夫《だいぜんのたいふ》以長《もちなが》前駆《ぜんく》之間ノ事

これもいまはむかし、[1]橘大膳亮大夫以長《たちばなのだいぜんのすけたいふもちなが》といふ[2]蔵人《くらうど》の五位ありけり。[3]法勝寺《ほつしようじの》[4]千僧供養に、鳥羽院《の》御幸《みゆき》ありけるに、[5]宇治左《の》大臣参り給ひけり。さきに、公卿《くぎやう》の車行きけり。後《しり》より左府参り給ひければ、[6]車をおさへてありければ、[7]御前《ごぜん》の随身《ずゐじん》おりて通りけり。それに、この以長一人おりざりけり。いかなる事にかと見るほどに、通らせ給ひぬ。さて帰らせ給ひて、「いかなる事ぞ。公卿あひて礼節して車をおさへたれば、御前の随身みなおりたるに、[8]未練《みれん》の者こそ

輪を描いてある。これを外側から外院・中院・内院、又は外規・次規・内規、又は三ノ黒・二の黒・中ノ黒という。「第二の黒み」とは真ん中の黒い輪（中院・次規・二の黒）をさす。上古は矢の当たる部分によって禄に軽重の別があったが、後にはそれがなくなった（武器考証三・一七）。

7　午前十時。

8　午後二時。

9　平題箭。鏃の一種。角・木・鉄・錫などにて作り、小さくして先を尖らせぬもの。稽古用にする。

10　三対。六本。

11　矢を取ってくる者。

12　養由基。中国春秋時代の楚の大夫。弓の名人。百歩の外に柳葉を射て、百発百中したといい（漢書、枚乗伝）、甲七札を射通したともいう（春秋左氏伝）。

◆第九九話

1　第七二話の注参照。大膳亮は大膳職（しき）の次官。大夫は五位の通称で、この場合はタイフと清音。

2　第二六話の注参照。

3　六勝寺の一。京都市左京区岡崎にあった。

あらめ、以長おりざりつるは」と仰せらる。以長申すやう、「こは、いかなる仰せにか候《さぶら》ふらん。礼節と申し候ふは、前[9]にまかる人、後より御出《いで》なり候はば、車を遣《や》り返して、御車にむかへて、牛[10]をかきはづして、榻[11]《しぢ》に軛[12]《くびき》木を置きて、通し参らするをこそ、礼節とは申し候ふに、さきに行く人、車をおさへ候ふとも、後《しり》を向け参らせて通し参らするは、礼節にては候はで、『無礼を致すに候《さぶらふ》』とこそ見えつれば、『さらん[13]人には、なんでふおり候はんずるぞ』と思ひて、おり候はざりつるに候。あやまりて、さも候はば、打[14]ち寄せて一言葉《ひとことば》申さばやと思ひ候ひつれども、以長、年老い候ひにたれば、おさへて[15]候ひつるに候」と申しければ、左大臣殿「いさ[16]、この事いかがあるべからん」とて、あの御方[17]に、「かかる事こそ候へ。いかに候はんずる事ぞ」と申させ給ひければ、「以長、古侍[18]《ふるさぶらひ》に候ひけり」とぞ仰せ事ありける。昔は、かきはづして、榻《しぢ》をば轅《ながえ》の中に、おりんずるやうに置きけり[19]。これぞ礼節にてはあんなるとぞ。

4 千人の僧を招き供養すること。
5 藤原頼長。第七二話の注参照。
6 前の公卿は自分の牛車を止めて左大臣に道を譲ったので。
7 左大臣の前駆の随身たちは下馬して通った。公卿に対する礼。
8 未熟な者ならともかく。
9 前に行く人が、もし後ろから貴人のお出でに会ったなら、自分の車の向きを変えて貴人の御車を迎えるようにし。
10 牛を車から外し。
11 第三二話の注参照。
12 車の轅の端に横につけた木。牛馬の後頸につける。
13 そんな礼儀知らずの相手には、自分も下馬する必要がない。
14 馬を打ち寄せて一言注意してやりたいと思いましたが。
15 我慢したのです。
16 さあ。さあて。不明のことや即答ができぬことを問われた時に発する感動詞。
17 「新釈」「全書」いずれも先述の公卿と解するが不適。古本系諸本みな「富家殿歟」と傍注。富家殿は忠実で頼長の父。「父の御方」の誤写かとも思われるが、この言い方もおかしい。誤写があろう。下文「仰せ

一〇〇　下野武正《しもつけのたけまさ》大風雨ノ日参ル法性寺殿《ほふしやうじどの》ニ事

是も今はむかし、下野武正《しもつけのたけまさ》[1]といふ舎人《とねり》[2]は、法性寺殿《ほふしやうじどの》[3]に候ひけり。

ある折り、大風・大雨降りて、京中の家みなこぼれ破《やぶ》れけるに、殿下《てんが》[4]、近衛殿[5]におはしましけるに、南面《みなみおもて》の方《かた》に、ののしる者の声しけり。たれならんとおぼしめして、見せ給ふに、武正、赤香《あかかう》[6]の上下《かみしも》[7]に蓑笠《みのかさ》を着て、蓑の上に縄《なは》を帯《おび》にして、檜笠《ひがさ》[8]の上を、又おとがひに縄にてからげつけて、かせ杖[9]をつきて、走りまはりておこなふなり[10]けり。大方《おほかた》、その姿[11]おびただしく、似るべき物なし。殿、南面《みなみおもて》へ出でて、御簾《みす》より御覧ずるに、あさましくおぼしめして、御馬をなん賜《た》びけり。

事」とあり、言葉自体も左大臣に対する尊敬語は使われていないので、父の忠実と解すべきであろう。

18 老練で故実に通じた侍。以長のふるまいを可としたもの。

19 車中の人が下車するように。

◆第一〇〇話

1 第六二話の注参照。武忠の男。

2 古昔、天皇・皇族・高位の臣下に近侍する雑掌。

3 藤原忠通。第六二話の注参照。

4 古昔、皇族・摂関・将軍などを呼ぶに用いた敬称。テンガと訓む。ここは忠通をさす。

5 京都の近衛御門大路の北、室町小路の東にあった藤原北家の邸宅。

6 染色の名。香色の濃いもの。香色とは薄赤く黄ばんだ色。

7 狩衣・直垂・水干などの、上衣と袴と地質・色合いの同じ物の称。

8 檜の網代笠。檜を薄くはいで作った笠。その檜笠の上から下あごまでを縄でしばり。

9 末端が又になっている杖。後、木杖の頭の撞木状をなしたもの。鹿杖。

10 指揮をする。風雨に家屋が破れぬよう下人を指揮していたものか。

一〇一　信濃国聖《しなののくにのひじり》ノ事

今はむかし、信濃国《しなののくに》[1]に法師ありけり。さる田舎《ゐなか》にて法師になりにければ、まだ受戒《じゆかい》[2]もせで、『いかで京に上《のぼ》りて、東大寺[3]といふ所にて受戒せん』と思ひて、とかくして上りて、受戒してけり。

さて、もとの国へ帰らんと思ひけれども、『由《よし》なし。さる無仏世[4]界のやうなる所に帰らじ。ここに居なん』と思ふ心つきて、東大寺の仏の御前に候ひて、『いづくにか行ひして、のどやかに住みぬべき所ある』と、よろづの所を見まはしけるに、坤《ひつじさる》[5]の方《かた》にあたりて、山かすかに見ゆ。『そこに行ひて住まむ』と思ひて、行きて、山の中に、えも言はず行ひて過すほどに、すずろに[6]小さやかなる厨子《づし》[7]仏《ほとけ》を行ひ出《い》だしたり[8]。毘沙門《びしやもん》[9]にてぞおはしましける。

そこに小さき堂を建てて据《す》ゑ奉りて、えも言はず行ひて、年月を

11　大仰で。物々しく。

◆第一〇一話——「古本説話」下（六五話）・「信貴山縁起絵詞」・「今昔」一一、三六話参照。

1　長野県。「今昔」「常陸の国の人也」。「法師」は「今昔」「明練」、「諸寺略記」「明蓮」。

2　仏語。ズカイとも。得度を得た者が戒を受けること。得度の後、二、三年、行を練り、畿内中国の者は東大寺、西国の者は筑紫国観音寺、東国の者は下野国薬師寺の戒壇に登って戒を受ける。これらを小乗の戒壇とする。天台宗は延暦寺にて受戒、これを大乗の戒壇とする。

3　奈良市雑司町にある華厳宗の総本山。第四話の注参照。

4　仏の教化の行われていない地域。仏法のない地域。

5　西南方。

6　偶然に。なんとなく。

7　厨子にすえてある仏像。又は厨子にすえるほどに小さな仏像。厨子とは仏像を安置するに用いる具。

8　修行しているうちに厨子仏を入手した。「今昔」では山に五色の雲がおおい、異香が薫じていたので行って見ると、散り積もった木の葉の中

に石櫃があり、そこに「護世大悲多聞天」の銘があったので、その上に堂を建ててそこに住んだ、とある。
9 毘沙門天。第八五話の注参照。
10 身分は賤しいが大金持ち。
11 聖人の鉢が飛んで行って米などを入れて帰ってきた。鉢はもとインドの食器、僧が施しを受けるに用いた。それを飛ばして食物を得、瓶(かめ)をやって水を汲むのは僧の修行の効を表す。
12 三角形の木を井字形に交叉し、組み合わせて造った上代の倉庫。穀物その他を貯蔵するに用いる。正倉院・東大寺・唐招提寺などに遺構がある。
13 いまいましく欲張りな鉢よ。
14 倉の中の物の処置を終えて。
15 何となく。
16 そういえば。あとで気付いたり、話題を変える時に用いる。
17 真っすぐ上に。
18 あきれて騒ぎ合っている。

経《ふ》るほどに、この山の麓《ふもと》に、いみじき[10]下種《げす》徳人《とくにん》ありけり。そこに[11]聖《ひじり》の鉢《はち》は常に飛び行きつつ、物は入れて来けり。大きなる[12]校倉《あぜくら》のあるを開《あ》けて、物取り出《い》だすほどに、この鉢飛びて、例の物乞《こ》ひに来たりけるを、「例の鉢来にたり。[13]ゆゆしくふくつけき鉢よ」とて、取りて、倉のすみに投げ置きて、とみに物も入れざりければ、鉢は待ち居たりけるほどに、[14]物どもしたため果てて、この鉢を忘れて、物も入れず、取りも出《い》ださで、倉の戸をさして、主《ぬし》、帰りぬるほどに、とばかりありて、この倉、[15]すずろに、ゆさゆさと揺《ゆる》ぐ。「いかにいかに」と見騒ぐほどに、揺ぎ揺ぎて、土より一尺ばかり、揺ぎ上《あが》る時に、「こは、いかなる事ぞ」と、あやしがりて騒ぐ。「[16]まこと、有りつる鉢を忘れて、とり出でずなりぬる、それがしわざにや」など言ふほどに、この鉢、倉よりもり出でて、この鉢に倉乗りて、[17]ただ上《のぼ》りに、空ざまに、一二丈ばかり上《のぼ》る。さて、飛び行くほどに、人々、見ののしり[18]あさみ騒ぎ合ひたり。倉の主も、さらにすべきやうもなければ、「この倉の行かん所を見ん」とて、尻《しり》[19]に立ちて行く。そのわたりの人々も、みな走りけり。さて見れば、やうやう飛びて、河内国《かふちのくに》[20]に、この聖の行ふ山の中に飛び行きて、聖の坊のかたはらに、どうと落ちぬ。

いとどあさましと思ひて、さりとて、あるべきならねば、この倉《くら》主《ぬし》、聖のもとに寄りて、申すやう、「かかるあさましき事なん候。この鉢の、常にまうで来れば、物入れつつ参らするを、今日《けふ》[21]まぎらはしく候ひつるほどに、倉にうち置きて忘れて、取りも出ださで、錠《じやう》[22]をさして候ひければ、この倉、ただ揺ぎに揺ぎて、ここになん飛びてまうで来て、落ちて候。この倉返し給ひ候はん」と申す時に、「まことにあやしき事なれど、[23]飛びて来にければ、[24]倉はえ返し取らせじ。ここにかやうの物もなきに、おのづから物をも置かんによし。[25]中ならん物は、さながら取れ」とのたまへば、主の言ふやう、「いかにしてか、たちまちに運び取り返さん。[26]千石積みて候ふな

19 後について行く。

20 大阪府の一部。「今昔」及び「信貴山縁起」「大和国」。「古本説話」「かうちのくに」。信貴山は大和国生駒郡に属するが、元来は大和・河内両国の界嶺にて四八〇メートル。東半腹に観喜院朝護国孫子寺あり、これが毘沙門堂（地名辞書）。

21 いそがしさにとり紛れて。

22 鍵。

23 「古本説話」「まどひてきにければ」。飛んで来てしまったのだから。

24 倉は返すわけにゆかない。

25 中の物はみな持って行け。

26 米俵千石を積んで置いたのです。

り」と言へば、「それはいとやすき事なり。たしかに、われ運びて取らせん」とて、この鉢に一俵を入れて飛ばすれば、雁《かり》などの続きたるやうに、残りの俵ども続きたり。[27]群雀《むらすずめ》などのやうに飛び続きたるを見るに、いとどあさましく貴《たうと》ければ、主の言ふやう、「しばし、[28]みなつかはしそ。[29]米二三百石はとどめてつかはせ給へ」と言へば、「聖、[30]あるまじき事なり。それ、ここに置きては、なにかはせん」と言へば、「さらば、ただつかはせ給ふばかり、十・二十をも奉らん」と言へば、「[31]さまでも、入るべき事のあらばこそ」とて、主の家に、たしかに、みな落ち居にけり。

かやうに、貴く行ひて過ぐすほどに、そのころ、[32]延喜《えんぎ》の御門《みかど》、重く患《わづら》はせ給ひて、さまざまの御祈りども、[33]御修法《みしほふ》・御読経《みどきやう》など、よろづにせらるれど、さらに、[34]えおこたらせ給はず。ある人の申すやう、「河内の信貴《しぎ》と申す所に、この年来《としごろ》行ひて、里へ出づる事もせぬ聖《ひじり》候ふなり。それこそ、いみじく貴く、験《しるし》ありて、鉢を飛《と》ばし、

27 群れをなした雀。

28 米俵全部はやらないで下さい。

29 底本・桃本「米二三百は」。諸本により「石」を補う。

30 それはいけない。そんなに多くの米をここに置いても何にもならない。聖人の無欲恬淡ぶりを表す。

31 たとえ十石二十石でも、入要ならともかく、その必要はない。

32 第六〇代醍醐帝。仁和元年―延長八年(八八五―九三〇)。諱敦仁。宇多帝の皇子、母贈皇太后胤子。寛平九年受禅、延長八年、朱雀帝に譲位、出家。天暦と併称されて平安文化の盛時といわる(紹運録・大日本史)。

33 ズホフ・ジュホフとも。仏法の祈禱を行うこと。密教の加持祈禱で、延命・増益・息災などを祈る。ここは延命の祈禱。

34 御病気が平癒しない。

[35]さて居ながら、よろづありがたき事をし候ふなれ。それを召して、祈りせさせ給はば、おこたらせ給ひなんかし」と申せば、「さらば」とて、[36]蔵人を御使にて、召しにつかはす。

行きて見るに、聖のさま、ことに貴くめでたし。かうかう宣旨《[37]せんじ》にて召すなり。とくとく参るべき由言へば、聖、「なにしに召すぞ」とて、[38]さらに動き気《げ》もなければ、「かうかう、御悩《[39]ごなう》大事におはします。祈り参らせ給へ」と言へば、「それは参らずとも、ここながら祈り参らせ候はん」と言ふ。「さては、もしおこたらせおはしましたりとも、いかでか聖のしるしとは知るべき」と言へば、[40]「それは、たがしるしといふ事、知らせ給はずとも、ただ御《み》心地《ここち》だにおこたらせ給ひなば、よく候ひなん」と言へば、蔵人、「さるにても、いかでか、あまたの御祈りの中にも、そのしるしと見えんこそよからめ」と言ふに、「さらば、祈り参らせんに、剣《[41]つるぎ》の護法を参らせん。おのづから、御夢にも、幻《まぼろし》にも御覧ぜば、さとは知らせ給

35 そこにそうしていながら。
36 蔵人所の職員。禁中近習の職で、機密の文書を掌り、帝の起居に供奉して、伝宣・進奏・除目等、殿上一切の雑事を掌る。蔵人頭・五位蔵人・六位蔵人等があった。
37 勅宣を宣（の）べ伝えること。又、天皇の口勅を宣べ伝える公文書。
38 いっこうにこの山を動く様子もなかったので。
39 御病気が重態。
40 それは、だれの効験かお分かりにならずとも、ただ御病気さえ御平癒になられたら、よいでしょう（自己の名誉に超然たる言い方）。ただし、亀田孜「信貴山縁起虚実雑考」（仏教芸術第二七号―昭三一、三）によれば、「扶桑略記」第二四の裏書、延長八年八月一九日の条に「依二修験之聞一、召二河内国信貴山寺住沙彌命蓮一、令レ候二左兵衛陣一、為二加持一候二御前一」とあって、命蓮は上京して祈禱せしこと明白（大系注指摘）。
41 剣の衣を着た護法童子。護法とは仏法守護のために使役せられる鬼神。多くは童子の姿をなす。

42 「信貴山縁起」には、剣を編んだ着物を着、右手に一剣を持った童子の姿が描かれている。
43 気分よくなられて。
44 ふだんと変わりないように。
45 僧にも官位があり、その高いものは僧官で僧正・僧都・律師、僧位で法印・法眼(げん)・法橋という。僧正は僧官の第一位、僧の非違を糺すことを掌る。初め一人だったが、後に大・正・権の階級をおき、員数も十余人となった。僧都は僧正に次ぐ僧官。初め一人だったが、後に大・権大・少・権少の四階に分かれた。
46 寺庄、庄園。寺社の庄園は不輸租田で税を免除された。
47 寺庄を管理する職。寺の財政の元締なので汚職の話が多かった。
48 かえって煩わしく。
49 寺領や財政にまつわる俗事が増加して、罪業を得る原因になりやすい。

へ。[42]剣をあみつつ、衣《きぬ》に着たる護法なり。われはさらに、京へはえ出《い》でじ」と言へば、勅使、帰り参りて、かうかうと申すほどに、三日といふ昼《ひる》つ方、ちとまどろませ給ふともなきに、きらきらとある物の見えければ、『いかなる物にか』とて、御覧ずれば、『あの聖の言ひけん剣の護法なり』とおぼしめすより、御心地、[43]さはさはとなりて、いささか心苦しき御事もなく、[44]例ざまにならせ給ひぬ。人人、悦《よろこ》びて、聖を貴がり、めで合ひたり。

御門も限りなく貴くおぼしめして、人を遣《つか》はして、「[45]僧正・僧都にやなるべき。又その寺に、[46]庄《しやう》などや寄すべき」と仰せ遣はす。聖承《うけたまは》りて、「僧都・僧正、さらに候ふまじき事なり。又、かかる所に、庄など寄りぬれば、[47]別当などにくれなど出《い》で来て、[48]なかなかむつかしく、[49]罪得《つみえ》がましく候。ただかくて候はん」とて、やみにけり。

かかるほどに、この聖の姉ぞ一人ありける。この聖、受戒せんとて上《のぼ》りしまま見えぬ、『かうまで年比《としごろ》見えぬは、いかになりぬるやらん。おぼつかなきに、尋ねてみん』とて、上りて、東大寺・山《やま》[50]階寺《しなでら》のわたりを、「まうれんこいん[51]といふ人やある」と尋ぬれど、「知らず」とのみ言ひて、「知りたる」と言ふ人なし。尋ねわびて、『いかにせん。これが行方《ゆくへ》聞きてこそ帰らめ』と思ひて、その夜、東大寺の大仏の御前にて、「このまうれんがあり所、教へさせ給へ」と、夜一夜申して、うちまどろみたる夢に、この仏仰せらるるやう、「尋ぬる僧のあり所は、これより坤《ひつじさる》[52]の方に山あり。その山に、雲棚《たなび》きたる所を、行きて尋ねよ」と仰せらるると見て、覚《さ》めたれば、暁方《あかつきがた》になりにけり。『いつしか、とく夜の明けよかし』と思ひて見居たれば、ほのぼのと明《あ》け方《がた》になりぬ。坤の方を見遣《みや》りたれば、山かすかに見ゆるに、紫の雲棚引きたり。うれしくて、そなたをさして行きたれば、まことに、堂などあり。人ありと見ゆる所へ寄りて、「まうれんこいんやいまする」と言へば、「たそ」とて、出でて

50 奈良市登大路町にある興福寺。藤原氏の氏寺で法相宗大本山。初め山城国宇治郡山階の地に鎌足の嫡室鏡女王が創建、後、大和国飛鳥の地に移して厩坂寺と称し、さらに奈良遷都に伴い不比等が現在地に移転して興福寺と改称（字類抄・拾芥抄・編年記・地名辞書）。南都七大寺の一。

51 「古本説話」「まうれんこゐん」、「信貴山縁起」「命れむこゐ」。

52 西南方。

見れば、信濃なりしわが姉なり。「こは、いかにして尋ねいましたるぞ。思ひかけず」と言へば、ありつる有様《ありさま》を語る。「さて、いかに寒くておはしつらん。これを着せ奉らんとて、持《も》たりつる物なり」とて、引き出でたるを見れば、ふくたい[53]といふものを、なべてにも似ず、ふとき糸して、あつあつと、こまかに、強げにしたるを持《も》て来たり。悦びて取りて着たり。もとは[54]紙衣一重《かみぎぬひとへ》をぞ着たりける。さて、いと寒かりけるに、これを下に着たりければ、あたたかにてよかりけり。さて、多くの年比《としごろ》行ひけり。さて、この姉の尼君も、もとの国へ帰らずとまり居て、そこに行ひてぞありける。

さて、多くの年比、このふくたいをのみ着て行ひければ、果てには、破《や》れ破《や》れと着なしてありけり。鉢に乗りて来《きた》りし倉をば、「飛倉《とびくら》」とぞ言ひける。その倉にぞ、ふくたいの破《や》れなどは納めて、まだあんなり。その破《や》れの端《はし》を、露ばかりなど、おのづから縁に触《ふ》れて得たる人は、守りにしけり。その倉も、朽《く》ち破《やぶ》れて、いま

53 「服体の義」（倭訓栞）、「腹帯の事か。胴着の類でもあらう」（全書注）とあるはいかが。「古本説話」「たい」、「縁起」「たい」とあるよりすれば「たひ」のことか。「和名抄」一三に「衲」を「玄奘三蔵表云、袈裟一領、衲音奴答反、字亦作レ納、俗云能不、一云太比」とあって、僧服の意となす「大系」注が正しかろう。

54 紙子とも。紙製の衣服。厚い白紙に柿渋を塗り、数回日に乾かした後、一夜露ぼしをし、もみ柔らげて衣服に製す。柿渋を塗らぬものを白紙衣という。女人の手に触れずに作り得るために、もと律僧の用。

だあんなり。その木の端を、露ばかり得たる人は、守りにし、毘沙《びしゃ》門《もん》を作り奉りて持ちたる人は、必ず徳つかぬはなかりけり。されば、聞く人、縁を尋ねて、その倉の木の端をば買ひ取りける。

さて、信貴《しぎ》とて、えもいはず験《しるし》ある所にて、今に人々、明け暮れ参る。この毘沙門は、まうれん聖《ひじり》の行ひ出だし奉りけるとか。

一〇三 敏行朝臣《としゆきあそん》ノ事

是も今はむかし、[1]敏行《としゆき》といふ歌詠《うたよみ》は、[2]手をよく書きければ、これかれが言ふにしたがひて、法華経を[3]二百部ばかり書き奉りたりけり。かかるほどに、俄《にはか》に死にけり。『われは死ぬるぞ』とも思はぬに、俄にからめて、引きはりて、率《ゐ》て行けば、『われればかりの人を、[4]おほやけと申すとも、[5]かくせさせ給ふべきか。心得ぬ業《わざ》かな』と思ひて、からめて行く人に、「これはいかなる事ぞ。何事のあや

◆第一〇二話——「今昔」一四、二九話・「十訓抄」六参照。

1 藤原敏行。?—昌泰四年、一説延喜七年(?—九〇一、一説九〇七)。陸奥出羽按察使富士麿の男、母刑部卿紀名虎女。従四位上、蔵人頭、右兵衛督。歌人、能書家(分脈・歌仙伝・江談抄・和歌文学大辞典)。「今昔」に「左近の少将橘敏行」とあるが、下文友則との関係からみて誤りであろう。
2 能書であったので。
3 「今昔」「六十部許」。
4 天皇でも。「今昔」「天皇過(とが)に行はるとも」。
5 こんな風になされる道理がない。

まちにより、かくばかりの目をば見るぞ」と問へば、「いさ[6]、われは知らず。『たしかに召して来《こ》』と仰せを承《うけたまは》りて、率て参るなり。そこは法華経や書き奉りたる」と問へば、「しかじか書き奉りたり」と言へば、「わがためにはいくらか書きたる」と問へば、「わがためとも侍らず。ただ、人の書かすれば、二百部ばかり書きたるらんとおぼゆる」と言へば、「その事の愁訴《うれへ》[7]出で来て、沙汰《さた》[8]のあらんずるにこそあめれ」とばかり言ひて、又、異事《ことごと》も言はで行くほどに、あさましく[9]人の向《む》かふべくもなく、おそろし[10]と言へばおろかなるものの、眼を見れば、稲光《いなびかり》のやうにひらめき、口は、火炎《ほむら》などのやうに、おそろしき気色《けしき》したる軍《いくさ》[11]の、鎧《よろひ》・冑《かぶと》着て、えもいはぬ馬に乗り続きて、二百人ばかり逢《あ》ひたり。見るに、肝《きも》まどひ、倒れ臥《ふ》しぬべき心地《ここち》すれども、われにもあらず引き立てられて行く。

さて、この軍は先立ちて往《い》ぬ。われからめて行く人に、「あれはいかなる軍ぞ」と問へば、「え知らぬか[12]。これこそ、汝《なんぢ》に経あつら

6 さあ、私は知りません。「いさ」は「知らず」に冠せられる副詞。

7 訴え。

8 何分の裁断があるのでしょう。

9 気味悪く、とても人間が手向かいできぬ。

10 恐ろしいどころの話ではない者が。

11 軍兵。

12 なんだ、知らないのか。

へて書かせたる者どもの、その経の功徳《くどく》によりて、天[13]にも生まれ、〔極[14]楽にも参り、又人に生まれ〕返るとも、よき身とも生まるべかりしが、汝が、その経書き奉るとて、魚をも食ひ、女にも触れて、清[15]まはる事もなくて、心をば女のもとに置きて、書き奉りたれば、その功徳のかなはずして、かく[16]いかう猛《たけ》き身に生まれて、汝を[17]妬《ねた》がりて、『呼びて給はらん。その仇《あだ》報ぜん』と、愁訴《うれへ》申せば、この度《たび》は、[18]道理にて召さるべき度にあらねども、この愁訴《うれへ》によりて、召さるるなり」と言ふに、身も切るるやうに、[19]心もしみこほりて、これを聞くに、死ぬべき心地す。

　さて、「われをばいかにせんとて、かくは申すぞ」と問へば、「愚《おろか》にも問ふかな。その持ちたりつる太刀《たち》・刀《かたな》にて、汝が身をば、まづ二百に切り裂《さ》きて、おのおの、一切れづつ取りてんとす。その二百の切れに、汝が心も分《わ》かれて、切れごとに心のありて、責《せた》められんに従ひて、悲しくわびしき目を見んずるぞかし。堪《た》へ難《がた》き事、たと

13 天上界。「今昔」「極楽にも参り、天上・人中にも生まるべかりしに」。人間界の上にあり、すぐれた果報を受ける者の住む処で、清浄にして愉楽に満ちているという想像界。

14 「極楽にも参り、又人に生まれ」底本脱。諸本により補う。

15 清浄に潔斎することなく。肉食や邪淫を断つこと。

16 「いかく」の音便。いかめしく。

17 恨んで。

18 天寿を全うして召さる（死ぬ）べきではないのだが。「今昔」「召さるべき道理に非ずといへども」。

19 心も凍る思いで。ぞっとして。恐怖に戦慄するさま。

へんかたあらんやは」と言ふ。「さて、その事をば、いかにしてか助かるべき」と言へば、「さらにわれも心も及ばず。まして助かるべき事[21]はあるべきにあらず[20]」と言ふに、歩《あゆ》む空なし。

又行けば、大きなる川あり。その水を見れば、濃く摺《す》りたる墨の色にて流れたり。『あやしき水の色かな』と見て、「これは、いかなる水なれば、墨の色なるぞ」と問へば、「知らずや。これこそ、汝が書き奉りたる法華経の墨の、かく流るるよ」と言ふ。「それは、いかなれば、かく川にては流るるぞ」と問ふに、「心の、よく誠をいたして、清く書き奉りたる経は、さながら、王宮[22]に納められぬ。汝が書き奉りたるやうに、心きたなく、身けがらはしうて書き奉りたる経は、広き野に捨て置きたれば、その墨の、雨に濡《ぬ》れて、かく川にて流る[23]なり。この川は、汝が書き奉りたる経の墨の川なり」と言ふに、いと恐ろしとも愚《おろか》なり。

「さてもこの事は、いかにしてか助かるべき事ある。教へて助け給

20　とても自分にもよい思案はない。
21　「事」とあるは底本のみ。陽・九「身」、桃・龍・名・古・板「力」。
22　閻魔王宮。但し「今昔」は「龍宮」。
23　古本系諸本、底本に同じ。「流るゝ」の「ゝ」落ちたるか。

へ」と泣く泣く言へば、「いとほしけれども、[24]よろしき罪ならばこそは、助かるべき方《かた》をも構《かま》へめ。これは、心も及び、口にても述《の》ぶべきやうもなき罪なれば、いかがせん」と言ふに、ともかくも言ふべき方なうて行くほどに、恐ろしげなるもの走り逢《あ》ひて、[25]「遅く率《ゐ》て参る」と戒《いまし》め言へば、それを聞きて、[26]さけたてて、率て参りぬ。大きなる門《かど》に、わがやうに引きはられ、又、[27]頸枷《くびかし》などいふ物を[28]はげられて、結《ゆ》ひ搦《から》められて、堪《た》へがたげなる目を見たる者どもの、数も知らず、十方より出で来たり。[29]集まりて、門に所なく入り満ちたり。門より見入るれば、[30]逢《あ》ひたりつる軍ども、目をいからかし、舌なめづりをして、われを見つけて、『とく率《ゐ》て来《こ》かし』と思ひたる気色《けしき》にて立ちさまよふを見るに、[31]いとど土も踏まれず。「さてもさても、いかにし侍らんとする」と言へば、その控《ひか》へたる者、[32]「四巻経書き奉らんといふ願《ぐわん》を起こせ」と、みそかに言へば、今門入るほどに、『この咎《とが》は、四巻経書き供養して[33]あがはん』といふ願を発《おこ》し

24 通りいっぺんの罪であるなら、助かる方法も講じてやれようが。
25 連れて来るのがおそいぞ。
26 このままでは「さげ立てて」で、首根っ子など吊し上げて（大系注）の意となるが、「今昔」「前（さき）に立てて」とあるに徴すれば、「さきだてて」の誤写か。
27 首枷。木や鉄で作り、首にはめて自由を奪う刑具。手にはめるを手かし、足にはめるを足かしという。「和名抄」一三「盤伽、久比加之」。
28 はめられて。
29 底本「あやまりて」。諸本により改補。
30 先刻出あった軍兵ども。
31 足が地につかぬ思い。
32 金光明最勝王経のこと。略称して最勝王経、金光明経とも。いくつかの漢訳があり、それによって巻数・品数が相違する。西涼の曇無讖（どんむしん）訳は旧訳と称して四巻一八品、「四巻経」の称はこれによる。唐の義浄の訳は一〇巻三一品。中国にては天台宗で重んぜられ、わが国でもその余風を受けて、仁王般若経・法華経とともに護国の三経と称せられ、南都三会（さんえ）の中、御斎会・最勝会の講説には新訳の金光

明最勝王経を用いた。仏が王舎城霊鷲山で説いたもので、これを読誦修行すれば諸仏菩薩の加護があるといわれる。
33 贖罪をしよう。
34 閻魔の庁。
35 裁判を取りしきる人。閻魔大王をさす。
36 人間界。「世界」底本脱。諸本により補う。
37 身柄を与えて。
38 四巻経を書写供養しようとして果たし得なかった罪が重く、いよいよ抗弁のしようもございません。但し「今昔」「この罪贖ふ方あらじ」とある。

つ。

さて入りて、[34]庁《ちやう》の前に引き据ゑつ。[35]事沙汰する人、「かれは敏行か」と問へば、「さに侍り」と、この付きたる者応《こた》ふ。「愁訴《うれへ》ども頻《しきり》なるものを、など遅くは参りつるぞ」と言へば、「召し捕《と》りたるまま、とどこほりなく率て参りて候」といふ。「[36]娑婆〔世界〕にて、何事かせし」と問はるれば、「仕《つか》まつりたる事もなし。人の誂《あつら》へに従ひて、法華経を二百部書き奉りて侍りつる」と答ふ。それを聞きて、「汝は、もと受けたるところの命は、今しばらくあるべけれど、その経書き奉りし事の、けがらはしく、清からで書きたる愁訴《うれへ》の出で来て、からめられぬるなり。速《すみや》かに愁訴申す者どもに、[37]出《いだ》し賜《た》びて、かれらが思ひのままにせさすべきなり」とある時に、ありつる軍ども、悦べる気色《けしき》にて、受け取らんとする時、わななくわななく、「四巻経書き供養せんと申す願《ぐわん》の候ふを、その事をなん、いまだ遂《と》げ候はぬに、召され候ひぬれば、[38]この罪重く、いとどあらがふ方候はぬなり」と申せば、この沙汰する人聞き驚きて、[39]「さる事やはある。まことならば不便《ふびん》なりける事かな。[40]丁を引きて見よ」と言へば、又人、大きなる[41]文を取り出でて、引く引く見るに、わがせし事どもを、一事もおとさずしるし付けたる中に、罪の事のみありて、功徳《くどく》の事一つもなし。この門入りつるほどに、発《おこ》しつる願なれば、奥の果てにしるされにけり。[42]文《ふみ》引き果てて、今はとする時に、「さる事侍り。この奥にこそしるされて侍れ」と申し上げければ、「さては、いと不便の事なり。この度の暇《いとま》をば許し賜《た》びて、その願遂げさせて、[43]ともかくもあるべき事なり」と定められければ、この目をいからかして、われをとく得んと、[44]手を舐《ねぶ》りつる軍《いくさ》ども失《う》せにけり。「たしかに、娑婆《しゃば》世界に帰りて、その願必ず遂げさせよ」とて、許さるると思ふほどに、生き返りにけり。

妻子、泣き合ひてありける二日といふに、夢の覚《さ》めたる心地《ここち》して、目を[45]見あけたりければ、「生き返りたり」とて、悦びて、湯を

39 そういう事実があるのか。単なる疑問。
40 底・龍・名・桃「十」。陽・蓬・九・板「丁」とあるに従う。古「帳」。帳、帳面のこと。
41 文書。帳簿。
42 文書を一枚ずつめくり終えて、まさに終わりという時に。
43 あらためて詮議し直すべきだ。
44 手につばして待ちかまえていた軍兵ども。
45 「今昔」「見開きたれば」とあるに徴すれば、「見あけ」で「見上げ」ではあるまい。

呑《の》ませなどするにぞ、『さは、われは死にたりけるにこそありけれ』と心得て、勘《46かんが》へられつる事ども、ありつるありさま、願を発《おこ》して、その力にて許されつる事など、あきらかなる鏡に向かひたらんやうにおぼえければ、『いつしか、わが力付きて、清まはりて、心清く四巻経書き供養し奉らん』と思ひけり。やうやう日比経《ごろへ》、比《47ころ》過ぎて、例のやうに心地もなりにければ、いつしか四巻経書き奉るべき紙、[48]経師に打ち継《つ》がせ、罫《49け》かけさせて、書き奉らんと思ひけるが、なほもとの心の色めかしう[50]、経仏の方に、心のいたらざりければ、『この女のもとに行き、あの女化粧《51けしやう》し、いかでよき歌詠《よ》まん』など思ひけるほどに、いとまもなくて、はかなく年月過ぎて、経をも書き奉らで、[52]この受けたりける齢《よはひ》の限りにやなりにけん、遂に失せにけり。

その後《のち》、一二年ばかり隔《へだ》てて、紀友則《53きのとものり》といふ歌詠《うたよみ》の、夢に見えけるやう、この敏行とおぼしき者に逢ひたれば、敏行とは思へども、さま・かたち、たとふべき方もなく、あさましく、恐ろしう、ゆゆ

46 糺問されたこと。

47 「月比過ぎて」の「月」を脱せるかとなす「新釈」に従ぅべきか。「今昔」「月日過ぎて」。

48 もとは経文を書写する人を指したが、後には経巻の表具を業とする者をいう。ここでは後者。転じてさらに書画屏風・襖（ふすま）などの表装を業とする職人をも称した。

49 紙に字の列びを正しく書くために、目じるしに引いた線。ここでは縦線であろう。

50 好色で。

51 懸想。諸本「けしやう」。

52 天命の終わりになったからであろうか。

53 歌人。生没年不明。宇多・醍醐時代の人。宮内少輔（しょう）有友の男。貫之の従弟。土佐掾・少内記を経て、延喜四年大内記。「古今」撰者の一人なれど、途中で死んだらしい。「友則集」あり、「古今」以下に六四首入集（紀氏系図・歌仙伝・和

しげにて、[54]うつつにも語りし事を言ひて、「四巻経書き奉らんといふ願によりて、しばらくの命を助けて返されたりしかども、なほ心のおろかに怠《おこた》りて、その経を書かずして、遂に失せにし罪によりて、たとふべき方もなき苦を受けてなんあるを、もし哀《あは》れと思ひ給はば、[55]その料《れう》の紙は、いまだ有るらん。その紙尋ね取りて、[56]三井寺にそれがしといふ僧に誂《あつら》へて、書き供養をさせて賜《た》べ」と言ひて、大きなる声を上げて泣き叫ぶと見て、[57]汗水《あせみづ》になりて、驚きて、明くるや遅きと、その料紙尋ね取りて、やがて三井寺に行きて、夢に見つる僧のもとへ行きたれば、僧見つけて、「うれしき事かな。ただ今、人を参らせん、みづからにても参りて申さんと思ふ事のありつるに、かくおはしましたる事のうれしさ」と言へば、先づ、わが見つる夢をば語らで、「何事ぞ」と問へば、「こよひの夢に、故敏行朝臣の見え給ひつるなり。『四巻経書き奉るべかりしを、心の怠りに、え書き供養し奉らずなりにし、その罪によりて、きはまりなき

歌文学大辞典)。「古今」一六、哀傷に藤原敏行朝臣の身まかりにける時によみてかの家に遣はしける」と詞書して、「ねても見ゆねでも見えけり大方は空蟬の世ぞ夢にはありける」(八三三)の歌が見え(大系指摘)、敏行と親しかったことが分かる。

54 生前、現実にも語っていた事。

55 そのための材料の紙。

56 園城寺。滋賀県大津市別所にある天台宗寺門派の総本山。第一八話の注参照。

57 全身汗になって。

苦を受くるを、その料紙は、[58]御前《ごぜん》のもとになんあらん。その紙尋ね取りて、四巻経書き供養し奉れ。事のやうは、御前に問ひ奉れ』とありつる。大きなる声を放《はな》ちて叫び泣き給ふと見つる」と語るに、あはれなる事、愚《おろか》ならず。さし向かひて、さめざめと二人泣きて、「われも、しかじか夢を見て、その紙を尋ね取りて、ここに持ちて侍り」と言ひて、取らするに、いみじうあはれがりて、この僧、まことをいたして、手づからみづから、書き供養し奉りて後、又二人が夢に、この功徳《くどく》によりて、堪《た》へ難き苦、少し免《まぬが》れたる由、心地よげにて、形《かたち》も初め見しには変りて、よかりけりとなん見けり。

一〇三　東大寺華厳会《けごんゑ》ノ事

これも今はむかし、[1]東大寺に、[2]恒例《こうれい》の大法会《だいほふゑ》あり。[3]華厳会《けごんゑ》とぞいふ。[4]大仏殿の内に、[5]高座《かうざ》を立てて、[6]講師《かうじ》のぼりて、堂のうしろよ

58　あなたのもとにありましょう。

◆第一〇三話――「建久御巡礼記」・「古事談」三・「今昔」一二、七・「東大寺要録」二参照。

1　華厳宗の大本山。第四話の注参照。

2　「建久御巡礼記」「此寺ニ三月十四日ニ、恒例ノ法会トシテ」。「古事談」「此寺ニ三月十四日有二大会一。号二華厳会一」。

3　華厳経を講説讃嘆する法会。

4　大仏（盧舎那仏）を安置した仏殿。天平勝宝三年完工。

5　説法をする僧のために設けた一段高い席。仏壇に向かい左が講師の高座、右が読師の高座。

6　法会の際、仏典の講説をする僧。

7　寺院の創立者。

8　ここでは聖武天皇。「今昔」では、講師としては天竺より渡来せる婆羅門僧正に決定したが、読師に適当な人なく困っていた時、開眼供養の朝、最初に寺へ来た人をなせと夢告があり、鯖売りの翁が最初に来たので読師にしたとある。

り、かい消つやうにして逃げて出づるなり。古老伝《つた》へていはく、「御寺建立《こんりふ》の始め、鯖《さば》を売る翁来《きた》る。ここに本願[7]の上皇[8]召しとどめて、大会《だいゑ》の講師とす。売るところの鯖を経机《きやうづくゑ》に置く。変じて八十[9]華厳経となる。すなはち、講説の間《あひだ》、[10]梵語《ぼんご》をさへづる。法会《ほふゑ》の中間に、高座にして、たちまちに失せをはりぬ」。又いはく、「鯖を売る翁、杖を持ちて鯖を担《にな》ふ。その鯖の数八十、すなはち変じて八十華厳経となる。件《くだん》の杖の木、大仏殿の内、[11]東回廊《ひむがしのかいらう》の前に突き立つ。たちまちに枝葉をなす。これ[12]白榛《びやくしん》の木なり。今伽藍《がらん》の栄《さか》え衰へんとするに従ひて、この木栄え枯《か》る」といふ。かの会《ゑ》の講師、この比《ころ》までも、中間の高座よりおりて、後戸《うしろど》よりかい消つやうにして出づる事、これを[13]まなぶなり。

かの鯖の〔[14]杖の木、三四十年がさきまでは、葉は青くて栄えたり〕。そののち、なほ枯木にて立てりしが、この度《たび》、[15]平家の炎上に焼《や》けをはりぬ。

9 華厳経は正しくは大方広仏華厳経という。又、雑華経とも。仏成道後初めて説いた経。漢訳に三種あり。一は東晋安帝代の六〇巻本。天竺の仏駄跋陀羅（ぶつだばつだら）の訳で、旧訳又は六十華厳と称す。二は唐則天武后代の八十巻本。于闐（うてん）の実叉難陀（じつしやなんだ）の訳で、新訳又は八十華厳と称す。本文のものはこれをさす。三は唐徳宗代の四〇巻本。

10 インド古代の言語。サンスクリット。

11 「古事談」「東西廊」、同異本「東面廊」。「今昔」「今に御堂の東の方の庭にあり」。

12 松杉科びゃくしん属の常緑高木。

13 まねしたのだ。

14 「杖の木……栄えたり」底本欠。諸本により補う。「今昔」「其の長（たけ）増る事なく、亦栄（はなさか）ずして、常に枯れたる相（すがた）にてありとなむ」、「建久御巡礼記」「三四十年ノ前マデハ」。この部分を何と解するかが、古来「今昔」や「宇治拾遺」の成立年代を推定する根拠の一とされた。

15 治承四年（一一八〇）一二月二八日、平重衡の南都攻めで、東大・興福等

世の末のしき[16]、口惜しかりけり。

の諸寺炎上。

16 古本系諸本、これと同じ。「しき」は「式」で、しきたり、又は体裁、有様などの意か。「とはずがたり」に頻出する「しき」と同意か。古活「世の末ぞかし」、九本「世の末かしき」、板本「世の末のかし」とあるも信ぜられず。「世の末ぞかし」の如きは、しいて意を通ぜしめんとしたための改変か。

解　説

一　説話文学の時代

院政期から鎌倉期にかけて、説話集が続出した一時期があった。説話文学の黄金時代と呼ばれ、この時期を過ぎると、件んの水脈は急速に衰える。

文字が今日ほど普及せず、マス・メディヤによる情報の伝達が皆無であった時代、口頭による説話はいつの世でも盛んに行われたに違いないのだが、それが「説話集」として文献に結集されるのが、なぜこの時期に集中したのであろうか。

説話は「事実」もしくは「事実」と信じられて語り継がれたものであり、説話文学はかかる主観的事実を文学化したものであるから、それらを集めた説話集が簇出するには、それらに対する一般の要望と、それらを収録する著者の熱意とが旺盛であることを必須の条件とする。生活の価値体系に変動が生じた時代に、説話集に対する要望が強まることは想像がつく。「世間話」によって世間を知ろうとする欲求が強まるのはいわずもがな、「昔話」でも、それによって生活の指針を得ようとする欲望が強くなる。既成の社会秩序が崩壊し、新しいそれが確立するまでの動乱時代、そういう時期には人々は生きてゆくための心の寄る辺を求めて暗中に模索する。どのようにすれば生を全うし、又はそれを増幅し得るか。また、どのようにすれば生を失い、又は失敗するか——人々はこれらにたえず注視を怠らない。といっても、新聞もテレビもない時代に、頼るのは口込みによる「話」だけである。どこの某《なにがし》はかくのごとくして成功した、他の某はかくのごとくして失敗したという「事実」の聞き込みが、これほど重要視された時期はない。「虚構」の物語が展開する恋の哀歓に陶酔した王朝の盛時はすでに去った。かつては万人あこがれの的であった公卿や殿上人の地位も、今では実力を伴わぬ空位と化しつつあり、反対に地下人とさげすまれた武士が、武力と生産力とによって巨大な富と権力とを掌握しているではないか。この両極の間にうごめく庶民各層の成否隆替は応接に暇がない。社会の秩序が固定し、生活の規律や倫理が一定していた時代には考えも及ばなかった事態が頻出するのが、動乱時代の特徴である。人々はいやでも「事実」に注目せざるを得ないのだ。主観的事実を記録する説話文学が栄える第一の基盤はここにある。

貴族の支配による律令体制の崩壊、武士の支配による封建体制への移行。院政期から鎌倉期へかけての百年はこのめまぐるしい転換期にあたる。「今昔物語集」はかかる転換を前触れする時期を象徴する説話集であり、「古今著聞集」はそれがほぼ終了した時期を象徴する説話集である。前者には興り来るものの活気が揺動し、後者には滅びゆくものへの郷愁が遍満する。「宇治拾遺物語」はこの中間に位置する説話集である。それはあらゆる意味で、その中間色を顕著に所有しているといってよい。

もっとも、説話集のかかる特徴を際立たせる要因は、たんに時期だけではない。作者（編者）の社会的地位や姿勢、考え方が大いに垂跡する。今日、この三大説話集の作者として確実にその官位・姓名が判明しているのは「著聞集」の橘成季だけであるが、彼は従五位下の下級官人、名門橘氏の系脈につながるとはいいながら、王朝の盛時ですら受領渡世に甘んじた氏族であり、まして鎌倉の新時代に雄飛跳躍した形跡は全くない。それが王朝の盛時を回顧し、往時の貴紳の風雅な足跡を記し止めんとして書いたのが「著聞集」である。滅びゆくものへの郷愁が遍満しているのはゆえなしとしない。他の二著「今昔」と「宇治拾遺」については、作者が全くわかっていない。その属性についての推測は行われているものの、それを裏付ける決定的な決め手はない。されば作者の社会的地位や姿勢、考え方についても、両著の内容から逆推測を施す以外にすべはない。

その結果は先にも示したように、「今昔」が新時代を予見させ、「著聞集」は旧時代を懐古し、「宇治拾遺」はその中間色をたたえているのだが、これはあくまでひととおりの概括にすぎず、部分的には全く逆の傾向を示している個処も少なくない。しかもそうした新旧両傾向の混在こそは、まさに混沌の時代、不安の時期の象徴というべきであろう。興り来るものは常に成功し、滅びゆくものは常に失敗するのであれば、それはむしろ安定した社会、価値の一定した時代といわねばならない。

仏教・故実・和歌・世俗――これらはこの時期における説話を発生せしめる四大要素であるといわれるが、それらはひっきょう、「生」を全うし、又は充実させるために欠くべからざるものとして諸人の関心を集めたから、説話の発生母胎となったにすぎない。仏教のおびただしい霊験譚や利生譚は、かくすれば幸福を得られるとの信仰のもとに伝承されたものであり、公卿の漢文日記に煩瑣なまでに詳述された故実の作法は、公事《くじ》のつつがなき運営に精通していることが、官界における立身の捷径であればこそ丹念に書き込まれたものに相違ない。詩歌に関する説話が多いことも、秀句や名歌の利徳によって名誉を高揚し、それが幸福や成功に寄与すると信じられたからである。その他、陰陽・武術・医術等、特技が何であれ、それによって災難を免れ、寿福の増長に多大の効験があると信じられていたからこそ、それらに関する説話があまねく流布したものと考えられる。

当時の人々は、説話によって周囲に生起した大小の事件を知り、遠き異郷から流れてきた説話によって天下の大勢をおぼろげながら会得し、それらの判断によって自己の進退や処置を考えたのである。情報は必ずしも正確ではないから、判断を誤って失敗したケースも多かったであろう。時には反対の情報を同時に聴取して、取捨に迷ったこともあったろう。

立場を換えて情報を送る側よりすれば、このような混沌不安の時代こそ、わが宗、わが信仰を喧伝するのに都合のよい時期はない。すがるものを求めて途方にくれる民衆の心を掌握するために、おびただしい説話が語られ、熱意をもって集録もされたであろう。寺社への参籠、市、侍部屋など、群衆がつどう場にも事欠かなかった。

しかし、大衆の実生活が直接必要とするものは、古来芸術的に高い価値があたえられたためしがない。説話集もまたその例外ではない。これらは歌集はもとより、架空の物語に比しても、決して高い文学的な価値はあたえられていなかった。作者（編者）もまた、自己の集録する説話集に高い芸術的価値を附与せんとの明確な自覚は持たず、ただ必要な話を集めさえすればよいとの考えでそうしたものが多い。先行の文献から抜き書きしたものが多く、著作権意識が薄いのはそのためである。作者不明のレッテルのままで後世に伝えられた書が多いのもそのためであろう。綿密な思案、入念な構想、字句文章の彫琢よりも、必要な「話」を多く集めようとの意識が先行するのはやむをえまい。

が、こうした意識も、時代が下るにつれてようやく変化の兆を見せる。同じく主観的事実を語るにしても、できるだけおもしろく、できるだけ洗練された表現でこれを書き止めようとの意図が次第に顕著となる。「今昔」よりも「宇治拾遺」が、「宇治拾遺」よりも「著聞集」が、かかる芸術的な錬磨の意図をいっそうあらわにしてゆくのをわれわれは見る。「著聞集」はそういう作者の意図が最高頂に達した作品である。二十巻、三十編の整然たる編成、序・跋・総目録を完備し、功成るや「竟宴の儀」まで行って「勅撰和歌集」の撰に準じたのは、説話集の文学的地位を高めようとする作者の意図のあらわれと考えられる。

錬度の高い、完成された芸術作品は、民衆の実用のためのものではなく、「無用の用」であるとは、古来芸術論の鉄則である。だが、それは芸術的にはいかに高くすぐれたものであろうとも、その時点で民衆の要望からは次第に乖離し、生活の垢と汗とを脱落させてゆくのも、また避けがたい宿命である。「著聞集」にはもはや前進的な発展はなく、説話文学の歴史がこれをもってほぼその使命を終結するのはそのためである。と同時に、一見粗笨と見えた先行の説話集に、かえって民衆の汗と脂《あぶら》や涙と笑いが充満し、千年後のわれわれにも隣人の体臭にむせる思いをいだかせる事実を想起したい。

繰り返していう。「宇治拾遺物語」は、かかる説話文学史の、ほぼ中間に成った作品である。

二　成　立

現在の「宇治拾遺物語」には、その成立の事情を語る作者自身の「序」や「跋」はない。いつ、だれが、どのような意図と目的で本書を著作したのか、正確ないきさつはわからない。ただ、後人の手に成る「序」が付せられている。その文末に、

さるほどに、今の世に、又物語書き入れたる出で来れり。大納言の物語に漏《も》れたるを拾ひ集め、又その後の事など、書き集めたるなるべし。名を宇治拾遺物語といふ。

とあって、これを信ずれば、この「序」を書いた当人は「宇治拾遺物語」のできた「今の世」の人ということになる。もっとも「今の世」という概念を、どれほどの時間的間隔を持った「世」と考えるかについては、議論が分かれよう。が、どのようにそれが分かれるにせよ、はるか後代の「世」をさすとは考えられない。「宇治拾遺物語」が成立してさしたる期間を置かぬ「世」と考えざるを得ない。してみると、この「序」に書かれた内容の信憑性はかなり高いということになる。それによると——、

まず源隆国著の「宇治大納言物語」の成立事情を語り、その正本が侍従俊貞という人のもとに伝来している旨を明らかにし、さらに、

後に、さかしき人々書き入れたる間、物語多くなれり。大納言より後の事、書き入れたる本もあるに

こそ。

と、隆国以後、何人かの後人によって物語が増補され、分量がふえた事実を記している。そうして、「さるほどに、今の世に、云々」と、先に掲げた文章につづくのである。

右によれば、「宇治拾遺物語」は、「今の世に」、「宇治大納言物語」にもれたるを拾い集め、その後のことなど書き集めた説話集だということになる。その作業をなした人がだれであるかはわからなかったとみえて、氏名は明らかにされていない。それは、これまでの「宇治大納言物語」の増補者の氏名が判明せず、「さかしき人々」と一括されているのと全く同様の扱いである。但し、これまでの増補本は、あくまでも「大納言物語」の増補本たる扱いしかなされていないのに、本書に限り、「宇治拾遺物語」という歴とした書名が与えられ、「拾遺」の名の由来についても、

宇治に残れるを拾ふと付けたるにや、又侍従を拾遺と言へば、侍従大納言はべるをまなびて、云々

と、筆者の考勘が附与されてもいるのである。これらの諸点より察するに、筆者はこれを独立した一書と見なしていること確実であろう。基になったのは依然として「宇治大納言物語」であっても、拾遺や増補の規模が従来の単なる増補本とは異なり、一書と認めるにやぶさかでない所以を明白にしていると考えられる。「古今和歌集」に対する「拾遺和歌集」のごとき関係を、筆者は想定したのでもあったろうか。

ところで、問題の書「宇治大納言物語」については、今日では湮滅したと一般には考えられているから、その内容の委細がわからぬ以上、「宇治拾遺物語」がそれを距《さ》るいかほどの距離にあるやは判じがた

い。書き入れ（増補）や「拾遺」がどの程度の質・量においてなされたかの詳細は知り得ない。

現在、説話の比較研究はすこぶる進展しているが、たとえば「日本古典文学大系」の調査によれば、「宇治拾遺」の総説話一九七編のうち、先行説話集に先例のあるもの一四三編、さらに文章まで酷似せる同文的説話は、「今昔物語集」との間に八二編、「古本説話集」と二二編、「古事談」との間に二〇編が、それぞれ数えられるという。とりわけ「今昔」との共通話八二編は、本書総説話の半数にもなんなんとする数で、一見浅からぬ親近関係がこの両書の間に伏在することを推察させる。

ところが、一見疑い得ぬこの親近関係も、ひとたび視点を変えて各説話の起句と結句とに注目すると、それを否定する反証に出会うのである。周知のごとく「今昔物語集」は各説話すべて「今は昔」で始まり、「となむ語り伝へたるとや」で終わる。これをもって一千有余の説話を一貫しているところから、「今昔物語集」という書名も由来すると考えられている。ところが「宇治拾遺」は、これほど一貫した型を持っていない。起句は「今は昔」の外に、「昔」「これも今は昔」など、やや崩れた句がしばしば見られるとともに、「この近くの事なるべし」（第五七話）のごとく、最近のできごとである旨を明記した表現もあり、或いはかかる時期を示す表現を全く省略して、「大和国に龍門といふ所に」（第七話）と場所の指定から始めたり、又はそれらも省略して、「旅人の宿求めけるに」（第八話）と、いきなり事件の叙述から入るなど、千差万別である。

結句も「となん」「とぞ」「とか」「とかや」など説話らしい結尾とともに、「恵心の御房も戒め給ふにこそ」(第二話)、「郡司が言葉にたがはず」(第四話)、「逃げていにけり」(第五話)など、伝承を示唆する文句を全くふくまぬ終わり方もあって、これは起句以上に雑多である。単純から複雑へ、整齊から多様へと移行してゆく説話集の歴史をさながら見る心地がする。ただ一つ奇妙なことは、「今昔」の起句「今は昔」は「宇治拾遺」でも何回か踏襲されているにかかわらず、結句の「となむ語り伝へたるとや」は、ついに一回も見えないのである。もし「宇治拾遺」の作者が「今昔」を常に座右に置いて参照し、そこから八二話も同文的に採録するほどの敬慕と親近を捧げたものであるならば、これはすこぶる腑に落ちない事象だといわねばならぬ。起句や途中の文章を、さながらといってよいほど採っておきながら、なぜに結句の「となむ語り伝へたるとや」のみを、かたくなに忌避したのか。拒否の理由は、どう考えても見出せない。残る解決法はただ一つ、「宇治拾遺」の作者が「今昔」を見ていなかったと考えるより外に道がない。

では、なぜ、「今昔」を見ていなかった作者が、それと同文的な説話を八二話も採ったのか。ここで再び思い出されるのが源隆国の「宇治大納言物語」である。例の八二話は、もともと「宇治大納言物語」にあったもので、「今昔」の作者も『宇治拾遺」の作者も、ともに同書から同文的に採用したと考えれば、いちおうの解決はつく。かつては「今昔」と「宇治拾遺」との間に親子関係を想定した学界が、近時それを兄弟関係に改めたのも、理由のないことではない。しかし、肝腎の「宇治大納言物語」が湮滅してその詳しい姿を今日に伝えてくれぬ以上、これより先の推測は全く不可能である。後には「宇治大納言物語」と「宇治拾遺物語」との間に混乱がおこり、これを同一視する記事まで現れる。それに「今昔物語集」がさらに一枚加わり、混乱はいっそうひどくなる。

かくて本書の作者が不明のまま残されるとともに、成立の時期についても確定はなしがたい。ただ、本書に記されている内容や他書との関係から、古来いくつかの推測はなされている。「日本古典文学大系」や「日本古典文学全集」の「解説」はそれらを要領よくまとめているが、とりわけ後者は個条書きにし、表まで添えてあって一目瞭然である。ここではごく簡単に列記しておく。

㈠ 建保年間説

古くは佐藤誠実の「宇治拾遺物語考」(史学雑誌、明治三四年二月)が主張したもの。その根拠は、第一〇三話「東大寺華厳会ノ事」に見える「鯖《さば》の杖の木」が「三十四年がさきまでは、葉は青くて栄えたり。その後、なほ枯木にてたてりしが、このたび平家の炎上に焼けおはりぬ」とあるに注目し、「このたび平家の炎上」とは治承四年十二月二十八日、平重衡の南都焼打ちをさすものであるから、「宇治拾遺」の成立はこれを距《さ》る遠からざるころと考えた。その後、後藤丹治は「建久御巡礼記を論じて宇治拾遺の著述年代に及ぶ」(文学、昭和六年九月)なる論文において、この話は「建久御巡礼記」が典拠となっているから、これを「宇治拾遺」の著述年代に直結するのは危険である旨を指摘した。「御巡礼記」の前田家本では「三十四年がさきまでは」の文が「三四十年ノ前マデハ」とあり、久原文庫本では「三十年ノ前」、神宮文庫本では「三十余年」とあって、必ずしも一致しない。「宇治拾遺」の当の文句も、本書の底本となした書陵部本では欠落し、陽明文庫本その他では「三四十年がさきまで」とあって、これ又一致しない。したがって、この文句から「宇治拾遺」の成立年代を安易に推定することはできない。

それよりも、第一一六話（通算番号）「堀川院明暹に笛吹カセ給フ事」の末尾に、「件の笛つたはりて、いま八幡別当幸清がもとにありとか」とあって、次に二行割注して「件笛幸清進上当今建保三年也」とあり、この「当今」は順徳天皇をさし、建保年間の成立を示す直接の資料ではないかと疑われた。但しこの割注は後人の加筆と考えられ、前記後藤丹治の論文では、これが「古事談」第六を典拠とするものであり、「古事談」の成立は建暦二年（一二一二）から建保三年（一二一五）と目せられるから、「宇治拾遺」の成立はそれ以後まもなくの建保年間であろうとされたのである。

(二) 仁治三年以後増補説

ところが、第一五九話（通算番号）「水無瀬殿鼯《むささび》ノ事」の冒頭は「後鳥羽院の御時、水無瀬殿に、云々」とあって、ここにいう「後鳥羽院」の諡《おくりな》は仁治三年（一二四二）に贈られたものである（「百錬抄」「一代要記」）から、少なくともこの部分はそれ以後の述作といわざるを得ない。しかし、これはおそらく後人の増補であろうというのが今日の通説である。

総じて鎌倉初期、承久の乱以前に原本はいちおう成立し、乱以後、詳しくは仁治三年以後の或る時期に増補されたと見られている。それ以上の細かい断定は現在なお困難である。本書もまた、おおかたの説話集がそうであるように、作者・成立時期ともに雲霧の中におおわれて、歴史の照明を拒んでいるといわざるを得ない。

三　編成と組織

本書は万治二年の板本が長く流布本として用いられたために、一五巻、雑纂形態の説話集とされてきた。が、この一五巻という巻数と分類は全く根拠のないものであると考えられる。古本系諸本はおおむね二冊（書陵部本・陽明文庫本・龍門文庫本・京大本）、その外に五冊本・八冊本などもあるが、主要なる古本系諸本はみな二冊である。その分け方も第一話から第一〇三話までが第一冊、第一〇四話から第一九七話までが第二冊となっていることも一致する。ただ、総数一九七に上る説話をわずか二冊に分類し、これを二巻とするには一巻の分量が多きにすぎる。又、なぜ、第一〇三話、例の「東大寺華厳会ノ事」の話をもって第一冊の終わりとなし、次の第一〇四話「猟師仏ヲ射ル事」をもって第二冊目の初めとなしたかの理由も判然としない。全くの雑纂であるなら、どこで切っても大差はなく、ほぼ真ん中辺で分断すればよいわけだが、隣り合わせる説話については多少の類纂意識は働いたらしく、注意して見ればその痕跡を発見することもできるのだが、第一〇三話と一〇四話の間で両断しなければならぬ明確な理由は見当たらない。

又、今日、古本系諸本の内題の下に「抄出之次第、不同也」とある謎のような文句を何と解すべきか。これを記したのはだれか。「宇治拾遺」の作者か。それとも現存諸本の祖本の書写者か。又はそれ以後の何人か。「抄出」とある以上、何らかの親本から「抄出」したに違いないのだが、その親本とは何をさすか。これをすぐさま、例の「宇治大納言物語」と速断するのは早計にすぎようが、しからばいったいいかなる書か。そのような親本がもしあったとすれば、それは現在の「宇治拾遺物語」よりははるかに浩翰大量のものと考えざるを得ない。

今日、本書の諸本は大別して「古本系」と「流布本系」の二つに分類されており、特にその巻数については二冊から一五巻に及ぶ大差が存してはいるけれども、説話の実数はほぼ同数であり、著しい異本と目すべきものも存しない。さらに古本系諸本といえども、その書写年代はおおむね江戸期以前に遡らず、最古と見られる吉田幸一氏所蔵本も江戸初期か、せいぜい天文ごろの書写であろうという。してみれば、本書が成ったと目せられる鎌倉初期（一三世紀初め）を下ること実に三、四百年、原本の実体はもとより、現存諸本の祖本に至るまでの書写の経路すら判明しない。

最も飛躍した想像をすれば、真に「宇治拾遺物語」と称すべきは、抄出された親本のみをさし、現在のそれは真物《ほんもの》から抄出したダイジェスト本だということになろう。しかも、その「抄出之次第」が「不同」であるとは、アトランダムに抜き書きしたことに外ならず、これでは全くの雑纂という外ない。隣り合わせの説話どうしの間にわずかに残る連鎖の糸は、そうしてアトランダムに抄出しながらも、抄出者の頭のかげにほのめいた近接意識のあらわれか、又は親本にあった分類のおのずからなる残映と解せられる。

しかし、右は最も飛躍した想像であって、これを一方の極とすれば、他の極には、こうして抄出されたものが外ならぬ「宇治拾遺物語」であり、かの親本とはその土台となった他の書物だという仮定がおかれよう。ただ、この仮定を採れば、「宇治拾遺物語」には歴とした他の親本が存したわけで、その親本から順序不同に抄出したものにすぎず、したがって「宇治拾遺」独自の説話は一つもないということになろう。現在までの出典や説話の比較研究によれば、他書に見えず本書のみに見えるプロパーの説話は五十四話、全体の三割弱にすぎない。そうして又、この五十四話の中には典拠となった書が散佚したために出典関係を明らかになし得ない説話がふくまれていることも考えられ、さすればその数はさらに減少することにもなろう。が、それにしても、なにがしかの独自説話は厳存し、これあるがために本書は説話文学史上独自の価値を所有すると考えられていたものである。それがもし、すべてが先行の或る親本からの抄出にすぎないとなれば、かかる独自の価値はいっきょに失われ、本書は単にその抄出のしかた、書承のしかた、それに時折り加えられたであろう片言隻語の感想や批評においてのみ、わずかに固有の息吹きを残すのみとなろう。それともう一つ、これは本書の文学的価値とは何ら関わりのないことだが、その親本が散佚している現在、その面影を伝えるという伝本史上の資料的価値を残すのみとなろう。「宇治拾遺物語」の校注者や研究者としてはまことに不本意な結果であるが、論理の帰結は上述のいずれかに落ち着かざるを得ない。

とにかく、件んの一文「抄出之次第不同也」という文句は、「宇治拾遺物語」の生命を扼するものとして、もっと重要視しなければならないはずだ。幸か不幸か、この文句にどれほどの信頼がおけるものかについての確証はない。今日、重要な古写本はすべてこの文句を所有しており、それだけに無視はおろか軽視もならぬ重みを持ってもいるのだが、いつ、だれが、何のために、記したかの事情は全く判明しない。

さらに又、ここにいう「抄出」の意味が、親本の数多い説話の中から幾つかの話をそのまま抜き書きしたものか、又はその際に若干の手を加えたのか、乃至はまたそれら書承による抄出説話の外に、口語りによる話の記述をも若干加えたのか、いっこうにわからない。「抄出」と記す以上、普通ならば何からの抄出であるかを明記するのが常識であるのに、それが書かれていない点から察すると、それは断り書きをする必要のない書物と考える外にない。その断り書きを必要としない書物といえば、二つしかない。一つは「拾遺」のもとになった「宇治大納言物語」、他は外ならぬ「宇治拾遺物語」それ自身である。しかし、前者と考えるには、たとえ「隆国の物語」に後人の増補が加わったものととっても、隆国以後の話が多すぎて、やや無理であろう。とすれば後者、つまりより浩翰な真物《ほんもの》の「宇治拾遺物語」から順不同に抄出したのが現存諸本の祖本ということになる。が、これらはすべて件んの文句「抄出之次第不同也」という一句に十分の信憑性がおかれるものと仮定しての推理である。その信憑性が崩れれば、推理もまた根底から崩壊せざるを得ない。謎はまだ当分残るのである。

四　内容と表現

前章において、われわれは本書の文学的価値が極めて不安定である所以を考察した。ただ、結論がどちらへころぶにせよ、「抄出」された親本が散佚し、その正体が不明であり、「抄出之次第云々」の文句の持つ信憑性も確かめるすべがないとあっては、現存の本書を唯一の手掛かりとして、内容や価値を論ずるより外に手だてがないということになる。

前にも述べたように、本書は総数一九七の説話のうち、「今昔」と共通するもの八二話、「古本説話集」とは二二話、「古事談」とは二〇話がそれぞれ数えられ、これら先行書との共通話は、その関係がいかようであれ（親子・兄弟・その他）、説話そのものに独自固有の価値はない。ただその書き方に物語的な柔らかみがあり、「今昔」などの記事的なそれとは肌合いが違う。説明・批評・教訓などは極力省き、ただちに事件の核心に入り、それをもっておおむね終わる書きざまも、説話そのものに対する興味の優先を思わせる。起句や結句を画一せず、変化を持たせる書き方も、説話の定型から離脱して、架空の物語に一歩近づいたことを暗示する。

「一」で、当時の説話は今日の新聞やテレビに代わり、情報伝達という切実な要求に応《こた》えて語り継がれ、集録もされたと述べたけれど、もう一つ重要な任務を同時に持っていることを指摘したい。それは人間の自我の束の間の解放であり、慰安であり、娯楽でもあるのである。「話」と「笑い」とは人間のみが持つ自己解放の特権である。生きるに険しい世であればあるほど、人はその苦痛からの解放を求めてやまない。かの井戸端会談の話と笑いから、かつての女性が自己をしめつける家庭からの瞬時の解放を求めた例を引くまでもあるまい。説話集に「笑話」が必ず重要なジャンルとしてふくまれているのはこのためである。同じ話でも、できるだけおもしろく語り、聞き手もまた興味をもってそれを聞こうとする意識が働くのもそのためである。性に関する話も、本能に対する関心が万人共通の興味をひくというだけではなく、内に秘められたものを外へ暴露することによって生ずる人間解放への欲求が土台にあり、それによって生活の緊張や生命の危機感から脱出し、それを話題とする者どうしの間に急速な親密を招き寄せんとするものに外ならない。そのような話が常に「笑い」を伴うのは、まさしく人間解放の証跡というべきであろう。

「宇治拾遺物語」には「笑い」が多い。性に関するあからさまな話にも事欠かない。しかもそれらが冒頭に近い部分に集中しているのは、それが集録であれ抄出であれ、作者の大きな興味が寄せられていることを語る以外の何物でもない。かの先輩「古事談」が、称徳女帝と道鏡との密事を暴露し、性具を用いた女帝が奇怪な変死を遂げる説話を冒頭にすえて、われわれを驚倒させたのを想い起こしてみるがよい。漢文交じりのこの短かい説話は、作者の主観を一語もさしはさまず、事件だけを淡々と叙しているのだが、それだけに、このさりげなく叙せられた短かい文章の行間に作動する読者の空想の余地は広い。「宇治拾遺」には、このような有名人の性に関する秘話は少ない。しかし、たとえば開巻第一の道命阿闍梨と和泉式部の説話は、「古事談」の先蹤にならったとも考えられ、第六・第一一・第一四・第一五話のごとく、無名の人物についてのセクシアルな話に至っては、性を笑いに昇華せんとする物語化の痕跡が著しい。「古今著聞集」の巻一六に性的な話が集録され、それがしかも「性」を連想させる名称を付せられず、「興言利口」と名付けられた意味はまことに深長である。これを頽廃の一語で一蹴するのはいとやすい。問題はかかる話材が存在するということではなく、それに対する作者の姿勢、取り組み方、聞き手の受け取り方のいかんにある。そのような話材は「今昔」にも「宇治拾遺」にも、すでにあった。いや、「霊異記」「江談抄」「古本説話集」「古事談」と、あげきたればほとんどあらゆる説話集に見られる普遍的な話材ですらあったのだ。それは歴史と社会の桎梏から人間が自己を解放するための手段として、常に求められたものであった。文明の衣裳に自縛された人間が、原始の野性を回復するための最も近い捷径であったろう。

が、「今昔」に見られた本能のすがすがしさは次第に薄れ、頽廃の色をようやく濃くしてゆく事実は否めない。それはかかる話材に対する作者の取り組み方や姿勢に由来すると思われる。「今昔」の作者は性の本能をまじろがずに直視し、これを他の本能と全く等しなみに客観化しているのに対して、「著聞集」の作者には多分に罪障感が残り、こんな卑猥なことを口にするのは本意ではないが、これも「笑い」を誘発する興言としてやむをえないのだと、しいて自他を言いくるめようとする偽装が見える。それだけに、物語化の傾向は「著聞集」が最も著しく、話のうまさという点では、格段に際立っている。かの、中間法師と山伏・鋳物師《いもじ》の三人が遊女の宿に一宿する話にしても、一生不犯《ふぼん》の尼が持仏堂で鉦《かね》を打ち鳴らす話にしても、作為された話術の巧妙は「今昔」や「宇治拾遺」の比ではない。が、そこには人工的な作為のいやみもまた残る。もともと「人工」から「自然」を取りもどすための試みであった性の説話が、逆に「人工作為」のいやみを残すようでは、本末顛倒もはなはだしい。もっとも、この作為は作者一人のものではないかもしれない。話の骨格はすでに口頭で一部世間に流布していたのかもしれない。作者はそれを文章にまとめたのかもしれない。が、仮にそうであっても、この微細な叙述、巧みな修飾には作者の筆力が大幅に加入していると考えられる。これは完璧無双の猥談である。さらに又、そうした猥談が好んで世間に語り継がれ、屈折した笑いをまき散らしていた事実はぬぐいがたい。

「宇治拾遺」のセクシアルな話は、ここでもまた「今昔」と「著聞集」との中間に立つ。それは「今昔」ほどのすがすがしさはないにしても、「著聞集」ほどの頽廃にも至らない。たとえばその第六話「中納言師時、法師ノ玉茎検知ノ事」にしても、又第一五話「大童子鮭ヌスミタル事」にしても、主人公たる法師や大童子の言動が、その狡猾不敵を非難されず、かえって笑いをかもし出すものとして、そこに居合わせた人々の苦笑をまじえた承認と、作者の暗黙の諒解とを得ているのだ。そこには反自然の作為はさまで感じられず、こんなことは路傍にいくらでもころがっているであろうとの、気やすい受け入れ方をされている。

これに限らず、本書には、こうした小利口な似而非者《えせ》を扱った話に傑作が多い。そういう者は一時の小さな成功はしても、最後にはたいてい失敗する。が、失敗はしても、世間の激しい非難の渦からは免れる。どうせ小利口な似而非者だからとの優越感が周囲にあるからであろう。

たとえば第五話「随求陀羅尼籠《ムル》ㇾ額《ニ》法師ノ事」や第一三三話「空入水シタル僧ノ事」、それに第三話「鬼に癭被《るル》ㇾ取《ラ》事」、第四八話「雀報恩ノ事」などがこれに属する。後の両話は「鬼のこぶ取り」「舌切り雀」の原型として、民話が初めて説話集に採られた例に引かれ、従来はその観点から注目されていたものだが、精神を忘れ形骸だけを真似て失敗した小利口者の話としての性格をも附加している。正直爺さん、慈悲深い婆さんの成功だけでこの両話が終結するよりも、欲の深い小利口者の失敗をこれに対照させる方が、民話としての効果が上がることを計算して附加されたものであろう。が、何といっても傑作という点では前の二話、なかんずく「空入水シタル僧ノ事」に止めをさす。他に類話のない本書独特の説話の中では、おそらく一、二を争う傑作であろう。似而非《えせ》聖人の仮面をあばいて痛烈な諷刺、三段に分けられた整然たる構成、無駄のない文章、ほとんど間然するところがない。この話を正しく理解するためには、当時極めて盛行した往生信仰を頭に刻みつけておかねばならぬ。彌陀聖衆《みだしょうじゅ》の来迎を受けて極楽浄土に往生する——これは当時だれもがあこがれた理想境であった。空には紫雲がたなびき、天には微妙な音楽が聞え、恍惚として魂魄は浄土に飛ぶ。絵師は聖衆来迎の図を描き、仏師は黄金の阿彌陀仏を造り、時には楽人たちによってそのさまが演出までされたものだ。それは死の恐怖に苦しむ人間が考え出した宗教的法悦の境地であった。「日本往生極楽記」「本朝往生伝」「続本朝往生伝」などの往生伝が次々と作られ編まれ、人々はそれらを争って読み、書写もした。観音を信じて補陀落《ふだらく》渡海する者も続出した。有徳修行の功を積んだ僧侶が往生するのはいわずもがな、在俗の者でも「南無阿彌陀仏」の念仏さえしっかり唱えるならば、だれでも彌陀の来迎にあずかれるとなす万人平等の易行道は、いっそうこの風潮に拍車をかけた。こうした往生者の臨終に居合わせてそのありさまを目撃したものも、引摂《いんじょう》にあずかれると考えられた。さればこそ、いつどこそこで往生する者があると聞くや、人々は争ってその場へかけつけた。本編に見えるおびただしい群衆は、こうして群がりつどうて来たのである。

こうなると、自然の大往生を待たず、無理に往生しようとする者が現れる。いつ、どこで往生すると、前もって宣伝するやからが出現する。尊い聖人だというううわさが流布せられ、われもわれもと拝もうとする。しかし凡僧もとより死の覚悟がしっかとできているのではない。虚栄と恐怖との闘いに彼は苦しまなければならない。無住の「沙石集」には、死に切れずに化けて出、なぜあの時留めてくれなかったのかと恨みを述べる上人の話、入水を決意したものの、四度目にようやく目的を果たした上人の話が、生き生きと描かれている。まさしく邪道に堕ちた往生思想といわざるを得ない。

本編の僧もそのたぐい、場景は三つの部分に分かれ、第一は祇陀林寺における百日懺法《せんぼう》の場、第二は入水の当日、寺から桂川へ赴くまでの道行きの場、そうして第三が桂川にて入水の場。この三場における件んの僧の言動を作者はいとも入念に描写しているのだが、写すのは彼の表情や言語動作だけで、決して心の内部に立ち入らない。直接の心理描写は一言も行っていないのだ。しかし、その表情や言動から、心中の苦悶がありありと分かるように描かれている。説話の妙味という外ない。祇陀林寺の場で、僧は眠り目に目を細め、決して見物人の方を見ようとはせず、時々太いため息を放ち、その時だけ見物人の顔を見渡すようにする。第二の道行きの場面では、路傍の見物人がまき散らす散米《うちまき》が僧の目や鼻にまで侵入するのに堪えかねて、「たへがたし。心ざしあらば、紙袋などに入れて、わがゐたりつる所へ送れ」という。これから死のうとする者が「たへがたし」はまだしも、そんなお心ざしがあるならば、紙袋に入れて自分の住所へ送ってくれとは何事か、という批判は当然であろう。痛烈な諷刺であるとともに、これは結末の醜態を予表する伏線でもある。

さていよいよ大詰めの第三景。桂川川辺の入水の場面。「ただ今は何時ぞ」と、僧はまず時刻を聞く。「申《さる》の下《くだ》りになり候《さぶら》ひにたり」という返事を聞いて、「往生の刻限にはまだ早い。もう少し日が暮れてからがよい」とうそぶく。いやなことはなるべく先へ延ばしたがよい。延ばしに延ばせば、見物人の中には待ちくたびれて帰る者もあろう。同じく恥をさらすにしては、なるべく小人数の前の方がよい。しかし「往生には刻限やは定むべき」という意地悪い声もある。これ以上延ばすことはできないという時になって、いよいよ彼は水に入る。「たふさぎ」にて入ったとある。これもおかしい。正念往生を志すならば、当然袈裟衣の正装で入るべきだ。水泳か潜水でもやるような恰好をする必要はもうとうない。衣の袂《たもと》に重い石でも入れて沈んだがよかろうに、彼は舟端の縄に足をかけ、いっこうに水中へ沈もうとしない。見かねた弟子僧が縄を外す。不意を衝かれて聖人は水底へ真逆さま。この辺、「平家物語」壇の浦における宗盛父子入水のありさまに酷似する。しぶとい聖人のことゆえ、構わずにおいても、どうせ又浮き上がってはきたろうが、さらに都合のよいことに、彼の最期を見届けんものと見物の男が一人水中に立っていたことだ。苦しげにもがく聖人を見て、この男はとっさに手を出してやる。その手に取りすがって上った聖人は、

左右の手して顔はらひて、くくみたる水をはきすてて、この引き上げたる男に向かひて手を摺りて、「広大の御恩蒙りさぶらひぬ。この御恩は極楽にて申しさぶらはん」と言ひて、陸《くが》へ走りのぼった、とある。ここの描写、簡にして要を得、似而非《えせ》聖人の面皮をはいで痛烈を極める。それでいてユー

モアを忘れない。

上陸したあとの聖人は裸のままで川原を下りに一目散。その背後から見物人の石つぶてが、来た道の散米のように降りそそぐ。印象的な結末である。

不安動揺の転換期には、えてしてかかる似而非《えせ》者が横行する。幕末維新の動乱期に、尊王攘夷を口先だけで呼号する似而非者が、真に尊攘を信念とする志士たちに立ち混じり、いかに多く続出したことか。今次敗戦の直後にも、民主主義を口先だけであげつろう似而非者が、いかにおびただしく輩出したことか。鎌倉初期は宗教界にも革新の嵐が吹き荒れて、中世仏教を代表する偉大なる祖師たちが、苦悩する民衆の救済のために、保守の迫害に屈せず戦った時である。と同時に、似て非なるまやかし者もまた、かくのごとくにあまた出現したのである。本編はそれらまやかし者の偽装を剥いで余蘊ない。

しかし世の中は複雑で、かかるまやかし者が常に失敗するとは限らない。偽装がうまく成功して、富と幸福を手に入れることもある。第一一三話「博打ノ子聟入リノ事」はその好例である。これまた前の「空入水シタル僧」の話に勝るとも劣らぬ傑作であるが、あんな風に詳しく鑑賞していては、この「解説」があまりに長くなるので省略し、委細は下巻の本文について各位の鑑賞に委《ゆだ》ねたい。ただ、次の一事だけは指摘しておきたい。それはこの説話の主人公が博打《ばくち》の息子であり、しかも目・鼻・口が一つ所に寄り固まったような稀代の醜男《ぶおとこ》であるにかかわらず、長者の娘をだまして、まんまとそこの入り聟に納まったということだ。ここには勧善懲悪がなく、無頼の博徒があざやかな勝利を収めている。現実の世の中には、たしかにそういうこともあり得よう。いや、あるというだけでなく、乱世ともなれば、しばしば起きる事がらでもあろう。善人は常に栄え、悪人は常に滅びるのであれば世は簡単だ。その逆のことがしばしば起きるから複雑なのだ。が、それをわざわざ話として伝え、説話集に集録されるには、それなりの理由があるはずだ。

この一編には、賭博というものに対する時代人の考え方が、ある程度出ているように思われる。賭博の事実が正史に初めて見えるのは、天武天皇十四年（六八五）九月のことで、このとき天皇は大安殿で王卿をして博戯せしめ、勝者に衣袴を賜った由が、「日本書紀」巻二九に見える。勝負に物を賭けさえすれば賭博になるのだから、碁・将棋何でもよいわけだが、一番多かったのは双六《すごろく》である。奈良・平安と下るにつれて博奕《ばくえき》の害は目に余り、正業をなげうち、闘乱や暴力沙汰に及ぶこともあったから、政府はしばしば禁令を出して抑圧につとめ、なお聴かぬ者には杖刑を加え、流罪に処する場合もあった。「宇治拾遺」の第八六話「清水寺ニ二千度参詣ノ者打《チ》二入《ルル》双六一事」は、すでに「今昔物語集」に出ている話であって、本書独自の説話ではないが、賭博流行の実情を語って余りある。「中右記」の永久二年（一一一四）二月十四日の条には、「近日京中に摺衣を著する者幷びに博戯の輩道路に満つ。たしかに禁制すべし」（原漢文）という強い文句が見えて、院政時代から平安末期にかけて、不法無頼の博徒が巷に充ち満ちていたさまが想像される。彼らは一攫《かく》して百金をつかめば酒食に散じ、逆に損して丸裸になれば妻子を餓えに泣かせ、他人の懐中をねらって盗犯を事としたから、その取り締りには政府も手を焼いたに違いない。鎌倉初期、後鳥羽

・土御門のころになると、賭博が集団的に行われたらしい。「著聞集」巻一二、博奕編には、花山院右大臣忠経の侍どもが七半を好み、大臣の制止もきかず、夜昼おびただしく打った由を伝えている。また後鳥羽院の御時、伊予国に天竺の冠者というものあり、神通力を具えて万病を治すなどと言われたが、捕らえてみれば高名な古博打ちで、賭博で無一文になり、博徒八十余名をかたらってこれを諸国に派遣し、神通力がある由を宣伝させ、ひともうけたくらんだものであった。同勢多数をかたらってひともうけたくらむという着想は、本編の博打ち聟入りに酷似する。

もともと賭博というものは、贅沢に飽いた富者が刺激として求めることもあるが、たいていは前途に希望を見出し得ない者が、正当な労働に応分の報酬が期待できなくなった時に、一か八《ばち》かの夢を賭けて行うことが多い。それは逼塞《ひっそく》された社会に通有する現象である。戦乱を待ち望み、戦場における功名手柄によって急速な立身を期待するのと、それはいっこうに変わりがない。身を粉にして働いてもマイホーム一つ持てない世の中に、宝くじや競馬・競輪・麻雀賭博が流行するのと、全く同じ社会心理といってよい。希望に燃えた民族や時代にとって、それはさしたる魅力がない。

博徒が一つの集団として行動し、それが長者をだまして富と愛娘《まな》とを手に入れる。この話には、長者の富に対する貧しい庶民の復讐が秘められているかもしれぬ。詐欺や賭博はいずれの世でも小さな悪徳であるが、かかる小さな悪徳をもってしなければ富を手中にできぬとする庶民のやるせない溜息が隠されているかもしれぬ。この説話の発生源はたぶん博徒仲間に違いないが、それが五分の共感と五分の嘲笑をもって一般の社会に流伝したのは、長者の富に対する羨望と、もう一つは長者とはいえしょせんは無智な田舎者よとの侮蔑が作用していると思われる。「宇治拾遺」の作者がもし貴族の端くれであるなら、この一見相反する二つの心理がともに働いていると考えられる。

ともあれ、博徒の横行する世の中、とりわけ彼らの詐欺が成功する世の中が、健全であろうはずはなく、為政者にとってははなはだ不名誉な社会だといわねばならぬ。文学、なかんずく説話文学は、まさしく社会の実相を写す鏡ではある。

第一二話「児《ちご》ノカイ餅スルニ空寝シタル事」、第一三話「田舎児桜ノ散ルヲ見テ泣ク事」の両話は、ともに子供の心理を写した好編である。前者は大好物の「カイ餅」ができあがるまで、できあがってからの児《ちご》の心理、何とか欲しそうな顔をせずに「カイ餅」を食べようとして、それが失敗するという筋。大人にとっては一場の喜劇にすぎぬものが、子供にとっては泣きたいほどの悲劇となる。だれでも類似の経験は持っているはずで、さればこそ読者は年少の往時を回顧してほろ苦い微笑をさそわれるのだが、どこにでもころがっている話材に着目し、これを子供ごころを活写した一編に仕立て上げた作者の手腕は驚嘆に値する。行文すこぶる簡潔、これ以上短くすることはできまいと思われるほどに切り詰めてあり、それでいて書くべきことは一つも落とさず書いてある。名文とはかようのものを指すのであろう。本編は今のところ他書に類話を見出せない。もしこれが作者の筆に成るものであるならば、至妙の文学的手腕と賞するにはばからない。

こんな風に、傑作をいちいち紹介していては切りがない。本書がもし或る親本からの抄出であるならば、功の大半はその親本の作者に帰しなければならないけれど、それが湮滅して伝わらない以上、本書によってかかる独自の秀作を付け加えることができたのは、説話文学の歴史をいっそう豊潤にするものとして、われわれは素直に喜びたい。

五　諸　本

「宇治拾遺物語」の形態および諸本については、「宇治拾遺物語の形態について」（石井次彦）——かながわ高校国語の研究第四集43・5・21——に細部にわたってまとめてあるので、ここでは諸本の系統と古本系諸本の概要を簡単に記す。

一　古本系

(1)　陽明文庫本（上下二冊）
(2)　宮内庁書陵部本（上下二冊）
(3)　龍門文庫本（二冊）
(4)　名古屋大学本（三冊）（上巻のみ一冊）(3)の系統
(5)　吉田幸一氏蔵本（上下二冊）
(6)　桃園文庫本（五巻五冊）

(7)京都大学本（零本）（下巻のみ一冊）

二　流布本系

(1)蓬左文庫本（二巻五冊）
(2)九州大学本（五巻五冊）〉同系統
(3)無刊記古活字印本（二巻八冊）
(4)万治二年整板本（十五巻十五冊）
(5)名古屋大学本（零本）（四冊）(3)の系統
(6)内閣文庫本（十五巻五冊）(4)の系統
(7)大阪府立図書館本（六巻六冊）(4)の系統

三　関係文献

(1)陽明文庫蔵巻子目録（上下二巻）　現存最古と思われる。

四　古本系諸本の概要（主なる善本のみ）

古本系諸本は、上下二冊の形態を有し、いずれも「序文」を含み「東大寺花厳会ノ事」までを上巻、「猟師仏ヲ射ル事」から「盗跖与ニ孔子ニ問答ノ事」までを下巻とする巻の構成である。

(1)陽明文庫本（上下二冊）

寛永初期写。美濃紙形袋綴冊子本。近衛家二十代基凞《もとひろ》公の蔵書印あり。毎半葉十三行。字詰25〜30。各

冊表紙に「宇治拾遺上（下）」と後人の手になる下題がある。各冊首に上下二段の章段題目を添えてあるが、いずれも片仮名交じりである。序文は欠文を有す。本書は諸伝本中にあって、最も異文・脱文・衍字等の誤写を含まぬ善本である。

(2) 宮内庁書陵部本（上下二冊）

近世初期写。大型美濃紙形袋綴冊子本。毎半葉十三行。字詰24〜27。各表紙に「うちの、、、、大納言の物語上（下）」とあり、「の大納言」を見せ消ちにし、「、、、拾遺」と傍書訂正した原外題がある。各冊首に(1)同様の章段題目を添える。序文は欠文を有する。（本書の底本）

(3) 龍門文庫本（二冊）

寛永中期写。大型美濃紙形袋綴冊子本。毎半葉十二行。字詰25〜29。各冊共、香色原表紙に「宇治大納言物語」と中央に原外題があり、右上に「共二」、下巻右下に「真仁」の識語がある。本文は継承脱文（名古屋大学本と同文）の他は、比較的異文の少ない善本である。

(5) 吉田幸一氏蔵本（上下二冊）

伊達家旧蔵本。近世初期写。大型美濃紙形袋綴冊子本。毎半葉十行。各表紙に「宇治大納言物語上（下）」とある。序文は欠文を有す。衍文が「上・八十三・山横川加能地蔵事」、脱文が「上・四十五・因幡国別当地蔵作差事」におのおの一箇所指摘される程度で、虫食いもなく墨色鮮明なる善本。（古典文学全集より）

(6) 桃園文庫本

近世初期写。美濃紙形袋綴冊子本。毎半葉十二行。字詰21～24。第一巻表紙に「異本 宇治拾遺物語 近世初期写恵空師旧蔵 全五冊」と後人の手になる外題があり、各巻末には「恵空持之」の跋文が見える。各冊首に上下二段の章段題目を添える。第一巻表紙の見返しに旧蔵者恵空の手で隆国の系図を大系図によって記した後に、

宇治大納言ハ人王七十二代白河院御宇承保元甲寅年二月薨去
今至元禄十六癸未年凡六百二十七年也

と書き付けられているのからして、本写本は元禄十六年以前のものとみる。欠文のある序文を備えているが、一部は万治二年整板本と同文によって補われている。これは古本系唯一である。本文は脱文・衍字・誤字等の異文が諸本中最も甚だしきものである。第一冊目・第二冊目のみ恵空の手であろうか、異文箇所に不審紙が唾付されている。

（この項石井次彦）

六　主要なる参考文献

単行本（本文・校注・研究）

宇治拾遺物語私註　小島之茂　国文註釈全書　国学院大学出版部　明43
宇治拾遺物語　藤井乙男　有朋堂文庫第二輯67　有朋堂　大11
今昔物語集の新研究　坂井衡平　誠之堂　大12
宇治拾遺物語・古今著聞集　山崎麓　校註日本文学大系10　国民図書株式会社　大15

宇治拾遺物語・古事談・十訓抄　黒板勝美　新訂増補国史大系18　吉川弘文館　昭7
宇治拾遺物語私記　矢野玄道　未刊国文古註釈大系14　帝国教育会出版部　昭9
近古時代説話文学論　野村八良　明治書院　昭10
参考宇治拾遺物語新釈　中島悦次　大同館書店　昭12
宇治拾遺物語上・下　中島悦次　改造文庫　改造社　昭15
今昔物語集の研究上　片寄正義　三省堂　昭18
宇治拾遺物語上・下　野村八良　日本古典全書　朝日新聞社　昭24、25
宇治拾遺物語上・下　渡辺綱也　岩波文庫　岩波書店　昭26、27
宇治拾遺物語　渡辺綱也・西尾光一　日本古典文学大系　岩波書店　昭35
説話文学と絵巻　益田勝実　三一書房　昭35
中世説話文学論　西尾光一　塙書房　昭38
宇治拾遺物語　打聞集全註解　中島悦次　有精堂　昭45
宇治拾遺物語　小林智昭　日本古典文学全集　小学館　昭48

現代語訳（抄訳）

宇治拾遺物語・古今著聞集　現代語訳日本古典全書　永積安明　河出書房　昭30
宇治拾遺物語・お伽草子　永積安明　古典日本文学全集　筑摩書房　昭36

雑誌論文

宇治拾遺物語考　佐藤誠実　史学雑誌　明34・2
宇治拾遺物語著作年代考　菊地久吉　東洋哲学　明41・8
宇治大納言物語について　宮田和一郎　芸文　大11・4
宇治拾遺物語の語法について　小山朝丸　国語と国文学　昭2・7〜9
建久御巡礼記を論じて宇治拾遺の著述年代に及ぶ　後藤丹治　文学　昭6・9
打聞集と今昔物語及び宇治拾遺との関係について　酒井金次郎　国語と国文学　昭9・1
宇治拾遺物語の「序」に沿うて　中島悦次　文学　昭9・5
宇治拾遺物語の一本より——世継物語私考——　春日政治　文学研究9　昭9・10
今昔物語と宇治拾遺物語——主としてその表現形式を覚書風に——　森永種夫　国語と国文学　昭9・12
藁しべ長者と蜂　柳田国男　国文学論究3　昭11・7
宇治拾遺物語に現れた代名詞　菊沢季生　国語研究　昭13・7
説話文学の伝承　佐藤信彦　文学　昭15・10
宇治拾遺物語の語法(一)(二)　宮田和一郎　古典研究　昭16・3、5
打聞集と宇治拾遺・今昔物語との関係　片寄正義　書誌学　昭16・6
宇治拾遺物語鑑賞　後藤興善　解釈と鑑賞　昭16・10
宇治拾遺物語の民話性　中島悦次　国語と国文学　昭16・10
古事談と宇治拾遺物語との関係　矢吹重政　国学院雑誌　昭17・9
宇治拾遺物語の校合書入本二種　小林忠雄　国学院雑誌　昭17・9

宇治拾遺物語と古事談との関係　益田勝実　日本文学史研究5　昭25・7
今昔物語と宇治拾遺物語　清水重道　解釈と鑑賞　昭28・8
「宇治拾遺」の中世的要素　下沢勝井　文学研究5　昭29
宇治拾遺物語の書承説話　岩下容子　国文4　昭30・7
宇治拾遺物語における蔑称の「が」について　本位田重美　日本文芸研究　昭30・12
内閣文庫本宇治拾遺物語について　小内一明　文学論藻6　昭32・2
説話群落の表情――今昔・宇治拾遺・古今著聞集　能村潔　古典の新研究3　昭32・7
宇治拾遺物語と先行説話集　国東文麿　中世文芸3　昭33・5
宇治拾遺物語　渡辺綱也　国文学　昭33・11
宇治拾遺物語私考　高橋貢　古典遺産5　昭34・1
中世説話文学　西尾光一　岩波講座日本文学史　昭34・4
説話の二系列について――打聞集・今昔物語・古本説話集・宇治拾遺物語の関係――　高橋貢　国文学研究21　昭35・2
宇治拾遺物語の成立――僧伝類との比較検討など　宮田尚　国文学研究21　昭35・2
宇治拾遺物語の原形について　小林忠雄　日本古典文学大系27附録　岩波書店　昭35・5
宇治拾遺物語序説一〜三　小林保治　古典遺産9〜11　昭36〜37
宇治拾遺物語の成立について　野口博久　言語と文芸　昭38・1
古本説話集の成立と宇治拾遺物語　野口博久　言語と文芸　昭38・7
宇治拾遺物語の世界　永積安明　文学　昭39・1

宇治拾遺物語

宇治拾遺物語古本系伝本――龍門文庫本とその系統本　石井次彦　立教大学日本文学12　昭39・6
宇治拾遺物語の評価についての一考察　国東文麿　早稲田大学大学院文学研究科紀要10　昭39・12
宇治拾遺物語の一面――宇治殿・宇治大納言を中心に　春田宣　国学院雑誌　昭39・12
宇治拾遺物語の形態について――陽明文庫本を中心に――　石井次彦　解釈と鑑賞　昭40・2
宇治拾遺物語の一面――法性寺殿の周辺　春田宣　国学院雑誌　昭40・6
中世的諷刺家のおもかげ――『宇治拾遺物語』の作者　益田勝実　文学　昭41・2
宇治拾遺物語の一特色――古本説話集の和歌説話との比較を中心として　高橋洋子　日本文芸論稿1　昭42・7
宇治拾遺物語の形態について――諸本一覧　石井次彦　かながわ高校国語の研究4　昭43・5
中世的人間像――宇治拾遺物語「狂惑の法師」の解釈――　田口和夫　説話1　昭43・6
小世継物語伝本考(一)――宇治大納言系統の成立　小内一明　大東文化大学紀要7　昭44・2
宇治拾遺物語の中世的性格　高橋貢　言語と文芸64　昭44・5
宇治拾遺物語の物語性に関する試論　高橋洋子　文化　昭45・8
宇治大納言物語をめぐって　小内一明　言語と文芸75　昭46・3

※単行本追加
中世説話文学研究序説　志村有弘　桜楓社　昭49
中世説話文学論序説　春田宣　桜楓社　昭50
宇治拾遺物語（説話文学の世界　第二集）　説話と文学研究会編　笠間書院　昭54

索引

1 この索引は、「固有名詞索引」「主要語句索引」から成っている。
2 配列は発音による五十音順にした。
3 「固有名詞索引」で、官職名や僧名などで個人を指している場合は、実名を（　）で示した。また、分かりにくい項目にも（　）で注記を施した。
4 「固有名詞索引」で、男子の実名はできる限り訓読みで、女子の実名は音読みで配列した。
5 「主要語句索引」で、活用語は終止形の形で掲げた。
6 抽出語の表記が漢字・仮名などの点で本文と異なるものがある。

固有名詞索引

主要語句索引

あ

い

う

え

校注古典叢書

宇治拾遺物語 上

昭和五〇年四月一五日 初版発行
平成一三年一二月二〇日 新装版初版発行

著者 長《なが》野《の》甞《じょう》一《いち》
発行者 株式会社 明治書院
代表者 三樹譲
印刷者 株式会社 奥村印刷
代表者 奥村文泰
製本 精光堂

発行所 株式会社 明治書院
東京都新宿区大久保一−一−七
郵便番号 一六九−〇〇七二
電話〇三(五二九二)〇一一七(代)
振替口座〇〇一三〇−七−四九九一

 ISBN 4-625-71312-9

表紙・扉 阿部壽